BORIS KOCH

NARREN KRONE

ROMAN

Besuchen Sie uns im Internet:
www.knaur.de
Facebook: https://www.facebook.com/KnaurFantasy/
Instagram: @KnaurFantasy

Aus Verantwortung für die Umwelt hat sich die Verlagsgruppe Droemer Knaur zu einer nachhaltigen Buchproduktion verpflichtet. Der bewusste Umgang mit unseren Ressourcen, der Schutz unseres Klimas und der Natur gehören zu unseren obersten Unternehmenszielen. Gemeinsam mit unseren Partnern und Lieferanten setzen wir uns für eine klimaneutrale Buchproduktion ein, die den Erwerb von Klimazertifikaten zur Kompensation des CO_2-Ausstoßes einschließt. Weitere Informationen finden Sie unter: www.klimaneutralerverlag.de

Originalausgabe Mai 2021
Knaur Taschenbuch
© 2021 Knaur Verlag
Ein Imprint der Verlagsgruppe
Droemer Knaur GmbH & Co. KG, München
Alle Rechte vorbehalten. Das Werk darf – auch teilweise – nur mit Genehmigung des Verlags wiedergegeben werden.
Redaktion: Susanne Wallbaum
Covergestaltung: Guter Punkt, München / Christl Glatz
Coverabbildung: Collage von Guter Punkt, München / Christl Glatz unter der Verwendung von Getty Images und AdobeStock
Dornen im Innenteil: ArtHeart / Shutterstock.com
Kartenillustration: Markus Weber, Guter Punkt
Satz: Adobe InDesign im Verlag
Druck und Bindung: CPI books GmbH, Leck
ISBN 978-3-426-52678-1

2 4 5 3 1

*Für Mario,
Blutsbruder in anderen Welten.*

*Und für Elli,
da der Anfang der Geschichte für dich war,
gehört natürlich auch das Ende dir.*

PROLOG

SIEBEN JAHRE ZUVOR

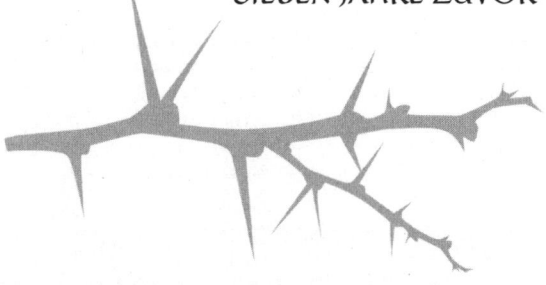

1

Burg Farnoh am Südrand des Wilden Walds war reich geschmückt, als der Tross des Königs eintraf, um das Einhorn sterben zu sehen. Die Mauern aus hellem rötlichem Stein erhoben sich auf einer schroffen Felsformation, fast schienen sie aus ihr herauszuwachsen. Die Felsformation war vielleicht zwanzig Schritt hoch und nicht viel breiter, zog sich aber weit über hundert Schritt in die Länge, und so war auch die Festung länglich angelegt. Vorn, hinten und in der Mitte, direkt über dem mächtigen Hauptgebäude, ragte jeweils ein hoher Turm mit quadratischem Grundriss, schmalen Fenstern und spitzem dunklem Dach in die Höhe.

Regen fiel in schweren Tropfen vom Himmel, die nassen Fahnen mit dem Königswappen flatterten klatschend im warmen Frühlingswind. Posaunen erklangen zur Begrüßung, während der Tross, ebenfalls vollkommen durchnässt, die steile Rampe zum Tor hinauftrottete. Die Zugbrücke, die einen mehrere Schritt breiten Spalt zwischen Rampe und Fels überspannte, war heruntergelassen. In ihre schweren Eisenketten waren Blumen geflochten.

Eine Bö trug den Schrei eines Gefangenen aus dem Schuldturm herüber, dem vierten Turm der Anlage. Errichtet aus schwarzem Basalt, erhob er sich massig auf einem steilen Felsen neben der Burg. Im Unterschied zu den anderen Türmen war er rund, und eine lange, schmale Brücke verband die Burg mit seinem einzigen Eingang; vom Boden aus war er nicht zu erreichen.

Angeführt wurde der Tross von König Tiban und Prinz Aurel. Nebeneinander ritten sie durch das offene Tor in den Hof, und die Männer, Frauen und Kinder der Burg jubelten ihnen zu. Jeweils zu zweit folgten die Höflinge ihrem Rang nach, dann die Diener zu Fuß, beladene Wagen und zuletzt, ganz allein, Arlac, der Narr, auf seinem hässlichen Pferd Trottel. Er lächelte, als er sah, wie zerzaust die Blumengirlanden von den Zinnen hingen und dass abgerissene Blüten auf dem

Boden lagen, zertrampelt von zahlreichen Hufen, aber er verbiss sich jeden lauten Scherz. Zunächst wollte er nur ins Trockene, und er wollte das todgeweihte Einhorn sehen. Doch im Hof war kein Tier angebunden, nur Menschen, neugierig und frei, umringten den Platz, und Hunde liefen bellend und schwanzwedelnd umher.

Vogt Farnoh, ein drahtiger Mann mit silbernem Haar und einer schweren Goldkette um den Hals, Herr der Burg und König Tibans Stellvertreter im und um den Wilden Wald, begrüßte sie und führte die Adligen ins Haus, während die Diener sich um die Pferde und Wagen kümmerten. Arlac, der weder hier noch da dazugehörte, brachte Trottel selbst in den Stall, rieb ihn trocken und gab ihm zu fressen und zu saufen. Er tätschelte ihm den Hals, bevor er ihn einem sommersprossigen Stallknecht überließ.

»Steht das Einhorn auch hier?«, fragte Arlac.

»Nein«, erwiderte der Bursche, »das ist noch im Wald.«

»Im Wald?« Arlac sah ihn überrascht an. »Ist es ausgebrochen?«

»Wieso ausgebrochen?«

»Wir haben gehört, der Vogt hätte es längst gefangen.«

»Das hat er auch, schon vor Wochen. Aber Einhörner sind magische Wesen, und niemand holt sich freiwillig Magie ins Haus, oder?«

»Unsinn«, mischte sich eine ältere Stallmagd ein. »Nicht jeder hat solche Angst vor Magie wie du. Aber wenn ein Einhorn zu lange hinter Mauern aus Stein oder Holz gehalten wird, verliert es seine Magie, das Horn fällt ab, und irgendwann stirbt das Tier. Es braucht den Wald, um zu überleben, und es durfte ja auf keinen Fall sterben, bevor der Prinz eintrifft. Darum ist es draußen, eingesperrt in einem Käfig unter Bäumen.«

»Trotzdem mag ich nicht, wie es mich ansieht«, brummte der Knecht. »Und damit bin ich nicht allein.«

Arlac verbiss sich jede Bemerkung zur Ängstlichkeit des Jungen und ging hinüber ins Haupthaus, wo ihm ein Zimmer zugewiesen werden sollte. Wer fürchtete sich schon vor dem Blick eines gefangenen Tiers?

2

Am Abend saßen alle von Rang sowie Arlac bei einem Festmahl im großen Saal zusammen. Die hohen hellen Wände waren mit laubgrünen und gelben Ornamenten bemalt und mit den Fellen von allerlei Tieren geschmückt. Arlac sah sich nach den Häuten von Einhörnern, Lindwürmern und anderen Kreaturen um, die tief im Wilden Wald lebten, doch ausgerechnet sie fehlten. Durch die hohen Fenster fiel noch Tageslicht herein, die Sonne würde erst in einer oder zwei Stunden untergehen. Es regnete nicht mehr, und die Wolken waren weitergezogen.

Diener und Mägde brachten Silberteller voller Wild und gedünsteter Rüben und Schüsseln mit allerlei Beeren und füllten die schweren Becher mit kaum verdünntem Wein. Die Männer aßen und tranken und schwelgten schmatzend in Erinnerungen an die Jagd. Mit jeder Geschichte und jedem geleerten Becher wurden die erlegten Tiere größer und gefährlicher, bis schließlich die Sonne unterging und Diener die Fackeln entzündeten. In ihrem Schein wuchsen die Heldentaten weiter.

Lautstark prahlte Ritter Malleu, er habe ganz allein und mit einem einzigen Pfeil einen Keiler erlegt, größer als das größte Pferd im Stall des Königs. Er war Mitglied des Königsordens und litt unter der Schande, dass sein Vater sich vom Turm einer Baronesse gestürzt hatte, einem Turm, in dem er sich überhaupt nicht hätte aufhalten sollen, und schon gar nicht nachts. Malleus Augen glänzten vom Wein, und beim Erzählen stieß er seinen leeren Becher um, der scheppernd zu Boden ging.

Noch bevor irgendwer, wie üblich, nach einer Magd rufen und mit doppeldeutigen Bemerkungen auf die Knie befehlen konnte, kroch ein Diener unter den Tisch, um ihn aufzuheben.

»Eine solch gewaltige Trophäe heimzuschaffen muss eine Herausforderung gewesen sein«, bemerkte Vogt Farnoh derweil mit einem spöttischen Lächeln. »Aber liegen lassen kann man sie ja auch nicht bei der Größe, das wäre einfach zu schade, oder nicht?«

»In der Tat. Und Herausforderung ist weit untertrieben.« Malleu schüttelte den Kopf. »Einen vollen Tag habe ich gebraucht, um dem Vieh das Fell mitsamt Kopf abzuziehen, und anschließend musste ich einen langen Hebel einsetzen, um alles mit Müh und Not auf das Pferd zu heben. Dann bin ich, erschöpft und besudelt, selbst aufgestiegen und langsam losgeritten. Doch schon bald sind uns Wölfe gefolgt, ein ausgehungertes Rudel. Sie müssen das Eberblut gerochen haben, das noch an dem Fell und meiner Haut klebte. Ich trieb mein Pferd zur Flucht, und das brave Tier rannte wie noch nie, trotz der doppelten Last auf dem Rücken. Zu guter Letzt sprang es sogar über eine Spalte im Boden, und so haben wir die Wölfe abgeschüttelt. Doch für mein Pferd war es zu viel, es ist unter dem Gewicht zusammengebrochen, und wenige Atemzüge später war es tot. Ich musste zu Fuß weitergehen, und als ich zwei Tage später mit einem frischen Pferd und weiteren Männern zu der Stelle zurückkam, war das Fell verschwunden, und von dem gestürzten Pferd fanden wir nur noch ein abgenagtes Gerippe, über das die Ameisen krochen.«

»Das nennt man Pech«, sagte Vogt Farnoh, ohne eine Miene zu verziehen.

Andere lachten, und irgendwer rief: »Verschwunden, natürlich.«

Malleu fuhr zornig auf: »Nennst du mich einen Lügner?« Sein Blick huschte umher auf der Suche nach dem, der das gesagt hatte.

Alle anderen Gespräche verstummten. Jeder wusste, wie schnell Malleu gekränkt war, wie leicht er fürchtete, seine Ehre zu verlieren, und dass er sie verbissen verteidigte, mit Worten und Waffen, selbst wenn sie gar nicht angegriffen wurde. Er war groß und stark und geübt mit dem Schwert. Das brachte manche frühzeitig zum Schweigen, aber Arlac reizte es umso mehr zu Späßen.

»Lügner? Nein! Einen Helden muss man ihn nennen!« Arlac sprang auf, die Augen weit aufgerissen. Auch er sah in alle Richtungen. »Denn wer von euch hat schon eine vergleichbare Tat vollbracht? Mit einem einzigen Pfeil gleich zwei Tiere zur Strecke bringen, das ist wahrlich ein meisterhafter Schuss!« Er verbeugte sich tief in Richtung des Ritters.

Malleu war zu misstrauisch, um sich geschmeichelt zu fühlen. »Es war nur ein Tier. Hast du nicht zugehört, Narr?«

»Oh, das habe ich, sehr genau sogar. Aber bei großen Helden ist es eben so, dass eine Tat zur nächsten führt. Hättest du – sagen wir – nur einen Fuchs oder ein Kaninchen erlegt wie ein jedermann, wäre dein Pferd nicht zusammengebrochen und noch am Leben. Aber so hat dein einer Schuss ...«

Weiter kam er nicht, denn weinseliges Gelächter brach los, und Fäuste wurden vor Vergnügen auf die schwere Tischplatte gehämmert.

Malleus Züge verzerrten sich, und er schrie Arlac an: »Was verstehst du hässlicher Witz von einem Mann schon von der Jagd? Hast du überhaupt jemals ein Tier erlegt, dass du jetzt so große Töne spuckst?«

»Nein«, gab Arlac zu, obwohl er damals in der Gosse zahlreiche Ratten erschlagen und gegessen hatte. Auch war er oft von anderen durch die Straßen gehetzt worden, Gejagter, nicht Jäger, und hatte dabei Dinge über die Jagd gelernt, die Malleu nicht wusste und wohl nie erfahren würde. Doch das alles sagte er nicht. Stattdessen warf er sich theatralisch in die Brust. »Aber beinahe! Einmal hätte ich beinahe einen Keiler erlegt, klein wie eine Maus – vielleicht sogar noch kleiner.« Er riss die Augen weit auf und zeigte mit Daumen und Zeigefinger, wie winzig der Keiler gewesen war.

Die Leute lachten, Prinz Aurel am lautesten, während König Tiban nur lächelte.

»Eine Maus?«, höhnte Malleu. »Und dann auch nur beinahe? Was für ein großer Jäger du bist!«

»Nun«, erwiderte Arlac, »ich habe nie behauptet, ein großer Jäger zu sein. Aber in meiner närrischen Ahnungslosigkeit finde ich es bedeutend schwieriger, eine Maus mit einem Pfeil zu treffen als ein Tier, größer als ein Pferd. Daran hätte ich wahrscheinlich nicht einmal mit verbundenen Augen vorbeigeschossen, selbst wenn ich gewollt hätte.«

Das Lachen schwoll an.

Malleu blinzelte verblüfft, der Mund stand ihm offen, und für einen Moment wusste er nichts zu erwidern. Die Männer neben ihm klopften ihm freundschaftlich auf die Schulter, und ganz langsam entspannten sich seine Züge. Er war bereit, den Scherz als Scherz zu begreifen, nicht als Beleidigung.

Doch Prinz Aurel wollte den Scherz noch nicht gehen lassen. Er war fünfzehn Jahre alt und damit sogar noch jünger, als Tiban es gewesen war, als der sein Einhorn getötet hatte, und der Stolz stand ihm deutlich ins Gesicht geschrieben. Die dichten dunklen Locken fielen ihm bis auf die breiten Schultern, die Augen waren gerötet, denn er hatte schneller getrunken als jeder sonst am Tisch. Er richtete den Finger auf Arlac und rief lachend: »Nun, wenn unser Narr gerne Mäuse jagt, so soll er die bekommen! Könnt ihr welche braten und auftragen lassen, Vogt?«

Ein paar Männer johlten.

»Vorrätig haben wir in der Küche keine«, beschied ihn Vogt Farnoh mit einer leichten Verbeugung. »Aber es sollten sich sicher welche finden und fangen lassen.« Und er scheuchte zwei junge Diener hinaus, die Mäuse zu besorgen.

»Zur Not tun es auch Ratten!«, rief Aurel ihnen hinterher und lachte laut.

Andere fielen in das Lachen ein, und irgendwer wiederholte brüllend: »Ratten!«

»Frösche!«, rief einer.

»Kröten!«, der Nächste.

Mit den meisten von ihnen hatte Arlac schon seine Scherze getrieben, es war nur zu verständlich, dass sie lachten.

Er öffnete den Mund, sah zu König Tiban, und der sah zu ihm, und Arlac schloss den Mund wieder.

»Auf dieser Fahrt wirst du keine Scherze über meinen Sohn machen«, hatte der König ihm vor dem Aufbruch unter vier Augen befohlen. »Es ist sein großer Tag, du wirst ihn nicht durch Spott kleiner machen. Verstanden?«

»Wozu benötigt Ihr dann einen Narren, wenn er kein Narr sein darf?«

»Für den Rest des Hofs. Über alle anderen kannst du lachen, wie du willst. Wir werden tagelang unterwegs sein, da brauchen wir Zerstreuung.« König Tiban hatte ihn einst von den Dächern geholt und zum Narren gemacht, er konnte ihm die Narrenfreiheit jederzeit auch wieder nehmen.

Arlac hatte nicht protestiert, sondern, wie gewünscht, unterwegs den Tross zum Lachen gebracht und den Prinzen verschont. Und auch wenn er die Einschränkung bedauerte, verspürte er Tiban gegenüber keinen Groll deswegen. Der König hatte ihm das Leben gerettet, hatte ihn zu dem gemacht, der er war, und so war Arlac ihm treu.

Er schluckte eine scharfe Entgegnung in Richtung des Prinzen hinunter und nahm noch einen Schluck Wein. Dann leckte er sich über die Lippen und sagte: »In Honig eingelegt mag ich Mäuse am liebsten.«

Sein Bauch war vom Festmahl dick und voll.

Eine Weile später brachte eine Küchenmagd einen großen Teller mit einem vollen Dutzend aufgespießter gehäuteter und gerösteter Tiere; es waren sechs Mäuse, vier Ratten und zwei Frösche oder Kröten.

Sie wurde mit Gejohle empfangen, irgendwer rief: »Sind sie in Honig eingelegt?«

»Nur die Mäuse«, sagte die Magd mit gesenktem Kopf. »So wie er es ...«

»Los!«, fuhr Prinz Aurel dazwischen, und seine Stimme überschlug sich vor Begeisterung. »Lass es dir schmecken, Narr!«

»Aber ich kann doch nicht all die Köstlichkeiten allein beanspruchen«, jammerte Arlac in gespielter Bescheidenheit. »Mein Freund Malleu hat sicher ...«

»... genug gegessen!«, fiel Aurel ihm ins Wort. »Alles für dich, Narr, alles für dich!«

Und Arlac aß gehorsam, ohne sich mit beißenden Scherzen zu

wehren, ohne vorzuschlagen, dass, wenn er schon Mäuse aufgetischt bekäme, Malleu nach derselben Logik auch ein ganzes Pferd verzehren solle. Er aß, obwohl er schon viel zu viel gegessen hatte und sein Bauch rumorte. Die dünnen Knochen knackten unter seinem Griff, und es schmeckte verbrannt und klebrig süß und nach den Erniedrigungen, die er ertragen hatte, als er auf der Straße hatte Ratten essen müssen. Erinnerungen an die Zeit, als er durch die Gassen Freybrucks gehetzt worden war, kamen hoch, und dafür hasste er Aurel, der mit weinglänzenden Augen zu ihm stierte. Doch noch mehr hasste er den Prinzen dafür, dass er dessen Spott nicht mit Spott vergelten durfte. Der Prinz verhöhnte ihn mit einer Ausdauer und Boshaftigkeit, als wüsste er von seinem Vater, dass er für Arlac in diesen Tagen tabu war, und dafür, dass er das ausnutzte, verachtete Arlac ihn umso mehr.

Du hochmütiger Hosenkacker, dachte er, aber er sagte es nicht, sondern tönte schmatzend in alle Richtungen, wie lecker es sei, rieb sich den Bauch, verdrehte genießerisch die Augen und bat um etwas zusätzlichen Honig, um den auch auf die Ratten und Froschkröten zu schmieren. Rasch hatte die Magd einen Tiegel besorgt.

»Genauso knusprig, wie ich es mag«, verkündete er, obwohl er die halb verbrannten Dinger kaum runterbrachte. Er spielte so gut, dass den Höflingen in seiner Nähe das Wasser im Mund zusammenlief, doch sie nahmen sich nichts von seinem Teller, denn der Prinz hatte befohlen, dass alles für Arlac sei.

Arlac aß, bis ihm schlecht war, und dann aß er mit gespielter Fröhlichkeit weiter, weil er Prinz Aurel die Genugtuung, dass er darum bettelte, aufhören zu dürfen, nicht gönnte. Zumal es nichts bringen würde. Der Prinz war hergekommen, um das Einhorn zu töten und dadurch zu beweisen, dass er ein starker König sein würde, da konnte er am Abend davor nicht zulassen, dass irgendwer seinen Befehlen nicht Folge leistete, schon gar nicht der Narr.

Tier für Tier spülte Arlac mit Wein hinunter, und der stieg ihm rasch zu Kopf. Sein Bauch drückte, er konnte kaum noch schlucken, aber es war nicht mehr viel, eine einzige Ratte noch und die kleinere

Froschkröte. Ihm war speiübel und längst schwindlig vom Alkohol, aber er kaute weiter, bis der Teller leer war. Er wollte brechen, aber er hielt es zurück und leckte mit letzter Willenskraft auch noch die Honigreste vom Teller, grinsend und stöhnend wie vor Lust.

Manche klatschten, König Tiban nickte, Prinz Aurel lächelte gequält.

Arlac erhob sich, deutete zur Tür und sagte: »Ich jage mir schnell noch einen Nachschlag. Die Mäuse waren schon arg klein.«

Unter Gelächter ging er hinaus, schloss die Tür hinter sich, lief um die nächste Ecke, hängte den Kopf zum Fenster hinaus und erbrach sich in die Dunkelheit. Kurz atmete er durch, dann übergab er sich noch einmal und schließlich ein drittes Mal. Er spuckte noch mehrmals aus, um den bitteren Geschmack loszuwerden, doch der wollte einfach nicht weichen.

Du hast es nicht verdient, deine Stärke zu beweisen, Prinzlein, dachte er wütend. *Der König muss dich vor meinen Scherzen schützen, weil du das Lachen nicht erträgst. Was daran zeugt von Stärke?* Und so beschloss er, noch leicht wankend und benebelt vom Wein, in den Wald zu gehen und das Einhorn zu töten. Ohne das Einhorn konnte die Zeremonie nicht stattfinden, ohne das Einhorn wäre der Prinz umsonst hergekommen, kein Verbot von Scherzen auf seine Kosten würde die Lacher darüber aufhalten.

Und mehr noch: Wenn es einfach tot im Käfig lag, hieß das, dass ein beliebiger Irgendwer, ein Räuber oder Vogelfreier aus dem Wilden Wald, das vollbracht hatte, was den Königen seit Tibans Urgroßvater als mystisches Zeichen von Stärke galt. Das mochte grob sein für einen Scherz, und Arlac glaubte auch nicht, dass viele lauthals darüber lachen würden, aber es würde bewirken, was er für seine eigentliche Aufgabe als Narr hielt: den Hochmut und die Selbstherrlichkeit der Mächtigen bloßzustellen und nicht, sie mit harmlosen Späßen zu unterhalten.

»Das kann jeder dahergelaufene Gaukler, ich dagegen bin ein Narr«, murmelte er. »Ein hochwohlgeborener Narr, denn ich wurde auf den Dächern geboren.«

Kichernd ging er in den Stall, tunkte den Kopf in einen Eimer Wasser, um den Alkohol zu verscheuchen, und sammelte verschiedene Stricke zusammen. Mit denen kehrte er in sein Zimmer zurück, das zur Außenwand der Burg hin lag, und band sie zu einem langen Seil zusammen. Er knotete das Seil an einem Balken fest und ließ sich aus dem Fenster hinab bis auf den Grund des Felsens. Alle Wolken hatten sich verzogen, der Mond und die Sterne leuchteten hell.

Erst als Arlac den Boden erreicht hatte, kam ihm der Gedanke, dass das wertvolle Tier vermutlich bewacht wurde.

Egal, dachte er, *jetzt bin ich schon unten.*

Und so lief er, einen langen Dolch am Gürtel, in Richtung des nahen Walds. Die ersten Bäume waren nicht weit, und das Einhorn würde nicht allzu tief im Innern des Waldes angebunden sein.

3

Es war nur der Rand des Wilden Walds, das sagenumwobene felsige Herz mit seinen Lindwürmern lag weit entfernt, und doch schienen die Bäume Arlac hier größer als in Freybruck und ihre Schatten dunkler. Stämme und Äste knarzten und ächzten, der Wind strich raschelnd durchs Laub, und im dichten Unterholz am Rand des schmalen Waldpfads huschte etwas davon.

Arlac nahm den Dolch in die Hand und folgte dem Pfad in den Wald. Das Laub verdeckte den Himmel vollständig, nicht ein einziger Stern lugte hindurch. Er sah in alle Richtungen und lauschte auf jedes Geräusch. Bereits nach gut hundert Schritt stieß er auf eine kleine Lichtung, die ganz in Mondlicht getaucht war. An ihrem Rand kauerte ein Käfig, doch Wächter waren keine zu sehen. Irgendwo rief eine Eule, das Laub raschelte lauter, Äste knackten.

Langsam näherte sich Arlac dem Käfig, in dem er den Schemen eines Tiers ausmachte.

König Tiban wird wissen, dass du es warst, dachte er, aber dem entgegnete er sofort: *Nein, wird er nicht. Du musst nur gut alles Blut abwaschen, das auf dich spritzt, und mit zwei, drei toten Mäusen wieder im Saal auftauchen – und mit einer lustigen Geschichte, wie du sie gefangen hast. Wenn du dich darin selbst lächerlich machst, glaubt niemand, dass sie erfunden ist.*

Leise ging er weiter. Er hatte noch nie ein Pferd getötet, aber er hoffte, er würde das Herz des ähnlichen Einhorns rasch finden, zur Not eben mit dem zweiten, dritten oder vierten Stich.

Und dann war er nahe genug, um das Tier deutlich zu erkennen, und ließ den Dolch sinken. Es hatte die Statur eines schlanken Pferdes, rotbraunes Fell mit weißen Flecken, eine lange schwarze Mähne und einen dichten schwarzen Schweif. Die Hufe waren zierlich, der Kopf schmal. Auf der Stirn wuchs ein gewundenes Horn, leuchtend weiß wie der Mond und lang wie ein Schwert. In den nachtblauen Augen glaubte Arlac das Spiegelbild aller Sterne zu erkennen, und als das Einhorn ihn abwartend ansah, murmelte er: »Du stirbst auf jeden Fall, spätestens morgen, aber wenn ich es jetzt schon tue, dann …« Er brach ab.

Nicht weil es ein Tier war und ihn nicht verstand, da war er sich nicht einmal sicher, sondern weil es Unsinn war. Egal, was er sich in seinem Kopf zurechtgelegt hatte, er wusste, dass er es nicht töten würde. Er konnte nicht, noch nie hatte er ein so schönes Wesen gesehen.

Es war nicht niedlich oder hübsch, es wirkte weder unschuldig, wie manche Geschichten behaupteten, noch wehrlos, es war eben einfach schön. Es war nicht ebenmäßig oder vollkommen, aber sein Anblick pflanzte Arlac eine Ahnung von Freiheit ein, die er nie gekannt hatte. Diese Schönheit ließ ihn verstummen und sein Herz aufgeregt schlagen. Eine Schönheit, die nicht einmal ihn, den groben Narren des Königs, zu Spott und Scherzen verleitete, sondern ganz still werden ließ. Sollte sie vergehen, würde etwas in ihm zerbrechen, das begriff Arlac, als ihn die Augen mit den tausend gespiegelten Sternen betrachteten. Er sehnte sich danach, es frei über die Lichtung springen zu sehen, staunend wie ein Kind, und hätte wer gesagt, es könne auf dem Wind laufen, bis zu den Wolken hinauf und weiter, so hätte er es geglaubt. Er wollte es berühren, doch zugleich erfasste ihn eine merkwürdige Scheu, und so tat er es nicht. Er stand einfach da, nur eine Armlänge von ihm entfernt, und begriff nicht, wie irgendwer ein solches Wesen töten konnte. Wie man das auch nur wollen konnte.

Wie hast du das damals übers Herz gebracht, Tiban?, dachte er und sah den König vor sich, wie er stolz lächelte.

Ich konnte es, weil ich stark bin.

Arlac schüttelte den Kopf. *Stark? Nein. Wie soll das Stärke gewesen sein?*

Nun, Schwäche war es bestimmt nicht, entgegnete der König in seinem Kopf, und das stimmte natürlich. Aber Arlac bezweifelte, dass es sich überhaupt um eine Frage von Stärke und Schwäche handelte, auch wenn der König gern alles und jeden danach beurteilte.

»Ich lass dich heraus«, sagte Arlac und steckte den Dolch weg, verwundert, dass er ihn überhaupt noch in der Hand hielt. Auch wenn das Einhorn einfach verschwunden war, konnte die Zeremonie morgen nicht stattfinden, es musste nicht tot im Käfig liegen.

Das Einhorn sah ihn unverwandt an und stieß ein leises Schnauben aus.

Doch die Gitter waren aus Eisen und viel zu dick, als dass er sie hätte verbiegen oder gar herausreißen können. Die einzige Tür war durch drei große verstärkte Schlösser und eine schwere Kette gesichert. Vergebens versuchte Arlac, die Schlösser zu knacken. Er stocherte mit dem Dolch in ihnen herum, bis die Klinge brach, und dann weiter mit dem Bruchstück, bis die Finger von blutigen Schnitten überzogen waren, aber er erreichte nichts.

»Verdammt!«

Verzweifelt rüttelte er an der Tür und trat gegen das Eisen. Es schepperte so laut, dass man es bei der Burg gehört haben musste, aber auch tief im Wald. Kreischend stoben rings um die Lichtung Vögel auf, flatternde Schatten vor dem klaren Nachthimmel. Irgendwo zwischen den dunklen Bäumen heulte ein Wolf, und andere Tiere antworteten ihm.

Das Einhorn schnaubte noch einmal und warf den Kopf herum. Arlac fluchte und sah sich hektisch um.

Wieder heulte ein Wolf, näher diesmal, und wie ein Echo kam ein heiseres Brüllen, das von einem Bären stammen konnte oder etwas ganz anderem. Wer wusste schon, was der Wilde Wald noch alles beherbergte? Nur in einem war Arlac sicher: Was immer es war, es war groß.

Er ließ vom Käfig ab.

»Es tut mir leid«, sagte er und meinte es aufrichtig, aber er konnte nun einmal nichts tun und wollte sich nicht von wilden Tieren zerfleischen lassen. Aufgewühlt machte er sich auf den Weg zurück.

Kaum hatte er die Lichtung verlassen, hörte er vor sich Schritte auf dem Pfad und tauchte ins Gebüsch daneben. Ein halbes Dutzend Männer des Vogts eilte an ihm vorbei. Aus ihren Rufen schloss er, dass sie gekommen waren, um nach dem Einhorn zu sehen und es für den Rest der Nacht zu bewachen.

»Aber kommt ihm nicht zu nahe, damit ihr nicht unter seine Magie fallt«, warnte einer, und Arlac erkannte die Angst in seiner Stimme.

Ein anderer lachte, aber der Erste fügte hinzu: »Seht es nicht an, das ist ein Befehl des Vogts.«

Und dann waren sie vorbei.

Arlac wartete noch einen Moment, doch sie kamen nicht zurück. Er schlich noch einmal zum Rand der Lichtung und sah, dass die Männer den Käfig umstellt hatten, den Rücken dem Einhorn zugewandt, den Blick starr in die Ferne gerichtet. Leise zog Arlac sich zurück und machte sich auf den Weg zur Burg. Noch einmal heulte in der Ferne ein Wolf.

Bei der Burg angelangt, sah Arlac sich kurz um und hangelte sich am Seil hinauf in sein Zimmer. Er entknotete die Stricke und brachte sie wieder in den Stall. Auf dem Weg hinaus sah er bei Trottel vorbei und gab ihm einen Apfel aus der Tonne an der Tür.

»Du hättest es sehen sollen«, flüsterte er ihm ins Ohr. »Es ist wunderschön.« Anschließend machte er sich auf in den Keller, um Mäuse zu fangen und sie den Höflingen zu präsentieren, auch wenn das Einhorn noch am Leben und im Käfig war. So oder so sollte der Abend nicht mit seinem Rückzug enden, das gönnte er Aurel nicht. Er würde scherzen und saufen und lachen, bis er umfiel, und er hoffte, dass sein Schlaf ohne Träume blieb.

4

Am nächsten Mittag saß Arlac in der Laibung eines Fensters zum Burghof hin und ließ die Beine baumeln. Der einsame Platz passte zu ihm, dem Narren, der weder zu den Höflingen noch zum Volk gehörte. Sein Kopf schmerzte vom Wein, und die Sonne schien viel zu grell vom blauen Himmel herab. Er bewegte sich nur vorsichtig, weil er das Gebimmel der Glöckchen an seiner Narrenkappe so nah bei den Ohren nicht ertrug. Wenigstens hatte er nichts geträumt.

Auf der einen Seite des Hofs, direkt vor Arlac, dort, wo eine breite Treppe ins erste Geschoss des Hauptgebäudes führte, erhob sich ein großes steinernes Podest, das vom gesamten Hof aus gut eingesehen werden konnte, fast wie eine Bühne. Dort sollte Prinz Aurel vor aller Augen das Einhorn töten.

Arlac wusste, dass Tiban seines damals vor nur wenigen Zeugen niedergestochen hatte. Sein Vater hatte es so gewollt, ein intimes Ereignis im Kreis der Familie, Tiban hatte nur seinem Vater und sich selbst zeigen sollen, dass er würdig sei, und niemandem sonst.

»Anderen musst du nichts beweisen, wir sind die Königsfamilie«, hatte der Vater gesagt, aber es wurmte Tiban bis heute, dass seine große Tat nur so wenige Zeugen gehabt hatte. Für ihn gehörten Stärke und ihre Inszenierung zusammen, und so gönnte er seinem Sohn Aurel einen großen Auftritt. Zumal kein Schreiber oder Bibliothekar anwesend war, um das Geschehen für die Chronik festzuhalten.

»Warum das?«, hatte Aurel gefragt.

»Weil man über den Tod eines Einhorns nicht schreibt«, hatte

Tiban erwidert. »Der Akt selbst beeindruckt die Anwesenden, niemand wird es je vergessen, doch niedergeschrieben wirkt es abstoßend und sinnlos. Kein Schreiber kann die Essenz eines Einhorns einfangen, kein Leser findet die Größe deiner Tat in den Sätzen wieder, egal, wie geschliffen sie aufs Pergament gebracht werden. Niedergeschrieben klingt es wie die aufgebauschte Schlachtung einer Kuh, und das ist nicht in deinem Sinn. Nur im Bericht der Augenzeugen, in ihrem Zögern, ihrem unsicheren Blick, ihrem Stammeln, in ihrer verzweifelten Unfähigkeit, die passenden Worte zu finden, wird sich ein Widerhall deiner Tat finden lassen, glaube mir.«

Ob der Prinz ihm glaubte, wusste Arlac nicht, nur dass er es hingenommen und nicht mehr nach einem Chronisten verlangt hatte.

Und nun war es so weit, die Augenzeugen waren versammelt. Für die Höflinge, sich selbst und seine Familie hatte Vogt Farnoh lange bunte Stoffbahnen über einen Teil des Innenhofs spannen lassen. Darunter herrschte einerseits Schatten, und andererseits boten die Stoffe im Sonnenlicht ein prächtiges Farbenspiel. Sanft bewegte sich das dünne Tuch im Wind, darunter standen die herausgeputzten Höflinge und warteten, sie tuschelten und lachten.

Weiter hinten im Hof, jenseits der Stoffbahnen, harrten die Männer, Frauen und Kinder der Burg in der prallen Sonne. Die hatte ihren Zenit erreicht, und nur ganz nah an der Mauer herrschte etwas Schatten.

Neugierig reckten die Pferde den Kopf aus dem Stall, Hunde streiften aufgeregt umher, und selbst in den kleinen Gitterfenstern des Schuldturms waren undeutlich Gesichter auszumachen.

Eine Posaune rief die Menge zur Ruhe, und König Tiban und Prinz Aurel betraten gemessenen Schritts das Podest. Tiban war festlich gekleidet, Aurel prunkvoll. Tiban trug seine Krone auf dem Kopf, Aurel in der Rechten ein kurzes Schwert, dessen Parierstange und Knauf mit leuchtenden Rubinen verziert waren.

»Heute ist ein Tag, der mich stolz macht als Vater«, sagte König Tiban, als die Posaune verstummte. Aufrecht stand er da, das schwarze Haar glänzte in der Sonne, der dichte Bart war ohne jedes graue

Haar. Seine Stimme, tief und voll, trug weit, sodass sie auf dem gesamten Hof zu hören war. »Denn heute wird mein Sohn Aurel uns allen zeigen, dass er über die Stärke eines Königs verfügt. Diese Stärke ist nicht allein körperliche Kraft – auch wenn die natürlich nie schadet.« Er lächelte. »Nein, es ist eine innere Stärke, die einen befähigt, auch schwierige Entscheidungen ohne Zögern, ohne Skrupel und ohne Mitleid durchzusetzen. Stärke ist es, die einen zu einem guten Herrscher macht, nicht Mitleid. Natürlich kann ein starker Herrscher Erbarmen zeigen, wenn er es für angebracht hält, aber dieses Erbarmen muss seiner freien Entscheidung entspringen, es darf nicht darauf gründen, dass er weinerliches Mitleid für Besiegte, Kranke oder Schwache empfindet. Die Entscheidungen eines Königs müssen frei sein von solchen Empfindungen, und diese Freiheit kommt nur aus der Stärke.« Tiban streckte den rechten Arm in Aurels Richtung, die Hand geöffnet. »Mein Sohn, der mir eines Tages auf den Thron folgen wird, verfügt über diese königliche Stärke. Wie es Tradition ist in unserer Familie, wird der Tod eines Einhorns durch seine Hand sie unter Beweis stellen. Das Tier steht wie kein anderes für Unschuld und Schönheit, und doch wird Aurel sich davon so wenig einlullen lassen wie ich damals mit sechzehn Jahren. Wer ein Einhorn tötet, der spürt in sich etwas Göttliches, das ihn für immer verändert. Wer ein Einhorn tötet, ist fortan in der Lage, alles zu vollbringen. Nie wieder ist er ein Gefangener von falschen Skrupeln, denn er weiß, er kann alles überwinden. Wer ein Einhorn tötet, der ist wahrhaft frei in all seinen Entscheidungen und damit ein starker, ein wahrer König. Und ihr, die Vertreter des Hofs«, Tiban blickte in Richtung der Höflinge, »und die des einfachen Volks«, nun blickte er zu denen in der Sonne, »seid auserwählt, mit eigenen Augen zu sehen, dass euer zukünftiger König nicht zögert, wenn es darum geht, Stärke zu beweisen. Er ist ein Prinz, wie ihn sich jedes Land nur wünschen kann, und ein Sohn, der seinen Vater mit Stolz erfüllt!«

Der König verstummte, und Höflinge wie einfache Menschen jubelten. Arlac ließ weiter die Beine baumeln und schwieg. Nicht nur, weil der König ihm das Scherzen untersagt hatte, er verspürte auch nicht den geringsten Drang zu scherzen. Sein Blick wanderte über die Gesichter, auf denen sich Vorfreude zeigte. All die Wartenden hatten noch nicht begriffen, dass sie nicht nur dazu da waren, Aurels Tat zu bejubeln und ihm den würdigen Rahmen für seine große Tat zu liefern. Ihnen kam selbst eine wichtige Aufgabe zu, das hatte Arlac verstanden, als er in der vergangenen Nacht das Einhorn nicht aus dem Kopf bekommen hatte, egal, wie viel er soff.

Es war ähnlich wie bei Tibans Richtturm in Freybruck, der nicht nur für die Gehenkten gedacht war, sondern in erster Linie eine Zurschaustellung von Macht war und eine Warnung an die Zuschauer, sich ans Gesetz zu halten. Tiban dachte stets an die Inszenierung, das wusste Arlac, und so ging es nicht nur darum, dass der Prinz seine Stärke bewies, sondern auch darum, dass die Zeugen erlebten, wie der Prinz und künftige König das denkbar Schlimmste tat, und sie nicht eingriffen. Dass sie sich daran gewöhnten, den künftigen König bei einer Untat zu beobachten, jubelnd und bewundernd, und dass sie auf diese Weise lernten, ein König stünde über jeder Moral, solange er nur stark sei.

Aber natürlich wissen sie das längst, dachte Arlac, er immerhin wusste es. Nur war es erträglicher gewesen, als er darüber hatte lachen dürfen und als er noch nie ein Einhorn gesehen hatte.

Langsam verebbte der Jubel, wieder erklang die Posaune, laut und fröhlich. Vier Männer des Vogts führten das Einhorn von draußen herein. Sie hielten die Köpfe gesenkt, die Gesichter waren angespannt.

Lauf weg, dachte Arlac, aber das Einhorn zerrte nicht einmal an den Stricken. Ergeben ließ es sich führen, es wirkte kleiner als nachts im Wald. Arlac vermochte es kaum anzusehen, und so blickte er weg, beobachtete die Gesichter in der Menge. Sie alle hatten sich dem Geschöpf zugewandt, und Erstaunen zeigte sich auf ihnen, Ehrfurcht, Scheu, Mitleid und Ungläubigkeit angesichts der seltsamen Schönheit – so zumindest empfand es Arlac.

Und dann schaute er zu Prinz Aurel, sah auf dessen Gesicht das gleiche Erstaunen, die gleiche Überraschung und die gleiche Ehrfurcht, und begriff, dass auch der Prinz noch nie ein Einhorn gesehen hatte. Gestern hatte er nur gefeiert und sich feiern lassen, stolz und selbstverliebt, und auch am Morgen war er nicht in den Wald gegangen, um herauszufinden, was ihn erwartete. Er hatte einfach auf seine Stärke als künftiger König vertraut, und jetzt zitterte sein Arm mit dem Schwert.

Tiban, der das nicht mitbekam, weil er nur Augen für das Einhorn und die staunende Menge hatte, lächelte.

Einfache Menschen wie ranghohe Adlige wichen zurück und gaben den Weg frei, als das Einhorn über den Hof und auf das Podest geführt wurde. Dort wurde es an zwei massiven schwarzen Eisenringen festgebunden, die in der Wand verankert waren. Es schnaubte und scharrte mit den Hufen über den Stein, das Horn erschien Arlac matter als in der Nacht. Von den Stricken, die das Tier hielten, hatte er dagegen den Eindruck, sie würden schimmern wie Silber im Mondlicht. Solche Stricke hatte er noch nie gesehen.

Die Posaune verstummte, auch die Zuschauer waren vollkommen still, nicht einmal die kleinen Kinder gaben einen Laut von sich, auch nicht die Hunde oder Pferde, oder die Vögel hoch auf den Giebeln. Kein Lufthauch regte sich.

Die Männer, die das Tier angebunden hatten, verließen das Podest hastig, jeder Tritt auf der Treppe hallte laut in der Stille. König Tiban wich einen Schritt zur Wand zurück, um seinem Sohn den Raum zu überlassen. Dabei fiel sein Blick auf Aurel, und das Lächeln erlosch.

Arlac, der sowieso nah am Geschehen saß, beugte sich unwillkürlich noch weiter vor, um deutlicher zu sehen. Das Gesicht des Prinzen wirkte verbissen, und für einen winzigen Moment schienen seine Wangen im Sonnenlicht zu schimmern.

Tränen?, fragte sich Arlac verblüfft. Er blinzelte, das Schimmern war und blieb verschwunden. Wahrscheinlich hatte er es sich nur eingebildet, die Entfernung war ohnehin zu groß.

Doch wie zur Bestätigung huschte Verachtung über Tibans Gesicht, nur kurz, dann trug er wieder eine Maske aus Würde zur Schau.

»Tu es!«, sagte er schneidend.

Die Zuschauer hielten die Luft an, ein Mädchen lief jammernd davon, ein kleiner Junge begann zu heulen, und der Vater hielt ihm den Mund zu.

»Halt die Schnauze«, zischte er mit rotem Kopf, und das war weithin zu hören. Er drehte den Kopf des Kleinen in Richtung Podest. »Halt die Schnauze und schau hin.«

Unter den Erwachsenen sahen manche zu Boden, aber dann hoben die meisten den Blick wieder, als schämten sie sich ihrer Schwäche. Arlacs Herz krampfte sich zusammen, aber auch er konnte nicht wegschauen. Er merkte, dass er lautlos weinte, und wusste nicht, wie lange schon.

Aurel zögerte.

»Tu es jetzt!«, verlangte Tiban.

Aurel hob das Schwert ein Stück, in seinem Gesicht zuckte es, dem Ausdruck nach weinte er hemmungslos. Langsam ließ er das Schwert wieder sinken.

Die Höflinge starrten ihn an, doch keiner lachte. Viele rangen selbst um Fassung.

Das Einhorn stand reglos da, das Horn zeigte hoch in den Himmel. Arlac wünschte, die Stricke würden reißen und das Einhorn würde die Treppe weiter hinaufspringen, zur Burgmauer und darüber hinweg, es würde wiehernd zum Wald galoppieren oder durch die Luft stürmen, schön und frei, aber die schimmernden Seile hielten das Tier unerbittlich fest, und es stand einfach da wie gebannt und sah den Prinzen an.

Arlac erinnerte sich an die tausend gespiegelten Sterne in den nachtblauen Augen, an den Blick, der ihn bezwungen hatte, und fragte sich, was mit dem Einhorn geschehen würde, wenn Aurel es nicht tötete, aber da erklang ein Keuchen.

»Nein«, keuchte Aurel quäkend, die Nase von Rotz verstopft. »Du machst mich nicht zu einem Schwächling!«

Und damit riss er das Schwert in die Höhe. Weit über den Kopf hob er es.

»Stirb!«, schrie er, als könnte er so seine Stärke herbeirufen, und seine Stimme bebte vor Wut und Verzweiflung. Noch während er schrie, ließ er das Schwert auf das Einhorn niedergehen, anstatt es mit einem sauberen Stich ins Herz zu erlösen. Unwillkürlich wandte er selbst den Kopf ab.

Die Klinge traf auf das Horn, rutschte an ihm entlang und schlug dem Tier eine lange Wunde in die Stirn. Blut quoll heraus, Mähnenhaare segelten zu Boden, doch das Einhorn blieb stehen.

Die Zuschauer japsten, die Pferde im Stall wieherten schrill und schlugen die Hufe gegen die Tür. Ein Hund kläffte. Andere fielen ein, der Junge biss seinem Vater in die Hand und heulte lauter. Der Vater fluchte.

König Tibans Miene war starr.

Aurel riss das Schwert hoch und schlug erneut zu, und diesmal sah er auch hin. Das Einhorn wankte, und er schlug ein drittes Mal zu, und endlich ging das Tier zu Boden.

Aurel aber hörte nicht auf, er drosch die Klinge auf die Flanke des liegenden Tiers, schlug wieder zu, wieder und wieder, bis er irgendwann keuchend innehielt.

Die Hunde bellten wie im Wahn, die Pferde schrien, die Vögel auf den Dächern stoben davon.

Arlacs Brust krampfte sich zusammen, er wollte schreien, aber er tat es nicht, er ließ den Schmerz toben und suchte verzweifelt nach einem Scherz, mit dem er ihn würde betäuben können.

Vom Schuldturm drang ein Schrei herüber: »Und ihr da unten nennt mich einen Verbrecher!«

Ein Ritter ging auf die Knie, und Arlac dachte, er würde sich gleich übergeben, aber das war es nicht, er kniete vor dem Prinzen.

König Tiban nickte grimmig.

Krähen kreisten krächzend über der Burg.

Aurel atmete heftig, er war über und über mit Blut beschmiert. Das Einhorn zu seinen Füßen zuckte nicht mehr, und er sah es nicht an. Triumphierend reckte er das besudelte Schwert in den Himmel und sah in die Menge; die Klinge zitterte.

Weitere gingen auf die Knie, manche sahen ihn bewundernd an, andere voll Abscheu oder Angst, manche verwirrt, doch letztlich knieten sie alle. Alle bis auf Arlac, der in der Fensterlaibung saß und dort nicht knien konnte; der Platz war gut gewählt.

König Tiban sagte nichts.

Aurel rief: »Schwäche und Mitleid werden mich nicht überwinden. Ich kann und werde tun, was immer nötig ist, denn ich bin wahrhaft frei, ihr seid meine Zeugen!«

»Wir sind deine Zeugen«, antworteten die Knienden im Chor. Es klang dünn und verängstigt.

Arlac, der mit Haut und Haar Narr war, dachte: *Ihr kniet vor einem Fleischer, noch dazu vor einem miserablen,* aber er sagte es nicht. Auch bestellte er weder ein Stück Lende – *gern noch etwas blutig* – noch *Gehacktes in Prinzentränensud,* wie er es gern getan hätte, wenn er denn auch an diesem Tag Narr hätte sein dürfen. Und er wäre gern Narr gewesen, denn ein Lachen, und sei es noch so böse, schrill oder verzweifelt, hätte die Qual der Situation gemildert. Der Tod des Einhorns war das Schlimmste, was er je hatte mit ansehen müssen, und er hatte wahrlich schon vieles gesehen – nur im Krieg war er nicht gewesen.

Den heutigen Tag würde er Prinz Aurel nie verzeihen, und dafür würde er ihn bis an sein Lebensende verspotten, das schwor er sich.

HITZE

1

Seit über einem Monat lebte Ukalion nun im Schatten der Dornenhecke. Er schlief in einem großen leeren Haus in Sichtweite, trank und aß in den *Zehn Kerzen,* verbrachte jedoch die meiste Zeit grabend in einem Raum unterhalb der Dornenhecke.

Vor Jahrhunderten von dreizehn Hexen geschaffen, überwucherte sie bis heute den gewaltigen Kaiserpalast von Ycena samt Nebengebäuden, Ställen und Gärten vollständig. Ein Dickicht aus verschlungenen steinharten Ästen, die weder mit einem Werkzeug noch mit einer Waffe zu durchtrennen waren, die Ukalion aber überwinden wollte. Er musste es, um sich König Tiban entgegenzustellen, dem fernen Vater, der ihn, den Bastard, nicht akzeptierte und das Land tyrannisierte. Ebenso dem verhassten Halbbruder Aurel, der Ckarya hatte hinrichten und demütigen lassen, nur weil sie im königlichen Wilden Wald gewildert hatte.

Nur weil sie mein gewesen ist!, dachte Ukalion bitter. Bereits vier Schritt tief war der Schacht, in dem er stand, und wieder und wieder rammte er den Spaten in den Boden und schaufelte schwarze Erde heraus. Kleine Steine knirschten unter der schartigen Kante des Werkzeugs, Würmer wanden sich im Dreck, Käfer krabbelten davon. Ukalion schwitzte und stank, das Hemd hatte er längst ausgezogen.

Das Licht der Fackel, die oben am Schachtrand im Boden steckte, flackerte, obwohl die Luft hier unter der Erde stillstand. Eine zweite Fackel klemmte am Eingang des Raums zwischen Ziegeln in der Wand.

Zahlreiche Abenteurer hatten in der Hecke ihr Ende gefunden, festgehalten von langen Dornen. Ihre zerbrochenen Klingen, gesplitterten Knochen und Zähne, ihre Gürtelschnallen und Schmucknadeln hatten sich mit der Hecke verbunden und waren zu neuen Dornen geworden, spitz und scharfkantig. Unerbittliche Krallen der ineinander verschlungenen Ranken, die Blut und Tränen wie Wasser tranken und als undurchdringlich galten. Trotzdem hatten immer neue Abenteurer versucht, hindurchzugelangen, denn hinter den Dornen warteten unermessliche Reichtümer aus dem untergegangenen Kaiserreich – und die schlafende Tochter des letzten Kaisers. Glaubte man dem Märchen vom letzten Kaiser, so konnte man sie mit einem einzigen Kuss wieder erwecken; und ihrem Retter waren die Hochzeit mit ihr sowie der Titel des Kaisers versprochen.

Fast jeder in den dreizehn Königreichen kannte das Märchen, doch nur die wenigsten glaubten, dass die Kaisertochter dort tatsächlich schlief.

»Das Märchen ist ein Märchen«, sagten die meisten Sucher von Ycena lapidar und durchwühlten die Ruinen außerhalb der Dornenhecke nach Überresten, die sich zu Geld machen ließen – nach Schmuck und Statuen, nach Keramik, Münzen und allem anderen.

»Selbst wenn die Hexerei sie damals tatsächlich nur in den Schlaf geschickt hat, ist sie heute doch längst verhungert«, behaupteten sie. »Ganz abgesehen davon, dass niemand vierhundert Jahre alt wird.«

Das sagt ihr nur, weil ihr es nicht wagen wollt, die Hecke zu überwinden, dachte Ukalion jedes Mal, wenn er das hörte, aber er sprach es nicht aus. Ihm war ihre Überzeugung nur recht, denn er hatte den Traum, Kaiser zu werden, noch nicht aufgegeben. Er hatte gesehen, wie mächtig die alte Hexerei war, und traute ihr ohne Weiteres zu, eine junge Frau über Jahrhunderte im Schlaf und am Leben zu halten. Und doch war die Macht der Hecke vor vier Wochen, als sie den Hexer ohne Gesicht und Namen besiegt hatten, kurz ins Wanken geraten, und an diese Schwäche knüpfte er seine Hoffnung. Denn was einmal geschehen war, konnte immer auch wieder geschehen.

Zwei Tage lang hatte er die Hecke langsam umrundet und von früh bis spät vergebens nach einer Schwachstelle gesucht, hatte eine lange Stange aus Holz hineingestoßen, war aber nicht durchgedrungen. Am dritten Tag hatte er die Hoffnung auf eine Schwachstelle aufgegeben und war wieder in die einstige Kanalisation hinabgestiegen, in den Raum, dessen rückwärtige Wand von den Wurzeln der Hecke gebildet wurde. Den Raum, in dem die Hecke sich von Kinderträumen genährt hatte; dorthin, wo sie den Hexer besiegt hatten, der kein Mensch gewesen war; dorthin, wo die Wurzeln eine kleine Weile lang verwundbar gewesen waren. Das waren sie zwar nicht mehr, aber auch unverwundbar mussten sie irgendwo ein Ende haben.

Sie können nicht bis in die Unterwelt reichen, hatte Ukalion gedacht, doch für einen Moment hatte ihn die Vorstellung schaudern lassen. Dann hatte er den Kopf geschüttelt und den Spaten direkt bei den Wurzeln in den Boden gestoßen.

Nein, das können sie nicht.

Seitdem grub er an dem Loch, das ihn unter den Wurzeln hindurchführen sollte, so wie er es anfangs schon an der Oberfläche versucht hatte – damals jedoch ohne Geduld. Inzwischen wusste er, dass es dauern würde. Der Boden war hart, die Luft stickig, und er, Ukalion, war allein, und so kam er nur langsam voran.

Sicherheitshalber hatte er seinen Anspruch auf den Raum durch eine Fahne mit seinem Namen markiert, wie es unter den Suchern von Ycena üblich war, doch niemand verirrte sich hierher, niemand machte ihm den Platz streitig.

Trotz der Tiefe des Schachts war noch kein Ende des Wurzelwerks auszumachen. Wieder und wieder stieg Ukalion über eine selbst gebaute Leiter rauf und runter, hob einen Eimer Erde nach dem anderen aus und schaffte jeden einzeln hinauf. Die Erde schichtete er weiter vorn im Raum und draußen in der ehemaligen Kanalisation zu Haufen auf. Sein Rücken schmerzte, die Gelenke knirschten, Arme und Beine zitterten, und manchmal verschwamm hier unten im Dämmerlicht alles vor den Augen, aber er machte weiter.

Für Ckarya.

Er sprach nicht mehr so oft mit ihr wie direkt nach ihrem Tod, aber seit Tyra fort war und er den ganzen Tag allein hier unten arbeitete, dachte er viel an sie.

Und an Tiban.

An Aurel.

Wut und Hass gaben ihm die Kraft, immer weiter zu graben, obwohl die Wurzeln tiefer und tiefer reichten. Drei der Wände des

Schachts stützte er mit Brettern ab, die er aus alten Möbeln in den Ruinen herausbrach, die vierte wurde von den verschlungenen Wurzeln allein gehalten – oder gar überwiegend gebildet.

Nur noch einen Eimer, sagte er sich erschöpft wie schon bei den letzten sieben, und dann hatte er sich doch weiter durchgebissen und war immer noch einmal hinabgeklettert. Er musste die Hecke überwinden, bevor die anderen mitbekamen, was er tat. Er musste in den Palast gelangen, solange sie noch in den anderen Ruinen suchten und den eigentlichen Schatz von Ycena aufgegeben hatten. Er musste Kaiser werden, um Tiban die Stirn zu bieten.

Für Ckarya.

Für seine Mutter.

Für seinen wahren Vater Gajus, der ihn nicht gezeugt, ihm aber schließlich doch seinen Namen gegeben hatte.

Für Ckaryas Großvater und alle anderen, die hatten sterben müssen.

Erschöpft schüttete er die Erde aus und stellte den leeren Eimer ab. Seine Zunge war geschwollen, der Mund ausgetrocknet. Durstig griff er nach dem Wasserschlauch, aber der war leer, schon lange.

Noch einen letzten Eimer, ermutigte er sich trotzdem und stieg die Leiter mit zitternden Beinen nach unten. Direkt bei den Wurzeln setzte er den Spaten an und hebelte Erde heraus, und dann sah er etwas blinken. Ächzend kniete er sich hin, um den Dreck um das Blinken herum mit den Händen wegzukratzen. Mit etwas Glück war das eine alte Münze. Schon nach wenigen Augenblicken erstarrte er, und für einen Moment setzte sein Herzschlag aus.

Es war keine Münze und dennoch Gold. Ein großer goldener Siegelring, durch den eine fingerdicke schwarze Wurzel gewachsen war.

Gold!

Das musste echtes Gold sein!

Ukalions Herz schlug wieder, und es schlug schneller. Das war der erste richtige Schatz, den er in Ycena gefunden hatte – oder überhaupt in seinem Leben. Hastig zog er sein Messer und hackte damit in die Wurzel, die mit anderen verflochten war. Unverletzt federte das

Geflecht zurück, und das Messer traf knirschend auf die Erde, nur knapp neben seinem Knie.

Verdammt! Er musste den Ring freilegen. Keuchend grub er mit Händen und Klinge und schürfte sich alle Finger auf. Erneut hackte er auf die Wurzel ein, und erneut federte sie zurück. Es war wie überall an der verdammten Hecke: Er konnte ihr kaum einen Kratzer zufügen. Als schlüge ein kleines Kind mit einem Holzmesser auf eine Eisenstange ein.

»Komm schon!«, knurrte er verzweifelt. Mit dem Gold würde er sich gutes Werkzeug und Vorräte für eine halbe Ewigkeit leisten können, ohne die Sachen selbst zusammensuchen zu müssen. Bretter, Stützbalken und alles andere, was er benötigte, um sich unter der Hecke hindurchzugraben. Er hackte schräg und gerade auf die Wurzel ein, sägte mit der Klinge und versuchte, die Rinde Stück für Stück abzuschaben, doch nichts davon gelang, die Wurzel war zu hart.

»Verdammt!« Ukalion schleuderte das Messer fort. Sein Mund war voller Dreck, doch als er ausspucken wollte, fehlte ihm der Speichel. Müde hob er das Messer wieder auf und steckte es weg. Anschließend umwickelte er den Ring mit einem Stück grauer Schnur, sodass er nicht mehr zu sehen war. Falls ein anderer Sucher hier herunterkam, sollte der nicht unbedingt Gold entdecken; dann wäre es mit der Ruhe vorbei, dann müsste Ukalion um sein Vorrecht, hier zu graben, kämpfen.

Enttäuscht füllte er den Eimer nun wirklich zum letzten Mal für diesen Tag und brachte ihn und den Spaten hinauf. Er warf sich das Hemd über, löschte die Fackel am Schacht, nahm die zweite mit und schüttete die Erde draußen in die Kanalisation. Erschöpft machte er sich auf den Weg zurück an die Oberfläche.

2

Durch den schmalen Einstieg in die Kanalisation kletterte Ukalion hinaus. Es war so hell, dass er die Augen zusammenkneifen musste, und die Hitze traf ihn mit voller Wucht, und doch freute er sich den ganzen Tag auf diesen Moment. Mit ausgebreiteten Armen hieß er die Sonne willkommen, es war, als brenne sie die Dunkelheit aus ihm heraus. Nirgendwo waren die Nächte schwärzer als in Ycena, und die Tage verbrachte Ukalion im spärlichen Fackellicht unter der Erde. Seit Wochen bewegte er sich, abgesehen vom frühen Morgen und den Abenden, in einsamer Dunkelheit, und diese Dunkelheit schien ihm inzwischen unter die Haut zu kriechen, ihn zu füllen. Langsam atmete er ein und aus. Die Hitze blendete und brannte und stach, aber er brauchte sie.

Als sich seine Augen an das grelle Licht gewöhnt hatten, beschattete er sie und hob den Blick, um zu sehen, ob sich irgendwo eine Wolke zeigte. Auch wenn die Sonne seine innere Dunkelheit vertrieb, hoffte er natürlich auf Wolken, doch der Himmel war blau und klar. Selbst im Schatten herrschte Hitze. Die Trockenheit hatte Ycena seit Wochen im Griff, der breite Tivere führte jeden Tag weniger Wasser.

Langsam machte Ukalion sich auf den Weg zum Fluss, um sich den Dreck von der Haut zu waschen. Schwarze Nachtsalamander lagen auf den warmen Steinen am Wegrand, und schillernde Fliegen krabbelten über die hellen Hauswände. Brummend umkreisten sie Ukalion, angelockt vom getrockneten Schweiß, und bald kamen auch summend die Mücken. Hungrig setzten sie sich auf seine bloße Haut, und er schlug mit der freien Hand nach ihnen.

In einer Seitengasse lungerten drei Streuner herum, aber Wolf war nicht unter ihnen. Ihn hatte Ukalion seit der Nacht, als er davongelaufen war, nicht mehr gesehen. Telamon und Isa glaubten, er sei tot und die Nachtkreaturen hätten sich furchtbar an ihm gerächt, und wahrscheinlich hatten sie recht. Der Junge hätte nicht so kopflos davonstürzen sollen.

Warum hast du das nur getan? Du könntest noch leben.

Am Tivere schöpfte Ukalion mit den Händen Wasser und trank gierig, dann wusch er sich Dreck und Schweiß von der Haut. Nass schlüpfte er wieder in die schmutzige Kleidung und ging nach Hause. Er mied den Schatten, wo immer möglich, und hielt das Gesicht der Sonne entgegen. Noch unterwegs trocknete sie ihn. Er stellte Spaten und Eimer ab und machte sich auf, etwas zu essen und zu trinken. In lauter Gesellschaft gegen die Einsamkeit im Schacht.

Schallendes Gelächter drang aus den *Zehn Kerzen,* als Ukalion sich den ehemaligen Thermen näherte. Zwei Streuner standen am Fenster und sahen hinein, ein alter Sucher saß sabbernd auf den Resten einer Säule und summte kichernd vor sich hin; Estor, der sich eine Hand beim Graben verstümmelt hatte, Ycena aber nicht verlassen wollte.

»Ich weiß nicht, was ich dort draußen soll, dort wartet nichts und niemand auf mich«, sagte er immer, aber viele glaubten, dass er dort gesucht wurde – so wie einige von ihnen auch. In Ycena kam er zwar als Sucher nicht mehr weit, aber nüchtern war er als erfahrener Ratgeber geschätzt und gewann beim Spiel genug, um zu essen, hin und wieder das Bordell zu besuchen und vor allem zu saufen, und das reichte ihm. Neben ihm lag ein umgestürzter Krug auf dem Boden.

Ukalion nickte ihm zu und ging hinein. Fast alle Tische der riesigen Halle waren belegt, der Tresen dicht belagert. Überall wurde gerufen, getrunken und gelacht.

»Neuankömmlinge!«, rief Isa ihm vom ersten Tisch neben der Tür zu, kaum war er eingetreten, und winkte ihn herbei. Ihre Wangen waren gerötet, und sie trug die blonden Haare zu einem verschlungenen Knoten gebunden, den Tyra ihr gezeigt hatte. Bei ihr waren ihr Vater Telamon und Belizar, sie hatten große Krüge und leere Teller vor sich. »Eine Frau und ein Mann.«

»Neue Sucher?« Ukalion trat zu ihnen.

»Was sonst?« Isa lachte. »Sie waren auch schon an der Hecke!«

Ukalion durchfuhr es kalt. Was hatten die Neuen vor? Wollten sie in den Palast eindringen wie fast jeder, der neu hierherkam? Er erinnerte sich noch gut daran, wie er zum ersten Mal vor der Hecke gestanden hatte und wie überwältigend ihm ihre unbegreifliche Größe erschienen war. Wie er für einen Moment alle Hoffnung verloren hatte, sie je zu überwinden. Was, wenn die Neuen nicht so leicht die Hoffnung aufgaben? Was, wenn sie schneller einen Weg hinein fanden als er? Er versuchte, sich die Angst nicht anmerken zu lassen, und fragte möglichst unbeteiligt: »Und? Was haben sie gesagt?«

Isa zuckte mit den Schultern. »Was wohl? Jeder ist von der Hecke beeindruckt.«

»Weißt du, was sie wollen?«

»Nein. Aber die Frau ist schön.«

»Ach, ja?« Das erklärte natürlich, warum der Andrang diesen Abend so groß war, größer als damals bei ihm. Frauen waren selten in Ycena, und schöne besonders. Oder hatte der Andrang eine andere Ursache? Neugierig sah Ukalion sich um, doch er konnte die Neuen nicht entdecken. »Und was ist der Mann für einer?«

»Der ist komisch.«

»Komisch? Ein Gaukler und Spaßmacher?«

»Nein.« Nachdrücklich schüttelte sie den Kopf.

»Was meinst du dann?«

»Ich weiß nicht. Er ist nicht lustig, er stellt komische Fragen.«

Telamon wuschelte ihr durchs Haar und wandte sich Ukalion zu. »Er hat sich nach Inschriften auf Ruinen erkundigt und nach Wandmalereien und so was. Als Parikles ihm gesagt hat, dass das nichts einbringt, dass im Moment Statuen besonders gefragt sind, hat er erwidert, das sei ihm nur recht, dann würde ihm niemand die Inschriften streitig machen. Für Statuen interessiere er sich natürlich auch, aber in erster Linie eben für Bücher und Pergamentrollen und alte Briefe. Bücher! Kannst du dir das vorstellen?«

»Er ist ein Schreiber aus irgendeiner Bibliothek, sagt er«, ergänzte Belizar. Seine Wunden waren so weit verheilt, dass er vor einer Woche das Bett verlassen hatte. Noch konnte er weder schwer tragen noch sich anderweitig anstrengen, aber er hatte Glück gehabt, nichts hatte sich entzündet, er würde sich wieder völlig erholen.

Bücher, dachte Ukalion erleichtert. Die mussten sich doch außerhalb der Hecke finden lassen, wie auch Inschriften und Wandmalereien. Trotzdem fragte er: »Was macht ein Schreiber hier?«

»Was ein Müllergehilfe? Ein Seemann?«, hielt Belizar ihm entgegen und grinste.

»Auch wieder wahr.« Ukalion nickte. »Ich hol mir ein Bier und schau mir die beiden mal an.«

Langsam ging er an den Tresen, grüßte den Wirt Labuz und bestellte bei Maija ein Bier. Sie half manchmal aus, wenn sie gerade nicht im Bordell arbeitete.

Da, am anderen Ende des Tresens, umlagert von trinkenden Suchern, standen die Neuankömmlinge. Isa hatte recht, die Frau war schön, auch wenn sie nicht mehr jung war. Groß und schlank, das Haar lang und schwarz und das Gesicht ebenmäßig. Jeder wollte ihr etwas ausgeben, aber sie bezahlte selbst und trank langsam und überließ das Reden dem Mann. Sie wirkte müde, aber aufmerksam. Als Sylenos, ein trinkfreudiger Sucher mit roten Wangen, ihr vertraulich den Arm um die Schulter legte, löste sie sich mit einer schnellen Bewegung und stieß ihn fort. »Such dir eine Statue, wenn du dich anlehnen willst. Und wenn du was anderes willst, dann such dir auch eine Statue, denn die sind leichter zu erweichen als ich.«

Sylenos taumelte zurück, stürzte aber nicht. Andere lachten, und ein Grinsen zeigte sich auf Sylenos' Zügen. Langsam wankte er wieder auf sie zu, die rechte Hand ausgestreckt, als würde er sich an ihr orientieren. Dazu nuschelte er: »Komm schon, Schöne.«

»Nein«, erwiderte sie und hob die Brauen.

»Nein? Wieso nein? Du kannst doch nicht einfach so ... Ich hab von allen hier zuerst gefragt, ich bin der Erste ...«

»Nein, hat sie gesagt«, mischte sich jetzt der Mann ein.

Sylenos blieb stehen und musterte ihn wankend. »Bist du ihr Mann?«

»Du bist es auf jeden Fall nicht, oder?«

Sylenos schien verblüfft. Er schüttelte er den Kopf. »Nein, bin ich nicht. Das bin ich wirklich nicht. Oder?« Er sah aus, als denke er ernsthaft darüber nach. Unablässig den Kopf schüttelnd, taumelte er an den Tresen, wo er von Maija einen weiteren Wein verlangte. Dann fragte er: »Arbeitest du heute gar nicht?«

»Doch.«

»Warum bist du denn dann hier?«

»Ich arbeite.«

»Du …? Ach, heute habe ich einfach kein Glück.« Er bezahlte den Wein und ging, ohne den Krug anzurühren. Vergessen stand der auf dem Tresen.

»He, Sylenos!«, rief Maija. »Dein Wein!«

»Lass ihn stehen«, brummte er. »Ich trink ihn morgen früh.«

»Bis dahin schwimmen hundert Fliegen drin«, johlte irgendwer.

»Dann trink ich die eben mit«, erwiderte Sylenos und trat unsicher auf die Straße.

Maija verkaufte den Wein dem Nächsten, und die Sucher wandten sich wieder den Fremden zu, sagten ihnen, die Stadt sei riesig, jeder sei willkommen, und auch wenn jeder für sich grabe, seien doch alle eine Gemeinschaft, es gebe schließlich genug Ruinen für alle. Sie hoben die Becher, und dann warnten sie die Neuankömmlinge vor der Nacht und ihren Kreaturen. Mehrfach vergewisserten sie sich, dass die beiden auch eine Unterkunft hatten.

»Andernfalls kannst du gern …«, hoben mehrere mit Blick auf die Frau an, aber sie unterbrach alle.

»Nein«, sagte sie jedes Mal, »nicht nötig. Wir haben ein Haus.«

Anders als die Frau wirkte der Mann aufgeregt und glücklich, dass er hier war, doch kaum öffnete er den Mund, um eine Frage zu stellen, vertröstete irgendwer ihn auf später und verlangte eine andere Antwort von ihm. Alle wollten wissen, was draußen im Königreich geschah, und jetzt war sogar ein Gelehrter gekommen. Sie erwarteten einfach, dass er mehr wusste als der Händler Sol, von dem sie sonst ihre Neuigkeiten bezogen.

»Weißt du, ob Tiban weiter Räuber hängt – wo doch immer noch die Sonne sengt?«, fragte Lignu, der stets in holprigen Reimen sprach.
»Es hieß, er opfert voller Tatendrang – Stacchos, dem Wolkenherr, der Regen machen kann.«
»Ja, dem ist wohl so«, sagte der Schreiber vorsichtig. »Anthia lag eine Weile verletzt in einem Gasthof im Nirgendwo, weil wir in einen Hinterhalt von Räubern geraten waren. Freybruck haben wir also schon vor einiger Zeit verlassen, aber Reisende haben uns berichtet, dass die Zahl der Hinrichtungen steigt und dass wohl zugleich Stacchos um Regen angefleht wird. Auch haben wir Mitglieder des Königsordens getroffen. Sie durchstreiften das Land auf der Suche nach Räubern und Hexen und schafften Gefangene eilig in die Hauptstadt. Aber ob man sie dort hinrichten oder opfern will, kann ich nicht sagen.«
»Doch regnet's in der Königsstadt – oder brennt die Sonn' auch dort herab?«
»Die Sonne brennt«, sagte Anthia schnell, als wolle sie einer umständlichen Antwort des Schreibers zuvorkommen. »Vielleicht sogar heißer als hier.«
Der Schreiber nickte, und die Sucher waren zufrieden, auch wenn sie über die Hitze fluchten. Dann fragten sie nicht mehr nach dem König und den großen Dingen, sondern nach ihren Heimatorten, die die meisten von ihnen seit Jahren nicht gesehen hatten, nach ihren Familien, nach Nachbarn und Freunden, und der Schreiber bemühte sich sichtlich, Auskunft zu geben. Selten wusste er Genaues, manchmal erinnerte er sich an ein Ereignis, von dem er zufällig gehört hatte, den Tod eines Barons, einen Tempelbrand, die Gefangennahme eines Räuberhauptmanns und dergleichen. Nur denen aus Freybruck konnte er aus erster Hand berichten, wie es dort vor wenigen Wochen noch ausgesehen hatte.
Ukalion schnappte den Namen des Mannes auf, Inrico, aber er verstand noch immer nicht, was genau die beiden nach Ycena verschlagen hatte. Inrico wirkte gelehrt und gebildet, weshalb war er nicht in seiner Bibliothek geblieben und widmete sich dem Schrei-

ben? Was hatte ihn aus der Heimat getrieben, und weshalb war Anthia bei ihm? *Bücher und Inschriften, schön und gut,* dachte Ukalion, aber was, wenn sie in den Palast gelangten und dort auf die Kaisertochter stießen? Natürlich würde Inrico sie küssen, wer würde das nicht? Und das machte ihn zu einem Konkurrenten. Abschätzend musterte Ukalion ihn. In seiner Begeisterung für Ycena wirkte Inrico fast kindlich, und insgesamt schien er zu weich, um die Hecke zu überwinden, aber vielleicht wusste er als Gelehrter etwas, das sonst niemand wusste? Das musste Ukalion herausfinden. Er wollte nicht nach Wochen des Grabens endlich in den Palast gelangen, nur um zu entdecken, dass ein anderer die Hecke vor ihm überwunden hatte.

Er sagte: »Wenn ihr zum Suchen hier seid, solltet ihr euch bei Labuz eine Markierungsfahne besorgen und sie gut sichtbar an der Ruine anbringen, die ihr beansprucht. Damit euch niemand die Fundstelle streitig macht.« *Und damit ich erkenne, wo ihr sucht,* fügte er in Gedanken hinzu.

»Einfach so?«, fragte Inrico. »Was kostet eine solche Fahne?«

»Nichts. Die Ruinen gehören ja niemandem.«

»Nur wenn schon eine Fahne weht – dann bist du leider dort zu spät«, ergänzte Lignu. »Dann ist vergeben dieses Haus – drum such dir eines ohne aus.«

»Und wer setzt das durch? Ich habe nirgendwo Wächter oder gar Soldaten gesehen.«

»Die gibt es hier auch nicht«, sagte der leidenschaftliche Spieler Parikles mit einem Augenzwinkern, andere nickten und lachten. »Ycena mag zu Lathien gehören, aber der König kommt hier nicht her. Niemand von Adel und Macht tut das. Unsere Stadt, unsere Regeln, und wir setzen sie durch; alle zusammen.«

»Und wie?«

»So, wie es sich eben ergibt. Am besten ist es aber immer, wenn du für dich selbst eintrittst.«

»Verstehe.« Inrico nickte langsam. »Gibt es noch weitere Regeln, an die wir uns halten sollten?«

Parikles zuckte mit den Schultern. »Die Markierungen sind das Wichtigste. Ansonsten ist es ganz einfach: Bezahlt, was ihr kauft, stehlt nicht, und tötet niemanden ohne triftigen Grund.«

»Das klingt vernünftig.« Einen Augenblick lang wirkte er so, als beschäftige ihn noch etwas, dann schüttelte er kaum merklich den Kopf. Und fragte: »Wenn ich die Inschriften von Gebäuden abzeichnen möchte oder Wandmalereien kopieren, brauche ich dann auch eine Markierung?«

»Nein. Aber warum willst du so etwas tun?«

Inrico lächelte. »Ich habe meiner Bibliothek Wissen versprochen. Und so ist es einfacher, als die Steine alle mitzuschleppen.«

Anthia wandte sich an den Wirt. »Ich nehm besser so eine Fahne.«

Einige lachten, während Labuz nur nickte und ein zugeschnittenes Stück Stoff aus dem Schrank hinter sich holte. »Schreib deinen Namen drauf. Oder lass ihn draufschreiben.«

Sie nahm das Stoffstück an sich und wehrte mehrere Angebote, ihr beim Graben in dunklen Kellern zu helfen, ab. Andere Sucher drängten Inrico unentwegt, ihnen vom Leben außerhalb von Ycena zu berichten, und er tat es.

Ukalion hätte gern gewusst, wie es seinen Eltern und dem jungen Mart ging und wie es um die Krampmühle stand, aber er fragte nicht danach, denn er wollte nicht, dass irgendwer erfuhr, dass er Tibans Bastard war. Eine Frage würde wahrscheinlich noch nicht schaden, aber wer wusste schon, was so ein Schreiber alles wusste?

Er leerte seinen Becher und ließ sich nachschenken. Dann kehrte er an den Tisch neben der Tür zurück und beschloss, das merkwürdige Paar trotz allem im Auge zu behalten. So wie jeden Sucher, der plötzlich am Palast graben wollte.

3

Seit der Hinrichtung von Grigo Blutmond blieben die Toten nicht mehr hängen, bis sie verrottet waren. Aus den Hinrichtungen waren Opferungen für die Götter geworden, und geopfert wurde jede Woche aufs Neue. Also musste der dreistufige Richtturm vor Freybruck jeden Sonntag bereit sein, neue Räuber, Hexen, Wilderer und anderes Gesindel aufzunehmen, und das bedeutete, die alten Toten mussten herab.

Fast fünf Tage hatten die zuletzt Hingerichteten am Galgen gehangen, fünf Tage ohne die kleinste Wolke am Himmel, sosehr die Götter auch darum angefleht worden waren, Stacchos vor allem, der Sternstürzer und Herr über Wolken, Blitz und Donner, in der Verzweiflung aber auch alle anderen, selbst die dreigesichtige Suula, eine Göttin der Winde, die eigentlich nur noch von Seeleuten verehrt wurde. Fünf Tage, während derer hungrige Krähen, Totenhörnchen, unermüdliche Insekten und anderes Getier sich an den Leichen gütlich getan hatten und die schwere Hitze sie ausgetrocknet hatte. Im Morgengrauen des fünften Tages war der Henker mit Handlangern gekommen, um sie abzunehmen. Und Arlac, der Narr, war gekommen, um ihnen zuzusehen, ebenso eine Handvoll neugierige Kinder aus der Stadt. Erwachsene Zuschauer ließen sich nicht blicken, die kamen nur zu den Hinrichtungen, nicht, wenn die Toten abgenommen wurden. *Als wollten sie nicht hinter die Kulissen des Theaters schauen,* dachte Arlac.

Ohne seine blau-grüne Kappe mit den Messingglöckchen saß er oben auf der Stadtmauer direkt am Richtturm, genau zwischen den beiden Zinnen, zwischen denen der Schreiber aus der Schwebenden Bibliothek Grigos Hinrichtung gezeichnet hatte. Mit ihr hatten die Opferungen begonnen. Eigentlich mit einem Scherz Arlacs, und wie schnell daraus Ernst geworden war, verblüffte ihn noch immer. Drei Krähen staksten über den untersten Galgen.

Windstille herrschte, und der Himmel im Osten war rot gefärbt. In der Stadt hinter Arlac wieherte ein Pferd, fluchte eine Frau, grunzte ein Schwein und knarzte ein Karren. Mehr und mehr Einwohner erwachten und begannen ihr Tagwerk. Schon seit Wochen wurde früh und spät gearbeitet und in der Mittagshitze geruht.

Arlac sah zu, wie der Henker die Leiter an den Galgen lehnte, ausgiebig gähnte und dann zur untersten Ebene hinaufstieg. Die drei Krähen flogen schimpfend davon. Oben angekommen, zückte der Henker ein langes Messer und schnitt den ersten Strick aus dem mächtigen Eisenhaken. Der Leichnam fiel und polterte dumpf auf die steinerne Basis des Richtturms. Anschließend schwang sich der Henker auf den Balken und lief, das Messer noch immer in der Hand, auf ihm entlang und über den Pfeiler zum nächsten Haken. Er kniete sich hin, beugte sich tief hinab und löste auch diesen Strick. So ging es weiter, Strick um Strick, und Leichnam um Leichnam stürzte herab. Obwohl er nur eine Hose und ein dünnes Hemd trug, schwitzte der Henker. Trotz der frühen Tageszeit war die Luft drückend, und es wehte keine kühlende Brise.

Auf der Basis mit den schmerzverzerrten Steinfratzen wartete ein schwarz gekleideter Handlanger, der die Toten weiter hinabstieß auf den staubigen Boden. Er tat es mit dem Fuß, als wollte er sie nicht mit der bloßen Hand berühren. Zwei weitere Handlanger hoben die Toten auf und warfen sie wie Strohsäcke auf einen Pferdewagen mit kniehohen Wänden aus ausgeblichenem Holz. Die Gliedmaßen schlenkerten im Flug und gerieten durcheinander, die Stricke verhedderten sich mit ihnen, und die Toten kamen verrenkt zu liegen.

Ihnen die Stricke nicht abzunehmen war ein seltsamer Brauch, fand Arlac. Denn abgesehen von den letzten Lumpen nahm man den Gehenkten sonst alles, man verwehrte ihnen sogar ein Begräbnis, sodass ihre Seele keine Ruhe fand. Doch der Strick wurde nicht wieder verwendet, der Nächste bekam einen eigenen. Auch kein Lebender wollte den Strick eines Gehenkten haben, nicht einmal die Allerärmsten, denn ein solcher Strick verhieß schreckliches Unheil. Und so baumelte erst der Verurteilte am Strick und später der Strick am Verurteilten. Dies und zahlreiche andere böse Kommentare gingen Arlac durch den Kopf, aber er schwieg.

Zu wenig Publikum, das lohnt nicht, sagte er sich mit einem Blick auf die Handvoll Kinder. Doch das allein war es nicht, ihm war nicht nach Scherzen zumute, auch wenn er sonst über alles lachte.

Schließlich schnitt der Henker den vierten und letzten Toten von der unteren Ebene, einen kleinwüchsigen Krüppel mit krummen Beinen, den Arlac manchmal in der Stadt gesehen hatte, bettelnd oder der Häme von Kindern ausgesetzt, die ihn mit Steinen bewarfen und durch die Gassen jagten. Den Namen hatte Arlac damals nicht gekannt. Der Krüppel war nicht so hässlich gewesen wie er selbst, aber auch nicht so flink und wortgewandt, doch als er einmal versucht hatte, seinen Peinigern auf die Dächer zu entkommen, so wie er selbst früher, hatte er etwas von sich in ihm wiedererkannt. Der Krüppel hatte sich ungeschickt angestellt und war abgestürzt, noch bevor er den ersten Stock des Hauses erreicht hatte. Die Kinder hatten ihn verlacht und immer weiter mit Steinen beworfen, und Arlac hatte es nicht ertragen, dass er sich nicht wehrte, sondern nur versuchte, seinen Kopf zu schützen. Mit bissigen Worten hatte sich Arlac über die Wurfkünste der Angreifer lustig gemacht, bis die sich verzogen hatten. Der Krüppel hatte ihm gedankt, aber er hatte ihn nur angemotzt, er solle lernen, sich zu wehren oder zu klettern. Dann war er gegangen.

Letzte Woche hatte es geheißen, der Krüppel habe gestohlen, aber niemand wusste, was, auch der Krüppel nicht, und niemand hatte sich dafür interessiert. Von Interesse waren nur die Wolken und der Regen, für die er aufgeknüpft werden sollte, und die Menge hatte gefordert: »Hängt den Dieb!«

Tullo hatte er geheißen, das hatte Arlac bei der Hinrichtung erfahren. Aber der Regen war nicht gekommen.

Auch heute war der Himmel blau und klar, und die sengende Sonne stieg langsam höher. Der Henker wischte sich den Schweiß mit dem Ärmel von der Stirn und stieg die lange Leiter zur zweiten Ebene hinauf, wo weitere vier Tote hingen. Einer nach dem anderen schlug auf das Podest, zuletzt eine blonde Hexe aus irgendeiner unbedeutenden Grenzstadt, die beinahe ganz oben hätte hängen dürfen. Ihr Aufprall war laut, aber Arlac sagte noch immer nichts.

Dann kletterte der Henker ganz hoch, wo der Schlimmste baumelte, das größte Opfer, ein abgemagerter Räuber aus den lichten Wäldern nördlich von Khulanehus. Einen Schlimmeren hatte der Orden diese Woche nicht gefunden. Als die letzte Leiche zu Boden fiel, blickte der Henker zu Arlac, nickte kaum merklich und stieg den Toten hinterher. Auch Arlac nickte, und oben in der Luft schimpften die Krähen.

Kurz darauf war der Wagen beladen, und der Henker und seine Handlanger fuhren in Richtung Galgenberg davon. Dort wurden die Gerichteten seit Wochen abgelegt, damit sie langsam vermoderten, ganz ohne ordentliche Bestattung. Jede Woche wuchs der Berg. Jahrelang hatte man dort keine Totenhörnchen mehr gesehen; nun waren sie zurückgekehrt.

Während der Wagen in der Ferne immer kleiner wurde, kamen Handwerker aus der Stadt und stiegen den Richtturm hinauf. Sie brachten neue Haken an den Querbalken an, sodass fortan doppelt so viele Stricke befestigt werden konnten. Die Kerker waren voll, und weil der Regen einfach nicht kommen wollte, hatte König Tiban beschlossen zu handeln.

Arlac setzte die Kappe auf, und die Glöckchen bimmelten leise. Langsam stieg er von der Mauer, um ins Schloss zurückzukehren, wo er wilde Scherze treiben würde, bis er heiser war. Das war seine Aufgabe. Was konnte man sonst auch tun? Das ganze Land schien dem Scherz eines Narren entsprungen, wer wollte da nicht lachen und sich vor Freude auf die Schenkel klopfen?

VERTROCKNETE BLÄTTER

1

Mit der Finsternis kamen die Kreaturen. Zunächst war Anthia überzeugt gewesen, dass die Sucher übertrieben hatten mit ihrer Angst vor der Nacht, aber als bei Sonnenuntergang die Letzten in ihrem Haus verschwunden waren, war ihr mulmig geworden. Sie hatte die Tür sorgfältig verriegelt und mit Inrico zusammen einen schweren Tisch aufrecht in die Laibung gehoben. Dann hatten sie sich an ein Fenster gestellt und hinausgesehen. Das letzte Tageslicht war gegangen, die Sterne leuchteten nur matt, und der Mond ließ sich nicht sehen.

Doch sie kamen.

Dunkle Schemen in der Schwärze, schabende, schlürfende, saugende, tastende, schmatzende Wesen, die in der Dunkelheit kaum auszumachen waren. Eine mehrere Schritt lange Kreatur kroch wie eine Raupe durch die Straßen, andere erinnerten an Menschen, auch wenn ihre Arme länger waren, ihr Gang gebeugt oder ihr Kopf kleiner. Ein dreiköpfiges Schwein mit verkümmerten Flügeln und einer zischenden Schlange als Schwanz folgte schnüffelnd einer unsichtbaren Spur. Nichts war deutlich zu erkennen, und doch wusste Anthia, dass die Haut der Wesen blutig aufgerissen war, überzogen von langen Striemen und Rissen, die von Dornen stammen mochten. Sie konnte es nicht sehen, und doch sah sie es, sah es so deutlich, dass sie den Schmerz der Verletzungen selbst zu spüren meinte. Hastig wich sie zurück, doch Inrico nicht. Er presste das Gesicht gegen die Scheibe und keuchte vor Angst und Aufregung.

»Komm da weg!«, zischte sie.

»Ich muss das sehen.«

»Nein!« Sie tastete nach ihm, packte ihn und zog ihn in den nächsten Raum, fort von dem Fenster zur Straße. Er wehrte sich nicht, sondern protestierte nur knurrend.

»Wenn du sie siehst, sehen sie auch dich!«, hielt sie ihm vor. »Und was denkst du, was sie dann tun?«

»Alle haben gesagt, sie können nicht herein!«

»Vielleicht können sie es, wenn du ihnen genug Anreiz gibst.«

»Das ist doch meine ...«

»Nein«, schnitt sie ihm das Wort ab. »Ich bin auch hier drin. Wenn sie hereinkommen, dann ...«

Draußen erklang ein grässlicher Schrei, ein schmerzerfülltes Heulen, das wie Donner über das Haus hinwegrollte. Die Wände schienen zu zittern, eine Gänsehaut überlief Anthia, und ihr Herz schlug schneller. Inrico japste.

»Sind alle Türen geschlossen?«, fragte er. »Und die Fenster?« Kein Wort mehr davon, dass er hinaussehen wollte.

»Ich hoffe es«, flüsterte sie.

Weil Hoffnung allein nicht ausreichte, tasteten sie sich durch die Villa, die Inrico wegen der verblassten Wandmalereien ausgesucht hatte, und Anthia, weil sie nicht direkt am Palast und bei den Häusern der Sucher lag. Sie hatte Abstand gewollt, um unbeobachtet zu sein, aber nun war sie nicht mehr sicher, ob das eine gute Entscheidung gewesen war. Die Villa hatte mehrere Türen nach außen und zum offenen Innenhof hin, dazu zahlreiche Fenster oben und unten. Im Innenhof lag ein mit Mosaiken verziertes, ausgetrocknetes Bassin. In der Mitte des Beckens erhob sich ein Pfeiler mit der Statue eines Reihers, deren Kopf abgebrochen war. Der Pfeiler trug mehrere Inschriften, und auch die hatten Inrico verlockt, hierzubleiben. Anthia und er trennten sich, um schneller zu sein; er ging nach oben, sie blieb im Erdgeschoss.

Irgendetwas prasselte wie grober Hagel aufs Dach, so laut, dass sie es sogar unten hörte. Ein Kreischen erklang in der Ferne, aber noch immer viel zu nah, ein Klagen und ein Brüllen, und dann herrschte plötzlich Stille, eine so vollkommene Stille, dass Anthia ihren eigenen Atem hörte. Er ging zu schnell, und sie fragte sich, was sie hier in Ycena tat, was sie ihrem Bruder, dessen Räuberbande sie doch freiwillig verlassen hatte, schuldig war. Sie dachte an den Narren, der ausgelassen auf Grigos Galgen getanzt hatte, und an König Tiban, der die Hinrichtung zu einer Opferung erklärt hatte. Daran, dass Grigos

Leichnam ohne Bestattung vermoderte, dass seine Seele keine Ruhe finden sollte. Nein, sie schuldete ihm nichts, aber der König und der Narr hätten ihm trotz seiner Taten mehr Respekt geschuldet.

Irgendetwas, groß und langbeinig wie ein Reiher, landete im Innenhof, am Rand des leeren Bassins und nur wenige Schritt von ihr entfernt. Sie musste an die Krähen denken, die krächzend und hungrig über dem Galgen ihres Bruders gekreist waren. Obwohl sie sie nicht deutlich erkennen konnte, war sie überzeugt, dass die Flügel der Gestalt draußen ausgefranst und voller Risse waren. Der Schnabel klapperte laut, und sie dachte an ein höhnisches Lachen.

Hastig eilte sie zur nächsten Tür und den Fenstern daneben, stieß sich dabei das Schienbein, die Zehe und die Schulter, doch alles war geschlossen und sicher. Der Schmerz im Schienbein ebbte nur langsam ab.

Klappernd landete ein weiterer Reiherartiger, und einen Augenblick lang dachte sie, die ausgebreiteten Flügel könnten das ganze Haus bedecken und ersticken, ein Leichentuch aus wimmelnden Käfern, aneinandergebunden mit dem Haar von Toten. Sie unterdrückte einen Fluch und stolperte durch die Dunkelheit ins nächste Zimmer, während noch eine Kreatur im Innenhof landete.

Als sie die Tür erreichte, bemerkte sie, dass die einen Spalt weit offen stand. Auch eine der Kreaturen hatte das bemerkt. Sie riss den Schnabel auf und stieß den Kopf vor, bis die Schnabelspitze ins Innere kam. Die Finsternis drückte Anthia auf die Augen, als würden sie ihr zugehalten. Sie schlug nach dem Schnabel, und Schmerz durchfuhr sie, als hätte sie ins Feuer gelangt. Irgendwas schnürte ihr die Brust zusammen, blind warf sie sich mit der Schulter gegen die Tür und drückte sie zu, verschloss sie. Tastend stieß der Schnabel noch mehrmals dagegen, ein Krächzen war zu hören, doch es drang niemand ein.

Langsam ließen Dunkelheit und Schmerz von ihr ab, und sie konnte wieder atmen. Sie eilte weiter, getrieben von der Angst, eine weitere Tür könnte offen stehen und sie könnte zu spät dort sein. Doch alle weiteren Türen und Fenster waren verschlossen.

Jedes Mal, wenn sie einen Raum betrat, dessen Fenster zum Innenhof gingen, landete dort ein weiterer Schattenvogel. Keiner unternahm den Versuch, in das geschlossene Haus einzudringen. Irgendwann erhoben sie sich alle gemeinsam, rauschend und die Sterne verdunkelnd, krächzend und klappernd, und es pfiff, als tobe ein Sturm um das Haus, und dann war es vorbei. Nur die Statue ohne Kopf stand noch im Hof.

»Alles zu?«, fragte Inrico, als sie wieder aufeinandertrafen. Er klang angespannt.
»Jetzt ja.« Sie erzählte, was geschehen war. »Und bei dir?«
»Ja«, sagte er. »Morgen suchen wir ein neues Haus, eines ohne Innenhof. Hier fühle ich mich umzingelt.«
»Dann willst du bleiben?«
»Es ist Ycena«, erwiderte er, als sei das Antwort genug. »Willst du nicht mehr Kaiserin werden?«
»Ich ...« Sie setzte sich auf den Boden und lehnte sich mit dem Rücken an die Wand. Der Stein war hart und warm. Ycena war so viel gewaltiger als erwartet, die Sucher, so verloren sie in diesem Meer aus Ruinen auch wirken mochten, so viel zahlreicher. Und die Dunkelheit und die Kreaturen, die darin lebten, machten ihr Angst, die Begegnung mit dem Vogel steckte ihr noch immer in den Knochen. Was, wenn es einen richtigen Angriff gab? Und selbst wenn diese Wesen nicht ins Haus kamen, war es, als könnten sie in ihr Herz gelangen, in ihren Kopf. Und wenn eines der Fenster einen Sprung bekam, wenn es zerbrach, wenn eine der Türen aufsprang, wenn irgendwer sie eintrat? Wenn sie nicht mehr zu schließen waren? Wer wusste schon mit Sicherheit, was solche Nachtgestalten taten? Aber das alles sagte sie nicht, sie sagte: »Die Hecke ist undurchdringlich. Ich meine, hier sind über hundert Sucher, aber keiner hat sie bezwungen, und ...«
»Sie versuchen es nicht einmal.« Inrico näherte sich ihr vorsichtig und setzte sich neben sie. Seine Gelenke knackten.
»Vielleicht aus gutem Grund.«
»Vielleicht aus Angst.«

»Die ist manchmal ein guter Grund.« Sie kannte Angst, sie hatte sich in den Wäldern vor den Leuten des Königs versteckt, hatte mit den Räubern ihres Bruders gelebt, hatte sie verlassen und war allein gewesen, von allen als Verräterin beschimpft, während Inrico in der Bibliothek über Schriften diskutiert hatte, die sie nicht einmal lesen konnte. In vielem wusste er mehr als sie, aber von der Angst wusste sie mehr. Auf ihrem gemeinsamen Weg waren sie von Räubern überfallen worden, aber sie war es gewesen, die verwundet wurde.

Schwere, stampfende Schritte näherten sich dem Haus, etwas brüllte, und sie schwiegen. Die Schritte polterten vorbei, das Brüllen verklang, und Inrico griff nach Anthias Hand.

»Angst?«, flüsterte sie mit einem Anflug von Spott. Sie lächelte, doch das konnte er natürlich nicht sehen.

»Du nicht?«

»Doch.«

Dann schwiegen sie wieder. Mehrmals spürte Anthia, wie Inrico versuchte, etwas zu sagen, aber dann doch nicht sprach. Vielleicht wollte er zunächst seine Gedanken sortieren, wusste aber nicht, wie.

»Du erinnerst dich, dass dein Bruder dem König mit irgendeinem Kaiser gedroht hat?«, sagte er nach einer Weile. »Nicht mit dir. Du könntest es also jedem hier überlassen. Du müsstest nur jemanden finden, der es macht.«

»Ich weiß.« Die Kreaturen dort draußen machten ihr Angst, aber mit Angst war sie vertraut, sie wusste, wie sie sie im Zaum hielt. Doch ob sie einem der Sucher vertrauen konnte, wusste sie nicht. Und da war noch etwas. »Aber ich will noch immer Kaiserin werden. Nicht mehr allein für meinen Bruder, sondern für mich selbst. Du hast gesagt, das sei möglich, und das bekomme ich einfach nicht aus dem Kopf. Die Vorstellung, dass ich Kaiserin werden kann. Ich, die Tochter eines unbedeutenden Bauern. Ich, eine Frau. Das ist mehr, als ich mir je erträumt habe, das ändert alles. Und wenn die ganzen Männer hier nicht wollen, wenn sie lieber nach steinernen Monstern suchen, die sie verkaufen können, als nach einer schlafenden Kaisertochter für sich selbst, dann tu ich es eben. Woher wollen sie wissen, dass es unmöglich ist? Haben sie es versucht und sind gescheitert? Oder sehen sie nur die Toten in der Hecke und lassen es sein, weil sie keinen anderen Weg kennen als den mitten hindurch? Ich habe im Wald gelebt, ich kenne die Bäume. Ich kann klettern. Vielleicht geht es ja leichter über die Hecke hinweg als durch sie hindurch. Ich weiß, es sah aus, als wär der ganze Hügel überwuchert, aber vielleicht ergibt sich ein ganz anderes Bild, wenn man erst einmal oben ist. Meinst du nicht?«

Inrico lachte leise.
»Was ist daran so lustig?«
»Nichts. Im Gegenteil, es ist gut.«
»Aber?«
»Nichts. Nur hast du, seit ich dich kenne, noch nie so viel geredet.«
»Das kann sein.« Sie schmunzelte und schwieg.

Er hielt noch immer ihre Hand. Gemeinsam warteten sie auf den Morgen, während um sie herum die Nacht und die Hexerei tobten. Im Innenhof landeten reiherartige Schemen mit zerfledderten Schwingen.

2

Kaum kündigte sich die Dämmerung an, verschwanden die Kreaturen der ycenischen Nacht. Anthia stand am Fenster und beobachtete, wie das Licht in den Innenhof zurückkehrte. Sie öffnete die Tür und trat hinaus, um nach Spuren der Reiherartigen zu suchen. Überall suchte sie, fand jedoch nichts. Immer wieder fiel ihr Blick auf die kopflose Statue, und sie fragte sich, ob die etwas mit dem nächtlichen Besuch zu tun hatte. Und waren die Schemen wirklich da gewesen, oder hatte sie das nur geträumt? Aber wie konnten Inrico und sie dasselbe geträumt haben? Sie sah auf ihre Hand, konnte jedoch keine Spuren des Schnabels entdecken.

Inrico kam zu ihr heraus. Er hatte dunkle Augenringe von der durchwachten Nacht. »Ich glaube, ich möchte doch hierbleiben.«

»Ich dachte, das wolltest du sowieso?«

»In Ycena, ja. Aber ich möchte auch in dem Haus bleiben. Hier haben wir die erste Nacht überstanden, hier wissen wir, dass sie nicht hereinkommen. Mag sein, dass wir uns hier umzingelt fühlen, aber ich weiß nicht, ob wir woanders sicherer wären. Was denkst du?«

Sie deutete auf die Reiherstatue. »Meinst du, sie sind deshalb gekommen? Dann sollten wir die Statue vielleicht herausreißen.«

»Ich weiß es nicht. Ebenso ist es möglich, dass wir sie nur verärgern, wenn wir das tun.«

»Gut, dann lassen wir sie stehen«, sagte sie. Er war der Gelehrte, sie würde ihm da nicht widersprechen.

»Heißt das, wir bleiben?«

Sie nickte.

Dann aßen sie ihre letzten Reisevorräte und brachen zur Hecke auf. Unterwegs pflückten sie eine Handvoll Pfirsiche von einem gedrungenen Baum am Straßenrand. Er trug nicht viele Früchte. Ein struppiges Mädchen, noch keine zehn Jahre alt, saß auf einer Mauer und beobachtete stumm, wie sie vorbeigingen. Als Anthia sich später noch einmal umdrehte, war das Mädchen verschwunden.

Sie erreichten die Hecke und folgten ihr langsam um den gesamten Palasthügel. Anthia suchte sie nach dicken Ästen ab, über die man nach oben klettern konnte, doch überall waren die äußeren Zweige dünn und dicht und ineinander verflochten und die Dornen lang und spitz. Nirgendwo schien ein Aufstieg möglich. Inricos Blick war derweil auf die Gebäude vor der Hecke gerichtet. Jedes Mal, wenn Anthia kurz verweilte, sprang er hinüber, um einen Fries oder eine Säule genauer in Augenschein zu nehmen oder durch eine Tür oder ein Fenster ins Innere zu blicken. Einmal verschwand er in einem Gebäude und kam kurz darauf enttäuscht zurück.

Gegen Mittag sagte er: »Da ist noch so ein zerlumptes Mädchen wie heute früh. Was meinst du, wie viele Kinder hier herumstreunen?«

»Wo?«

»Hinter dem Tempel.«

Als sie hinsah, war das Mädchen schon verschwunden. »Ich seh niemanden.«

»Wahrscheinlich ist sie hineingegangen, um etwas zu suchen. Jeder sucht hier irgendwas.«

Sie nickte. Dann antwortete sie auf seine Frage: »Ich weiß es nicht. Vielleicht sind ihre Eltern hier, oder sie haben keine.«

»Warum gehen sie dann nicht?«

»Wohin?«

»Irgendwohin, wo die Nächte ohne Monster sind.«

»Das sind sie nirgendwo, wenn du auf der Straße lebst. Und hier kannst du einfach eine Villa in Besitz nehmen.«

Er nickte, dann murmelte er: »Ich muss schauen, ob da ein Buch drin ist.« Damit lief er zum Tempel hinüber.

Sie wartete und begutachtete die Hecke. Tief drinnen sah sie eine Handvoll Knochen schimmern. Einer war zerbrochen, und seine Splitter waren zu neuen Dornen geworden. Unwillkürlich bewunderte sie, wie sich das Bein mit dem Holz verbunden hatte, wie harmonisch der Übergang von der lebenden Pflanze zum toten Menschen gelungen war.

»Nichts«, sagte Inrico, der mit leeren Händen zurückkehrte. Und sie setzten ihre Suche fort.

Schon bald darauf stießen sie auf einen alten, knorrigen Walnussbaum, der keine Früchte trug und von der Hecke überwuchert worden war, von ihr geschluckt und in das Dornengeflecht aufgenommen. Seine längsten Äste aber waren dicker und stärker und ragten ein Stück heraus.

»Wenn ich den Plan von Ycena richtig im Kopf habe, dann waren hier irgendwo die Stallungen.«

»Irgendwo muss ich hinein.« Schulterzuckend brachte sie ihre Fahne an.

Inrico deutete auf die Fahne. »Willst du wirklich allen verraten, dass du es hier versuchst?«

»Dann ist es mein Ort.«

»Den brauchst du nicht. Du willst nicht graben, sondern klettern.«

»Aber dann wundert sich niemand, wenn ich hier bin. Und niemand macht mir den Ort streitig, weil hier nichts ist.« Vorsichtig griff sie nach dem untersten erreichbaren Ast, aber er war voller spitzer Dornen, und sie stach sich. Blut quoll aus ihrem Handrücken, die Wunde brannte, und sie ließ den Ast los. So würde sie nicht hinüberkommen, ohne sich die ganze Haut aufzureißen. Unwillkürlich kamen ihr Bilder von den Nachtkreaturen in den Sinn, die Körper von tiefen Rissen übersät, doch rasch schüttelte Anthia sie ab. Sie legte den Kopf in den Nacken und sah nach oben. Die Hecke war bestimmt ein Dutzend Schritt hoch, und wer wusste, was sie auf der Innenseite erwartete? Einen Weg hinüber ohne Dornen würde es nicht geben.

»Ich brauche Handschuhe aus dickem Leder«, sagte sie langsam. »Ebenso ein Hemd, eine Hose und Schuhe. Und eine Kapuze fürs Gesicht.«

»Und woher willst du das alles nehmen?«

»Ich nähe es mir. Und das Leder jage ich mir.« Sie wollte sich schon abwenden, doch dann drehte sie sich noch einmal um und steckte die Fahne wieder ein. Solange sie jagte und nähte, wollte sie niemandes Aufmerksamkeit auf den Walnussbaum lenken.

Trotz ihrer Müdigkeit suchte Anthia die Hecke weiter nach einem Weg hinüber ab. Hier und da entdeckte sie noch einen überwucherten Baum, eine Statue oder einen Pfeiler, aber nichts schien so geeignet wie der Walnussbaum. Die Sonne brannte vom Himmel, und Inrico folgte ihr mit schlurfenden Schritten; immer seltener unternahm er Abstecher in angrenzende Ruinen, und irgendwann ließ er es ganz sein. Er redete auch kaum noch, so erschöpft war er.

Schließlich hatten sie die Hecke umrundet. Es war später Nachmittag, und sie gingen in die *Zehn Kerzen,* um zu essen und zu trinken, wie alle es ihnen geraten hatten. Sie sprachen mit verschiedenen Suchern, verabschiedeten sich aber früh, um schlafen zu gehen. In der Tür wären sie beinahe mit einem Sucher zusammengestoßen, der auch am Vorabend schon hier gewesen war und sie überrascht ansah. Anthia, die sich nicht an seinen Namen erinnern konnte, nickte ihm nur kurz zu, und er grüßte zurück.

Dann drängte sie sich an ihm vorbei, sie dachte nur daran, sich hinzulegen. Im Schatten auf der anderen Straßenseite saß auf einer umgestürzten Säule ein schmutziges Mädchen und warf mit Steinchen nach einem Nachtsalamander. Sie war völlig vertieft in ihr Spiel, traf aber nicht, und das Tier huschte davon.

3

Ukalion blickte Inrico und Anthia, mit denen er beinahe zusammengestoßen war, hinterher. Ihr Schritt war langsam, und er erinnerte sich, wie müde er nach der ersten durchwachten Nacht gewesen war. Dann sah er sich nach Maec um, und tatsächlich saß sie im Schatten des Hauses schräg gegenüber. Langsam schlenderte er hinüber und drückte ihr zwei Münzen in die Hand. »Hat der Schreiber seine Inschriften und Wandmalereien gefunden?«

»Ich weiß es nicht. Er hat immer mal wo reingeschaut, aber nirgendwo ist er lange geblieben. Abgemalt hat er nichts.«

»Und sie? Hat sie ihm geholfen?«

»Nein. Sie hatte nur Augen für die Hecke.«

»Die Hecke?«

Maec nickte. »Sie sind nur an ihr entlanggelaufen.«

»Den ganzen Tag?«, hakte Ukalion nach.

»Ja. Ganz langsam sind sie gelaufen.«

»Wo gibt es da Inschriften?«, fragte Ukalion, ohne mit einer Antwort zu rechnen.

Sie zuckte mit den Schultern.

»Eben«, sagte er und wandte sich ab. Doch dann drehte er sich noch einmal um. »Hast du etwas von Wolf gesehen oder gehört?«

»Nein.« Sie schüttelte den Kopf und fügte leise hinzu: »Ich hoffe, er ist fortgelaufen, und sie haben ihn nicht bekommen.«

»Ich auch.« Trotz allem hatte er ihn gemocht.

»Da ist noch was«, sagte Maec, als er endgültig gehen wollte. »Irgendwo nicht weit vom Tempel haben die beiden ihre Fahne aufgehängt. Aber dann haben sie sie doch wieder mitgenommen.«

»An welchem Gebäude?«

»Kein Gebäude. An der Hecke.«

»Führ mich hin«, verlangte Ukalion. Inricos Begeisterung für Inschriften war glaubhaft, aber er hatte von Anfang an das Gefühl gehabt, dass es um mehr ging.

Gemeinsam eilten sie zur Hecke und an ihr entlang auf die andere Seite des Palasthügels. Viel Zeit blieb ihnen nicht, die Sonne stand tief, die Dunkelheit lauerte.

Als sie die Stelle erreichten, war nichts Besonderes zu entdecken. Der Boden vor der Hecke war unberührt, niemand hatte hier gegraben.

»Und du bist sicher, dass es hier war?«

»Ganz sicher. Aber jetzt müssen wir gehen, die Schatten werden zu lang.«

»Gleich«, sagte Ukalion.

»Ich warte nicht«, erwiderte Maec und rannte davon.

Ukalion trat an die Hecke heran, weil Anthia das Maec zufolge auch getan hatte. Er konnte nichts Auffälliges erkennen. Dann ging er ein paar Schritte nach rechts und ein paar nach links, und dort war ihm, als wüchsen da unterschiedliche Blätter. Unter die scharfkantigen gezackten der Hecke mischten sich die eines Walnussbaums. In der Tat war hier ein Walnussbaum überwuchert und Teil der Hecke geworden, aber das konnte es nicht sein. Walnussbäume wuchsen einige in Ycena, um an ihr Holz zu gelangen, musste man nicht in die Hecke.

Ukalion ging noch ein Stück weiter nach links, und dort, etwa eine Armlänge tief in der Hecke, entdeckte er ein fast vertrocknetes Blatt. Schon wollte er hineinfassen, um es abzureißen, aber die Dornen standen zu dicht. Hatten die beiden deshalb die Fahne aufgehängt?

Ansonsten war hier nichts! Aufmerksam ließ Ukalion den Blick schweifen, aber er fand kein zweites vertrocknetes Blatt und auch sonst nichts. Hieß das, die Hecke wurde nach all den Jahren doch schwach? Dann war es vielleicht kein Zufall, dass der Gelehrte ausgerechnet jetzt aufgetaucht war. Wusste er etwas, das niemand sonst hier wusste? Aber warum hatten die beiden ihren Besitzanspruch wieder aufgegeben?

Weil sie sich nicht verraten wollen. Du hast das am Anfang genauso gemacht.

Und wer war sie? Sie redete kaum, aber sie hatte die Hecke abgesucht, nicht er. Tief in Gedanken, starrte Ukalion auf die Dornen, und dann merkte er, dass die Dämmerung sich auf die Stadt senkte, und rannte los. Seine Füße schlugen auf den staubigen Stein, Vögel stoben aus den Wipfeln und verließen Ycena für die Nacht.

Wenn die Hecke wirklich ihre Macht verlor, musste er sich beeilen mit dem Graben. Ein einzelnes Blatt änderte nichts, aber allen Geschichten zufolge war das noch nie geschehen. Wenn ein Blatt vertrocknete, dann verlor die Hecke ihre Magie. Und ohne Magie konnte sie bezwungen werden. Vielleicht nicht sofort, nicht in den nächsten Tagen oder Wochen, aber in einem Monat oder einem Jahr. Oder doch schneller?

Er rannte, während das Licht immer weiter schwand. Warum hatte er so lange getrödelt? Die Nachtsalamander krochen unter Steine, die Fliegen stiegen höher in die Luft. Ukalion atmete schwer und bezwang die wachsende Angst, indem er an das Blatt dachte und so die Nachtkreaturen aus seinem Kopf verbannte. Ein Blatt war ein Anfang, und vielleicht ging es viel schneller. Was wusste der Schreiber? Es konnte kein Zufall sein, dass sie ihre Fahne hier aufgehängt hatten. Es ging um mehr als Inschriften und Bilder, die beiden wollten hinein, davon war er überzeugt. Doch das durften sie nicht vor ihm, er wollte Kaiser werden!

Er.

Er wollte und musste. Das hatte er Ckarya geschworen – und sich selbst. Er musste sie rächen, er musste Tiban selbst stürzen. Darauf vertrauen, dass ein anderer sich mit der gleichen Härte gegen Tiban stellte, konnte er nicht. Schon gar nicht ein Schreiber! Und die anderen Sucher? Die Hälfte von ihnen würde den Titel versaufen oder verspielen!

Keuchend erreichte er sein Haus. Blass erschienen die ersten Sterne am Himmel, es stach in seiner Seite, in der Ferne erhob sich ein Kreischen. Ukalion drückte die Tür auf, taumelte hinein und schloss sie hinter sich. Schob mit zitternden Händen den Riegel vor und sank zu Boden. Das mit dem Blatt musste er möglichst lange geheim halten. Inrico und Anthia würden sicherlich ebenso schweigen, und so musste er nur schneller sein als die beiden. Er würde graben wie noch nie.

4

Als die Albtraumgestalten sich kurz vor dem Morgengrauen aus den Straßen zurückzogen, blies ein starker Wind durch Ycena. Stürmische Böen wirbelten Staub auf, die Luft schmeckte nach Sand und nach Meer, doch der Himmel blieb weiterhin wolkenfrei. Der Wind fegte durch die Hecke und rüttelte an den jahrhundertealten Ästen. Zwölf vertrocknete Blätter riss er ab und mit sich fort. Er trug sie hoch in die Luft, warf sie hierhin und dorthin, und dann flaute er ganz plötzlich ab. Langsam taumelten die Blätter zu Boden, die einen hier, die anderen da. Zwei landeten auf der Schwelle der *Zehn Kerzen*, eines vor der Tür von Parikles und Levith Montanis.

5

Knappe vier Jahre zuvor hatte Levith noch alle zehn Finger besessen und regelmäßig in der Arena gekämpft. Er gehörte zur Gladiatorenschule des Nauris Viron, der kleinsten der drei Schulen von Freybruck. Sein Vater war ein Schuldeneintreiber, Schläger und Herumtreiber, den er kaum noch sah, und seine Mutter war seit Langem tot. Die ersten Kämpfe waren hart gewesen, er wäre beinahe gestorben, aber er hatte überlebt, und jetzt half ihm die Erfahrung gegen jüngere Kämpfer. Das tobende Publikum schüchterte ihn nicht mehr ein, es gab ihm Kraft.

So wurde er mit anderen ausgewählt, bei den Kämpfen zu Aurels achtzehntem Geburtstag anzutreten. Die ovale Arena, erbaut aus blutrotem Granit von König Patian, war schon am frühen Morgen gefüllt, allerlei Essen wurde kostenlos auf den Rängen verteilt. Zwischen den Reihen trieb der Narr seine Späße, während unten in der Grube Hunde aufeinandergehetzt wurden oder im Rudel auf einen Bären. Verbrecher ohne Rüstung erschlugen sich zur Belustigung aller mit Dreizack und Axt gegenseitig, während die Gladiatoren sich unter den Zuschauerrängen auf die Kämpfe vorbereiteten. Jede Schule verfügte dort über eigene Räume, auch ein Lazarett gab es, allerlei Vorratsräume, Tierkäfige, Übungsräume, Küchen und mehr. Die Gänge waren beinahe labyrinthisch angelegt. Dumpf drangen das Lachen und die Schreie der Massen durch die geschlossene Tür herein.

Nauris beschwor sie, ja zu gewinnen, und schrie: »An einem solchen Tag werden Helden geboren!«

»Oder getötet«, erwiderte Chommo und lachte.

Alle lachten, selbst Nauris.

»Kämpft gut«, sagte Nauris, »dann werdet ihr begnadigt, auch wenn ihr verliert. An Geburtstagen sind die Herrscher milde gestimmt. Selbst der Prinz.«

Darüber lachte niemand.

Der Kampfplatz selbst war ein Stück weit im Boden versenkt, weshalb er *die Grube* genannt wurde. Und auch, weil darin gestorben wurde. Levith jedoch gewann seinen Kampf gegen einen zähen, drahtigen Chyprier, der mit einer gekrümmten Klinge und einem Rundschild antrat und sich flink bewegte. Mehrere Hiebe wehrte er gerade noch mit dem Armschutz ab und fing sich Kratzer und Prellungen ein, dann rammte Levith seinem Gegner das Schwert in den Oberschenkel und schickte ihn so zu Boden. Das Publikum tobte, der Chyprier schrie und blutete, und Prinz Aurel hob den Daumen. Diener schleppten den Chyprier aus der Grube zu einem Arzt im Inneren, Jungen rannten herbei und schafften seinen Schild und sein Schwert fort. Levith grüßte die Zuschauer mit erhobenen Armen und ging. Wieder war er nicht gestorben.

Doch kaum hatte er seinen Armschutz und die Beinschienen abgelegt, die oberflächlichen Wunden ausgewaschen und mit Salbe beschmiert und einen Becher Wein geleert, kam ein Bote herein und teilte ihm mit, Prinz Aurel wünsche noch einen Kampf, und Levith müsse ein weiteres Mal antreten. Gegen wen, wusste der Bote nicht. Nauris fluchte, aber er protestierte nicht. Stumm zog Levith sich wieder an.

Im Gang zur Grube wartete ein Mann, der in teures Tuch gekleidet war und eine breite Goldkette trug. Er hielt Levith an, beugte sich zu ihm und raunte: »Prinz Aurel hat auf deinen Gegner gewettet, und es ist sein Geburtstag. Den willst du ihm sicher nicht vermiesen.« Es war keine Frage.

Levith sah dem Mann ins Gesicht, er kannte ihn nicht, und nichts in seinen Zügen deutete darauf hin, dass er scherzte. Jeder wusste, dass Aurel auf die Kämpfe wettete, aber eigentlich sollte geheim bleiben, auf wen. König Tiban wollte keine Absprachen, das hatte zumindest Nauris immer gesagt.

Schweigend ging Levith weiter. Als er den blutgetränkten Sand betrat, jubelte das Publikum, doch als sein Gegner kam, schrie es lauter, und Aurel erhob sich von seinem Sitz. Levith dagegen fluchte. Bei seinem Gegner handelte es sich um einen Hünen, der von allen nur *der Brecher* genannt wurde. Sein Schwert hatte eine besonders breite Klinge, und der Armschutz war mit fingerlangen Dornen gespickt. Selbst wenn der Prinz an diesem Tag gnädig gestimmt war, der Brecher war es nie. Wollte Levith weiterleben, durfte er nicht verlieren.

»Kämpft!«, befahl Aurel, und sie umkreisten einander langsam. Die Sonne stand direkt über der Königsloge, und manchmal blendete sie Levith. Dann tänzelte er schnell zur Seite, damit er die Angriffe kommen sah. Der Brecher hatte nicht viel Geduld, er kämpfte selten mit Raffinesse. Bald schon schlugen sie aufeinander ein, und Levith wurde zurückgedrängt. Er parierte einen Schlag und griff seinerseits an. Hin und her wogte der Kampf, das Publikum schrie ihrer beider Namen, und es schrie nach Blut, und Blut floss. Levith verlor den kleinen Finger der Rechten und beinahe ein Auge und das Leben, aber er stürzte nur und kam wieder hoch, packte das Schwert trotz Schmerzen und griff unter Jubelschreien an. Der Brecher schlug mit dem Schwert nach ihm, versuchte ihn umzurennen und mit den Dornen des Armschutzes aufzuspießen, aber Levith wich aus, wirbelte herum und bohrte dem Brecher die Klinge in die Seite. Tief drang sie unter den Rippen in die Eingeweide. Schreiend sank der Brecher zu Boden, seine Beine wollten ihn nicht mehr tragen. Blut sickerte in den Sand, Leute jubelten und schrien. Levith hob in Siegerpose die Arme und sah zur königlichen Loge. Gegen die Sonne konnte er die Gesichtszüge von Prinz Aurel nicht erkennen, nur dass er den Daumen senkte. Wer ihn enttäuschte, hatte keine Gnade zu erwarten. Obwohl hier wahrscheinlich sowieso jede Gnade zu spät gekommen wäre. Levith nickte und tötete den Brecher mit einem sicheren Stoß. Dann verließ er die Grube, während der Jubel noch immer anhielt. Von dem Mann mit der breiten Goldkette war nichts mehr zu sehen.

Der Schmerz in seiner Hand wuchs. Levith hielt die Wunde zu, bis ein Arzt sie verband. Einer der Jungen, die die Arena säuberten, fragte ihn, ob er seinen Finger haben wolle, aber er knurrte: »Was soll ich damit?«

Stattdessen nahm Nauris ihn an sich und gab dem Jungen, bevor er davoneilte, eine Münze.

»Was willst du damit?«, fragte Levith.

»Ich weiß es nicht. Ich wollte ihm nur eine Münze geben, er hat mir schon Wertvolleres gebracht.« Nauris grinste. »Sei stolz auf deinen Kampf. Heute bist du zum Helden geworden.«

Levith war stolz, und trotzdem rechnete er den ganzen Tag damit, doch noch in Prinz Aurels Namen ermordet zu werden.

Er wurde es nicht.

Auch wenn es verpönt war, mit Gladiatoren zu schlafen, legten abenteuerlustige Töchter aus gutem Hause es manchmal darauf an. Nach diesem Kampf bekundeten gleich mehrere Interesse, aber er ging nicht darauf ein. Das tat er nie, und dafür erntete er zuweilen den Spott seiner Kameraden. Chommo lachte und fragte: »Wofür sollte man denn sonst kämpfen?«

Am nächsten Tag ließ König Tiban ihm einen großen Krug Wein, ein Armband und eine Nachricht überbringen. Sie lautete schlicht: »Gladiator, das war ein großer Kampf. Du hast mehr Stärke bewiesen, als viele wissen.«

»Weißt du, was das bedeutet?«, fragte Nauris.

»Ja«, erwiderte Levith knapp. Es bedeutete, dass der König von dem Mann im teuren Tuch und seiner Drohung wusste und anerkannte, dass Levith dennoch gekämpft hatte. Nun wusste er, dass er sicher war. Er teilte den Wein mit Nauris und den anwesenden Gladiatoren, und die ließen ihn hochleben. Selbst Iulen, mit dem er sonst ständig aneinandergeriet.

Einige Monate lang war er der Stolz seiner Gladiatorenschule. Er, einer aus der kleinsten Schule, hatte einen der gefürchtetsten Kämpfer besiegt. Doch dann wurde er mit Aelius erwischt, einem lebenshungrigen jungen Mann aus der ehrgeizigen Familie Peijan, die wilde Tiere für die Arenaspiele fing und über außerordentlich viel Geld und einen tadellosen Ruf verfügte. Aelius hatte drei hübsche Schwestern, und die ganze Familie hoffte, wenigstens eine von ihnen könnte in eine verschuldete Adelsfamilie einheiraten und so der Familie den gesellschaftlichen Aufstieg ermöglichen. Interessenten gab es wohl, aber mehr hatte Aelius bei seinen geheimen Treffen mit Levith nicht erzählt, und Levith hatte nicht gefragt. Sie trafen sich immer nachts in einem verlassenen Raum unter der Arena, hinter den Tierkäfigen, wohin sich bei Dunkelheit niemand verirrte. Sie kamen und gingen getrennt, und sollten sie dabei gesehen werden, würde sich niemand wundern; der Gladiator und der Tierfänger gehörten zur Arena, eine glaubwürdige Lüge wäre leicht gefunden.

Doch als die Tür aufgerissen wurde und mehr als ein halbes Dutzend Männer mit schweren Knüppeln hereinstürmte, war es für jede Lüge zu spät. Levith und Aelius waren nackt, und auch wenn sie sich gleich voneinander lösten, war offensichtlich, was sie eben noch getan hatten. Die Angreifer, zu gleichen Teilen Tierfänger der Peijans und Gladiatoren, schienen nicht überrascht.

Wir sind verraten worden, schoss es Levith durch den Kopf, während er versuchte, seine Waffen zu erreichen. Doch sie lagen viel zu weit weg.

Aelius ging unter harten Schlägen zu Boden, seine Angreifer brüllten: »Du Stück Dreck! Schande der Familie!«

Levith wurde mit Tritten und Prügeln aus dem Raum getrieben, weitergestoßen, vorbei an aufgeschreckten Tieren, die schreiend gegen ihre Gitter schlugen. Er versuchte, sich zu wehren, aber er war nackt und unbewaffnet, und sie waren zu viele. Er fragte sich, ob sie ihn töten würden. Er wollte fortlaufen, aber sie packten ihn an den Armen.

»Du Dreckschande!«, knurrte Iulen, der die Gladiatoren anzuführen schien, drei oder vier. Sein Gesicht war wutverzerrt. »Elender Lenydhe!«

Lenydhe nach Lenydhos, einem gehörnten, bocksbeinigen, ewig geilen Begleiter des Rauschgottes Akkhus und listigem Mischwesen, halb Mensch, halb Tier, das bevorzugt mit Männern schlief. Das verächtliche Schimpfwort für Männer wie Levith, als sei jeder Mann, der mit einem anderen Mann schlief, ein halbes Tier.

»Lasst mich gehen, Brüder«, keuchte Levith, doch das taten sie nicht.

»Du bist nicht mehr unser Bruder!« Sie schoben ihn in die Küche am Ende des Gangs, und Iulen knurrte: »Einem wie dir soll niemand mehr ins Gesicht schauen müssen.«

Das Feuer im Herd brannte bereits, und Levith schüttelte den Kopf. »Nein!«

Sie hielten ihn zu dritt und drückten ihn zum Herd. Irgendwer knurrte: »Warum ausgerechnet ihn, du Idiot? Du lässt uns keine Wahl.«

Levith versuchte, sich zu wehren, aber sie waren zu viele. Sie pressten die linke Seite des Gesichts auf das heiße Gitter über der Feuerstelle.

»Erst die Fratze, dann die Eier!«, spie Iulen aus. »Die braucht einer wie du nicht.«

Das Eisen versengte die Haut, die Flammen zischten, unter der Haut verbrannte Fleisch, das Haar fing Feuer, Schmerz bohrte sich in seinen Kopf, und er brüllte und schlug wild um sich. Angst und Wut gaben ihm Kraft, und er traf mit der Faust eine Nase, die knirschend brach, und mit der Ferse Weichteile. Jemand heulte, Leviths Daumen bohrte sich in ein Auge, der Griff der Hände, die ihn hielten, wurde schwächer, er konnte den Kopf heben und sich losreißen. Auch die beiden, die ihn nicht gehalten hatten, wurden von seinem Ausbruch überrascht, und so konnte er durch die Tür schlüpfen, sie zuwerfen und fliehen. Er stürmte davon, und seine Verfolger behinderten sich einen Augenblick lang gegenseitig und fielen zurück.

Sowie er die Straße erreichte, sprang Levith auf das nächstbeste Pferd der Pcijans und schlug ihm die Fersen in die Seite. Für Aelius konnte er nichts tun, er konnte nur noch versuchen zu überleben. Ihm war schlecht und schwindlig vor Schmerz, aber anhalten durfte er nicht.

Er jagte direkt zum Markttor, wo er die Nachtwächter kannte. Die johlten angesichts seiner Nacktheit, und er bemühte sich, die verbrannte Gesichtshälfte im Schatten des Fackellichts zu halten und nicht zu brüllen vor Schmerzen.

»Bist du besoffen?«, fragten sie.

»Kaum«, erwiderte er. »Habe eine Wette verloren.«

Dann bat er, aus der Stadt gelassen zu werden, und sie öffneten lachend die ins Tor eingelassene Tür. »Du solltest nicht wetten.«

»Jetzt weiß ich das auch.« Er beugte sich tief über das Pferd und ritt hinaus.

»Wann kommst du zurück?«, fragte einer.

Nie, dachte er, aber er sagte: »Ich klopfe.«

So war er entkommen, nackt und auf einem gestohlenen Pferd. Er wusste, dass er nie zurückkehren konnte, ein Dieb und ein Mann, der Männer begehrte und diesem Begehren auch nachgab. Er war allein und nackt, verloren und verbrannt, aber er wollte leben. Alles, was er gelernt hatte, war kämpfen.

Er ritt die ganze Nacht durch, nur an einem Bach und später an einem See hielt er kurz an, um das Pferd saufen zu lassen, selbst zu trinken und das zerstörte Gesicht zu kühlen. Manchmal schrie er Flüche in die Nacht, um die Schmerzen erträglicher zu machen, er wankte und zitterte. An einer Baumgruppe suchte er sich einen Knüppel, den er als Waffe benutzen konnte, und am Morgen zwang er einen Bauern, ihm ein Hemd, eine Hose und ein wenig Essen zu überlassen. Sein Hintern war wund vom Reiten.

Bis zum Mittag wusste er nicht, wohin, und fragte sich noch immer, von wem sie verraten worden waren. Zufall konnte das nicht gewesen sein, die Männer waren bewaffnet gekommen und hatten gewusst, was und wen sie erwarten durften. Kurz fragte er sich, ob eine der zurückgewiesenen Frauen dahintersteckte, wütend, dass er lieber mit einem Mann schlief als mit ihr? Handelte es sich um die Rache einer anderen Gladiatorenschule, die den Ruf der seinen ruinieren wollte? Hatte ein zorniger Anhänger des Brechers Vergeltung üben wollen? Nein, nichts von all dem konnte er sich vorstellen, und auch Prinz Aurel wäre anders gegen ihn vorgegangen, wenn er es denn gewollt hätte.

Levith glaubte nicht, dass sie seinetwegen verraten worden waren. Aelius war derjenige, dessen Familie unter Beobachtung stand, ihm musste das letzte Mal irgendwer gefolgt sein, und dann hatte er ihn an seine Familie verraten. Nicht alle wollten, dass eine seiner Schwestern in ein Adelsgeschlecht einheiratete, einige meinten, die noblen Familien sollten besser unter sich bleiben. Und mit dieser Nacht war die Hochzeit vom Tisch, der Ruf der Peijans für lange Zeit ruiniert. Und Levith war sicher, dass die Familie ihm die Schuld gab. Vielleicht setzten sie ein Kopfgeld auf ihn aus, vielleicht suchten sie ihn auch selbst. In beiden Fällen würde der Prinz sie mit Vergnügen unterstützen, und den Schutz des Königs hatte er verwirkt, Tiban hasste *Lenydhen* und verspottete sie regelmäßig als schwach.

Levith ritt und ritt und wusste nicht, wohin. Zunächst dachte er daran, sich in den Wäldern zu verstecken, doch dann befürchtete er, dass Aelius' Familie, die wilde Tiere jagte, sich dort so gut zurechtfand, dass sie ihn leicht entdecken würde, während er nie gelernt hatte, im Wald zurechtzukommen. Kein Ort wollte ihm einfallen, der ihm sicher vor ihnen schien.

Doch dann kam ihm das Märchen vom letzten Kaiser in den Sinn, und damit die von Hexerei verseuchte Ruinenstadt Ycena. Kaum jemand wagte sich dort hinein, niemand würde ihn dort suchen. Dort konnte er sich vielleicht eine Weile verstecken und überleben.

6

Kaum dämmerte der Tag, setzte sich Levith Montanis im Bett auf. Über drei Jahre hatte er nun in Ycena überlebt, und mehr als das; er war heimisch geworden. Er sah hinüber zu Parikles, der verschlafen vor sich hin grunzte; er brauchte morgens ewig, um hochzukommen. Zusammengerollt lag er auf der Seite, das schmale Gesicht mit den hohen Wangenknochen und dem kurzen schwarzen Bart vom Fenster abgewendet. Levith lächelte. Kurz war er versucht, ihn zu wecken, dann stand er allein auf.

Er schlüpfte in Hose und Hemd und trank einen Krug Wasser, der Mund war trocken. Dann trat er auf die Straße und setzte sich auf den

Basaltblock neben der Tür. Er mochte die Stimmung am Morgen, die leeren Straßen und den Gesang der ersten Vögel. Es war stets, als atme die Stadt auf, nachdem die Dunkelheit und alles, was in ihr lebte, verschwunden waren. Die Luft schien hier freier und frischer als damals in Freybruck, selbst wenn es dort gewittert hatte. Aber vielleicht war das nur so, weil er selbst sich hier freier fühlte. Weil er freier war und nicht ständig auf der Hut.

Levith holte den Spaten und den Wetzstein aus dem Haus, setzte sich wieder und schliff bedächtig die Schneide. Noch war sie nicht stumpf, aber er tat das gern, hatte es immer gern getan. Vor seinen Füßen kroch ein Nachtsalamander aus der Ritze, in der er die Nacht verbracht hatte.

Er dachte an früher und daran, wie sein altes Leben geendet hatte. Noch immer wusste er nicht, was aus Aelius geworden war, aber er hatte nie gewagt, den Händler Sol danach zu fragen, um nicht die Aufmerksamkeit auf die Geschichte zu lenken. Vermutlich war Aelius tot oder verstoßen worden, anders hätte seine Familie ihren Ruf nicht retten können. Die Priester der feuerbewahrenden Haspor, Göttin des heimischen Herds und der Ehe, hatten schon immer gegen Lenydhen gewettert, doch wirklich schlimm war es geworden, als Tiban kurz nach der Krönung begann, sie als halbe Tiere und Schwächlinge herabzuwürdigen und sie als Ziegen zu bezeichnen. Die Tiraden der Hasporpriester waren schärfer geworden, und Lenydhen waren überall ausgestoßen und gejagt worden.

Levith ging davon aus, dass Aelius' Familie damals Nauris Bescheid gegeben hatte, damit auch der den Ruf seiner Gladiatorenschule retten konnte; vielleicht hatten sie aber auch nur ein paar Gladiatoren angesprochen. Nauris hatte den Angriff auf ihn befehlen müssen, bevor alle unter Verdacht gerieten, das konnte Levith verstehen, so wütend es ihn auch machte. Doch der Zorn seiner Gladiatorenbrüder schmerzte noch immer. Männer, mit denen er Seite an Seite gekämpft und geübt, mit denen er getrunken und gelacht hatte – und auch gestritten und sich beschimpft, ja, aber dennoch. Wenigstens von Chommo hätte er erwartet, dass er ihn warnte, aber vielleicht hatte auch Nauris das gedacht und deshalb Chommo nichts gesagt. Mit Iulen war er nie klargekommen, aber was war mit den anderen? Hatten sie nichts von dem Überfall gewusst, oder hatte das Wissen, dass er mit Männern schlief, dafür gesorgt, dass sie sich von ihm abwandten? Er wusste es nicht, würde es wohl auch nie erfahren, und das nagte an ihm.

Er fragte sich, ob vielleicht sogar Aurel oder Tiban den Überfall befohlen hatte, aber auch das änderte nichts daran, dass ihn niemand gewarnt hatte.

Levith hob einen kleinen Stein auf und warf ihn die Straße hinab. Hier war es anders. Seit über einem Jahr lebte er mit Parikles zusammen. Anfangs hatten sie sich heimlich irgendwo fern der Hecke getroffen, aber in Ycena gab es keine Hasporpriester, und König Tiban herrschte nur nominell. Und so hatten sie irgendwann gemeinsam ein Haus bezogen. Auch wenn es manchmal eine dumme Bemerkung gab, tranken, sprachen und lachten die meisten mit ihnen so wie mit jedem anderen Sucher. Und schon gar nicht versuchte irgendwer, ihnen das Gesicht zu verbrennen. Ycena mochte aus Ruinen bestehen und von Hexerei verseucht sein, aber es war der Ort in Lathien, an dem er frei war, an dem er in Frieden leben konnte. Während die meisten anderen Sucher vom großen Fund träumten, der ihnen irgendwann und irgendwo anders eine Zukunft im Reichtum ermöglichte, lebten Parikles und er nur für das Glück des Augenblicks in Ycena.

Er genoss die Stille der morgendlich verlassenen Straße, den Gesang vereinzelter Vögel und das Schleifen. Irgendwann fiel sein Blick auf ein vertrocknetes Blatt, das vor ihrer Tür lag. Im Herzen war es rostig rot wie getrocknetes Blut, an den Rändern braun wie fauliger Apfel.

Es ist einfach zu heiß, dachte er, aber dann legte er Spaten und Wetzstein beiseite, ging in die Hocke und hob das Blatt vorsichtig auf. Das war nicht irgendein Blatt, sondern eins aus der Hecke, der gezackte Rand und die längliche Form ließen keinen Zweifel. Konnte das sein? Vorsichtig betastete er die Kante, und obwohl das Blatt trocken war und beinahe zerbröselte, spürte er die einstige Schärfe.

»Verdammt«, murmelte er. »Verdammt, verdammt, verdammt.« Er dachte an das Märchen vom letzten Kaiser und wusste, das hier änderte alles. Ohne sich um Spaten oder Wetzstein zu kümmern, sprang er ins Haus.

»Parikles!«, schrie er. »Aufstehen!«

Als er ins Schlafzimmer stürzte, sah Parikles ihn verschlafen an und brummte: »Was ist?«

»Das!« Er hielt ihm das Blatt direkt vors Gesicht.

»Was ist das?« Parikles' Augen waren verquollen vom Abend zuvor, und er zog den Kopf ein Stück zurück, um deutlicher zu sehen. »Ein Blatt?«

»Ja.«

»Du weckst mich für ein vertrocknetes Blatt?«, motzte Parikles und ließ sich wieder auf das Lager sinken.

»Es ist aus der Hecke.«

»Es ist mir egal, woher …« Parikles erstarrte. Schnell richtete er sich auf und griff sich das Blatt. Eine Ecke brach ab und fiel zu Boden. »Das ist –« Er sprang auf, um sich anzuziehen. »Los, zur Hecke! Sofort! Wir müssen schauen, wie sie aussieht.« Hatte er die Müdigkeit und den Wein vom Vortag einmal abgeschüttelt, war er schwer zu halten.

Im Nu waren sie auf der Straße und rannten voller Hoffnung los, Beile in der Hand, lange Dolche am Gürtel. Doch als sie die Hecke erreichten, waren deren Blätter saftig und grün wie eh und je. Levith wurde von Enttäuschung gepackt. Parikles hackte auf einen Ast ein, konnte ihn jedoch nicht zerteilen. Nur ein leichter Kratzer zeigte sich in der Rinde.

»Verdammt!« Levith packte einen Stein und schleuderte ihn in die Dornenwand.

Parikles stocherte mit dem Beil hinein, hier und da, und plötzlich rief er: »Da! Da hinten ist ein braunes Blatt.«

»Wo?« Levith sah hinein und entdeckte es. Noch war es nicht vertrocknet, aber es würde bald abfallen. Nur eines von Millionen, doch da war noch das von ihrer Schwelle, und vielleicht gab es noch mehr.

Neue Hoffnung keimte in ihm auf, und er sagte: »Wir müssen uns eine Fahne holen. Wir müssen die Stelle für uns markieren, wo die Hecke das Tor in den Palast überwuchert. Wenn die Hecke fällt, muss der Eingang uns gehören.«

Parikles nickte. »Die Schätze dort drinnen müssen unermesslich sein.«

»Schätze?« Levith schüttelte belustigt den Kopf. Hatte Parikles nicht begriffen, worum es hier ging? »Davon gibt es mehr, als wir alle tragen können, dafür müssen wir uns nicht beeilen. Ich will die Kaisertochter küssen.«

»Du willst was?« Verwirrt starrte Parikles ihn an. »Eine Frau?«

»Nicht irgendeine. Und meinetwegen kannst du es auch machen.«

»Ich?« Parikles sah ihn an, als habe er den Verstand verloren. »Warum sollte ich eine Tote wecken und heiraten?«

»Einer von uns muss Kaiser werden. Verstehst du das nicht? Einem Kaiser schreibt niemand etwas vor, ein Kaiser ist frei, er steht über dem Gesetz und jeglicher Anfeindung. Dann können wir überall zusammenleben, nicht nur in den Ruinen hier. Wenn ich Kaiser bin, kannst du mit im Palast leben und mich überallhin begleiten und umgekehrt. Du kannst mein Berater sein mit Zugang zu allen meinen Räumen, und solange wir nicht in der Öffentlichkeit vögeln, ist alles gut. Jeder darf es ahnen, aber weil sie Untertanen sind, dürfen sie nichts sagen und nichts tun. Sie müssen vor uns beiden buckeln, und niemand wird mich je wieder auf einen Herd pressen, niemand dich irgendwo vertreiben.«

»Das ist verrückt.« Parikles schüttelte den Kopf, dann lachte er, und in seinen Augen blitzte der Schalk. »Verrückt und brillant! Gut, werden wir Kaiser. Heiraten wir eine Frau.«

Und sie eilten in die *Zehn Kerzen,* um sich jeder eine neue Namensfahne zu holen. Die ersten Sucher saßen beim Frühstück, keiner hatte es eilig. Ohne sich länger aufzuhalten, rannten Levith und Parikles zurück zur Hecke, da hin, wo die alte Straße hineinführte, und hängten beide Fahnen auf.

7

Tief unter der Hecke grub Ukalion wie besessen. Er grub und grub und grub.

»Ich werde es schaffen«, versprach er Ckarya. Sie antwortete nicht, aber er wusste, dass sie ihn gehört hatte. Und dass sie an ihn glaubte.

DIE SPUREN DES LINDWURMS

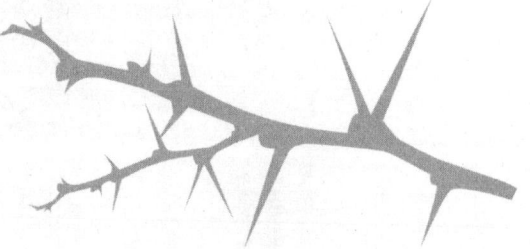

1

Nichts hatte Perle und Ion auf den Anblick der verlassenen Stadt vorbereitet, nicht die Erzählungen der Hexe Kataskia, nicht der alte Plan aus deren Truhe, weder die Märchen ihrer Kindheit noch sonstige Erzählungen, und schon gar nicht, dass sie in einem abgelegenen Dorf aufgewachsen waren. Die Ruinen und verlassenen Gebäude erstreckten sich bis über die Hügel am Horizont, über dreitausend Schritt weit und noch weiter, eine brüchige Landschaft aus fahlem Stein.

Als sie die Stadt betraten, dachte Perle an den Wilden Wald, der zwar lebendiger war, aber ebenso von Menschen gemieden. Angesichts der schieren Größe fühlte sie sich in der einstigen Kaiserstadt ähnlich klein und verloren wie unter den riesigen Bäumen tief im Wald. Die Stille zwischen den Ruinen schien ihr ähnlich bedrohlich wie die fremden Geräusche im Wald. Kein Windhauch regte sich, und über den heißen Pflastersteinen flirrte die Luft. Und auch wenn, ganz anders als im ewig dämmrigen Wilden Wald, die Sonne hell vom Himmel brannte, hatte sie den Eindruck, die Dunkelheit laure irgendwo. Tiere waren, abgesehen von den allgegenwärtigen Fliegen, nur wenige zu sehen. Hoch oben flog eine Handvoll Vögel, und unten huschten kleine schwarze Echsen über die Wege.

»Sind das winzige Lindwürmer?«, fragte Ion. Er hielt sich nahe bei Perle, wie damals im Wilden Wald. »Oder ist es Hexerei?«

»Ich denke nicht, nein«, antwortete Perle, aber sie zog ihren Dolch *Ungehorsam* und behielt ihn in der Hand. Kataskia hatte von Wirklichkeit gewordenen Albträumen gesprochen, die durch Ycenas Straßen streiften, um alle Eindringlinge zu vertreiben. *Nur nachts,* dachte sie, aber ganz sicher war sie sich nicht. Sie konnte sich nicht erinnern, Kataskia hatte so vieles erzählt.

»Ich dachte nicht, dass sie so groß ist«, murmelte Ion.

Er sprach leise, als wollte er die Atmosphäre der Stadt nicht stören.

Die Hitze staute sich drückend zwischen den Ruinen, aber da war noch mehr. Perle ahnte eine Art Macht, wie sie auch von Kataskia ausgegangen war. Vielleicht bildete sie sich das auch nur ein, weil sie wusste, was sie wusste. Ihre Schritte klangen laut in der Stille.

»Ich auch nicht«, sagte sie, weil eine solche Größe wirklich nicht vorstellbar war, egal, was Kataskia erzählt hatte. Und sie dachte, verglichen mit dem eingefallenen und vom Wald überwucherten Heiligtum der Nymphe hinter Greiffensturz hätten die Häuser hier viel weiter zerstört sein müssen. Hier jedoch war all die Jahrhunderte kein Grün eingedrungen, hier hatten sich nicht einmal die Parks und Bäume innerhalb der Stadt ausgebreitet, hier hatte der tote Stein sich behauptet.

Weiter und weiter gingen sie, während die Sonne immer tiefer sank. Als sie an einen großen Fluss gelangten, stiegen sie an sein Ufer hinab, um zu trinken und die Schläuche wieder aufzufüllen. Das Wasser war klar und glitzerte in der Sonne. Manchmal plätscherte es, als hätte ein Fisch kurz die Oberfläche berührt. Ion wollte eine Pause machen und einfach die Beine ins Wasser hängen, und so blieben sie eine ganze Weile sitzen. Auch Perle kühlte sich die Füße, während Ion eine Angelschnur mit Haken auswarf. Kein Fisch biss an. Schweigend beobachteten sie eine Schar Enten, die schnatternd am jenseitigen Ufer vorbeischwamm.

Unaufhaltsam näherte sich die Sonne dem Horizont, aber Perles Beine waren so schwer, sie wäre am liebsten einfach sitzen geblieben. Wochenlang hatten sie unbedingt Ycena erreichen wollen, und nun, da sie es geschafft hatten, setzte die Müdigkeit ein.

»Wir hätten draußen warten sollen und erst am nächsten Morgen hereinkommen«, sagte Ion. »Ich will nicht im Dunkeln hier sein.«

Sie schüttelte den Kopf. »Wir müssen sowieso eine Nacht hier verbringen, vielleicht auch mehrere. Ycena ist einfach zu groß.« Plötzlich huschte ein Lächeln über ihr Gesicht, und ihre Kräfte kehrten zurück. »Aber stell dir vor, was das für den Palast bedeutet. Wie groß muss der sein, damit er zu dieser Stadt passt? Wie groß müssen die Schätze sein, die dort liegen? Wir werden nicht nur reich, wir ...«

»… werden stinkreich!«, fiel Ion ihr ins Wort. Seine Augen leuchteten. »Damit kaufen wir dich frei – und alle anderen Leibeigenen auch. Wir kaufen uns ganz Greiffensturz, jeden Hof, jedes Feld, alles!«

»Mehr«, erwiderte sie, amüsiert von Ions Begeisterung. »Viel mehr.« Die Schätze im Palast würden ihnen nicht nur ihre Freiheit und die ersehnte Rache ermöglichen, sondern ein Leben, das fast ebenso unvorstellbar war wie Ycena selbst. Perle hatte immer gewusst, dass Greiffensturz unbedeutend war, aber erst die Reise vom Wilden Wald hierher hatte ihr gezeigt, wie unbedeutend und klein. Dahin wollte sie nicht zurück, um zu bleiben.

Ion sprang auf. »Los, weiter!«

Auch sie stand auf, um dem Fluss oben am Hang zu folgen, denn laut der Karte aus Kataskias Kiste sollte er direkt am Palast vorbeiführen. Sie wussten nur nicht, in welcher Richtung.

»Lass es uns da probieren«, sagte sie und deutete nach rechts, weil sie dann die Sonne im Rücken hatten.

»Und wenn wir falsch laufen?«, fragte Ion.

»Merken wir es, sobald wir die Stadt verlassen. Dann kehren wir um.«

Sie waren noch immer müde, aber die Vorstellung unendlicher Reichtümer trieb sie voran. Der Fluss machte einen langen Bogen, und sie sahen kein Ende der Stadt und keinen anderen Menschen. Einige Mauern waren eingestürzt, Säulen umgefallen, Dächer eingebrochen, doch vieles stand noch. Überall huschten schwarze Salamander über den Stein. Auf den bleichen Wänden saßen schillernde Fliegen, und wenigstens das war wie überall im Land.

Die Schatten wuchsen, die Dämmerung war nicht mehr fern, und so suchten sie sich einen Unterschlupf für die Nacht. Sie fanden ihn in einem Raum mit einer massiven Eichentür, ganz oben in einem vierstöckigen Gebäude an einer Straßenkreuzung.

»Wilde Tiere steigen keine Treppen«, sagte Perle hoffnungsvoll, aber eigentlich wusste sie es nicht, auch nicht, ob es Tiere waren, die sie fürchten mussten. Sie schlossen die Haustür und schleppten einen schweren Schrank ins Treppenhaus, um es über die ganze Breite zu verbarrikadieren. Dann kehrten sie in ihren Raum zurück, schlossen auch hier die Tür und sahen noch einmal auf Kataskias Karte. Die gestrichelten Linien, die aus dem Kaiserpalast führten, endeten bei etwas, das wie ein Lindwurm aussah. Zunächst hatten sie das so wenig beachtet wie die Krone und den Thron, die den Palast schmückten, aber seit einer Weile vermutete Ion darin einen Wächter. Und auch jetzt fragte er: »Und wenn es einer ist?«

»Wenn es einer war, ist er längst tot«, erwiderte sie wie immer. »Und genauso gut könnte es eine Wandmalerei sein, eine Statue oder einfach nur ein Hinweis auf die unzähligen Salamander hier. Vielleicht führen die uns hin.«

Ion sah sie skeptisch an, sagte aber nichts.

Nebeneinander stellten sie sich ans Fenster und sahen hinaus, bis die Sonne unterging. In der Dämmerung verließen ganze Vogelschwärme die Stadt, und Ion schüttelte den Kopf.

»Das ist schlecht«, murmelte er, »sehr schlecht.«

Perle sagte nichts.

Dann kam die Finsternis, und es schien Perle, als verschlinge sie den Tag. Die Sterne funkelten weiß am Himmel, doch ihr Licht drang nicht bis nach hier unten. Vom Mond fehlte jede Spur, obwohl noch nicht Neumond sein konnte, und jetzt dachte auch Perle: *Das ist schlecht – sehr, sehr schlecht.*

Irgendwo erhob sich ein Heulen, lauter und klagender als das eines Wolfs, und Ion griff nach Perles Hand. Er war lange nicht mehr so ängstlich wie zu Beginn ihrer Flucht, aber trotzdem war er noch ein Kind, jünger als sie, und das Heulen drang einem tief in die Eingeweide. Auch Perles Herz schlug schneller vor Angst.

»Das war kein Tier«, flüsterte er.

»Nein«, bestätigte sie. »Das war Hexerei. Ein Wirklichkeit gewordener Albtraum.« Sie dachte an Kataskias nächtliche Schreie, die sie damals im Hexenhaus mehrmals geweckt hatten. Schreie, die ihren Ursprung hier gehabt hatten. Sie erinnerte sich an die furchtbare Angst, die darin gelegen hatte, und wusste, dass auch Ion daran dachte.

»Hier schlafe ich nicht«, sagte er. Seine Stimme zitterte.

»Wir tun es abwechselnd«, bestimmte sie. »Wir brauchen den Schlaf.«

Für eine Weile lieh sie ihm ihr Messer. Es zu halten beruhigte ihn, denn *Ungehorsam* hatte eine der Dreizehn getötet, und so würde es auch gegen die Albträume etwas ausrichten können.

»Aber ich will nicht schlafen«, sagte er, »ich will nicht träumen, wenn hier die Träume erwachen. Ich will nicht, dass das, wovon ich träume, lebendig wird, verstehst du?«

Sie verstand, auch sie hatte Angst vor ihren Träumen.

Und so lagen sie wach nebeneinander, obwohl sie nach der wochenlangen Wanderung vollkommen erschöpft waren. Die Schreie hielten sie wach, und der Steinboden war hart und unbequem, auch durch die dünnen Decken hindurch, die sie ausgebreitet hatten. Irgendwann prasselte etwas auf das Dach, unter dem sie lagen, und es klang nicht wie Regen.

»Was ist das?«, flüsterte Ion.

»Es kann nicht herein«, behauptete Perle, weil nur das zählte. Trotzdem lauschte sie bang, bis das Prasseln ebenso plötzlich verstummte, wie es aufgetreten war.

Weit nach Mitternacht dämmerte Ion weg, aber er schlief unruhig. Perle spürte, wie er sich hin und her warf und etwas murmelte, das sie nicht verstand. Sie umklammerte ihr Messer fester, blieb wach und wartete, ob seine Träume lebendig wurden, während draußen die Nacht tobte. Einmal hatte sie ihn beinahe getötet, so etwas würde nie wieder geschehen. Sie musste auf ihn aufpassen.

Noch vor Morgengrauen schreckte Ion wieder hoch.

»Nein!«, stieß er hervor und schlug um sich.

»Ion!«, rief Perle und hielt das Messer weg von ihm, damit er sich nicht verletzte. »Ion! Ich bin es!«

»Was?«

»Alles ist gut!«

»Nein. Es ist dunkel, und es kommt. Es …«

»Du hast geträumt«, sagte sie, und ganz langsam kam Ion zu sich und atmete wieder ruhiger.

»Was war es?«, fragte sie.

»Ich … ich weiß es nicht.« Er klang zögernd, verwirrt. Vielleicht wollte er nicht darüber reden, vielleicht hatte er es wirklich vergessen.

Sie drang nicht weiter in ihn, und gemeinsam warteten sie auf den Morgen. Keiner sagte ein Wort.

2

Am Vormittag näherten sie sich einem Hügel, der einige Hundert Schritt maß und vollständig überwachsen war. Saftig grün lag er in der Sonne, nicht ein Stück Stein war zwischen den Blättern zu erkennen.

Das muss der Palast sein, dachte Perle, doch bevor sie ihn erreichten, vernahmen sie Stimmen und versteckten sich sofort in der nächsten Ruine. Sie kauerten sich hinter die Tür, die nur noch halb in den Angeln hing, und lugten durch den Spalt zwischen der Tür und der Laibung heraus.

»Ich dachte, Ycena ist verlassen«, flüsterte Ion.

»Pst«, machte Perle.

Drei Männer schlenderten vorbei. Ihre Kleidung war abgetragen und schmutzig, sie wirkten ungepflegt wie Menschen, die lange in der Wildnis waren. Am Gürtel trugen sie Waffen, hier ein Schwert, da ein Beil, und über der Schulter Spaten und Hacken.

Schatzsucher!, dachte Perle erschrocken, aber sie verstand nicht genau, was sie sagten, irgendwas von einer Frau mit Schlangenhaaren und einer Inschrift und Wänden, die einen Schreiber oder eine Bibliothek suchten, und dass der alte Sol ganz schön gucken oder schlucken würde. Die Männer lachten, und Perle bildete sich ein, dass einer von ihnen in Reimen redete, aber das konnte nicht stimmen.

»Meinst du, sie kennen den Gang?«, raunte Ion, während er ihnen aus dem sicheren Versteck nachsah. »Sollen wir ihnen folgen?«

»Nein. Wenn sie uns bemerken, nehmen sie uns die Karte ab«, antwortete Perle. Das Leben hatte sie gelehrt, niemandem zu vertrauen. Ion und sie standen gegen den Rest der Welt. »Würden sie den Weg hinein kennen, wären sie doch im Palast.«

Vorsichtig gingen sie weiter; sie hielten sich im Schatten und sprachen kein weiteres Wort. Angespannt achteten sie auf alle möglichen Geräusche, jederzeit bereit, in Deckung zu gehen.

Sie betrachteten die Karte und versuchten abzuschätzen, wo der Geheimgang herauskommen musste, aber da der Palast überwuchert war, war das schwierig; die einzige grobe Orientierung bot der Fluss. Sie suchten nach Wandmalereien und Statuen, konnten jedoch keine Lindwürmer entdecken.

»Es sind die Salamander«, beharrte Perle, doch auch die fanden sie in den Wandmalereien nicht wieder. Also sahen sie unter einigen Steinplatten nach, unter denen die Tiere hervorkrochen, und folgten ihnen in Keller, wenn sie dort hinabhuschten. Sie ignorierten einen Tempel und ein Theater, stapften an einer Säule vorbei, auf der eine Statue mit Schwert und Krone posierte, und an einem massiven Block aus aufgeschichteten großen Steinen, dreimal so hoch wie Perle und wahrscheinlich der Überrest eines Gebäudes, vielleicht eines Turms. Auf der einen Seite ragten zwei Mauerstücke heraus, die an einer dichten Schleierweide endeten. *Hier holen sich also doch die Bäume das Land zurück,* dachte Perle.

Sie durchquerten einen gewaltigen, mit zahlreichen Reliefs verzierten Bogen und stiegen einen Schacht hinunter, der sie in einen unterirdischen Gang führte. Obwohl sich dort keine Spur von einem Salamander fand, entzündeten sie eine Fackel, aber der Gang brachte sie immer weiter fort vom Palast. Enttäuscht kehrten sie um und stiegen wieder hinauf ans Tageslicht.

Irgendwann sahen sie aus der Ferne zwei Gestalten vor der Hecke stehen und suchten Deckung. Ycena war eindeutig nicht verlassen.

Sie zogen sich zurück und stapften wieder und wieder an denselben Gebäuden vorbei, an dem Bogen und dem Block, dem Theater und der Säule. Dort blieb Perle schließlich stehen und versuchte, in der Inschrift ein Salamanderbild zu entdecken. Vergebens. Sie schwitzten, suchten, versteckten sich und beobachteten die schwarzen Salamander, die überall zu sein schienen. Sie pflückten kleine Pfirsiche und Äpfel von trockenen Bäumen, aßen sie und tranken Wasser aus dem Schlauch. Perles Kopfhaut kribbelte vor Müdigkeit, und Ion, wenn er überhaupt sprach, verhaspelte sich mehrmals. Wenn er gähnte, versuchte er es vor Perle zu verbergen, aber sie sah es und gähnte selbst.

Irgendwann gaben sie es auf, nur in die Keller zu schauen, und schleppten sich weiter nach oben in die verlassenen Häuser. Dort suchten sie nach versteckten Treppen, die wieder nach unten führten, aber es gab keine geheimen Treppen, keine Salamander und schon gar keine Lindwürmer. Doch plötzlich rief Ion: »Da!«

Perle sah zu ihm hin, und er deutete aus einem Fenster, auf den großen Block aus Steinen, an dem sie schon mehrmals vorbeigegangen waren. »Schau! Da!«

»Was hat der mit Salamandern zu tun? Da waren keine.«

»Keine Salamander, genau.« Ion grinste. »Ein Lindwurm. Das war kein Haus und kein Turm, sondern das Podest für eine Statue. Siehst du die dunklen Flecken, siehst du ihre Form? Das sind die Abdrücke von vier Klauen mit langen Krallen. Und da hinten bei den beiden Mauerfortsätzen, der längliche Abdruck, das war der Schwanz. Das sind die Spuren eines Lindwurms.«

Perle fasste den Steinblock genau ins Auge, und dann erkannte sie es auch. Die Form der Flecken passte genau. Stürmisch umarmte sie ihren Bruder und drückte ihm einen Kuss auf den Kopf. Dann stürzten sie die Treppe hinunter und hinaus in die Sonne. Sie eilten zu dem einstigen Podest und umrundeten es. Eine Tür oder Öffnung war nirgends zu sehen.

Ion fluchte. »Dabei war ich mir so sicher.«

»Irgendwo hier muss es sein.« Perle schob die tief herabhängenden Äste der alten Schleierweide beiseite und trat zwischen die beiden Mauerstücke. So war sie nicht mehr zu sehen, und wenn der Baum schon vor Jahrhunderten hier gestanden hatte, war dies der perfekte Ort für einen Geheimgang.

Sorgfältig tastete Perle alles ab, untersuchte die Ritzen zwischen den einzelnen Steinen, entdeckte jedoch nichts. Ion kam zu ihr, um zu helfen. Fliegen umkreisten sie, und zu ihren Füßen krabbelten Käfer im Schatten der Weide. Schließlich bemerkte Perle in der linken Mauer einen losen Ziegel, und als sie ihn herausnahm, eine eiserne Kurbel dahinter. Die klemmte zunächst, doch dann ließ sie sich bewegen, und sie konnten damit einen der Steine im Sockel zur Seite bewegen. Es entstand eine Lücke, groß genug, um gebückt hindurchzugehen. Aufgeregt stiegen sie hinein, und stickige Luft schlug ihnen entgegen. Im einfallenden Licht erkannten sie eine Treppe, die zwei Schritt vor ihnen in die Tiefe führte. Die Stufen verloren sich in der Dunkelheit.

»Wir haben es geschafft«, krächzte Ion.

»Ja.« Perle drückte ihn kurz an sich. Salamander waren keine zu sehen, nur Asseln und andere Kriechtiere wuselten umher, aufgeschreckt von der plötzlichen Helligkeit. Perle untersuchte den Öffnungsmechanismus innen, und als sie glaubte, ihn verstanden zu haben, zündete sie eine Fackel an und schickte Ion hinaus, um es auszuprobieren. Falls sie sich einsperrte, konnte er mit der Kurbel öffnen. Aber das erwies sich als unbegründete Sorge, der Stein glitt auf Rädern tadellos wieder in seine Ausgangsposition, und sie konnte ihn mithilfe einer zweiten Kurbel auch von innen wieder öffnen. Ion kam herein, und sie verschlossen den Gang hinter sich.

»Ich hoffe, dass es nicht doch einen Lindwurm als Wächter gibt«, sagte Ion und verzog das Gesicht, sodass Perle nicht wusste, ob er scherzte oder Angst hatte.

»Oder der zum Leben erwachte Albtraum von einem Lindwurm«, ergänzte sie und grinste.

3

Sie stiegen die Stufen hinab und stießen tatsächlich auf einen Gang, der in Richtung Palast führte. Die Wände waren aus roten Ziegeln gemauert, der Boden mit groben hellen Steinplatten ausgelegt. Schon bald verlief der Gang nicht mehr gerade, sondern wand sich, führte eine weitere Treppe hinab und dann noch eine viel längere. Sie mussten tief unter der Erde sein, als sich rechter Hand ein Raum auftat. Die Tür stand offen, und sie spähten vorsichtig hinein. Auch wenn sie nicht daran glaubten, für einen Augenblick fürchtete Perle, dass dort ein Lindwurm lauerte.

Doch es handelte sich nur um einen verlassenen Lagerraum. Die Schränke waren mit allen möglichen Dingen gefüllt, Werkzeug und Waffen, Kleidung und Fackeln, Eimer und Kerzen, Kisten und Krüge. Alles war alt, aber wie stets in Ycena lange nicht so verfallen, wie es nach der Zeit hätte sein sollen. Nur die Kästen, in denen Vorräte verstaut gewesen sein mussten, waren leer, ebenso die Wasserfässer, die gammlig rochen und deren Wände grün verfärbt waren.

Ion suchte sich ein Kurzschwert aus, das für ihn groß und fast zu schwer war, aber seine Augen leuchteten, als sei er nun einer der Ritter aus den geliebten Geschichten. Dann nahmen sie mehrere Fackeln an sich und gingen weiter. Aufgeregt malten sie sich aus, was sie im Palast erst alles finden würden, wenn schon hier draußen solche Waffen einfach herumlagen, und Perle mahnte: »Küss aber auf keinen Fall die Kaisertochter. Kataskia hat gesagt, man kann ihr nicht trauen.«

»Aber Kataskia sollen wir trauen?« Ion fuchtelte mit dem Schwert und stieß nach unsichtbaren Gegnern. »Sie hat uns hereingelegt und belogen.«

»Nicht in allem. Was, wenn sie mit der Prinzessin recht hatte? Oder wenn die sich nicht an das Versprechen ihres Vaters hält, weil du ein Namenloser auf der Flucht bist und kein Adliger? Sowieso wollen wir nur die Schätze. Oder willst du eine Frau heiraten, die viel älter ist als du?«

»Nein!« Ion wehrte ab.

»Wir kommen als Diebe, und Diebe wecken die Besitzer des Hauses nicht.«

»Des Palastes«, korrigierte Ion sie.

Voller Vorfreude eilten sie weiter, bis hinter einer Kurve der Gang plötzlich auf ganzer Breite verschüttet war. Sie fluchten und schimpften, und Ion riss einen Stein heraus und schleuderte ihn fort.

»Nein!«, schrie er. »Nein, nein, nein!«

Fassungslos starrte Perle auf das Geröll. Das konnte doch nicht wahr sein! Nach allem, was sie durchgestanden hatten, konnte doch nicht etwas so Banales sie aufhalten. Keine Hexerei, kein Lindwurm, kein wandernder Albtraum, keine anderen Schatzsucher, kein unlösbares Rätsel, nein, eine eingestürzte Decke. Ein riesiger Haufen Steine und Dreck, ein Einsturz ausgerechnet in der Stadt, in der die verlassenen Häuser viel länger standen als überall sonst in der Welt. Und plötzlich lachte Perle. Sie lachte laut und lang, sie lachte so hemmungslos, dass sie sich an der Wand abstützen musste. Für einen Moment war sie sich nicht sicher, ob sie lachte oder weinte, aber es musste heraus.

Fassungslos starrte Ion sie an.

»Dreck!« Lachend verschluckte sie das Wort, versuchte es erneut: »Kein Lindwurm, sondern einfach nur Dreck.«

»Das ist nicht lustig«, motzte Ion, aber dann zuckte es auch in seinem Gesicht, und er fiel in das Lachen ein.

Es dauerte, bis sie sich beruhigt hatten. Dann gingen sie zurück in den Vorratsraum, wo sie zwischen dem Werkzeug nach Schaufeln oder Spaten suchten; von Dreck und Schutt würden sie sich nicht aufhalten lassen.

Sie fanden nur einen Spaten, und sein Stiel war kurz über dem Blatt abgebrochen. Ion griff ihn sich trotzdem und fing an, den Schutt abzutragen. Er warf ihn auf ein großes altes Hemd aus dem Lager, und wenn das voll war, schleifte er es fort und leerte den Schutt weiter vorn an den Rand des Ganges. In der Zwischenzeit schnappte Perle sich den kaputten Spaten und fuhr mit der Arbeit fort.

Sie gruben und gruben und scherten sich nicht um das, was in der Stadt über ihren Köpfen geschah. Und selbst wenn sie zwei Wochen graben mussten, würden sie noch immer die Ersten sein, die den Palast betraten. Dort wartete die Freiheit auf Perle, und die würde sie sich zurückholen.

4

Auch Ukalion grub wie besessen, aber er dachte sehr wohl an das, was über ihm geschah. Er wusste, dass die Hecke schwach wurde, und fürchtete, dass dies bald alle wussten. Das konnte er nicht verhindern, er konnte nur schneller sein. Wenn er den Spaten mit Wut in die Erde rammte, dachte er: *Tiban!*

Und: *Aurel!*

Und: *Stirb!*

Das gab ihm die Kraft, weiterzuschuften, auch dann noch, als er völlig ausgelaugt war, seine Muskeln zitterten und die Hände blutig aufgerissen waren.

Der Ring hing noch immer im Wurzelwerk. Er glitzerte im Fackellicht, aber heraus bekam Ukalion ihn nicht.

»Du bist gescheitert«, sagte er zum einstigen Besitzer des Rings. »Das passiert mir nicht.«

Kurz vor der Dämmerung kroch er aus der Kanalisation und schleppte sich in die überfüllten *Zehn Kerzen*, wo er sich zu Telamon und Isa setzte. Neben ihnen becherte Belizar mit dem alten Estor und Khufhu, überall wurde gelacht, gesoffen und durcheinandergerufen, die Stimmung war aufgekratzt. Schweigend schlang Ukalion eine große Portion Eintopf hinunter, soff Wasser wie ein Pferd und kippte zwei Becher Wein. Seine größten Befürchtungen hatten sich erfüllt:

Alle wussten von der Hecke, es waren weitere vertrocknete Blätter aufgetaucht.

Aufgeregt erzählte Isa, viele hätten sich ein Stück Hecke markiert, obwohl die meisten nicht wüssten, was sie nun damit anfangen sollten. Sie hätten auf die Hecke eingeschlagen und die Wurzeln mit Spaten und Beilen angegriffen, aber erreicht hätten sie damit nichts.

»Ich habe auch ein Stück Hecke«, schloss sie stolz. »Papa auch, aber meins ist größer.«

»Das dachte ich mir schon.« Ukalion nickte und lauschte mit einem Ohr den anderen Gesprächen. Sylenos sagte, er werde am nächsten Tag wieder nach Statuen suchen, er habe Besseres zu tun, als vor einer Hecke zu sitzen und darauf zu warten, dass die Blätter fielen. Er lallte schon wieder ein wenig.

»Dann häng deine Fahne doch wieder ab, wenn du auf den Palast verzichten willst«, höhnte Armyn aus Allya.

»Den Platz, den ich habe, habe ich. Aber bis die Hecke fällt, dauert es noch, und bis dahin kann ich ja anderes finden.«

»Du solltest dir auch ein Stück Hecke sichern«, sagte Isa zu Ukalion, und der nickte wieder, blieb aber sitzen.

Parikles und Levith wurden allseits bewundert und misstrauisch beäugt, weil sie das Tor für sich beanspruchten.

»Natürlich können sie dort graben, das ist die Regel«, verkündete Titus Voreno nachdrücklich. »Aber wenn das Tor offen ist, gehört der Weg hindurch nicht ihnen allein.«

»So ist es!«, riefen viele, und manche warfen den beiden drohende Blicke zu.

Parikles nickte. »Sicher. Es sind genug Schätze für alle im Palast. Meint ihr nicht?«

Es wurde gejubelt, und Becher wurden gehoben.

»Aber die Tochter des Kaisers und seine Kron', gibt's nur für einen Mann zum Lohn«, reimte Lignu.

»Die Tochter schläft seit tausend Jahr, sie hat Runzeln und kein Haar«, gab Parikles grinsend zurück.

Alle lachten, und wieder wurde angestoßen.

»Lignu ist ein großer Mann, der an Märchen glauben kann«, setzte Parikles nach, und das Lachen schwoll an.

Lignu, rot im Gesicht, sprang auf und schnappte nach Luft, »Ich werde …«

»… zur Herde?«, fragte Parikles.

Lignu schnaufte.

Levith legte Parikles eine Hand auf die Schulter und sagte: »Lignu, alter Freund, er macht nur Spaß. Komm, ich geb dir einen aus.«

Schwer atmend starrte Lignu ihn an, dann nickte er und grinste. »Schenk zwei mir ein, dann schlag ich drein.«

Und Levith nickte.

Von Inrico und Anthia sah Ukalion keine Spur, dabei hatten sie als Erste ein Stück Hecke für sich beansprucht. Wo waren sie hin?

»He!«, drängte Isa und stupste Ukalion mit dem Finger in die Schulter. »Warum holst du dir dann keine Fahne?«

Seufzend trank Ukalion aus und erhob sich. Er schlurfte zum Tresen, verlangte eine Fahne und ließ sich den Becher nachfüllen. Vielleicht war die Fahne wirklich nicht verkehrt. Er würde sie zur Ablenkung irgendwo in die Hecke hängen. So käme niemand auf die Idee, dass er längst auf einem anderen Weg war, die Hecke zu überwinden.

Als er wieder an den Tisch kam, stand Telamon auf und sagte: »Es wird bald dunkel.«

Isa blieb sitzen. »Vielleicht ist die Kaisertochter noch gar nicht so alt. Vielleicht sagt das Märchen die Wahrheit, und sie schläft nur.« Ihre Stimme klang hoffnungsvoll. »Dann kannst du Kaiser werden, Papa.«

Telamon lachte. »Bestimmt nicht. Ich will nur reich werden und irgendwo in Ruhe leben. Mir genügt es, dass du nicht auf mich hörst, ich brauch kein ganzes Land, das so ist.«

»He! Ich hör auf dich!«, protestierte Isa. »Meistens.«

Telamon zwinkerte. »Ich weiß. Ich will aber trotzdem nicht.«

Enttäuscht wandte sie sich an Ukalion. »Willst wenigstens du?«

»Soll ich denn wollen?«, fragte er zurück.

»Natürlich!« Sie erhob sich. »Ich hätte dich gern als meinen Kaiser.«

»Vielleicht.« Er wuschelte ihr durchs Haar, am liebsten hätte er sie auf die Stirn geküsst.

Die beiden gingen, und er sah ihnen nach. Isa hatte ihn nur gefragt, weil ihr Vater nicht gewollt hatte, aber er war merkwürdig gerührt. Seit Wochen wollte er Kaiser werden, doch noch nie hatte er darüber nachgedacht, ob es irgendwen gab, der ihn als Kaiser wollte. Nun hatte er zumindest eine Meinung, und obwohl Isa nur ein Kind war, tat das gut.

Mit dem Becher in der Hand sah er sich noch einmal um. Viele feierten und lachten, als sei die Hecke schon gefallen, als sei der Reichtum zum Greifen nah, aber auf manchen Gesichtern lagen ein Argwohn und eine Gier, wie er sie hier nur selten gesehen hatte. Plötzlich ging es nicht mehr um alte Statuen, sondern um vermeintliche Unmengen von Gold, und hier und da erwachte die Angst, zu kurz zu kommen. Und alle, die auf einmal doch an das Märchen glaubten, wussten, dass nur einer von ihnen Kaiser werden konnte. Gold konnte man teilen, die einzige Krone nicht. Ukalion setzte sich an den nächsten Tisch, um nicht allein zu trinken.

5

Perle und Ion hatten über dem Graben die Zeit vergessen, und als ganz schwach das Heulen der wandernden Albträume erklang, steckten sie noch im Geheimgang und konnten nicht hinaus. Bang hofften sie, dass die Kreaturen nicht hereinkonnten. Sie verschanzten sich im Lagerraum, und Perle zog *Ungehorsam*. Die Zeit verrann, und nichts und niemand kam, nur die Müdigkeit. Perle versuchte, weiter wach zu bleiben, aber da sie schon die Nacht zuvor durchwacht hatte, fielen ihr irgendwann die Augen zu. Ion, das Schwert neben sich, schlief da längst.

Ycena war die Stadt der Träume, und Ycena wusste, wie sie ihre Besucher in den Schlaf zwang.

6

Am nächsten Tag stieg Ukalion wieder früh in die Kanalisation. Erst am Abend, als er wieder ans Tageslicht kam, erfuhr er, dass der Händler Sol Neratyen am Vormittag nach Ycena gekommen war. Und kaum betrat er die *Zehn Kerzen*, setzte Sol sich schon zu ihm.

»Ich habe leider nichts, das ich dir anbieten kann«, sagte Ukalion. »Vielleicht nächstes Mal.«

»Aber ich habe etwas für dich. Tyra lässt dir noch einmal Dank ausrichten und sagen, dass du bei ihr jederzeit willkommen bist. Ich habe sie bis Schwanklipp gebracht. Bis dahin hatte sich ihr Junge weiter erholt, und auch dem Baby ging es gut. Im Hafen lag ein Handelsschiff aus ihrer Heimat, das von einem Sturm so weit abgetrieben worden war. Glücklicherweise kannte sie sogar den Besitzer des Schiffs, und so nahm der Kapitän sie gern an Bord. Er war sowieso auf dem Weg zurück nach Myrthago, was noch größeres Glück war.«

»Glück.« Ukalion lächelte und schüttelte den Kopf. Er war froh, dass Tyra es geschafft hatte. Mit beiden Kindern. »Tyra und ihr ewiges Glück.«

»Mag sein. Aber ihr hier seid gerade auch nicht ohne, oder?« Sol zwinkerte.

»Wie meinst du das?«

»Die Hecke. Ich habe gehört, sie verdorrt.«

Ukalion starrte ihn an und fragte sich, welcher besoffene Trottel ihm das verraten hatte. Jemandem von draußen, einem, der in wenigen Tagen wieder hinausfuhr und es sicher überall erzählen würde. Würden damit ganze Scharen nach Ycena gelockt? Er bemühte sich um ein Lachen und fragte: »Wer erzählt denn so etwas? Die Hecke steht in Saft und Kraft wie eh und je.«

»Mag sein.« Sol zuckte mit den Schultern. »Aber ich habe ein vertrocknetes Blatt gesehen, und das gab es noch nie.«

»Eines von vielen Millionen. Und das bei einer solchen Dürre. Die Hecke steht noch hundert Jahre, glaub mir.«

Sol nickte, aber Ukalion wusste nicht, ob er ihn überzeugt hatte.

»Wie steht es draußen?«, fragte er.

»Die Dürre ist schlimm. Nirgendwo regnet es, niemand weiß, wie es weitergehen soll. Viele klammern sich an die Opfer, die König Tiban darbringt, einige fordern noch mehr Hinrichtungen und liefern Hexen und Räuber aus. Andere verfluchen die Opferungen, und wieder andere schweigen zu allem und flehen die Götter selbst an. Aber alle wissen, dass es jetzt ein Wunder braucht, den Beistand der Götter. Tyras Glück für alle. Die großen Händler versuchen verzweifelt, irgendwo Getreide herzubekommen, irgendetwas zum Essen, aber in den umliegenden Königreichen ist es kaum anders, mancherorts sogar schlimmer. Wenn nicht bald Regen einsetzt …« Er seufzte. »Schon jetzt werden immer mehr zu Räubern, weil sie sich sonst nicht zu helfen wissen. Die Angst vor dem Hungertod ist größer als die vor dem Galgen, gerade in den Regionen fern von Freybruck.«

»Dann lass uns auf den Regen trinken«, sagte Ukalion, und sie hoben die Becher zu den Göttern und baten laut um Regen. Alle in den *Zehn Kerzen* fielen ein.

7

Am späten Nachmittag erreichten Anthia und Inrico ein kleines Dorf am Rand von Ycena. Es lag an einem schmalen Fluss und bestand aus einem guten Dutzend Höfen, einer gedrungenen Mühle und einem unscheinbaren Tempel. Die Tiere auf der angrenzenden Weide waren mager, die Felder trotz der Nähe zum Fluss trocken.

Inrico war nur protestierend mitgekommen, er hatte bei den Ruinen und Inschriften bleiben wollen, aber Anthia hatte entgegnet: »Die Ruinen laufen nicht weg, und du hast versprochen, mir zu helfen. Ich brauche Handschuhe und Kleidung aus dickem Fell oder Leder. Und wenn ich mit deren Hilfe in den Palast komme, finden wir Bücher.«

Das hatte ihn überzeugt.

Ursprünglich hatte Anthia selbst auf die Jagd gehen wollen, sie hatte sich schon einen schönen geraden Ast an einem Kirschbaum ausgesucht, um einen Bogen zu bauen, da war ihr bewusst geworden, dass ihr die Sehne fehlte. In Ycena hatte sie weder danach fragen noch etwas kaufen wollen, um keine Aufmerksamkeit zu erregen, und darum waren sie jetzt hier.

Als sie sich dem Dorfrand näherten, sprang von einem Baum vor ihnen ein Kind herunter und rannte zu den Höfen.

»Fremde!«, rief es laut. »Fremde!«

Und so wurden sie auf dem Platz vor dem Tempel von mehreren Männern und Frauen erwartet. Die Frauen blieben im Hintergrund, die Männer hielten Beile, Hämmer und Heugabeln in den Händen. Sie alle wirkten müde und ausgelaugt.

Ein groß gewachsener Mann mit dichtem schwarzem Bart und spärlichem Haar fragte: »Seid ihr aus Ycena?« Er sah Inrico an.

»Nein«, erwiderte Anthia, bevor Inrico mit seiner umständlichen Art antworten konnte.

»Woher dann?« Der Bärtige sah weiterhin nur Inrico an.

»Ich bin ein Schreiber aus der Schwebenden Bibliothek von Teora«, erwiderte der. »Mein Name ist Inrico.«

Die Leute musterten ihn misstrauisch. Es war offensichtlich, dass sie noch nie von einer Schwebenden Bibliothek oder einem Ort namens Teora gehört hatten. Einer blickte in den Himmel, ein anderer brummte: »Wo soll das sein?«

Inrico schien verblüfft.

»Er schreibt die Chronik der Königsstadt Freybruck«, sagte Anthia.

»Oh«, sagte der Sprecher der Gruppe, »Freybruck.« Die anderen nickten beeindruckt.

Inrico öffnete den Mund, und Anthia fürchtete, er werde ausführlich erklären, was er eigentlich tat, daher hielt sie ihn zurück.

»Und ich bin Anthia«, sagte sie.

»Bist du auch Schreiber?« Zum ersten Mal sah der Mann sie an.

»Nein.«

»Gut.« Er wandte sich wieder an Inrico. »Mein Name ist Bullus, ich bin der Dorfvorsteher. Was führt euch hierher zu uns?«

»Wir suchen nach einem Anzug aus Leder oder Fell für Anthia, samt Handschuhen und einer Kapuze, die das Gesicht bedeckt«, sagte Inrico.

»Was hat das mit einer Chronik zu tun?«

»Der König will es so«, sagte Inrico.

»Von hier? Seit wann gibt es in Freybruck keine Tierhäute?«

»Die gibt es natürlich. Aber er hat es von einem Orakel, dass das Leder aus der Nähe der alten Kaiserstadt stammen soll. Nur so kann es gegen die Dürre helfen.«

Die Bauern nickten, offensichtlich geschmeichelt. Was ein Orakel gesagt hatte, wurde nicht infrage gestellt, und alles, was gegen die Dürre half, war gut. Eine solche List hätte Anthia Inrico gar nicht zugetraut.

»Mit Kapuze?«, fragte Bullus dennoch nach. »Für sie?«

»Ja«, sagte Inrico.

»Dann ist sie die Henkerin?«

Inrico stand der Mund auf, und auch Anthia wusste einen Moment lang nichts zu erwidern, dann erst begriff sie, wo der Gedanke herkam.

»Ich wusste nicht, dass Frauen das können«, brummte Bullus.

»Was?«, fragte Anthia. »Leute aufhängen?«

Bullus nickte.

»Doch«, sagte sie. »Können sie.«

Hinter den Männern grinste eine alte Bäuerin mit eingefallenen Wangen.

Bullus bat sie, über Nacht und noch einen weiteren Tag zu bleiben, und bot ihnen an, in seiner Scheune zu schlafen. Er versprach, die gewünschten Sachen herzustellen. Sie hätten nicht viel, aber natürlich würden sie ihren Beitrag zum Ende der Dürre leisten.

Inrico und Anthia nahmen die Einladung an, und die Bäuerinnen nahmen Maß und setzten sich an die Arbeit. Sie nähten die ganze Nacht, während Inrico und Anthia abwechselnd bei verschlossener Tür schliefen. Sie schliefen bis lange nach dem Morgen, und dann halfen sie, die Felder zu bewässern, und erzählten von Freybruck und anderen Orten, die fern von hier lagen.

Am nächsten Abend bekamen sie tatsächlich alles Gewünschte. Hemd und Hose, Handschuhe und eine Henkerskapuze aus schwarz-weiß geflecktem Kuhfell. Anthia zog alles an, und es war etwas steif, aber es passte. Der linke Handschuh drückte am Daumen, und das rechte Hosenbein war etwas zu lang, aber das kümmerte sie nicht.

»Es tut mir leid, dass nicht alles schwarz ist«, sagte Bullus. Er hatte tiefe Augenringe. »Aber wir haben nur gescheckte Kühe.«

»Das Orakel hat kein Schwarz verlangt«, wiegelte Inrico ab. »Ich danke euch vielmals.«

»Wenn es nur hilft, die Dürre zu beenden.«

»Wir tun, was in unserer Macht steht«, versprach Inrico und bezahlte das Dorf großzügig mit Geld, das er aus der Bibliothek mitbekommen hatte.

»Danke«, sagte Bullus überrascht. Auch die anderen wirkten, als hätten sie eine Bezahlung nicht erwartet.

Anthia und Inrico blieben noch eine weitere Nacht, um nicht im Dunkeln reisen zu müssen. Früh am nächsten Morgen verabschiedeten sie sich und verließen das Dorf auf der Straße nach Süden, Richtung Freybruck, fort von der Kaiserstadt, wie ihre Lüge es verlangte. Lange noch folgten ihnen neugierige Kinder, und erst als diese endlich zurückblieben, konnten sie umkehren und den Weg nach Ycena einschlagen.

8

Tagelang warteten die Sucher in Ycena darauf, dass die Hecke verdorrte, aber das geschah nicht. Nur vereinzelte Blätter fielen zu Boden, die anderen blieben saftig und grün.

Nachts herrschten die wandernden Albträume. Nichts hatte sich geändert, aller Hoffnung zum Trotz.

DIE HECKE UND DAS SEIL

1

In den Tagen nach den Hinrichtungen am erweiterten Richtturm von Freybruck brannte die Sonne unvermindert vom Himmel. Die Götter verweigerten die Opfer, fürchteten manche, während andere überzeugt waren, die Götter verlangten eben mehr. Hier und da wurde getuschelt, ein Priester im Norden habe gesagt, König Tiban müsse von seinem eigenen Fleisch und Blut opfern, um die Götter zu erweichen, so sei es in der alten Zeit Brauch gewesen, und der Priester sei zwar verschwunden, seine Worte aber nicht. Laut wollte sie aber niemand wiederholen. Wieder andere sagten, Opfer müssten ein Zeichen von Stärke sein, Kriegsgefangene oder wahrhaft gefährliche Räuber oder Piraten, nicht halb verhungerte Wegelagerer, die nie im Schwertkampf ausgebildet worden waren.

Zugleich kursierte das Gerücht, selbst die Hecke von Ycena verdorre nun, das habe ein fahrender Händler bei seinem Besuch dort herausgefunden. Doch ebenso hieß es, die Ruinen seien noch immer von schrecklicher Hexerei verseucht, niemand komme dort lebendig heraus. So wurde auf der Straße gesprochen, als Arlac sich einmal im Auftrag des Königs unters Volk mischte, um es mit Narreteien zu unterhalten und auszuhorchen.

»Wenn niemand lebend aus Ycena herauskommt, wie will der Händler dann die Hecke gesehen und überlebt haben?«, fragte er und kratzte sich grinsend am Kopf. »Vielleicht ist er ein wandelnder Toter? Schon bei so manchem Händler habe ich mich gefragt, ob er ein schlagendes Herz im Leib hat.«

Einige lachten, aber kaum jemand nahm den Einwurf ernst. Zu mächtig war die Idee, die sagenhafte magische Hecke von Ycena könne verdorren. Es war ein Bild, das die unerträgliche Hitze fassbar machte, ein Bild, das ebenso Schrecken wie Hoffnung brachte, für jeden das, wonach er sich sehnte.

»Die Götter stehen uns bei«, seufzten die einen. »Wenn nicht einmal die Hecke der Dürre standhalten kann, dann ist unser Ende gekommen.« Denn auch wenn es in Freybruck selbst noch für die meisten zu essen gab, wusste man doch um die Leere vieler Speicher, hatte die Berichte aus trockeneren Gebieten gehört und sah täglich ausgezehrte Männer, Frauen und Kinder auf der Suche nach Arbeit, Essen und Überleben in Freybruck eintreffen. Vertrocknete Würmer lagen auf den staubigen Wegen, über die Würmer krabbelten Fliegen, und die schwarze Erde auf den Feldern vor der Stadt war hart und brüchig. Staub war allgegenwärtig.

Andere auf der Straße gaben sich der Hoffnung hin, eine sterbende Hecke sein ein gutes Zeichen, und hier und da flossen Tränen der Erleichterung.

»Wenn die Hecke fällt, kommt ein neuer Kaiser«, hieß es. »Und mit ihm kehren das Glück und die gute Zeit zurück, der Regen und der Wohlstand.« Aber das wurde nur hinter vorgehaltener Hand gesagt und nie, wenn Männer des Königs in der Nähe waren. Zweimal schnappte Arlac eine solche Bemerkung auf, doch er trug sie nicht in den Palast weiter.

Auch dort hatte man das Gerücht aus Ycena längst vernommen, und König Tiban rief zwei kundige Bibliothekare aus der Schwebenden Bibliothek zu sich, um sie nach der Hexerei und ihrer Macht zu befragen. Er empfing die Gelehrten im Thronsaal, die beiden Lindwurmhäute, die die Wände schmückten, waren frisch entstaubt und glänzten noch feucht. Zwischen zwei der bunten Säulen stand ein Tisch, auf dem trotzig gefüllte Weinkrüge und Berge von Essen warteten, Obst und verschiedene gebratene Vögel, Rüben und frisches Brot, so reichlich, als gebe es keinen Mangel, und für die Königsburg stimmte das in der Tat noch immer.

Auch Prinz Aurel war anwesend, ebenso eine Handvoll der schlauesten und gebildetsten Höflinge und Arlac, der sich so grinsend zu den Gebildeten zählen durfte. König Tiban saß aufrecht auf dem Walnussthron, hoch oben auf dem siebenstufigen Marmorpodest unter dem letzten Sterngewölbe. Dort saß er stets, wenn er seinen Rang herausstreichen wollte. Die Bibliothekare und Höflinge ließ er stehen. Die Bibliothekare hielten den Kopf gesenkt, die Herde der Höflinge stand aufgeplustert wie eine Schar streitlustiger Hähne. Prinz Aurel, die blank geputzte Krone im Haar, saß breitbeinig auf einem prunkvollen verzierten Stuhl unten an den Stufen zum Thron, während Arlac wie ein Kleinkind auf dem Boden hockte und blöde grinsend seine nackten Füße umfasste. Wann bekam man schon einmal die Gelegenheit, Gelehrte aus der Schwebenden Bibliothek zu verspotten?

»Wie schrecklich ist nun die alte Hexerei in den Ruinen tatsächlich?«, wollte Tiban wissen. »Und erzählt mir nicht das Märchen, das kenne ich.«

»Nun«, hob der eine Gelehrte an, Abbo, der Erste Bibliothekar, ein rüstiger Mann jenseits der sechzig mit grauem Haar, tiefen Furchen auf der Stirn und eisblauen Augen unter dichten Augenbrauen. »Aus der dunklen Zeit selbst gibt es leider nur sehr wenige Aufzeichnungen. Unsere eigene Chronik berichtet jedoch, dass die ersten Buchbewahrer, die auf der Suche nach altem Wissen Ycena betraten, die Hecke nicht überwinden konnten – so wie allgemein bekannt. Doch darüber hinaus war die gesamte Stadt in der Hand *ausgebrochener Hexerei, die wütete wie die Pest,* wie ein namenloser Chronist sich bildhaft, wenn auch etwas unglücklich, ausgedrückt hat. In den Ruinen wimmelte es von Schattenwesen und schwarzen Lindwürmern, die jeden jagten, der in die Stadt eindrang. In den Aufzeichnungen ist die Rede von geschuppten Herzfressern, die mit ihren Schreien ein Herz zerspringen lassen können, von zischenden Angstkriechern, die einen dazu verleiten, sich selbst in den Tod zu stürzen, von schleichenden Nachtnagern, die einen im Schlaf langsam auffressen, ohne dass man erwacht, und von Traumflüsterern, die einem die schrecklichsten Gedanken in den Kopf setzen. Und ...«

»Ist das heute noch immer so?«, unterbrach ihn König Tiban. »Jahrhunderte später?«

In dem Moment fiel Arlacs Blick auf den Prinzen, der unglücklich wirkte mit seinem Sitzplatz. War das Sitzen zunächst wie eine Ehre erschienen, sorgte es nun dafür, dass er sich kleiner fühlte als alle anderen, und das ertrug er selten. Er reckte sich, so gut er konnte, doch das brachte nichts. Arlac schmunzelte.

»Das steht zu vermuten«, antwortete derweil Abbo dem König. »Trotzdem gibt es wohl eine Handvoll Menschen, die zwischen den Ruinen leben und sich vor der Hexerei verschanzen, so gut es geht. Sie nennen sich Sucher, weil sie nach verwertbaren Überresten aus der Kaiserzeit suchen. Es sind Verzweifelte, die für beschädigte Statuen ihr Leben riskieren – und oft genug auch verlieren. Vor über zehn Jahren traf unser Freund Severin«, er deutete auf den jüngeren Bibliothekar mit den kleinen lebhaften Augen und dem Doppelkinn, »einen dieser Sucher und erfuhr seine Geschichte.«

Severin nickte und ergriff das Wort. »Der Mann wollte mir seinen Namen nicht verraten und berichtete Schlimmes, Eure Hoheit. Die Nacht von Ycena gehöre der Hexerei, sagte er, ebenso die tiefen Schatten am Tage. Seit dem Untergang Ycenas und dem Aufkommen der Hexerei verschwänden Kinder im Umland, und einer seiner Freunde sei eines Tages von einem Dämon besessen gewesen und habe ihn des Diebstahls bezichtigt und im Blutrausch beinahe getötet. Wer zu lange in Ycena bleibe, dem drohe Schrecklichstes, selbst wenn er überlebe. Die Hexerei fresse an der Seele, Bissen für Bissen.«

»Und, glaubst du ihm?«

»Ihm habe ich geglaubt, den neuen Gerüchten glaube ich nicht. Ich denke, in ihnen spiegelt sich nur die Sehnsucht nach einem Retter.«

»Einem Retter, der ich nicht sein kann?« Tiban sah ihn kalt an und erhob sich. Seine Stimme war schneidend. »Ich, der rechtmäßige König von Lathien! Ist es das, was du mir sagen willst? Dass mein Volk mir nicht vertraut und lieber Zuflucht bei einem Märchen nimmt?«

Prinz Aurel nutzte den Moment, um aufzuspringen. »Was wagst du da, Bursche?«

Auch die Höflinge starrten den Bibliothekar entrüstet an, einer hob gar die Hand, als wolle er ihn niederschlagen, besann sich aber noch.

Severin errötete und fiel sofort auf die Knie. »Das sage nicht ich, Hoheit«, stammelte er. »Niemals würde ich so etwas ... Natürlich seid

Ihr unser Herr! Aber die Leute, die einfachen Leute, glauben gern an Märchen. Sie ...«

»Eure Hoheit, das würde er nie ...«, versicherte Abbo, der ebenso auf die Knie sackte. Seine Knochen knackten, auf seinem Gesicht zeigten sich Schmerz und Angst.

»Ich bin auch ein einfacher Leut«, rief Arlac vergnügt und wippte grinsend vor und zurück. »Ich würde die Kaisertochter auch heiraten. Eine Frau, die die ganze Zeit stillhält und schläft, das erscheint mir in der Tat wie ein Märchen.«

Der König erstarrte in der Bewegung. Für einen Moment verschwand der Zorn aus seinen Zügen, und er schmunzelte. Sein Schmunzeln ermutigte die Höflinge zum Lachen, und die Bibliothekare, noch immer auf den Knien, wirkten verdutzt. Statt sie zu verspotten, wie ursprünglich gedacht, hatte Arlac ihnen nun geholfen. Das Leben lief nie wie geplant.

Trotzdem wandte sich der Erste Bibliothekar ihm zu. »Was redest du da, Narr? Dann ist sie doch wach!«, belehrte er ihn. Er konnte wohl nicht anders, als jeden Disput ernst zu nehmen. »Heiraten kannst du sie erst, wenn du sie mit einem Kuss geweckt hast.«

»Schade.« Arlac kratzte sich am Kopf und setzte eine betrübte Miene auf. »Weil, küssen wollte ich sie schon. Warum sollte ich denn sonst heiraten?« Dann zeigte er plötzlich ein breites Grinsen, streckte lüstern die Zunge raus und stieß die Hüfte nach vorn. »Obwohl, da fiel mir schon etwas ein. Geht ja auch ohne küssen.«

Wieder lachten die Höflinge, laut und anzüglich diesmal, und wieder widersprach ihm der Bibliothekar: »Das ... zuerst musst du sie küssen!«

»Wer sagt das? Das Märchen, an das nur die einfachen Leute glauben, wie Severin meinte?« Arlac sah ihn herausfordernd an. »Heißt das, du glaubst ebenso daran?«

Der Bibliothekar öffnete den Mund und schloss ihn wieder. Er schüttelte den Kopf und musterte den Narren aufmerksam. »Dass das Märchen wahr ist, ist der Ausgangspunkt all solcher Überlegungen. Andernfalls wäre längst jeder im Palast tot und verrottet. Nur wenn es wahr ist, schläft die Kaisertochter noch immer, und du musst sie küssen, weil sie sonst nicht erwacht. Und erst dann wirst du zum Kaiser.«

»Ich will gar kein Kaiser werden, ich bin doch kein Narr.« Arlac grinste. »Ich will einfach nur eine Frau, die die Klappe hält und sich nicht rührt.«

Wieder lachten die Höflinge, und Abbo hob die Augenbrauen.

König Tiban befahl: »Genug!«

Arlac verbeugte sich, sitzend, so tief, dass seine Stirn gegen den Boden klatschte, was wieder einige Höflinge zum Lachen reizte und dem Prinzen ein Grinsen entlockte. »Sehr wohl, Eure Ruhebedürftigkeit«, sagte Arlac schlicht.

Der König beachtete ihn nicht. Er stieg die Stufen von seinem Thron herab und wedelte ungeduldig mit der Rechten. »Das ist ja alles schön und gut, aber du weichst der entscheidenden Frage aus: Ist das Märchen nun wahr, oder nicht?«

»Das wissen wir nicht, Hoheit.« Der Bibliothekar verbeugte sich, dann hob er den Blick wieder. »Das werden wir erst wissen, wenn die Hecke fällt. Solange sie den Palast in ihrem Griff hat, kann beides wahr sein. Die Königstochter kann ebenso leben wie tot sein.«

Tiban sah ihn eine Weile reglos an, und der Erste Bibliothekar hielt dem Blick stand. Severin dagegen senkte den Kopf.

»Nun gut,« sagte Tiban schließlich, »was ihr nicht wissen könnt, könnt ihr nicht wissen.« Und damit entließ er Abbo und schickte ihn zurück in die Schwebende Bibliothek, wo er weiterforschen sollte. Severin dagegen gab er den Auftrag, drei Tage lang den tuschelnden und aufgebrachten Menschen auf Freybrucks Straßen zu erklären, warum er, König Tiban, sie alle retten werde. Er, ihr wahrer König, nicht ein Märchenkaiser. »Da du mit Worten umzugehen verstehst und selbst von der Wahrheit dessen überzeugt bist, sollte dir das nicht schwerfallen.«

Die beiden dankten ihm und gingen, während die Höflinge sich dem Festmahl und dem Wein zuwandten und die allgegenwärtigen Fliegen vertrieben.

2

Kaum hatten die Bibliothekare unter Verbeugungen den Raum verlassen, verkündete Prinz Aurel aufgekratzt: »Ich werde morgen nach Ycena aufbrechen.«

Arlac grinste: »Ihr mögt Eure Frauen also auch reglos! Ein Kenner! Ich habe nichts anderes erwartet!«

»Schnauze, Narr!«

»Ich glaube nicht, dass die Hecke überwunden werden kann«, erwiderte König Tiban. »Wäre das möglich, hätte dieser Händler es getan, anstatt irgendwelche Geschichten zu erzählen.«

»So ist es, Hoheit«, sagten die Höflinge eilfertig, teils kauend und den gefüllten Becher in der Hand, und Arlac fragte sich, ob sie alle seit der Dürre noch unterwürfiger geworden waren.

»Vermutlich«, gab auch Prinz Aurel zu. »Aber was, wenn es trotzdem stimmt und ein Prinz aus einem der anderen Königreiche kommt, um sich den Kaisertitel zu holen? Wenn es ihm gelingt? Auf dem Boden unseres Königreichs! Wie stehen wir dann da?«

»Wir könnten jemand anderen schicken, der nachsehen soll«, sagte Tiban.

Eifrig nickten die Höflinge. Nun aßen sie nicht mehr, sondern lauschten dem Gespräch.

»Nicht, wenn auch nur die kleinste Möglichkeit besteht, dass die Kaisertochter wirklich nur schläft«, gab Prinz Aurel zu bedenken. »Aber es ist natürlich deine Entscheidung.«

Der König nickte. »Wenn an dem Märchen tatsächlich etwas dran ist und die Hecke wirklich verdorrt, dann solltest du derjenige sein, der das herausfindet. Dann hol dir die Kaisertochter. Hol dir den Titel, und wir vereinen die Königreiche wieder unter unserer Führung.«

»Ach, wie schön.« Arlac seufzte ergriffen. »Dann haben uns die Götter die Dürre tatsächlich zu unserem Besten geschickt. Die Dürre wird die Hecke austrocknen und uns das Kaiserreich zurückbringen. Ein neues, lathisches Kaiserreich.«

Darüber lachte niemand, und König Tiban sah ihn scharf an.

Rasch machte Arlac einen Kopfstand und verkündete: »Die Welt steht Kopf.«

Prinz Aurel kam zu ihm herüber und stieß ihn um, so heftig, dass Arlac schmerzhaft auf den Boden krachte und liegen blieb. »Jetzt nicht mehr. Jetzt ist wieder alles an seinem Platz.«

Die Höflinge lachten, und König Tiban fiel ein. Er legte Aurel eine Hand auf die Schulter: »Bring mir eine Schwiegertochter, auf die ich stolz sein kann. Mach mich stolz, mein Sohn.«

»Das werde ich, Vater«, versprach Aurel. In seinen Augen lag ein treues, glückliches Funkeln.

Arlac dachte: *Gleich hechelst du wie Tibans Lieblingshund,* aber natürlich sagte er das nicht. Stumm setzte er sich auf und wischte sich über das Gesicht.

3

Anthia stand vor dem Walnussbaum in der Hecke und starrte in die Dornen. Es waren Hunderte, und doch glaubte sie inzwischen, jeden einzelnen zu kennen. Die zahllosen natürlich gewachsenen, aber auch die bleichen Knochensplitter und den langen krummen Eckzahn, der von einem Wolf oder Hund stammen mochte. Die glänzende Messerklinge, die Gabelzinken, die menschlichen Zähne und die Kleiderspange tief drinnen, die nur im hellsten Sonnenlicht zu erkennen war. Die aufgereihten Fingernägel knapp über dem untersten Ast des Walnussbaums und die scharfkantigen Glasscherben, wie auch immer die dort hineingelangt waren.

Jeden Tag war sie hergekommen, in ihrem gefleckten Anzug aus Kuhhaut, und doch nicht geklettert. Inrico hatte sie gefragt, weshalb, und sie hatte geantwortet, sie suche nach dem besten Weg. Er hatte genickt, obwohl sie beide gewusst hatten, dass der einzige Grund für das Zögern ihre Angst war.

Angst, die sie noch immer fühlte. Die Angst, dass sie hängen blieb und sich nicht mehr befreien konnte, dass die Hecke sie schluckte und langsam sterben ließ, sodass irgendwann ein anderer auf ihre Zähne und Knochensplitter, auf die Klinge ihres Dolchs und ihre Fingernägel starrte. Dabei war der Gedanke an die Zähne und Fingernägel am schlimmsten. Was mit ihren Knochen geschah, schien weniger wichtig, und sie fragte sich, warum das so war, wusste jedoch keine Antwort.

Der Anzug war steif und unbequem, jede Bewegung fiel schwer, und der linke Daumen wurde seit Tagen gequetscht. Er war schon geschwollen und wurde immer noch weiter gequetscht.

Es war nicht der erste Schritt, den sie fürchtete. Wenn sie da hängen blieb, würde Inrico sie vielleicht herausziehen können. Doch was, wenn sie vier oder mehr Schritt über dem Boden plötzlich festhing? Bis dort hinauf würde Inrico es ohne den Schutz einer Tierhaut niemals schaffen.

In den ersten Tagen hatte er die Hecke gezeichnet. Er hatte jede Art von Dornen zu Papier gebracht, und nun hielt er sich die meiste Zeit irgendwo in den angrenzenden Gebäuden auf, während sie in die Hecke starrte.

Voller Angst.

Voller Zweifel.

Warum sollte sie das tun? Sie hatte es ihrem sterbenden Bruder versprochen, aber der hatte es nicht gehört, und so hatte sie es eigentlich nur sich selbst versprochen.

Sie wollte nicht sterben.

Warum also?

»Weil ich Kaiserin werden könnte«, murmelte sie, und das war so viel mehr, als sie sich je ausgemalt hatte. Dorfvorsteherin war schon unvorstellbar gewesen, aber einen Kaiser hatte es seit Jahrhunderten nicht gegeben und eine Kaiserin noch nie. Gelang es ihr, würde sie erfüllen, was der Kaiser ursprünglich für seine Tochter vorgesehen hatte. Es war Zeit, sich von der Angst zu befreien. Laut rief sie nach Inrico, und er kam.

Sie sagte: »Ich steige hinauf.«

»Jetzt?«

»Jetzt.« Sie nickte und wandte sich der Hecke zu. Dann drehte sie sich noch einmal um. »Danke für alles. Dass du mich bei den Räubern nicht im Stich gelassen hast, und auch hier nicht.«

»Ohne dich wäre ich nicht hier. Das ist reicher Lohn.« Er lächelte. »Und jetzt bring uns das Kaiserreich zurück.«

Sie atmete durch, langte nach oben und ergriff einen Ast des Walnussbaums. Dann setzte sie den rechten Fuß auf den untersten Ast und zog sich am Rand der Hecke hinauf. Die Dornen kratzten über die Kuhhaut, durchdrangen sie aber nicht. Die Ranken der Hecke waren zäh und dicht, doch Anthia konnte sich noch einen Ast weiter hinaufhangeln, noch einen und noch einen, ein kleines Stück tiefer in die Hecke hinein und höher hinauf. Sie hörte Inrico lachen.

»Du schaffst es!«, rief er.

Und für einen glücklichen Moment glaubte sie daran.

Dann wurden die Ranken dichter und das Vorankommen mühsamer. Schabend streiften die Dornen über ihren Anzug, und plötzlich stach ein langer, gekrümmter ins rechte Augenloch ihrer Kapuze. Anthia konnte das Auge gerade noch schließen und den Kopf senken, sodass die Spitze nur die Haut unter ihrer Braue aufriss, von der Nasenwurzel bis fast zur Schläfe. Brennender Schmerz durchfuhr sie, und fast hätte sie losgelassen und wäre gefallen. Blut rann über das zugekniffene, zitternde Lid und verklebte die Wimpern, tropfte auf die Wange und weiter hinab. Vorsichtig schob Anthia die Ranke von sich. Dann drehte sie die Kapuze, bis die Löcher hinten waren und die Augen von dicker Kuhhaut geschützt. Sie wollte nicht aufgeben, aber auch nicht für immer erblinden.

»Komm runter«, rief Inrico.

»Nein!«, beharrte sie. Das Atmen unter der Kapuze fiel ihr schwer, der Riss brannte, aber sie tastete sich weiter voran, langsam und sicher. Sie hatte so lange auf den Walnussbaum gestarrt, dass sie die Position nahezu jeden Astes im Kopf hatte, und so zahlten sich ihr Zögern und die Angst doch noch aus. Der Daumen pochte, jeder Griff war schmerzhaft, Dornen kratzten über das kurze Fell außen, innen lief Anthia der Schweiß über den ganzen Körper. Alles klebte und stank, und trotzdem kämpfte sie sich Stück für Stück voran.

Doch irgendwann gelangte sie in Höhen, die sie vom Boden aus nicht hatte einsehen können. Tastend suchte sie nach jedem weiteren Ast und verfing sich in immer neuen Schlingen, die sich langsam festzuzurren schienen. Ranken wanden sich durch die Löcher hinten in die Kapuze und flochten sich in Anthias Haare. Dornen bohrten sich in ihre Kopfhaut, und sie spürte, wie Blut in ihre Haare sickerte und dort verkrustete. Haare, die aus den Löchern hingen, verfingen sich im Gesträuch, und irgendwann kam Anthia nicht mehr weiter.

Wieder griff die Angst nach ihr, und sie versuchte verzweifelt, die Kapuze erneut zu drehen, damit sie etwas sah, einen Ausweg, aber es gelang ihr nicht. Zu fest waren Haare, Ranken und Kapuze ineinander verflochten. Die Luft wurde immer stickiger. Blind versuchte Anthia, die Ranken durch die Löcher herauszureißen, erwischte mit den klobigen Handschuhen und eingeschlossen von der Hecke aber immer die falschen. Überall auf ihrem Nacken und Hals lagen Dornen und ritzten die Haut, ihr ganzer Kopf pochte vor Schmerz. Endlich erwischte sie eine richtige Ranke und zog sie langsam heraus. Für das letzte Stück musste sie sich eine dicke Strähne Haare ausreißen, und sie verhedderte sich immer weiter mit dem Arm in der Hecke.

Um Anthia war nur Schwärze, das Atmen unter der Kapuze fiel ihr schwerer und schwerer, irgendein Insekt kroch durch eins der Löcher herein, und sie hoffte, es wäre nur eine Fliege, aber es schien größer zu sein. Auch wenn die Dornen das Kuhfell nicht durchdrangen, hielten sie Anthia unerbittlich in ihrem Griff, und sosehr sie auch zerrte, sie konnte sich nicht befreien. Als sie das Insekt an ihrer Ohrmuschel spürte, dachte sie: *Es will in mich hinein!*

»Inrico!«, rief sie und hörte auf zu strampeln. »Hol mich raus!«

»Warte!«, hörte sie ihn antworten. Seine Stimme klang dumpf und viel zu weit entfernt.

»Warten?«, schrie sie zurück und schnappte nach Luft. »Worauf denn? Es ist in meinem Ohr!«

»Du bist zu hoch! Ich brauche etwas, um zu dir zu kommen.«

Und so wartete sie und schüttelte den Kopf, um das Vieh von ihrem Ohr zu vertreiben. Das gelang, und bald krabbelte es wieder über den Hinterkopf. Sie sah nichts als Schwärze, und sie fürchtete sich davor, den Walnussbaum loszulassen. Auf keinen Fall wollte sie sich ganz der Hecke ausliefern. Das Vieh erreichte das andere Ohr, und sie schüttelte es noch einmal fort.

Irgendwann traf sie etwas an der Schulter, und Inrico rief: »Fang.«

»Erst rufen, dann werfen«, knurrte sie und zerrte mühsam die rechte Hand aus der Hecke, während sie sich mit der linken weiter festhielt.

Er rief und warf, und sie fing nicht, sie sah nichts, und ihre Hände steckten in steifen Handschuhen, die Schulter wurde von irgendetwas niedergedrückt. Wieder warf er, und wieder fing sie nicht, und so ging es eine ganze Weile, bis er schließlich rief: »Streck einfach nur die Hand aus. Ich werfe dir das Seil über den Arm.«

Sie tat wie geheißen, aber er verfehlte den Arm, wie sie an seinem Fluchen erkannte. Wieder und wieder verfehlte er ihn, und wieder und wieder hörte sie ihn fluchen. Sie spürte das Tierchen in ihrem Haar nicht mehr und fragte sich, wo es war. War es zu den Augenlöchern hinaus oder zu ihrem Ohr herein? Legte es irgendwo Eier? Sie versuchte, nicht daran zu denken, und konzentrierte sich auf das Seil.

Doch das verhedderte sich irgendwann in den Dornen, sodass Inrico es nicht wieder herausbekam, wie er ihr mitteilte. Sie war längst am Ende ihrer Kräfte.

»Ich hol ein neues«, versprach er und ließ sie zurück. Wo war er hin?

Wo ist es hin? Ihre Gedanken waren wieder bei dem Tierchen. Sie spürte das Krabbeln nicht mehr, aber überall juckte und brannte es.

Es ist fort, beruhigte sie sich. *Fort.* Es musste fort sein. Ihre Zunge war geschwollen.

Es dauerte lange, bis Inrico zurückkehrte, und als er kam, sagte er: »Bald wird es Abend.« Er klang besorgt.

Sie fragte sich, was geschehen würde, wenn sie in der Dunkelheit noch immer hier hing, und versuchte, den Gedanken zu verscheuchen. Sie dachte an die krallengleichen Dornen, an die blutigen Zähne und gebrochenen Fingernägel in der Hecke, an die Schreie der nächtlichen Kreaturen. Mit aller Kraft riss sie eine Ranke von ihrer Schulter und reckte den Arm aus der Hecke, so weit sie nur konnte. Der linke Arm, mit dem sie sich hielt, zitterte. Inrico fluchte, und sie fluchte auch, und dann spürte sie das Seil um ihren Arm und hörte seinen Schrei: »Jetzt! Halt es fest!«

Noch bevor er es aussprach, hatte sie es getan. Sie packte das Seil und wickelte es sich ums Handgelenk. Dann rief sie: »Zieh!«

Immer fester schnürte sich das Seil um ihren Arm, doch die Hecke wollte sie nicht freigeben. Irgendwas zerrte an ihren Haaren, wieder lief etwas Flüssiges über ihre Kopfhaut. Ihre Beine waren eingeschlafen, und sie konnte die linke Hand nicht vom Ast lösen; mehrere Ranken hielten ihn umklammert.

»Zieh!«, drängte sie, auch wenn sie mit der geschwollenen Zunge und dem trockenen Mund kaum reden konnte.

Er zog und zog und zog, und ihr Arm schmerzte, um ein Haar wurde die Schulter ausgekugelt, aber es reichte nicht.

»Es dämmert gleich«, rief er voller Angst. »Ich hol Hilfe!«

»Nein!«, erwiderte sie, und dann: »Doch! Lauf!«

Es kam schon keine Antwort mehr.

Sie hing in der Hecke und dachte an ihren Bruder, an seinen Tod und seine Morde und fragte sich erneut, was sie hier tat. Sie dachte an König Tiban, an den tanzenden Narren und die tobende Menge. Sie sah nur Schwärze und wusste nicht, wie tief die Sonne inzwischen stand, und auch nicht, wie tief sie fallen würde, sollte sie herausgerissen werden. Sie hing hoch oben in der Hecke, weit oben, doch alles schien besser, als hier festzuhängen.

Dann hörte sie mehrere Menschen herbeieilen.

»Halt dich fest!«, schrie Inrico.

»Tu ich!«

»Zieht!

Plötzlich riss etwas mit solcher Wucht an ihrem Arm, dass sie das Gefühl hatte, zerteilt zu werden. Sie schrie und fluchte und hoffte, das Seil würde nicht reißen. Es war ihre einzige Verbindung zum Leben außerhalb der Hecke. Die Hecke war der Tod, das Seil Hoffnung. Schreiend hielt sie es fest.

Und dann, endlich, tat es einen Ruck, und sie stürzte. Die Kapuze wurde ihr vom Kopf gefegt und blieb in den Ranken hängen, ebenso wie ein paar Haare. Dornen schnitten tiefe Wunden in ihren Kopf, etwas stach in ihr Augenlid, aber sie hing nicht mehr fest, sie war nicht mehr blind, sie konnte atmen! Hechelnd schnappte sie nach Luft. Licht blendete sie, und sie fiel.

Irgendwer versuchte, sie aufzufangen, doch sie stürzten beide zu Boden. Sie schlug auf den Stein. Es tat weh, aber der Aufprall war gedämpft, und sie brach sich nichts.

»Lauf!«, rief Inrico, und sie hörte, wie jemand wegrannte. Nur sie konnte nicht, ihre Beine wollten nicht, sie wachten eben erst auf, kribbelten und knickten ein, als sie versuchte aufzustehen.

»Lauf!« Inrico zerrte sie auf die Füße, und sie begriff, dass es gar nicht so hell war, wie es ihr nach der langen Schwärze vor Augen vorkam. Es dämmerte. Sie verbot ihren Knien nachzugeben, schlug mit den Fäusten auf die Oberschenkel und stützte sich auf Inrico, der sie mehrere Schritt mitschleppte. Dann löste sie sich von ihm. Wenn sie es nicht allein schaffte, würden sie es überhaupt nicht schaffen.

Fluchend vor Wut und Schmerz stolperte sie weiter, setzte Fuß vor Fuß, bis es endlich besser ging und sie wieder laufen konnte und schließlich rennen. Keuchend rannten sie in ihr Versteck, das sie gerade noch erreichten, bevor das Heulen der Nacht anhob. Anthia fiel erschöpft zu Boden, während Inrico die Tür verriegelte.

GEGEN DIE ZEIT

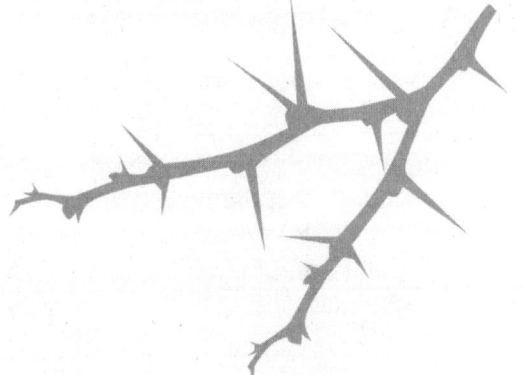

1

Schon am nächsten Tag wusste jeder von Anthias Versuch, die Hecke zu überklettern. Sie wussten von ihrem Scheitern, aber auch, dass nicht jeder darauf wartete, dass die Hecke von allein fiel. Und so wollte kaum noch jemand warten. Viele schulterten ihre Spaten und Haken, gingen zu den Heckenabschnitten, die sie mit Fahnen für sich reklamiert hatten, und gruben.

»Wenn es nicht drüber hinweggeht, geh es darunter hindurch«, hieß es überall.

Misstrauisch beäugte jeder seinen Nachbarn und achtete darauf, dass der nicht die Grenze zum eigenen Areal übertrat. Neue Abschnitte wurden beansprucht, fast alle dort, wo der Boden nicht gepflastert war und es einfacher schien zu graben. Doch die Erde war überall trocken und hart.

Viele suchten sich Stellen aus, die möglichst lange im Schatten lagen, um nicht in der prallen Sonne schuften zu müssen, doch an der Hecke graben, das wollten beinahe alle. Es hatte ein Wettkampf begonnen, wie ihn die Stadt noch nicht gesehen hatte. Mit dem Palast hatten nun alle dasselbe Ziel, und das eben noch belächelte Märchen wurde zum Traum jener, die abstritten, Träumer zu sein. Sucher, die einander noch eine Woche zuvor jede Statue gegönnt hatten, gifteten sich nun misstrauisch an.

Levith und Parikles blieben trotz Pflasterstein und Sonne bei ihrem Standort am Palasttor. Dies sei der alte Eingang, den gebe man nicht auf, sagten sie, das bedeute etwas, auch wenn es darunter hindurchginge. Sie gruben zu zweit und wie besessen, und das hob die Nachteile wieder auf. Schon bald hatten sie die Steine aus dem Boden gerissen.

Titus Voreno, ein ehemaliger Soldat aus der bergigen Gegend um Palmo und trinkfreudiger Würfelspieler, der Spielkarten und Neuerungen verachtete, grub nicht. »Der Weg führt durch die Hecke hindurch, ihr Feiglinge«, sagte er verächtlich, »nicht unter ihr entlang. Hindurch! So heißt es seit Jahrhunderten!«

Überzeugt davon, dass Anthia mit dem Kuhfell die richtige Idee gehabt hatte, machte er sich Hosen aus dickem Leder, schlüpfte in seinen alten Brustpanzer und setzte einen alten, aber gepflegten Gladiatorenhelm mit Gesichtsschutz auf, woher auch immer er den hatte. Auch Handschuhe und einen kleinen Rundschild mit Buckel und Dorn besaß er, und so trat er vollständig gerüstet an die Hecke.

»Anthia, die Schlaue, trotz aller List, in der Hecke hängen geblieben ist«, gab Lignu, der ein Freund Titus' war, zu bedenken.

»Weil sie einen Umweg genommen hat und die Kapuze verkehrt herum trug«, erwiderte Titus. »Außerdem bin ich stärker als jede Frau.« Trotzdem band er sich ein Seil um den Bauch, wie sie es auch getan hatte, und bat Lignu und ein paar Streuner, ihn herauszuziehen, falls er um Hilfe schrie. Dafür drückte er ihnen ein paar Münzen in die Hand.

»Magst du nicht überdenken, ob das wirklich lohnt? Die Heck' ist längst von tausend Toten nur bewohnt«, sagte Lignu.

»Was soll das Gejammer?«, fragte Titus. »Willst du mehr Geld?«

Die Streuner nickten, aber Lignu schüttelte den Kopf. »Ich trink mein Bier nur gern mit dir, drum stirb mir hier nicht wie ein Tier.«

»Jetzt werd nicht rührselig«, brummte Titus und drückte den Streunern noch je eine zusätzliche Münze in die Hand. Zu Lignu sagte er: »Du wolltest ja keine. Aber wenn es nötig werden sollte, zieh trotzdem mit ganzer Kraft.«

Lignu nickte.

Titus prüfte noch einmal den Knoten im Seil, ergriff sein Schwert und nahm Anlauf. Dann stürmte er, den Schild voraus, in die Hecke, so, wie er einst feindliche Linien attackiert hatte. Einen knappen Schritt weit drang er hinein, dann wurde sein Lauf jäh gestoppt, der Schild gegen die linke Schulter gepresst, Luft aus seiner Lunge gequetscht. Schimpfend und fluchend drückte er die Äste zur Seite und wühlte sich, den Kopf eingezogen, Handbreit um Handbreit voran. Von draußen sah es so aus, als machten die Ranken ihm zögernd

Platz. Sie brachen nicht, sie knickten nicht, sie wanden sich und wichen ihm aus.

»Ich wusste es, ihr Maulwürfe!«, triumphierte Titus.

Doch plötzlich standen die Ranken zu dicht, die Stämme der einzelnen Sträucher kreuzten sich vor ihm, und sosehr er sich auch mühte, er kam auch mit dem Schwert nicht weiter. Immer tiefer steckten seine Arme im Gewirr der Äste, und er konnte sich weder nach rechts noch nach links drehen. Auch zurück konnte er nicht, überall schien er festzuhängen. Sein Gesichtsfeld war in dem geschlossenen Helm stark eingeschränkt, er sah nichts als Ranken und Dornen und direkt vor sich dorngewordene Scherben aus schwarzem Glas. Es war, als stecke er in einem Moor und würde immer tiefer hineingezogen.

»He!«, schrie er, und es klang dumpf im Helm. »Holt mich raus!«

Lignu und die Streuner zogen am Seil, doch die Hecke hielt Titus gefangen. Plötzlich waren die Ranken um ihn herum dicht, sie wanden sich um seine Beine und Arme. Zumindest sah es von außen so aus, aber vielleicht gaukelten die Schatten denen, die vor der Hecke standen, auch etwas vor.

»Zieht, verdammt!«, fluchte Titus.

»Das tun wir, draußen hier!«, keuchte Lignu, und nicht einmal jetzt vergaß er zu reimen.

»Dann tut es richtig!«

»Wir versuchen's doch!«, schrie Maec, die Streunerin ganz vorn am Seil. Ihr Gesicht war rot vor Anstrengung, ihre Füße rutschten wieder und wieder weg.

Auch die anderen zerrten mit aller Kraft.

»Zieht, verfluchte Zivilisten!«, fluchte Titus.

Sucher, die ihn hörten, kamen herbei und packten mit an. Jetzt, da es ums Überleben ging, waren Misstrauen und Wettbewerb vergessen. Jetzt war er einer von ihnen, und sie zogen mit aller Kraft, aber es gelang ihnen nicht, ihn zu befreien. Im Gegenteil, bald riss das Seil, und Titus hatte jede Verbindung nach außen verloren.

Getrieben von der Angst um den Freund, versuchte Lignu, sich einen Weg in die Hecke zu hacken, nur zwei, drei Schritt, aber nun gaben die Ranken nicht mehr nach. Das Beil glitt an der steinharten Rinde ab, wieder und wieder, und er kam nicht eine Handbreit weit hinein.

Maec rannte los, um beim Wirt Pfeil und Bogen zu erfragen, und als sie zurückkehrte, banden sie das ausgefranste Seil an einen Pfeil und schossen es in die Hecke, direkt neben Titus. Mit Mühe bekam er es zu fassen, doch er konnte es sich nicht um den Bauch winden, zu eingeschränkt war er in seinen Bewegungen. Verzweifelt hielt er sich nur daran fest und knurrte: »Zieht!«

Aber als sie zogen, wurde ihm beinahe die Schulter ausgekugelt, und das Seil riss erneut. Sie untersuchten es, und es war auf der ganzen Länge ausgefranst. Es sah aus, als hätten die Dornen daran genagt wie die Zähne hungriger Raubtiere.

Was auch immer sie versuchten, bis zum Abend gelang es nicht, Titus zu befreien. Als sie vor der Nacht in ihre Häuser flohen, hatte er längst aufgehört zu fluchen und mit dem Leben abgeschlossen. Er rief ihnen ein paar Abschiedsworte zu und sagte, bevor die Kreaturen ihn bekämen, wolle er sich in sein Schwert stürzen. Aber noch im Davoneilen hörten sie ihn schimpfen, dass er den Arm nicht frei bewegen könne.

Was auch immer in der Nacht geschehen war, am nächsten Tag war er tot. Man sah ihn in den Ranken hängen, ein dunkler Schemen mit verrenkten Gliedmaßen und auf die Brust gesunkenem Kopf, nur das Schwert glitzerte hell, wenn ein Sonnenstrahl in die Hecke fiel. Wer es sah, hatte den Eindruck, die Klinge sei zerbrochen, werde aber von den Ranken gehalten.

2

Auch am Morgen nach Titus' Tod grub Ukalion, und schon nach kurzer Zeit bemerkte er, dass die Wurzeln der Hecke dünner wurden und teilweise ganz endeten. Er musste das Ende des gesamten Wurzelwerks bald erreicht haben.

Endlich, dachte er, und fast hätte er geweint vor Erleichterung. Noch wusste er nicht, wie er es unter der Hecke hindurch- und drüben wieder hinaufschaffen sollte, aber im Augenblick zählte nur, dass die Wurzeln tatsächlich endeten. Manchmal, wenn er besonders erschöpft gewesen war, hatte er daran nicht mehr geglaubt.

Er überlegte, ob er Telamon und Isa um Hilfe bitten sollte, wenn es nun unter der Hecke hindurchging und er die Decke des Tunnels abstützen musste. Telamon hatte sich zwar einen Abschnitt der Hecke gesichert, schaufelte jedoch noch immer einen steinernen Lindwurm frei, der siebenhundert Schritt entfernt lag. Sosehr Isa auch drängte und bettelte, er wollte nicht Kaiser werden. Sie träumte von dem Märchen, er von Freiheit und Ruhe. Telamon würde ihm den Titel nicht streitig machen, mit ihm würde er sich einigen können. Trotzdem konnte Ukalion sich nicht dazu durchringen, er glaubte unbeirrt, es allein schaffen zu müssen.

Nach Titus' vergeblichem Versuch würde sich so schnell niemand mehr anschicken, die Hecke durchdringen zu wollen. Auch über sie hinweg würde es niemand wagen, dafür hatte Anthias Scheitern gesorgt. Und grabend war Ukalion den anderen weit voraus, sodass er felsenfest glaubte, er könne gewinnen. Bis er am frühen Nachmittag auf Stein stieß.

Zunächst hielt er es für einen vielleicht kopfgroßen Brocken, den er ausbuddeln und hinaufschaffen müsse, doch dann fand der Stein kein Ende. Größer als ein Kopf, größer als die klobigen Pflastersteine, größer als die Basis einer dicken Tempelsäule war er, und immer verzweifelter suchte Ukalion sein Ende. Auf der ganzen Breite des

Schachts wühlte er sich in die Erde, und überall stieß er auf Stein. Er suchte nach Fugen, fand jedoch keine. Endlich begriff er, dass er auf massiven Fels gestoßen war. Undurchdringlichen Fels.

»Dreck!«

Er schleuderte den Spaten gegen die Wand des Schachts und schrie seine Wut und Enttäuschung hinaus. Alles war umsonst gewesen, er musste ganz woanders von vorn anfangen. Und das bedeutete, dass ihm alle anderen voraus waren.

»Verdammt!«

Der Stiel des Spatens war gebrochen, und er musste einen neuen machen.

3

Khufhu, ein ehemaliger Fischer von der gybthischen Küste, der gern und viel redete, nur nicht darüber, was ihn hierher verschlagen hatte, klaubte alle trockenen Blätter aus der Hecke, die er finden konnte. Er trug sie am Rand der Hecke zu einem Häufchen zusammen, legte trockene Äste aus den nahen Parks dazu und entzündete in der Mittagshitze ein kleines Feuer. Der Wind stand still wie die meiste Zeit, und die Nachtsalamander flohen. Weil die Hecke nicht Feuer fangen wollte, pustete Khufhu die züngelnden Flammen weiter in ihre Richtung. Die Flammen leckten an den untersten Ästen und färbten die Blätter schwarz, und Khufhu sah gierig zu.

»Los«, flüsterte er. »Brenn schon! Brenn!« Er war sicher, dass es gleich so weit war.

Doch bevor auch nur ein kleines Ästchen in Brand geriet, wurden andere Sucher auf ihn aufmerksam und eilten herbei.

»Was tust du da?«, brüllten sie und traten das Feuer hastig aus. Khufhu traten sie hart in den Rücken, in die Seite und ins Gesicht.

»Lasst mich!«, protestierte er, während er sich am Boden krümmte und sich die Hände schützend auf den Kopf legte. »Ich brenne uns den Weg frei! Gold brennt nicht, den Schätzen im Palast geschieht nichts. Das Feuer macht uns alle reich!«

»Gold schmilzt!«, schrie einer und trat ihm erneut in die Seite. »Die Kaiserkrone schmilzt.«

»Gold bleibt Gold«, keuchte Khufhu, den Kopf noch immer in den Armen verborgen.

»Aber eine Krone keine Krone!«

»Und wenn die schlafende Kaisertochter verbrennt, wird keiner von uns Kaiser«, fügte ein anderer hinzu. »Menschen brennen sehr wohl.«

»Die Menschen da drin sind tot!«, knurrte Khufhu. »Das muss euch doch klar sein!«

Niemand hörte auf ihn.

»Nein, ich werde Kaiser!«

»Oder ich!«

»Ich!«

»Das werden wir sehen!«

Und während sie sich weiter stritten, schlugen sie auf ihn ein, bis seine Schmerzensschreie verstummten. Dann schleiften sie den bewusstlosen Körper davon. Mehrere Knochen waren gebrochen, die Haut hier und da aufgeplatzt und ein Auge trotz aller Abwehrversuche geschwollen. So schnell würde er kein Feuer mehr legen, da waren sie sich einig. Sie schleiften ihn in einen Raum ganz hinten in den ehemaligen Thermen, noch ein Stück hinter dem Bordell. Yulis hatte nichts dagegen, wenn Verwundete und Kranke dort lagen, bis sie sich erholt hatten, nur ansteckend durften sie nicht sein. Manchmal, wenn wenig Betrieb war und die Verwundeten Geld besaßen, ließ er sie sogar von seinen Huren pflegen. Khufhu wachte während des ganzen Wegs nicht auf, aber er atmete noch, als sie ihn auf einem Sack Stroh ablegten.

»Wir mussten es tun«, sagten die, die ihn gebracht hatten, und Yulis gab ihnen recht. Hätte die Hecke wirklich Feuer gefangen, wäre der Brand verheerend gewesen. Nicht nur für den überwucherten Palast, sondern auch für die umliegenden Gebäude der Sucher, die Sucher selbst und vielleicht ganz Ycena. Brandstiftung war nicht zu dulden.

Die, die Khufhu aufgehalten hatten, kehrten zur Hecke zurück und stellten fest, dass das Feuer nicht das Geringste hatte ausrichten können. Die schwarz verfärbten Blätter waren nur von Ruß bedeckt; darunter waren sie unverändert saftig und grün. Das bedeutete, die Hecke konnte kein Feuer fangen und war stark wie eh und je. Seufzend kehrten sie zu ihren wartenden Spaten zurück, um weiterzugraben, bis es dämmerte.

4

Telamon und Isa wollten eben ihr Haus verlassen, um in den *Zehn Kerzen* zu Abend zu essen, da erhielten sie unerwarteten Besuch. Vor der Tür stand der Streuner Wolf, schmutzig wie immer, noch weiter abgemagert als zuletzt und mit einem gehetzten Ausdruck im Blick. Er wirkte, als sei er jederzeit bereit zu fliehen.

»Wolf!«, stieß Isa hervor. »Du lebst?«

Telamon sagte nichts. Er sah von dem Streuner zu seiner Tochter und wieder zurück. Ursprünglich hatte sie gesagt, sie werde Wolf den Verrat nie verzeihen, und ihn wüst beschimpft, aber jetzt, Wochen später und überrumpelt von seinem Anblick, schien sie einfach erleichtert, dass er noch lebte. Telamon selbst war vor allem überrascht. Darüber, dass der Junge noch am Leben war, und darüber, dass er selbst keinen Groll hegte. Wenn er überhaupt etwas fühlte, dann Mitleid, und das überraschte ihn beinahe noch mehr.

»Ja.« Wolf nickte. »Ich …«

»Wie?«, rief Isa und machte einen Schritt auf ihn zu. »Wo?«

Wolf wich zurück und zuckte mit den Schultern, und Isa blieb stehen.

Telamon musterte ihn. Zum Mitleid gesellte sich Misstrauen. War es möglich, dass der Junge noch immer für die Kreaturen der Nacht arbeitete? Wie hatte er sonst überleben können?

»Warum bist du davongerannt?«, fragte er.

»Warum?« Wolf blinzelte verblüfft. »Ich habe nicht geglaubt, dass ihr mich verschont. Ich hatte dich verraten, meinetwegen wärst du beinahe ...« Er sprach nicht weiter.

»Ich hatte dir mein Wort gegeben«, erwiderte Telamon.

»Ja, ich weiß.«

»Und ich halte mein Wort.«

»Das hat Isa immer behauptet, ja.« Er seufzte. »Aber ich wollte es nicht darauf ankommen lassen, ich hatte zu große Angst.«

»Und jetzt?«

»Immer noch ein wenig«, gab er zu und lächelte schief.

»Willst du mit uns essen?«, platzte Isa heraus. »Du siehst hungrig aus, und wir wollten gerade in die *Zehn Kerzen*.«

Wolf nickte. »Hungrig bin ich, aber ... ich weiß nicht, was die anderen mit mir anstellen.«

»Warum bist du hergekommen?«, wollte Telamon wissen. Sie hatten niemandem von seiner Verbindung zu den Kindern in der Hecke erzählt, aber das konnte Wolf nicht wissen, seine Vorsicht war verständlich. »Sag es, und wir essen hier. Nur wir drei, du, Isa und ich.«

Wolf biss sich auf die Lippe und senkte den Kopf. Einen Moment zögerte er, dann sagte er leise: »Ich glaube, ich kenne den Schwachpunkt der Hecke.«

»Was?«, entfuhr es Isa, und ihr Mund blieb offen stehen.

»Glaubst du es, oder kennst du ihn tatsächlich?«, fragte Telamon gefasst, doch in ihm brodelte es.

»Ganz sicher bin ich nicht, aber ziemlich«, erwiderte Wolf, und dann hob er den Blick. »Darum bin ich gekommen. Ich habe mir gesagt, dass ich dir das für meinen Verrat schulde, also, dass ich dir davon erzähle. Ich dachte, vielleicht verzeihst du mir dann. Du warst immer freundlich zu mir, und Isa war meine Freundin, aber er ... er ... Verdammt!« Er blinzelte und schniefte und fuhr sich mit dem Handrücken über die Nase. »Ich wollte das nicht.«

Telamon nickte. »Ich weiß, komm rein. Wir haben noch ein bisschen Brot, Pfirsiche und getrockneten Hasenbraten.« Und damit ging er zurück ins Haus.

Isa folgte ihm und auch Wolf, der sich beim Eintreten nach allen Seiten umsah.

Zunächst zögerte Wolf, doch schon bald nahm er, was ihm angeboten wurde, und schlang alles gierig hinunter.

»Das schmeckt«, schmatzte er mit vollem Mund. Pfirsichsaft rann ihm übers Kinn, und er wischte ihn fort. Zwischen den Bissen erzählte er von seiner Flucht, und wie er sich im nächstbesten Haus versteckt hatte, wie die Nacht an seiner Tür gerüttelt hatte und vor den Fenstern die Schemen vorbeigezogen waren, heulend wie nie zuvor. Zitternd hatte er sich in einer Ecke zusammengekauert und keinen Moment die Augen geschlossen. Doch wie immer waren die Kreaturen nicht hereingekommen.

»Sie blieben die ganze Nacht vor der Tür, und ich war mir sicher, dass sie hinter mir her waren«, sagte er. »Gleich bei Sonnenaufgang bin ich ganz aus Ycena geflohen. Ich wollte nur weg, weg von ihnen und euch und allem. Ich dachte, dann wird alles wieder gut, aber das stimmte nicht. Am späten Nachmittag bin ich in ein winziges Dorf gekommen. Die Häuser waren so klein und schief. Ich meine, sie waren neuer als hier in Ycena, und gepflegt, aber … Ich weiß nicht. Die Leute haben mich misstrauisch angesehen und gefragt, ob ich aus Ycena bin, da habe ich Nein gesagt. Ich habe gefragt, ob sie was zu essen und einen Schlafplatz für mich hätten, aber sie wollten etwas zu essen von mir. Sie von mir!« Er schüttelte den Kopf. »Sie wollten auch wissen, ob ich Geld hätte, und einer hatte eine Axt. Da bin ich davongerannt. Ich habe mich im Wald versteckt und hatte furchtbare Angst vor der Dunkelheit, weil ich keine Tür hatte, die ich vor den Kreaturen verschließen konnte. Aber dann kam die Nacht, doch keine Kreaturen, sondern der Mond. Sogar durch die Blätter hindurch konnte ich ihn sehen, so hell war er. Überhaupt konnte ich ein bisschen sehen, die Nacht war nicht so dunkel wie bei uns. Nur die Geräusche waren unheimlich, so ein Rascheln und Knacken und manchmal ein Tier. Ich wollte wach bleiben, aber irgendwann bin ich eingeschlafen. Ich habe von Ycena geträumt, von den Kreaturen, von den Kindern in den Wurzeln und von ihm, der mich zu allem gezwungen hat. Auch wie er gestorben ist, und das war schön und auch schlimm. Am Morgen hat mein Magen lauter geknurrt, als ein Hund bellt, und davon bin ich aufgewacht.« Er unterbrach sich kurz, um noch einen Knochen abzunagen.

»Hast du bis jetzt nichts gegessen?«, staunte Isa.

»Doch, schon, nur nicht viel.« Wolf leckte sich die Finger ab und sprach dabei weiter. »Ich bin ins nächste Dorf, und auch da habe ich nichts bekommen. Die Dürre ist da draußen schlimmer, als Sol es erzählt hat. Auch auf der Straße hat mir niemand etwas gegeben, also habe ich nach Wurzeln und Pilzen gesucht, nach Beeren und Obst und Hasen. Hasen habe ich nur zwei gesehen, und die waren schneller weg, als ich mit Steinen werfen konnte. Ich habe Käfer gegessen, Heuschrecken, Würmer und so, nur Fliegen nicht, die schillern so. Trotzdem war ich den ganzen Tag hungrig. Ein Bauer hat versucht, mich zu fangen, ich weiß nicht, ob er mich essen wollte oder nur mein Geld rauben, aber von da an bin ich im Wald geblieben und habe mich versteckt. Das gefiel mir nicht, aber was hätte ich tun sollen? Nach Ycena wollte ich nicht zurück, auf keinen Fall. Trotzdem habe ich jede Nacht davon geträumt, meistens von der Hecke oder ihm oder ...« Er atmete tief durch und zuckte mit den Schultern. »Und dann habe ich von einer schwarzen Wurzel in der Mitte der Hecke geträumt. Einer knorrigen Wurzel, dick wie ein Baum. Sie reicht tiefer hinab als alle anderen, vielleicht bis an den Rand der Unterwelt oder in die Höhle der gestürzten Titanen, wo sie das Herz eines der Sieben durchbohrt, ohne ihn zu töten. Ich weiß nicht, wo die Wurzel endet, nur dass die Hecke ihre Macht verliert, wenn sie durchtrennt wird. Das ist wahr, auch wenn es nur ein Traum war, ganz bestimmt ist es wahr.« Halb prüfend, halb trotzig sah Wolf Telamon und Isa an, und Telamon nickte und lachte nicht.

»Was bedeutet, sie verliert ihre Macht?«, fragte Isa. »Stirbt sie dann?«

»Das hoffe ich!« Wolf wischte sich die Hände an der Hose ab. Sein Teller war leer. »Vielleicht verliert sie auch nur die Dornen oder kann keine Träume mehr trinken. Auf jeden Fall ist das gut. Aber ich habe mich nicht sofort zurückgetraut. Ich hatte Angst, dass die Hecke mich vielleicht nicht vergessen hat, und ich wusste nicht, was ihr alle mit mir anstellen würdet, weil ich ihm geholfen habe. Dann dachte ich, dass ich es euch schuldig bin, zurückzukommen, weil die Hecke und er ja versucht hatten, euch und Tyras Jungen umzubringen. Vielleicht, dachte ich, wollt ihr sie deshalb umhacken, oder ihr wollt in den Palast zu der schlafenden Kaisertochter, wenn sie überhaupt da ist. Schätze sind bestimmt da, dachte ich, und … Es hat noch ein paar Tage gedauert, bis ich mich endlich getraut habe, aber dann bin ich losgegangen, um euch alles zu erzählen. Für euch, und weil ich dachte, die Hecke saugt vielleicht noch immer Kindern die Träume aus, neuen Kindern, und weil ich doch …« Er fuhr sich über die Augen und schüttelte den Kopf. Er schämte sich, das war überdeutlich. »Es tut mir leid.« Dann schwieg er.

»Wo ist die Wurzel?«, fragte Isa aufgeregt. Seit Tagen sprach sie nur von der schlafenden Kaisertochter und vom Bezwingen der Hecke.

»Ich kann euch hinführen«, versprach Wolf. »Jederzeit.«

»Das habe ich von dir schon einmal gehört«, erwiderte Telamon schärfer als beabsichtigt. Eigentlich glaubte er dem Jungen, und er wollte ihm auch vergeben, doch tief in ihm steckten noch das Misstrauen und die Erinnerung an den Schacht.

Wolf errötete. »Es ist keine Falle, das schwöre ich. Ich …« Flehend sah er ihn an.

»Ich weiß. Aber für heute ist es zu spät.«

Wolf seufzte, dann sprang er auf. »Salamanderdreck und Fliegenkacke! Ich muss los, bevor die Dunkelheit kommt.«

»Bleib doch!« Isa streckte die Hand aus, als wollte sie ihn festhalten. »Dann können wir gleich morgen früh los.«

Wolf schüttelte den Kopf. »Ich komme morgen wieder, es ist nicht weit.« Er sah Telamon in die Augen. »Danke. Für das Essen und … alles.«

Telamon nickte.

»Papa!«, rief Isa. »Sag ihm, dass er bleiben kann!«

»Das weiß er. Du hast ihn doch schon ...«

»Sag's ihm noch mal!«

Telamon zuckte mit den Schultern. »Bleib, wenn du willst. Du musst nicht allein sein.«

Einen Moment lang schien Wolf glücklich, seine Züge entspannten sich, und Telamon sah tiefe Dankbarkeit in seinem Blick. Doch dann trat wieder der gehetzte Ausdruck auf seine Züge. »Ich habe keine Angst, allein zu sein.« Und während die Sonne versank und die Dämmerung sich über die verlassenen Häuser legte, eilte er davon. Isa folgte ihm bis zur Tür, und Telamon folgte ihr.

»Ich komme morgen wieder!«, rief Wolf noch, dann war er um die Ecke verschwunden.

Ein Salamander huschte durch die offene Tür ins Haus.

Telamon legte Isa die Hand auf die Schulter. »Bleib hier.«

»Ich wollte ihm nicht nachlaufen«, sagte sie. »Aber warum ist er nicht auch geblieben?«

»Er war zu lange allein.«

»Eben darum hätte er nicht wieder fortlaufen sollen!«

Telamon hob sie auf den Arm wie früher, und sie wehrte sich nicht, wie sie es sonst tat, weil sie kein kleines Kind mehr war. Sie war noch immer so schmal, dass sie kaum etwas wog. »Hättest du denn gewollt, dass er bleibt?«, fragte er.

»Ja.«

Telamon strich ihr über den Kopf. »Vielleicht bleibt er morgen.«

Sie nickte, und dann strampelte sie sich wieder frei. »Ich hoffe, er kommt morgen auch wieder.«

»Er hat es versprochen«, sagte Telamon, obwohl er sich dasselbe fragte. Dann gingen sie ins Haus und schlossen die Tür.

5

Am Hof von Freybruck erschien der erschöpfte Händler Symon, den König Tiban nach Allya gesandt hatte, das benachbarte Königreich nördlich der Donnerzinnen. Tiban hatte gehofft, dass die Dürre dort weniger wütete und es Getreide zu kaufen gab, doch Symon berichtete von einem gewaltigen Schwarm Schwarzer Wanderheuschrecken, der zahllose Felder kahl gefressen hatte.

»Alles Opfern hat den Bauern nicht geholfen«, wusste er. Auf der Reise war er hager geworden, und er hatte dunkle Ringe unter den Augen.

»Und wie sieht es in den anderen Königreichen aus?«, fragte König Tiban.

»Da war ich nicht, Majestät«, gestand Symon zögernd. »Ich wusste nicht ...«

»Was wusstest du nicht? Nach Getreide habe ich euch Drachmonscheffler ausgeschickt, nicht nach Heuschrecken! Muss ich jetzt für jeden dummen Untertan selbst denken?«

»Sehr wohl, Majestät.« Symon verbeugte sich tief.

»Dabei sind Heuschrecken recht schmackhaft«, warf Arlac ein und tat so, als würde er einer den Kopf abbeißen. »Große Leckerbissen sogar, habe ich gehört. Wenn man es nur schafft, Fallen aufzustellen, die klein genug sind für ihre Beinchen.«

WURZELN

1

Am nächsten Morgen saß Ukalion in den *Zehn Kerzen* an einem zerkratzten Tisch am Fenster und sah zu, wie zahlreiche Sucher hereineilten, ihr Essen hinunterschlangen und wieder nach draußen stürzten, zur Hecke. Anthia und Inrico ließen sich etwas mehr Zeit und setzten sich grüßend an den Tisch neben ihm. Anthia hinkte leicht und sah übel aus, die Risse und Schrammen von den Dornen waren gerötet und schienen entzündet. Das eine Augenlid hing halb herab.

»Was wolltest du eigentlich in der Hecke?«, fragte Ukalion.

»In ihr nichts. Ich wollte hinüber.«

»Wegen der Bücher«, ergänzte Inrico. »Im Palast müssen Tausende sein.«

»Tausend Bücher?« Das erschien Ukalion eine unsinnig hohe Zahl. »Wozu?«

»Für die Schwebende Bibliothek. Für uns sind sie von größerem Wert als alles Gold hinter der Hecke.«

»Ein jeder, wie er mag.« Ukalion lehnte sich zurück. Wenigstens die beiden musste er anscheinend nicht fürchten, wenn es darum ging, die schlafende Kaisertochter zu erreichen. »Willst du es heute noch einmal versuchen?«

»Wir graben wie alle«, sagte Anthia. »Ich will nicht enden wie Titus.«

Ukalion nickte. Titus würde in der Hecke aufgehen und nie ein Begräbnis erhalten. Er würde nicht in die Unterwelt eingehen, und Ukalion fragte sich, ob er nun zu den Kreaturen der Nacht gehörte, ob seine Seele in das nächtliche Heulen einstimmen würde. War das allen widerfahren, die versucht hatten, die Hecke zu überwinden?

Anthia und Inrico aßen und gingen, und der alte Estor trat zu Ukalion an den Tisch.

»Hast du Lust, mit uns zu würfeln?«, fragte er und nickte in Richtung der hinteren Tische.

»Da verliere ich nur wieder«, sagte Ukalion, der in den vergangenen Wochen hin und wieder sein Glück versucht hatte.

»Darum frage ich.« Estor grinste.

»Heute nicht.«

Estor ging weiter, und Belizar betrat den Gastraum und kam herbei. Er lebte nicht mehr bei Telamon und Isa, aß aber meist mit ihnen. An diesem Tag war er allein.

»Gräbst du auch an der Hecke?«, fragte er.

»Mal sehen«, erwiderte Ukalion ausweichend.

»Tu es nicht«, sagte Belizar grinsend. »Dann sind meine Chancen größer.«

»Du gräbst?«

»Vielleicht hat ein wenig von Tyras Glück auf mich abgefärbt, und ich komme als Erster hinein«, sagte er.

»Glück? Du wärst fast gestorben an deiner Wunde«, hielt Ukalion ihm vor.

»Eben nur fast.« Belizar lächelte. »Andere hätten da weniger Glück gehabt.«

»Aber du kannst noch immer nicht richtig graben.«

»Darum brauche ich ja Glück.« Er lachte.

Irgendwo brach Streit aus, irgendwer fluchte, irgendwer schrie: »Ich habe deinen verdammten Spaten nicht gestohlen!«

»Und wo hast du ihn dann her?«

»Das war schon immer meiner!«

»Wenn ihr euch prügeln wollt, dann draußen!«, rief Labuz hinter dem Tresen.

Estor kam und fragte Belizar, ob er würfeln wolle, und er ging mit und zwinkerte Ukalion zu. »Oder ich versuche mein Glück so.«

Nur einer der Spieltische war besetzt.

Armyn und Lignu schrien einander an, wer zuerst bedient werden sollte, und dann schrien sie Maija an, aber die schüttelte den Kopf, schnappte sich eine Markierungsfahne und sagte: »Klärt das untereinander oder mit Labuz. Ich suche jetzt selbst.«

Sie starrten ihr nach, als sie die *Zehn Kerzen* verließ. Bald darauf trat Isa ein. Sie blickte sich um, entdeckte Ukalion und kam strahlend auf ihn zu.

»Komm mit«, verlangte sie.

»Ich esse noch«, erwiderte er und deutete auf das Brot und den Käse vor sich.

»Ich helf dir.« Sie griff sich den Käsebrocken und stopfte ihn sich in den Mund. Dann steckte sie unter seinem verdutzten Blick das Brot in die Tasche.

»He!«, rief er viel zu spät.

»Dein Teller ist leer«, schmatzte sie. Ihr Mund war so voll, dass ein paar Brocken herausfielen und er sie kaum verstand. »Jetzt kannst du kommen.«

»Wohin?«

»Überraschung.« Weitere Käsestückchen regneten zu Boden.

»Wo ist dein Papa?«

»Bei der Überraschung.« Sie bewegte sich rückwärts in Richtung Tür und ließ ihn nicht aus den Augen.

Seufzend gab er auf, erhob sich und folgte ihr nach draußen. An der Tür des Gasthofs wäre er beinahe von Sylenos umgerannt worden, der hereindrängte und ihn anschrie: »Warst du das?«

»Was?«

»Weg da!« Sylenos schob sich an ihm vorbei und brüllte in die *Zehn Kerzen:* »Welcher Drecksack hat mein Loch wieder zugeschüttet?«

Ukalion folgte Isa, ohne sich umzudrehen. Er war gespannt, was ihre Geheimnistuerei zu bedeuten hatte.

»Du darfst es niemandem verraten«, sagte sie.

»Was?«

»Das wirst du schon sehen.«

»Gut«, sagte er.

»Schwörst du es?«, fragte sie.

»Ja.«

»Bei allen Göttern und deiner Erinnerung an Ckarya?«

Er stöhnte auf, aber er tat es. Er wusste, dass ein Schwur, der nicht genau benannt wurde, nicht bindend war. Ein *Wirst-du-schon-sehen* war zu wenig, und dennoch legte er ihn nicht leichtfertig ab.

»Gut«, sagte sie und hielt ihm im Laufen sein trockenes Brot hin. »Magst du?«

»Nicht ohne Käse.«

»Ich schon«, rief sie und biss davon ab.

Sie eilten weiter, und Isa brachte ihn nicht an einen geheimen Ort, sondern nur zu ihrem und Telamons Haus. Die Überraschung wartete drinnen. Wolf. Er war schmal geworden und lächelte schüchtern.

»Wolf! Du lebst?«, rief Ukalion und empfand Freude und Erleichterung. Wolf hatte ihnen geholfen, Tyras Jungen und das Baby zu retten. Ohne ihn hätten sie es nicht geschafft, ohne ihn hätte er nie erfahren, dass die Hecke verwundbar war. Dass er von der Hecke benutzt worden war, hielt er dem Jungen nicht vor. Schon gar nicht, wenn Telamon es nicht tat.

»Ja.« Wolf nickte.

»Nicht nur das«, sagte Telamon. »Ein Traum hat ihm verraten, wo die Hecke verwundbar ist.«

»Was?«, stieß Ukalion hervor, und sein Herz schlug schneller. »Wo? Können wir da hin?«

»Ja«, sagte Wolf noch einmal, und dann begann er zu erzählen.

2

Später am Vormittag erreichten Ukalion, Telamon und Isa, angeführt von Wolf, einen halb eingestürzten Tempel. Er lag ein Stück nördlich der Hecke, die Wandmalereien waren verblasst, die Reliefs herausgebrochen, und Statuen waren keine zu sehen; es war nicht zu erkennen, wer hier einst verehrt worden war. Auf dem Giebel saß eine Krähe und sah stumm zu ihnen herab. Zwischen den Säulen, die noch standen, spannten sich Spinnennetze.

»Das muss es sein«, verkündete Wolf und sah sie reihum an. Die Sonne blendete ihn, und er blinzelte. Ukalion war nicht sicher, ob er die Geschichte von dem Traum und der Wurzel glaubte, aber er wollte es.

»Dann lass uns nachsehen«, sagte Telamon. Sie stiegen über das Geröll hinweg, scheuchten Nachtsalamander, Asseln und Käfer auf und folgten im Innenbereich einer brüchigen Treppe in den Keller hinab, in einen breiten Gang. Der war aus dem Stein geschlagen worden und fensterlos, sodass sie zwei Fackeln entzündeten. An den Wänden hingen Lampenschalen, doch es war kein Öl darin. Die Decke über ihnen war schwarz vor Ruß.

Durch den Gang gelangten sie in einen großen runden Raum, in dessen Zentrum ein Riss im Boden klaffte, eine tiefe Spalte im Fels. Darüber hinweg führte ein breiter Balken aus fast schwarzem, rissigem Holz, der fest verankert und von verschiedenen Schriftzeichen überzogen war. Im Fackelschein bemerkte Ukalion Löcher, die von einem Holzwurm stammten, aber es waren nur wenige.

»Da geht es hinab.« Wolf deutete auf die Spalte. Sie war höchstens anderthalb Schritt breit und drei Schritt lang.

»Da?«, fragte Telamon misstrauisch.

Wolf nickte. »Um an die Wurzel zu kommen, müssen wir tief unter die Erde.«

Für einen Augenblick herrschte Stille, dann sagte Isa: »Ich hoffe, das war kein Balken zum Runterkacken, weil, dann wird es eklig.«

Wolf lachte los, und auch Telamon und Ukalion mussten schmunzeln.

»Das war er bestimmt nicht«, sagte Ukalion. »Das hier ist ein Tempel. Ich glaube nicht, dass irgendwer einen Tempel über einem Kackbalken errichtet.«

»Wen hätte man da denn verehren sollen?«, fügte Telamon an, und Isa kicherte.

Die Luft war muffig und abgestanden, das war kaum verwunderlich, aber aus dem Schacht drang noch ein anderer Geruch, leicht und süßlich, ganz und gar nicht wie Abort. Als Ukalion ihn wahrnahm, dachte er an Ckarya, so sehr, dass er sie fast vor sich sah. Hatte sie so gerochen? Er wusste es nicht mehr, wusste nur, dass der Duft ihn an sie erinnerte.

»Aber wen verehrt man über einem Loch im Boden?«, fragte Isa.

»Das weiß ich nicht«, sagte Wolf. »Ich weiß nur, dass es da hinabgeht.«

Telamon band das eine Ende des langen Seils, das er mitgebracht hatte, an den Balken und prüfte den Knoten zweimal. Sie leuchteten mit den Fackeln in den Felsspalt, machten seinen Grund aber nicht aus. Telamon warf das andere Ende hinab und sah Ukalion an.

»Du oder ich zuerst?«, fragte er.

»Ich«, sagte Ukalion. »Du hast eine Tochter.«

Er steckte eine Fackel und Zunder ein, setzte sich auf den Rand des Schachts und packte das Seil. Dann stieg er hinab. Wolf legte sich oben an den Rand und hielt eine Fackel nach unten, um ihm möglichst lange zu leuchten.

Langsam kletterte Ukalion in die Tiefe. Der Fels war von Rissen und Löchern durchzogen und bot zahlreiche Erhebungen, an denen er notfalls Halt gefunden hätte. Mit jedem Schritt, den er zurücklegte, verblasste das Licht mehr. Auch hier unten roch es süßlich und leicht, aber ihm wollte nicht einfallen, wonach. Tyra hätte es gewusst, aber das half ihm nicht weiter. Er dachte an sie und an Ckarya, an die Hecke und ihre gierigen Wurzeln, und in seinen Gedanken wanden sie sich wie Schlangen und schnappten nach ihm. Er schüttelte den Kopf, um ihn frei zu bekommen. Ckarya lachte.

Irgendwann wurde der Spalt schmaler, dann wieder viel breiter und dunkler, und plötzlich fand sich Ukalion auf einer Art Stufe wieder, und unter seinen Füßen knirschte etwas. Was das war, erkannte er nicht. Die flackernde Flamme in der Höhe spendete viel zu wenig Licht. Er schaute, dass er sicher stand, lehnte sich an die Wand, nahm die mitgebrachte Fackel vom Gürtel und zündete sie vorsichtig an.

Als sie nach mehreren Versuchen endlich brannte, sah er, dass der Schacht vor ihm abknickte und schräg nach unten führte, während sich hinter ihm ein fast waagrechter Gang erstreckte. Rechts und links waren die Wände rau und von dunklem Grau, fleckig und hier und da von weißen Adern durchzogen. In den Schatten ahnte Ukalion irgendwelche Figuren, aber er achtete nicht groß darauf, denn auf dem Boden lagen haufenweise Knochen von kleinen Tieren, und an einigen Stellen lugten dazwischen Münzen hervor. Kurz war ihm, als fügten die Knochen sich wieder zu einem Tier zusammen, aber er sah keinen Kopf, und dann war es auch vorbei. Er ging in die Knie und hob eine der Münzen auf. Sie hatte jeden Glanz verloren, aber es war Silber, und auf einer Seite prangte ein Einhorn. Einen Moment lang hoffte er, sie werde Glück bringen wie die von Dario, aber eigentlich glaubte er nicht daran. Trotzdem war sie etwas wert.

»Silber«, rief er zu den anderen hinauf.

»Was?«

»Ich habe Silbermünzen gefunden.«

»Ein Schatz?«, schrie Isa, und ihre Stimme hallte laut von den Wänden wider.

»Nein«, antwortete Ukalion. »Nur eine Handvoll.«

»Teilen wir die auf?« Sie klang besorgt. »Weil, wir sind zusammen hier, und wir können ja nichts dafür, dass du allein vorausgehst.«

»Natürlich teilen wir.« Ukalion lächelte.

»Sonst noch etwas?«, fragte Telamon.

»Knochen von Tieren. Und ein Gang.«

»Ein Gang?« Wolf klang aufgeregt. »Wie sieht er aus?«

»Wie ein Gang eben. Graue Felsen.« Ukalion leuchtete hinein, sah jedoch kein Ende. Der Boden war natürlich und uneben, Knochen und Münzen lagen weiter im Inneren keine mehr.

Wolf rief: »Siehst du irgendwo ein Bild von einem Schwanz?«

»Was?«

Isa kicherte.

»Einen Penis«, rief Wolf. »Ich glaube, rot und dick und ...«

»Warum?«

»Weil der in meinem Traum vorkam.«

Telamon lachte. »Du hast von einem fetten roten Schwanz geträumt? Und darum steigen wir hier herunter?«

»Nein! Es war kein echter Schwanz, sondern eine Wandschmiererei.«

»Warte.« Ukalion wusste nicht, was das sollte, aber jetzt war er schon heruntergeklettert. Noch einmal leuchtete er über alle Wände, und plötzlich sah er es. Einen Schritt weit in den Gang hinein und etwa in Brusthöhe. Das Bild war stark verblasst, aber es war eindeutig ein schlecht gemalter Schwanz in roter Farbe. Runde Eier rechts und links, und eine viel zu dicke Eichel.

»Verflucht!«, rief Ukalion, »du hast recht.«

»Da ist wirklich ein roter Schwanz?« Telamon klang verblüfft.

Isa kicherte wieder.

»Dann sind wir richtig«, rief Wolf.

»Was hast du noch geträumt?«, fragte Ukalion. Auf einmal erkannte er zwischen den Rissen im Gestein und den Schatten ein Dutzend weiterer Bilder, viele kaum noch zu sehen, noch weitaus blasser als der Schwanz.

»Vom Tempel, von der Schmiererei und von der Wurzel.«

»Hier sind noch andere Schmierereien.«

»Davon weiß ich nichts.«

»Und jetzt?«, fragte Ukalion. Er starrte auf den Schwanz, und der schien sich zu bewegen, hin und her wie eine Schlange. Rasch sah er wieder weg. Seine Augen waren trocken, und er spürte ein Drücken hinter der Stirn.

Nach kurzer Beratung beschlossen sie, dass Wolf zu ihm herabkommen sollte und Telamon und Isa oben warten würden. Bis der Streuner unten ankam, sammelte Ukalion die Münzen auf.

3

Wenig später stapften Ukalion und Wolf den Gang entlang. Er war leicht abschüssig und breit genug, dass sie nebeneinander hätten gehen können, doch sie taten es nicht; Ukalion hielt eine brennende Fackel und ging voran, Wolf trug drei weitere Fackeln als Ersatz. Immer wieder wanderten ihre Blicke über die Wände, aber sie entdeckten keine Schmierereien mehr. Die Luft war feucht und kühl und reizte Ukalion zum Husten.

»Was meinst du, was der Schwanz unter einem Tempel macht?«, fragte er irgendwann. »Hast du das auch geträumt?«

»Nein. Nur dass er da ist.«

So wie die Knochen und die Münzen. Das waren sicherlich irgendwelche Opfer, aber die Schmierereien verstand Ukalion nicht.

Hier waren sie viel tiefer unter der Erde, als Ukalion gegraben hatte, und so weit, wie sie inzwischen gelaufen waren, mussten sie sich langsam der Hecke nähern. Sofern die Richtung stimmte. Überall um sie her war Fels, nirgendwo zeigte sich offene Erde, und trotzdem rechnete Ukalion jeden Moment damit, dass sich irgendwo aus der Decke Wurzeln herausbohrten, sich schlängelten und wanden, nach ihnen griffen. Was war nur los mit ihm?

»So weit unter der Erde war ich noch nie«, flüsterte Wolf.

»Ich auch nicht«, erwiderte Ukalion.

Nach und nach veränderte sich der Geruch, das Süßliche und Leichte trat zurück, und es roch nach feuchter Erde. Das Atmen fiel ihnen schwer, ebenso jeder Schritt. Es war, als liefen sie gegen starken Wind, dabei stand die Luft völlig still. Von der Höhlendecke hingen vereinzelt Spitzen herab wie Eiszapfen.

»Wie Wurzeln, die sich durch den Fels gebohrt haben«, flüsterte Wolf. Er trug also ähnliche Befürchtungen in sich wie Ukalion.

»Steinzapfen«, erklärte Ukalion und drehte sich nach dem Jungen um. Im Fackelschein war sein Gesicht bleich. »In manchen Höhlen ist die ganze Decke davon übersät, manchmal auch der Boden. Teilweise sind sie größer als ein Mensch, viel größer sogar.«

»Warst du da schon?«, fragte Wolf ehrfürchtig.

»Nein«, gestand Ukalion. »Tyra war dort, und Dario hat mir davon erzählt, als wir im Schatten vor dem Haus saßen und Steinchen geworfen haben.«

»Sie sehen aus wie Dornen oder Zähne«, sagte Wolf.

Schweigend gingen sie weiter.

Ganz plötzlich verengte sich der Gang vor ihnen, sodass nur eine schmale Röhre blieb, durch die ein ausgewachsener Mann gerade noch so kriechen konnte. Am Eingang hing ein Dutzend fingerlange Steinzapfen, und Ukalion dachte an einen Schlund. Er leuchtete hinein, konnte aber kein Ende der engen Stelle erkennen. Vielmehr knickte der Gang bald leicht nach rechts ab.

»Hast du das auch geträumt?«, fragte er. »Müssen wir da weiter?«

»Ich habe nicht den ganzen Weg geträumt.« Nervös musterte Wolf die Enge. »Aber es ist der einzige Weg hier, also muss es richtig sein.« Er presste die Lippen aufeinander, dann atmete er schwer aus. »Ich geh vor, ich bin kleiner«, sagte er und ging in die Hocke, um hineinzukriechen.

»Nein.« Ukalion legte ihm die Hand auf die Schulter und zog ihn zurück. »Ich gehe. Du bist ein Kind.«

»Ich bin kein Kind mehr.«

Ukalion schnaubte. »Was bist du dann?«

»Ein Streuner.«

»Gut, das merke ich mir.« Er lächelte. »Trotzdem gehe ich zuerst, und du wartest hier. Mach Platz.«

Wolf gehorchte ohne weiteren Protest, offensichtlich erleichtert. Er zündete sich bei Ukalion eine Fackel an, um nicht im Dunkeln zurückzubleiben.

Ukalion ging auf die Knie und streckte zuerst die Rechte mit der Fackel in die enge Röhre. Ganz ausgestreckt hielt er den Arm, um möglichst weit von der Flamme entfernt zu sein, aber ohne Licht wollte er auf keinen Fall in ein solches Loch hinein. Langsam schob er den restlichen Körper hinterher. Handbreit um Handbreit zog er sich voran, und für einen Moment dachte er: *Ich krieche in ein Maul. Das Maul eines gewaltigen Felswurms.* Dann war der Gedanke wieder fort. Die Fackel knisterte, und Rauch zog ihm in Nase und Augen. Die Augen tränten, er nieste. Der Stein war kühl, und eine Gänsehaut überlief ihn. Weiter und weiter schob er sich voran.

Der Fels war voller Risse und Kanten, wieder und wieder stieß er sich Knie oder Ellbogen, manchmal auch den Kopf, und kratzte sich Unterarme und Knöchel auf. Die Flamme blendete ihn so sehr, dass er nichts sah außer ihr, tanzende Lichtpunkte vor den Augen und den Stein direkt vor der Nase. Er bekam immer weniger Luft.

»Siehst du das Ende der Enge?«, rief Wolf hinter ihm. Er klang noch viel näher als gedacht.

»Ich sehe gar nichts.«

»Bald verschwindest du hinter der Kurve, dann sehe ich dich nicht mehr.« Wolf klang ängstlich, aber Ukalion wusste nicht, ob der Junge sich um ihn sorgte oder um sich selbst.

»Aber wir können uns noch hören«, erwiderte er, um ihn zu beruhigen. Und dann hustete er, weil ihm Rauch in die Lunge geraten war.

»Ja.« Mehr sagte Wolf nicht.

Bald schien es, als werde der Gang noch enger, Ukalion stieß öfter an, Steintropfen streiften über sein Schulterblatt, Beine und Arme hatten noch weniger Spielraum, aber er gab nicht auf, sondern kämpfte sich weiter und weiter. Die rechte Hand zitterte vor Anstrengung, sein ganzer Körper schmerzte. Langsam kam er voran.

Und dann fragte er sich, wie er das Stück zurückkriechen wollte, sollte der Gang vor ihm enden oder noch enger werden.

»Verdammt.«

Daran hatte er nicht gedacht, als er hineingekrochen war. Vorwärts war es immer einfacher. Wie sollte er sich rückwärts schlängeln?

Kaum war ihm das in den Sinn gekommen, stürzten weitere Fragen auf ihn ein, dunkle, böse, lauernde Fragen. Was, wenn das eine Falle war? Ein Schlund, ein Maul? Wenn Wolf noch immer unter dem Bann der Hecke stand? Wenn er von der alten Hexerei besessen war?

Wenn sein Angebot, vorauszugehen, Berechnung gewesen war, weil er gewusst hatte, dass Ukalion es ablehnen würde?

Nein, das wollte er nicht glauben. Niemand dachte sich aus, dass er von einem an die Wand gekritzelten Schwanz geträumt hatte. *Du denkst Blödsinn!,* sagte er sich.

Und wenn Wolf von der Kritzelei wusste, weil er sie in der Wirklichkeit gesehen hatte? Als er hier unten gewesen war, um alles vorzubereiten? Wenn er sie sogar selbst gemacht hatte? Einen Schwanz, um ihn zu verhöhnen, sie alle.

Nein! Nein! Nein! Das alles hatte der Junge nicht gespielt, das konnte Ukalion nicht glauben. Aber was, wenn die Hecke die Träume des Jungen beherrschte, ohne dass der es wusste? Wenn sie ihn mit ihrer Magie beeinflusste?

Was, wenn die Nachtkreaturen hier unten auch am Tage herauskamen? Hier gab es kein Licht, nur ewige Schwärze.

Ich habe eine Fackel, dachte Ukalion, aber das rettete einen oben in der Nacht auch nicht. *Und sie brennt nicht ewig.*

Angst griff nach ihm. Beißende, tiefe Angst. Nicht die einfache Angst, verraten worden zu sein, nicht die, Ckarya zu enttäuschen, sondern die schiere, nackte Angst zu sterben, langsam und allein, lebendig begraben unter Stein. Eine lähmende Angst, die alles andere zu ersticken drohte.

Nein!

Er wollte nicht sterben, würde nicht sterben, nicht hier und nicht jetzt. Auch wenn er nicht zurückkonnte, vorwärts konnte er noch, und so zog er sich mit zitternden Muskeln weiter. Sein Herz schlug schnell und laut, so laut, dass er es hören konnte. Das Feuer knisterte, in den Ohren rauschte es. Und mit einem Mal war ihm, als bewegten die Felsen sich aufeinander zu, als schlössen sie den Gang und wollten ihn zerquetschen. Er zog sich weiter. Das Licht flackerte, Rauch quoll ihm entgegen, immer dichter, und drang beißend in seine Augen ein, und Ukalion zwinkerte und zwinkerte verzweifelt, und trotzdem flossen die Tränen. Schließlich blieb er liegen und atmete durch, er brauchte eine Pause.

»Wolf?«, krächzte er. Er musste wissen, ob der Junge noch da war.

»Ja? Siehst du das Ende?«, antwortete Wolf sofort. Er klang hoffnungsvoll.

»Nein.«

Höchstens mein eigenes, dachte er. Er würde hier rückwärts nicht herauskommen, und er wusste nicht, ob er aus Dummheit starb oder weil er verraten worden war. Wolf müsste hereinkommen und ihn nach draußen ziehen, und dafür war er zu schwer und Wolf zu schwach. Er müsste ihm ein Seil an den Fuß binden, um ihn herauszuziehen, vielleicht ginge es dann, aber sie hatten kein Seil. Das einzige Seil, das sie hatten, hing oben am Balken, das konnten sie nicht abnehmen. Telamon müsste ein neues holen, während Ukalion hier unten festhing.

4

»Sie sind ganz schön lange weg«, sagte Isa und sah in die Schwärze hinab. »Sollen wir nicht nachsehen?«

»Nein.« Auf keinen Fall würde Telamon sie dort hinunterlassen, schon gar nicht, solange er nicht wusste, was sie dort erwartete. Er wollte es weder glauben noch aussprechen, aber er fragte sich, ob es doch ein Fehler gewesen war, Wolf zu vertrauen. Hatte er Ukalion in den Tod geschickt?

»Aber wenn sie unsere Hilfe brauchen?«, drängte Isa.

»Einer muss immer oben am Seil bleiben.«

»Warum?«

»Wenn ein Tier kommt und den Knoten durchnagt, während wir alle unten sind, ist es aus.«

»Warum sollte ein Tier das tun?«

»Weil wir in Ycena sind. Weil wir nicht wissen, was die Hecke tut, um sich zu schützen.«

Isa nickte. Dann schrie sie: »Wolf! Ukalion!« So durchdringend, dass Telamon sich die Ohren zuhielt.

Niemand antwortete.

Je länger Telamon hier am Rand der Spalte saß, desto weniger wollte er hinab. Er dachte daran, wie er in dem Schacht gefangen gewesen war, dachte an die Geräusche, die damals zu ihm heraufgedrungen waren, an die Schreie in der Tiefe, meinte sie fast zu hören und das reißende Netz wieder zu sehen, das Ding, das zu ihm heraufgekrochen war, und diese Erinnerungen bekam er nicht aus dem Kopf. Nie wieder wollte er irgendwo dort unten festsitzen. Er atmete tief durch. Vor seinem geistigen Auge erschien ein spinnengleicher schwarzer Schemen, der nach Isa griff, aber bevor er sie zurückreißen konnte, sah er wieder klar. Sie waren allein.

»Hallo!«, brüllte Isa, so laut sie konnte, doch es kam keine Antwort.

5

Die Angst wuchs und wuchs, sie fraß sich durch Ukalion hindurch, setzte sich in seinem Kopf fest, in Herz und Bauch und überall. Verzweifelt versuchte er noch einmal, rückwärts zu kriechen, aber es ging nicht. Zurück würde er es nicht schaffen.

Weiter, dachte er und dann sofort: *Nein! Jetzt kann Wolf mich vielleicht mit einem Seil herausziehen, jetzt stecke ich noch nicht fest.*

Und wenn Wolf doch ein Verräter war?

Er dachte nicht mehr klar, die Angst beherrschte ihn, er zweifelte an allem. Er musste hier raus.

Die Flamme zuckte, die Augen tränten.

Raus!

Er legte die Fackel ab, krallte alle Finger in Ritzen und zog sich, mühsam unterstützt von den Füßen, weiter. Nahm die Fackel wieder auf, schob sie ein Stück voran und zog sich hinterher.

Und weiter.

Die Schultern kratzten über Stein, die Beine waren nutzlos, und der erste Fingernagel riss ein.

Weiter.

Fingerbreit um Fingerbreit voran.

»Ukalion?«, hörte er Wolf fragen.

»Ja?«

»Ich wollte dich nur hören.«

Nein, dachte Ukalion, *er ist kein Verräter.* Und das gab ihm Kraft. Der Traum war ein Traum und keine Falle, und Ukalion zog sich weiter. Und irgendwann hatten die Schultern wieder mehr Spielraum. Oder bildete er sich das ein? Vorsichtig tastete er mit der Fackel nach oben und zur Seite, und tatsächlich, der Gang vor ihm wurde breiter. Viel breiter, wie es schien.

Ja!

Hoffnung überschwemmte ihn, und er krallte sich in den Boden und kämpfte sich noch ein Stück weiter voran, und dann hatte er Platz. Er stützte sich auf den Unterarm und atmete durch, schüttelte die Angst ab, und schon ging es viel leichter. So schnell, wie der Gang sich verjüngt hatte, wurde er auch wieder übermannshoch, und innerhalb weniger Augenblicke hatte Ukalion die enge Stelle hinter sich. Die Augen brannten noch, aber er sah, dass es hier weiterging wie zuvor.

»Wolf!«, rief er und lachte. Lachte laut und schlug vor Freude mit der freien Hand gegen die Wände.

»Was?«

»Ich bin durch!«

»Ich komme!«

»Pass auf! In der Mitte wird es noch enger!«

Wolf kicherte: »Wenn du durchgekommen bist, dann schaff ich es leicht.«

Ukalion setzte sich auf den Boden, lehnte sich rücklings an die Wand und lachte wieder oder noch immer. Er lachte und wartete auf Wolf. Dabei leuchtete er in den Gang, der weiter unter den Palast führte. Nachtkreaturen waren keine zu sehen.

6

Der Gang führte schließlich in eine größere Höhle, doch die letzten Schritte waren ein harter Kampf. Es war, als müssten sie brusttief in einem kalten Fluss gegen die Strömung angehen. Keine wilden Wellen, keine Strudel, nur ein konstanter Druck, der sie zurückzuschieben schien. Dabei stand die Luft weiter still, und es gab kein Wasser, das man hätte verdrängen können, Schwimmbewegungen hätten nichts genützt. *Hexerei*, dachte Ukalion und kämpfte mit ganzem Willen dagegen an. Er hatte die Enge überwunden, er würde sich auch hier nicht besiegen lassen. Schritt für Schritt kam er voran und zog Wolf, der es nicht schaffte, mit sich. Als sie schnaufend den Eingang der Höhle erreichten, war der Druck plötzlich weg, und sie stolperten hinein und zu Boden. Die Fackeln fielen ihnen aus den Händen und rollten flackernd ein Stück zur Seite. Rasch packten sie sie wieder und sahen sich um.

Die Höhle hatte ungefähr die Ausmaße eines großen Tempels und bestand ganz und gar aus schwarzem Fels. Überall hingen dunkle Steinzapfen herab, was leise bedrohlich wirkte. Ein Dutzend Steinzapfen, viel größer als die anderen und dick wie alte Bäume, reichten von der Decke bis zum Boden. Sie glänzten wie polierter Marmor und standen wie Säulen im Raum, und einen Moment lang hielt Ukalion sie für gewaltige Wurzeln.

»Da!« Wolf deutete in die Mitte der Höhle, und dort reichte tatsächlich eine Wurzel von der Decke bis in den Boden. Auf den ersten Blick unterschied sie sich kaum von den zwölf großen Steinzapfen, sie war genauso schwarz und hatte den Durchmesser eines gewaltigen Baums. Ihre Oberfläche aber war runzlig und rau, die erinnerte bestimmt nicht an Marmor. Kleine Wurzeläste standen von ihr ab wie störrische Barthaare.

Ukalion starrte sie an und rührte sich nicht. Er war nicht sicher gewesen, was sie finden würden oder ob sie überhaupt etwas finden würden, doch Wolf hatte recht gehabt. Das hatte er, Ukalion, zwar gehofft, weil er einfach hoffen musste, doch tief im Innern hatte er nicht daran geglaubt.

»Genau wie in meinem Traum«, hauchte Wolf und schüttelte den Kopf, als hätte selbst er gezweifelt.

Langsam ging Ukalion auf die Wurzel zu. Der Fels am Boden war aufgebrochen, als hätte sie sich ihren Weg dort hinein mit Gewalt gebahnt; also war sie stark genug, selbst harten Stein zu durchdringen.

Hexerei, dachte Ukalion, *alte mächtige Hexerei*. Sie war es, die die Hecke am Leben erhielt, die die Nachtkreaturen durch Ycena hetzte, die alles in den Schlaf geschickt hatte, und hier spürte er diese Macht beinahe körperlich. Es pochte in seinen Schläfen, und ein Schauer überlief ihn, nicht nur wegen der Kühle. Jedes Haar an seinem Körper stellte sich auf. Er verspürte Scheu, sich der Wurzel zu nähern, eine Ehrfurcht, wie er sie als Kind im Tempel empfunden hatte und die stärker war als die, die beim Blutfelsen über ihn gekommen war. Er trat trotzdem näher, wagte es aber nicht, die Wurzel anzufassen. Die Fackel brannte unruhig, die Flamme duckte sich zusammen, als sei auch sie von der Scheu erfasst. Ukalion sah nach oben, wo die Wurzel aus dem Stein kam. Auch da hatte sie sich hindurchgefressen, die Decke war von Rissen durchzogen.

»Und jetzt?«, fragte Wolf, der ein paar Schritt hinter ihm stand und nicht näher kam. Er hatte die Arme an den Körper gelegt, auch ihn fröstelte.

»Schauen wir, ob wir etwas ausrichten können.« Ukalion zog sein Messer und ärgerte sich, dass sie keine Axt mitgebracht hatten. Die Wurzel war so viel größer als jene, die er nicht hatte verletzen können, und doch schien sie ihm jetzt, da er in ihrer Nähe stand, verwundbarer. Dennoch zögerte er. Plötzlich hatte er Angst, dass er nichts würde ausrichten können, und diese Angst lähmte ihn. Zugleich überwältigte ihn die Vorstellung, es doch zu können. Würde er hier die Hecke zum Verdorren bringen? Würde er nun alles ändern, das Leben in den dreizehn Königreichen, ja sogar die Vergangenheit? Würde er die Kaiserzeit zurückholen?

Heute stellst du dir eindeutig zu viele Fragen, dachte er, doch irgendwas ließ ihn noch immer zögern, lähmte ihn. Ihre Macht, ihre Größe, seine Scheu und ... Er zwang seine Gedanken zu Ckarya, dachte daran, wie sie gestorben war, verraten von Aurel, erniedrigt und ... Die Wut half ihm, seine Scheu zu überwinden. Endlich trat er ganz an die Wurzel heran. Es wurde Zeit, herauszufinden, was Wolfs Traum wert war.

Er legte die Klinge an die Wurzel und versuchte ein Stück herauszuschneiden. So fest er konnte, drückte er die Schneide ins Holz und sägte ungelenk hin und her. Kurz dachte er, es sei wie der lächerliche Versuch, in eine Tempelsäule zu schneiden, aber dann drang die Klinge ein kleines Stück ein. Nicht tief, aber sie drang ein.

Ungläubig setzte Ukalion ab und sah, dass dunkler Saft aus dem Schnitt quoll, zähflüssig wie die Milch aus einer Löwenzahnwurzel. Schwarzes Blut. Es floss heraus und trocknete. Ukalion starrte auf die Öffnung und wartete, dass sie sich wieder schloss.

Doch das tat sie nicht.

»Und?«, fragte Wolf. Er war einen Schritt näher gekommen, hielt sich aber noch immer weit hinter Ukalion, weit von der Wurzel entfernt.

»Warte«, sagte Ukalion. Noch traute er der Geschichte nicht, die Wurzel war zu mächtig.

Sie warteten.

Die Öffnung blieb.

Erneut setzte Ukalion das Messer an, schräg diesmal, um etwas von der Rinde abzuschaben, doch er rutschte ab; die Rinde war härter als die einer Steineiche. Er versuchte es ein zweites Mal, mit weniger schräg angesetztem Messer und ganz langsam zunächst, mit Ruhe und viel Druck, und tatsächlich, die Klinge drang in die Wurzel ein. Er knickte sie ab und zog sie nach unten, und ein schmaler, hauchdünner Span fiel zu Boden, kaum größer als eine Babylocke. Auch diese Wunde blutete, schwarz und zäh, und auch sie schloss sich nicht von selbst. Für einen Moment glaubte Ukalion, ein fernes Ächzen zu hören, ganz leise nur, aber es fuhr ihm tief unter die Haut. Die Wurzelhaare zitterten, kleine Steine rieselten aus der Decke, und das Blut der Hecke trocknete. Die Tropfen erstarrten und flossen nicht weiter Richtung Boden. Ein Geruch von Moder breitete sich aus.

»Wolf?«, sagte Ukalion leise. »Danke.«

Wolf antwortete nicht. Schluchzend sank er auf die Knie und schlug die Hände vors Gesicht. Er weinte hemmungslos. Gekrümmt kniete er am Boden, sein dünner Körper bebte, und das Schluchzen wurde von den Wänden zurückgeworfen.

Beunruhigt ging Ukalion neben ihm in die Hocke und legte ihm die Hände auf die Schulter. »Was hast du?«

»Weiter«, presste Wolf hervor und schniefte. Dann brach es aus ihm heraus: »Mach weiter! Lass sie bluten! Ich will, dass sie verfault, verdorrt, verreckt!«

Ukalion erhob sich. »Ich ...«

Weiter kam er nicht. Plötzlich sprang Wolf auf und riss sein Messer aus dem Gürtel. An Ukalion vorbei sprang er zur Wurzel und schlug wild auf sie ein. Im Fackelschein glänzten Tränen auf seiner Wangen.

»Stirb!«, schrie er. »Für alles, zu dem du mich gezwungen hast! Und für alles andere auch! Stirb!« Mit einer Hand stützte er sich an der Wurzel ab, mit der anderen stach er auf sie ein, als sei sie ein Feind im Kampf. Nur die Spitze der Klinge drang ein, aber wieder troff zähflüssiger Saft heraus, und der Modergeruch stieg auf.

»Stirb!«, schrie Wolf noch einmal und dann plötzlich: »Au!« Hastig zog er die Hand von der Wurzel zurück und wischte sie an seinem Hemd ab, wieder und wieder.

»Was ist das?«, rief er voller Angst. »Was ist das für Zeug? Es brennt!«

»Zeig.« Ukalion packte ihn am Unterarm und besah sich die Hand. Zeigefinger und Daumen waren hier und da dunkel verfärbt, und dazwischen leuchtete die Haut rot wie verbrannt. Sie warf Blasen, als wäre sie in offenes Feuer geraten. Sie hatten kein Wasser, um die Wunde zu säubern und zu kühlen, aber Ukalion hatte den Eindruck, dass es nicht schlimmer werden würde. Trotzdem sagte er: »Leg sie auf kühlen Stein, vielleicht nimmt das die Hitze.«

»Später.« Wolf biss die Zähne zusammen und stieß weiter auf die Wurzel ein. Diesmal hielt er Abstand und vermied es, sie zu berühren.

Auch Ukalion wandte sich wieder der Wurzel zu und hackte auf sie ein. Wie Wolf wurde er von Wut und Hass getrieben, doch sein Hass richtete sich nicht gegen die Hecke. Bei jedem Hieb dachte er: *Aurel, ich komme!*

Oder auch: *Fürchte um deinen Thron, Tiban.*

Und während er der Wurzel Wunde um Wunde beibrachte, lachte er laut.

So hackten und stießen sie einträchtig auf die Wurzel ein, bis sie irgendwann völlig erschöpft die Arme sinken ließen. Schweiß klebte auf ihrer Haut. Aus der Decke rieselten immer neue Steinchen. Die Schäden, die sie der Wurzel zugefügt hatten, waren kaum zu sehen. Aber sie waren zu sehen.

»Verdammt«, fluchte Wolf. »Wie sollen wir das schaffen?« Er presste die linke Hand unter seine rechte Achsel und verzog das Gesicht vor Schmerz. Es war wohl schlimmer geworden.

»Langsam.« Ukalion grinste. »Aber wir werden es schaffen, begreifst du das nicht? Wir werden es schaffen! Und das nächste Mal kommen wir mit Äxten und Schwertern und Sägen. Jetzt gehen wir zurück. Wenn es Nacht wird, möchte ich nicht hier unten sein.«

Wolf nickte und sah auf seine Hand. Er wirkte völlig erschöpft.

Ukalion erriet seine Gedanken. »Wenn du es damit nicht durch die Enge schaffst, hole ich ein Seil und ziehe dich durch.«

Wolf nickte dankbar, aber er schaffte es, wenn auch mit letzter Kraft. Und an keiner Stelle hatten sie das Gefühl, gegen eine Strömung oder einen Sturm laufen zu müssen.

»Verdammt! Wo wart ihr so lange?«, schrie Isa, als sie unten an der Felsspalte auftauchten, der ausgelaugte Wolf auf Ukalion gestützt. Ihre Stimme klang ungewohnt schrill. »Ich wollte euch schon suchen, aber Papa hat mich nicht gelassen. Er wollte lieber Belizar holen und runterschicken und … Habt ihr sie gefunden?«

»Ja«, antwortete Ukalion. »Aber Wolf ist verletzt, er kann nicht allein klettern.«

»Schlimm?«

»Nein«, versicherte Wolf mit schwacher Stimme und klappernden Zähnen, obwohl seine Stirn glühte und ihn jede Bewegung unübersehbar schmerzte.

Ukalion band ihm das Seil um die Brust. Dreimal überprüfte er den Knoten, damit er sich bloß nicht löste, dann zog Telamon den Jungen hoch. Anschließend warf er das Seilende wieder herunter, und Ukalion kletterte hinauf. Oben umarmte ihn Isa, und dann schlug sie ihm mit der Faust gegen die Brust.

»He!«, entfuhr es ihm.

Isa sagte nichts. Sie wandte sich um und ging. Die anderen folgten ihr aus dem Keller hinaus. Als sie den Tempel verließen, war es längst Nachmittag. Und Wolf hatte Fieber.

7

Perle und Ion wussten nicht, wie spät es war, waren nicht einmal sicher, ob es Tag war oder Nacht, denn hier unten kam nie ein Sonnenstrahl hin. Sie schliefen, wenn sie müde waren, und waren sie wach, schafften sie Geröll aus dem Weg. Perle glaubte es zu spüren, wenn die Nachtkreaturen erwachten, sie glaubte, ihr Heulen auch hier unter der Erde zu hören, doch sicher war sie auch da nicht. Dreck klebte auf ihrer Haut, die Luft schmeckte nach Schmutz, und die Fackeln rußten.

Bislang hatte niemand sie bemerkt, auch nicht, als sie sich vor dem letzten Schlafen Essen und Wasser für eine halbe Woche und länger besorgt hatten. Aber aus einem Versteck heraus hatten sie gesehen, dass mehrere Männer an der Hecke gruben, jeder für sich, aber alle mit großem Eifer. Irgendetwas trieb sie an, und Perle wusste nicht, was.

»Nicht wichtig«, sagte Ion. »Wir müssen einfach nur schneller sein.«

Einen Stein nach dem anderen trugen sie ab, Fußbreit um Fußbreit räumten sie den Gang frei. Dort drinnen warteten Schätze, und sie würden die größten von allen finden. Es ging um ihre Freiheit und um Rache. Und darum, sich ein Leben zu verschaffen, das zu leben sich lohnte. Sie würde keine Leibeigene sein. Gern stellte sie sich Hernoths Gesicht vor, wenn sie ihm nicht nur das Geld für ihre Freiheit überreichte, sondern den ganzen Hof kaufte.

Da plötzlich spürte sie ein Zittern in den Wänden, ein Ächzen mehr, das tief aus der Erde zu kommen schien. Es war kaum wahrnehmbar, und doch wurde ihr plötzlich heiß und kalt, und alle Härchen an ihrem Körper stellten sich auf. Sie wankte und musste an Kataskias nächtliche Schreie denken und an den Moment, da die Hexe in den Flammen gestorben war. Schnell stützte sie sich mit einer Hand an der Wand ab und atmete tief durch. Ihr brach der Schweiß aus.

»Was hast du?«, fragte Ion.

»Hast du das nicht gehört?«

»Was?«

»Ich weiß es nicht.« Sie war überzeugt, dass das, was sie wahrgenommen hatte, mit Kataskias Hexerei zu tun hatte, mit dem, was sie in Ycena angerichtet hatte, vielleicht aber auch mit ihrem Tod, so unsinnig das klang. Genauer wusste sie es nicht, und weil sie Ion nicht beunruhigen wollte, zuckte sie mit den Schultern.

»Du bist bleich«, sagte Ion, der nicht mehr so einfach zu beruhigen war wie früher.

»Gleich geht es wieder.« Sie stieß sich von der Wand ab und packte den nächsten Geröllbrocken. Was auch immer dort draußen gerade geschah, sie sollten sich lieber beeilen.

8

Vor dem Abendessen stieg Ukalion noch einmal allein hinab in die alte Kanalisation und ging zu dem Schacht, den er in den letzten Wochen mit so viel Hingabe gegraben hatte. Mit Hingabe und vergebens. Langsam kletterte er im Schacht bis ganz nach unten, wo er versuchte, den goldenen Ring herauszuschneiden, der in den Wurzeln hing. Trotz aller Anstrengung gelang es ihm nicht. Die Wurzeln waren unverändert hart wie Stein, der Ring glitzerte im Schein der Fackeln.

»Ach, du kannst mich mal«, brummte Ukalion, doch zu den Wurzeln sagte er: »Ihr werdet fallen. Ich weiß das, und ihr wisst das.«

Dann kletterte er zurück nach oben. Er würde wiederkommen, und wenn die große Wurzel durchtrennt war, würde er den Ring, den er tagelang angestarrt hatte, bekommen.

SAND UND SCHWARZES BLUT

1

Die Sonne stand im Zenit, als Levith und Parikles beim Graben auf eine Schicht Sand unter dem alten Tor stießen. Er war hell, beinahe weiß, und glitzerte im Licht wie Kristall. Wer ihn dort hingeschüttet hatte, konnten sie nicht erraten, auch nicht, zu welchem Zweck, doch sie erkannten rasch, dass die Wurzeln der Hecke einen Bogen um ihn machten.

»Wieso das?«, fragte Levith, der so viel Glück kaum fassen konnte.

»Ist doch unwichtig!« Parikles packte ihn an den Schultern und schüttelte ihn lachend. »Wichtig ist nur, dass wir ...«

»Leise«, zischte Levith. »Je länger niemand davon erfährt, desto besser.«

»Hier ist niemand, alter Griesgram.« Parikles grinste, aber er sprach leiser. »Wir werden Kaiser, du hattest recht.« Er sah aus, als wolle er ihn küssen, tat es aber nicht.

Sie griffen wieder zu ihren Spaten und kratzten den Sand unter dem Tor heraus. Neuer Sand rutschte nach. Sie schaufelten und schaufelten bis zum Abend, bis ihre Arme schmerzten, doch noch immer rieselte weiterer Sand nach. Doch irgendwann musste es ein Ende haben. Alles hatte ein Ende.

2

Am Abend, als alle in die *Zehn Kerzen* gingen, verließ Seul, dem an der linken Hand zwei Finger fehlten, sein Loch nicht, nicht einmal dann, als die Dämmerung jeden, aber auch jeden ins Haus zurücktrieb. Niemand bekam es mit, er hatte keine Freunde, und später wusste niemand, weshalb er geblieben war. Entweder war er beim

Versuch, herauszuklettern, gestürzt und hatte das Bewusstsein verloren, oder er hatte in seinem verzweifelten Wunsch, als Erster im Palast und bei der Kaisertochter zu sein, die Zeit vergessen und war von der Nacht überrascht worden. Was auch immer es gewesen war, sie fanden ihn erst am nächsten Morgen. Tot. Mund und Augen weit aufgerissen und getrocknetes Blut unter der Nase und in den Ohren. Angst lag auf seinen Zügen, pure, nackte Angst.

3

Obwohl Anthia am Vortag mit dem Graben begonnen hatte, zerbrach sie sich noch immer den Kopf darüber, wie man am sichersten über die Hecke hinwegkommen konnte. Sie dachte daran, eine riesige Leiter zu bauen, wusste aber nicht, wie es dann weitergehen sollte. Auf keinen Fall wollte sie noch einmal in den Dornen hängen bleiben. Die Ranken hatten nach ihr gegriffen, das wusste sie genau, langsam zwar, aber unerbittlich wie eine Schlange. Und auch wenn die Risse in der Haut verheilten, brannten sie doch noch immer.

»Gehen wir wieder graben?«, fragte sie Inrico beim Frühstück zu Hause.

»Nein, wir warten«, erwiderte er.

»Warten?« Sie schnaubte. »Und worauf?«

»Darauf, dass die Hecke fällt. Die trockenen Blätter sind ein Anzeichen dafür, dass es so kommt. Noch sind es wenige, aber wir kennen keinen Bericht, dass es dies jemals zuvor gegeben hat, ich habe mich umgehört.«

»Und wann fällt sie?«, stieß Anthia hervor und stand auf. Unruhig lief sie durch den Raum. »Sie steht seit Jahrhunderten! Keine Dürre konnte ihr je etwas anhaben!«

Inrico blieb sitzen. »Kannst du einen Tunnel unter der Erde abstützen?«

»Nein.«

»Dann verschwendest du mit dem Graben nur deine Zeit. Stattdessen könntest du etwas viel Wichtigeres tun.« Er holte den Plan des Palasts, rollte ihn aus und zeigte ihr, wo die Gemächer der Kaisertochter lagen und wo der Thronsaal, in dem ihre Geburtstagsfeier stattgefunden hatte, wenn das Märchen nicht log.

Sie sah auf den Plan, konnte sich aber nicht vorstellen, wo die Orte tatsächlich waren. Geknickt gestand sie es ein.

Und so zeigte Inrico ihr, wie man eine Karte las, zeigte ihr, wo das Tor auf dem Plan war und wo entsprechend der Ort lag, an dem Levith und Parikles gruben. Er zeigte ihr auch, wo sie selbst in der Hecke gegangen hatte. Dann ging er mit ihr hinaus und führte sie einmal um den gesamten Palast. Anhand des Plans erläuterte er ihr, was jeweils vor ihrer Nase hinter der Hecke verborgen war, und sie versuchte, die Gebäude im Wuchs der Hecke zu erahnen.

»Wissen ist Macht«, sagte er. »Wenn die Hecke irgendwann verdorrt, dann weißt du, wo du nach der Kaisertochter suchen musst. Mit dem Wissen, wie der Palast angelegt ist, findest du, sollte es darauf ankommen, den Weg schneller als alle anderen.«

Lächelnd setzte sie sich auf einen Mauerrest im Schatten und prägte sich sämtliche Wege zum Saal und zu den Gemächern der Kaisertochter ein, die Wege durch Türen ebenso wie die durch Fenster. Niemand wusste, wo die Hecke zuerst nachgeben würde; niemand wusste, ob ein Flur oder ein bestimmter Durchgang über die Jahrhunderte eingebrochen war oder ob eine Tür verriegelt war. Sie wollte auf alles vorbereitet sein. Sie würde die Erste sein.

Als sie noch einmal vorn am überwucherten Tor vorbeiging, schleppte Levith eben einen Eimer weißen Sand aus dem Loch. »Los, verzieh dich! Das ist unser Platz!«, schnauzte er sie an.

»Ich wollte nur schauen.«

»Hier gibt es nichts zu schauen!«

»Arschfratze«, knurrte sie und ging weiter. Erst später fragte sie sich, woher der Sand gekommen war. Bei den anderen Suchern hatte sie immer nur dunkle Erde gesehen.

4

Zwei Tage lang stieg Ukalion allein unter die Erde, während Wolf mit Fieber im Bett lag und Telamon oben am Schacht wartete, weil zur Sicherheit eben einer oben bleiben musste – und weil er für die Enge zu groß war.

»Dann lass mich mit Ukalion hinunter«, bettelte Isa, aber das tat er nicht.

»Willst du Belizar nicht einweihen?«, hatte Telamon gefragt, als Ukalion zum ersten Mal allein gegangen war.

»Nein«, hatte Ukalion geantwortet. »Der will auch Kaiser werden.«

»Warum nur seid ihr alle so besessen von dem Märchen?«

»Nicht von dem Märchen.«

»Wovon dann? Von der Macht?«

Ukalion hatte den Kopf geschüttelt und versprochen: »Irgendwann erzähl ich es dir.«

»Wie du willst«, hatte Telamon erwidert. »Aber wenn du die Wurzel abtötest und damit die Hecke zerstörst, zerstörst du sie für alle. Dann kann jeder hindurch, das hast du verstanden, oder?«

Und im selben Atemzug hatte Isa gesagt: »Erzählst du es mir auch?«

»Natürlich«, hatte er erwidert – und damit beide gemeint. Noch hatte er jedoch nichts erzählt.

Inzwischen kam er im Gang leichter voran, die Hexenströmung ließ nach, so als verliere sie, seit die Wurzel beschädigt war, an Kraft. Immer noch schlug Ukalions Herz schneller, wenn er durch die Enge kroch, aber er wusste jetzt, dass er hindurchpasste, und kroch ohne Angst.

Die Ehrfurcht in der Höhle dagegen wurde er nicht los, sosehr er es auch versuchte. Er beschimpfte die Wurzel und schlug mit dem Beil auf sie ein, er schnitt sie und stach sie, aber das änderte nichts daran, dass sie eine nicht zu leugnende Macht ausstrahlte. Unter ihrem Einfluss fühlte er sich klein, daran konnte kein Hieb mit dem Beil etwas ändern. Und ohne Wolf fühlte er sich einsam. Auch im Schacht in der Kanalisation hatte er allein gearbeitet, einen Monat lang, aber hier war es anders. Hier war die Schwärze tiefer, die Einsamkeit nagender.

Manchmal fiel es ihm schwer, das Beil überhaupt zu heben, aber dann dachte er an Ckarya und sein Versprechen und brachte die Kraft auf. Die schwarze Höhle setzte ihm so zu, dass er wieder begann, mit Ckarya zu reden, nur um die Einsamkeit nicht zu spüren. Und sie sprach mit ihm, und er fragte sich, ob er sich das einbildete oder ob es an der Hexerei lag, die hier allgegenwärtig war.

»Das kann ich dir nicht beantworten«, sagte sie. »Aber hast du begriffen, warum die drei dich in die Geschichte mit der Wurzel eingeweiht haben?«

»Weil sie mir vertrauen. Weil wir schon zusammen gegen die Hecke gekämpft haben.«

»Da hätten sie auch Belizar fragen können.«

Das stimmte. Er ließ das Beil sinken. »Weshalb sonst? Verrat es mir.«

Sie lächelte, zumindest stellte er sich das vor. Das hatte sie immer getan, wenn er ihren Rat gewollt hatte. »Natürlich vertrauen sie dir, aber hier geht es um mehr. Hier geht es darum, wer Kaiser wird.«

»Die drei wollen nicht.«

»Richtig. Und das heißt, sie konnten überlegen, wen sie als Kaiser haben wollen. Die Wahl ist auf dich gefallen. Nicht nur Isa will dich, sondern sie alle drei.«

Ukalion nickte, und jetzt lächelte auch er. Er hob das Beil und schlug zu.

Die Wunden, die er der Wurzel mit dem Beil zufügte, waren nicht viel größer als die mit dem Messer geschlagenen, aber doch ein wenig. Und er musste nicht so nahe an das zähflüssige schwarze Blut heran. Wenn er eine Pause einlegte, um sich zu erholen, setzte er sich ein Stück weit von der Wurzel entfernt, manchmal sah er sich auch in der Höhle um. Er zählte die großen Steinzapfen, und es war in der Tat genau ein Dutzend.

»Zusammen mit der großen Wurzel sind es dreizehn«, sagte

Ckarya, »so viele wie die Hexen in dem Märchen. Findest du das nicht merkwürdig?«

»Meinst du, das bedeutet etwas?«, fragte er. Und als sie nicht antwortete, verlangte er noch einmal: »Wenn es mehr ist als Zufall, erklär es mir!«

Aber sie schwieg.

»Nicht einmal du weißt alles«, murmelte er und lächelte. Es musste Zufall sein, denn alles andere ergab keinen Sinn. Wieso hätte man die Steinzapfen und die Wurzel zusammenzählen sollen, nur weil sie einander ähnlich sahen? Die eine war verwundbar, die anderen waren aus Stein.

»Vielleicht unterscheidet sich bei den Hexen auch eine von den anderen«, sagte Ckarya.

Darüber wusste er nichts. Er stand auf, schüttelte den Arm aus und kehrte zur Wurzel zurück. Wieder und wieder hackte er auf dieselbe Stelle ein. Irgendwann war die Kerbe vielleicht drei oder vier Fingerbreit tief, und dort wurde die Wurzel heller – er hatte die Rinde durchtrennt. Tat man das bei einem Baumstamm ringsum, hatte man ihn getötet, aber galt das auch für Wurzeln? Für diese eine, besondere Wurzel? Ukalion wusste es nicht, aber er würde es versuchen.

Also hackte er nicht mehr tiefer, sondern begann einen Ring um die Wurzel herum zu schlagen, und plötzlich ging es ein wenig leichter voran, so als hätte er nur einmal die Rinde ganz durchdringen müssen, als sei damit ein Teil der Macht gebrochen. Die Wurzel knirschte und knackte, und Ukalion schlug ohne Pause weiter, bis ihm das Beil aus den steifen Fingern glitt und scheppernd auf dem Boden landete. Fluchend hob er es auf und machte weiter, bis die dritte Fackel beinahe niedergebrannt war. Die Fackeln maßen für ihn die Zeit. Drei Fackeln bedeuteten, es wurde spät. Er steckte sich eine neue an und kehrte bei ihrem Schein zu Telamon und Isa zurück.

»Danke, dass ihr mich eingeweiht habt«, sagte er, und Telamon nickte. Gemeinsam gingen sie hinaus in den Abend.

Wie jeden Abend sah Ukalion auf dem Weg in die *Zehn Kerzen* kurz an seinem Schacht in der Kanalisation vorbei, doch es war noch immer unmöglich, die Wurzeln dort mit dem Messer zu durchdringen. Er bekam den goldenen Ring nicht heraus, auch wenn er sich einbildete, dass das Schmuckstück schon lockerer saß. Ihm blieb unbegreiflich, weshalb die große Wurzel leichter zu verletzen war, aber die Hecke war Hexerei, und Hexerei war nicht immer zu begreifen. Nur über eines verfügte sie in fast allen Geschichten gleichermaßen: einen Schwachpunkt. Möglicherweise hatten sie den endlich gefunden.

Am nächsten Tag war Wolf wieder gesund und begleitete Ukalion hinab. Ukalion war froh, nicht mehr allein zu sein. Schweigend und schwitzend schlugen sie von gegenüberliegenden Seiten auf die Wurzel ein und achteten darauf, den anderen nicht mit dem Beil oder umherspritzenden Splittern zu treffen, an denen oft genug schwarzes Blut klebte. Schon längst dachte Ukalion von der Flüssigkeit nur als Blut, nicht mehr als Saft oder Milch oder sonst etwas.

»Gestern hat mich Belizar gesehen«, erzählte Wolf, als sie irgendwann eine Pause machten und Wasser tranken. »Er kam einfach ins Haus, um nach Telamon zu schauen, aber er wird mich nicht verraten.«

»Gut«, sagte Ukalion. »Und hast du ihm etwas von uns oder deinen Träumen verraten?«

»Nein. Warum sollte ich?«

»Er war damals auch dabei.«

»Das schon.« Wolf nickte. »Aber Telamon schulde ich viel mehr. Und Tyra für ihren Sohn, aber Tyra ist nicht hier.«

»Er war ihr Gefährte.«

»Sie ist gegangen, und er ist in Ycena geblieben. Selbst als er wieder reisen konnte, ist er ihr nicht gefolgt. Wenn er ihr das nicht schuldet, schulde ich ihm auch nichts.«

Es war eine einfache Logik, aber Ukalion konnte ihr folgen. Er fragte nicht, weshalb Wolf ihn, Ukalion, eingeweiht hatte.

»Belizar sagt, Levith und Parikles haben etwas gefunden, aber sie lassen keinen in die Nähe ihrer Grube.«

»Glaubst du ihm?«

Wolf zuckte mit den Schultern.

»Verdammt.« Ukalion erhob sich und griff wieder zum Beil. Wenn die beiden einen anderen Weg fanden, musste er sich beeilen.

An diesem Tag arbeiteten sie auch dann noch weiter, als die dritte Fackel abgebrannt war. Sie arbeiteten im Schein der vierten, bis die Angst vor der Dunkelheit übermächtig wurde, dann eilten sie hinaus. Es war so spät, dass Ukalion keine Zeit mehr hatte, nach seinen Wurzeln zu sehen, aber das kümmerte ihn nicht. Sie waren gut vorangekommen.

5

Am nächsten Morgen sah Levith hinunter in das Loch und fluchte. Die Sonne hatte sich noch nicht über die Hausdächer erhoben, irgendwer musste noch vor dem Frühstück hier gewesen sein. Vor ihnen. Oder noch am Abend, nachdem sie gegangen waren?

»Was ist?«, fragte Parikles.

»Jemand hat alles wieder reingeschüttet.« Levith deutete hinab. Das Loch war nur noch hüfttief, bis dahin war es gefüllt mit Sand und Dreck und Gesteinsbrocken. Brocken so groß, dass er nicht wusste, wie sie sie ohne Hilfe je herausbekommen sollten. Er fühlte sich leer und zugleich voller Wut.

»Scheiße.« Parikles sank auf die Knie und schüttelte den Kopf. Er war totenbleich. »Scheiße, Scheiße, Scheiße.«

Alle Hoffnung der letzten Tage war zerschlagen, alle Freude, aller Stolz. Levith fluchte. »Was meinst du, wer das war?«

Parikles zuckte mit den Schultern. »Nachts sind nur die Kreaturen draußen, aber …«

»Die Kreaturen? Haben die je so was getan?«

»Ich glaube nicht. Aber vielleicht war noch nie ein Sucher so nah dran, die Hecke zu überwinden? Außer ihnen ist in der Nacht niemand draußen!«

»Aber vielleicht in der Dämmerung.«

»Drecksäcke!« Parikles erhob sich wütend. »Nur weil wir ihnen voraus sind.«

»Waren«, berichtigte Levith und schnaubte. »Wie sollen wir das zu zweit da herausbekommen?«

»Zu zweit überhaupt nicht. Jetzt klären wir, ob wir Freunde haben.«

»Feinde auf jeden Fall«, brummte Levith grimmig, aber er folgte Parikles zurück zu den *Zehn Kerzen*.

6

Ukalion und Wolf stiegen so früh unter die Erde wie noch nie, sie hatten noch nicht einmal in den *Zehn Kerzen* gefrühstückt. Für einen Augenblick dachte Ukalion daran, Belizar um Hilfe zu bitten, denn sie mussten schneller sein als Levith und Parikles, aber dann fand er, sie müssten auch schneller sein als Belizar, und verwarf den Gedanken wieder.

Morgen, sagte er sich. *Wenn wir es heute nicht allein schaffen, frage ich ihn morgen.* Und er nahm sich vor, nachzusehen, wie weit Levith und Parikles gekommen waren.

Inzwischen stemmte sich der Gang ihnen nicht mehr entgegen, es war, als habe er aufgegeben. So zumindest deutete Ukalion es, und er trat lächelnd in die Höhle unter dem Palast. Nichts hatte sich seit dem Vortag verändert, die Wurzel hatte ihre Verletzungen nicht geheilt, und der Felsboden ringsum war mit dunklen Flecken von ihrem Blut übersät. Stumm nahmen Ukalion und Wolf ihre Plätze vom Vortag ein und schlugen mit Wucht die Beile in die Wurzel. Rasch fielen sie in einen gemeinsamen Rhythmus, sie harmonierten wie Ruderer, die sich schon lange die Bank eines großen Handelsschiffs teilten. Wolf hackte ebenso verbissen wie Ukalion.

»Willst du auch in den Palast, wenn die Hecke fällt?«, fragte Ukalion in der ersten Pause. Sie saßen nebeneinander auf einem Felsen, und Ukalion hatte die Unterarme auf die Knie gestützt. Zum ersten Mal überhaupt war ihm der Gedanke gekommen, dass Wolf vielleicht selbst die Kaisertochter küssen wollte. Er war noch ein Junge, aber was, wenn er nicht aus Reue zurückgekehrt war, sondern weil er jemanden brauchte, der ihm half, die Hecke zu überwinden? Was, wenn Ckarya sich irrte?

»Natürlich«, antwortete Wolf und trank einen großen Schluck Wasser. »Ich möchte so viel von den Schätzen, wie ich tragen kann. Ich will mich nicht mehr verstecken müssen und mich nicht mehr aus Dörfern vertreiben lassen. Ich will reich sein, richtig reich. Reich und frei!« Immer lauter war er geworden, sodass die letzten Worte noch einen Moment nachhallten.

Reich und frei.

… und frei.

»Und Kaiser?«, hakte Ukalion nach. »Willst du auch Kaiser werden?«

Wolf warf ihm einen erstaunten Blick zu. »Ich denke, du willst das werden?«

»Ja.«

»Es kann nur einen Kaiser geben.«

Ukalion nickte und griff nach dem Wasser. Er trank geduldig, und dann sagte er: »Wenn ich Kaiser werde, kannst du gern am Hof bleiben. Ich finde schon eine Aufgabe für dich. Eine, bei der du nur so viel arbeiten musst, wie du magst.« Er lächelte.

»Danke, aber ich glaube, ich will nicht hierbleiben. Nicht einmal, wenn die Hecke fort ist. Ich möchte nicht an sie erinnert werden, verstehst du?«

Wieder nickte Ukalion, und dann kehrten sie zu ihrer Arbeit zurück. Während er auf die Wurzel eindrosch, dachte Ukalion über Wolfs Worte nach. Dass er als Kaiser in Ycena leben würde, hatte er sich selbst noch gar nicht überlegt. Alles, was ihn interessiert hatte, war, es zu werden und Tiban abzusetzen. Was danach geschah, wollte er auf sich zukommen lassen. Als Kaiser konnte er sich einen neuen Palast bauen lassen. Oder nicht?

In der zweiten Pause aßen sie schweigend, und in der dritten fragte Wolf irgendwann: »Aber vielleicht kann ich, wenn du Kaiser bist, irgendwo anders für dich arbeiten?« Er sprach leise, erschöpft von der stundenlangen Plackerei.

»Überall«, versprach Ukalion und hätte dem Jungen am liebsten über den Kopf gestrichen, tat es aber nicht. Wolf hatte sich dagegen gewehrt, ein Kind zu sein, also würde er ihn auch nicht wie eines behandeln.

Auch sein eigener rechter Arm schmerzte, und die Finger verkrampften. Trotzdem drängte er rasch zurück an die Wurzel, es fehlte nicht mehr viel. Wolf folgte ihm, ohne zu murren, doch er schlug langsamer und schwang das Beil mit beiden Händen, weil eine allein zu schwach war.

»Willst du dich nicht noch ein wenig länger ausruhen?«, fragte Ukalion.

»Nein.« Wolf atmete schwer, hob das Beil und schlug wieder zu. Er schlug zu tief, aber dann schlug er noch einmal, und diesmal traf er die Wurzel auf der richtigen Höhe.

Der Ring, den sie in ihre Rinde hackten, war so breit wie eine grobe Männerhand und führte beinahe ganz herum, es gab nur noch zwei kleine Lücken. Während Ukalion die auf seiner Seite schloss, sagte er zu Wolf: »Ich übernehm das letzte Stück von dir. Vertief du inzwischen den Ring überall dort, wo noch dunkle Rinde zu sehen ist. Am besten mit dem Messer.«

Wolf protestierte nicht. Dankbar lehnte er das Beil an den nächsten Stein und zückte das Messer. Seine Finger waren so steif vor Anstrengung, dass er es beinahe hätte fallen lassen.

Viel später, kurz bevor die dritte Fackel verbraucht war, fetzte Ukalion das letzte Stück Rinde aus dem Ring. Als dies geschah, ging ein Zittern durch die Wurzel wie Schüttelfrost durch einen Fieberkranken. Ein Ächzen erklang, ein Knirschen wie von Bäumen, wenn sie fallen. Unter lautem Knacken wuchsen die Risse tiefer in den Fels, und Steine polterten aus der Decke. Ukalion und Wolf sprangen entsetzt zurück.

Die Fackel flackerte wie im Sturm, aus allen Ecken schienen Schatten herauskriechen zu wollen, von Wänden und Boden schienen sie sich zu lösen, und Ukalion sah überall Fratzen und aufgerissene Mäuler, Klauen und krabbelnde Kreaturen. Die Steinzapfen verloren ihren Glanz, und von einem Augenblick auf den nächsten wurde es kälter in der Höhle, viel kälter. Ukalion bekam Gänsehaut, Wolf wich weiter zurück, stolperte und fiel auf den Hintern.

»Nein!«, rief er, und es hallte von den Wänden wider.

Nein!

Nein.

Nein ...

Und dann war es vorbei. Es hatte nur wenige Augenblicke gedauert. Die Fackel brannte wieder ruhig, die Schatten verharrten an ihrem Platz, die Temperatur stimmte wieder, und die Risse wuchsen nicht weiter. Alles war still.

Die Wurzel zitterte nicht mehr.

Sie war noch immer gewaltig und beeindruckend, doch sie zwang Ukalion nicht mehr dieselbe Ehrfurcht auf. Abgestorben war sie noch nicht, aber sie hatte ihre Macht verloren.

Wolf rappelte sich auf und sprang zu ihr hinüber.

»Ha!«, schrie er und spuckte nach ihr. Nur ein paar Tröpfchen kamen aus seinem ausgetrockneten Mund. Er lachte trotzdem. Dann strahlte er Ukalion an. »Spürst du es auch? Sie ist ... weg. Obwohl sie noch da ist.«

Ukalion nickte. »Komm, wir schauen, ob die Hecke sich auch verändert hat.«

»Bestimmt.«

Lachend rafften sie ihre Sachen zusammen und gingen. Am Ausgang der Höhle warf Ukalion noch einen letzten Blick zurück. Der hintere Teil mitsamt der Wurzel lag im Dunkeln, und er war froh, dass er wohl nie wieder würde hier herunterkommen müssen. Langsam wandte er sich ab und folgte Wolf in den Gang.

Wolf sagte: »Vergiss aber nicht, was du mir versprochen hast, wenn du Kaiser wirst.«

»Niemals«, erwiderte Ukalion, und das meinte er ernst.

7

Die Sonne stand noch eine halbe Handbreit über den Dächern, als sie den Tempel verließen, trotzdem lief Wolf sofort nach Hause. Nicht, weil er die Dunkelheit fürchtete, sondern weil er noch immer von niemandem gesehen werden wollte. Ukalion versprach, er werde herausfinden, ob Wolf sich wieder zeigen könne.

Zusammen mit Telamon und Isa machte er sich auf den Weg zur Hecke. Isa tanzte den ganzen Weg um die beiden Männer herum und sang ein Kinderlied von der schlafenden Kaisertochter. Darin hieß es:

Und irgendwann,
gar nicht mehr lang,
da kommt ein Held,
der die Dornen fällt.

Ein Prinz oder Ritter,
ein König bei Gewitter?
Wer auch immer er war,
nun ist er Kaiser, oh ja.

Dabei deutete sie immer wieder auf Ukalion.

»Zu niemandem ein Wort«, ermahnte er sie.

»Hier ist doch niemand.«

»Du weißt nicht, wer in den Häusern ringsum ist und uns hört«, sagte Telamon.

»Es ist nur ein Lied!«

»Sing ein anderes.«

»Welches?«

»Irgendeines.«

»Das hier ist irgendeines.«

Ukalion lachte, er konnte nicht anders. Er packte Isa, wirbelte sie im Tanz herum und grölte:

»Räuber Tomen, der ist ein böser Mann,
er raubet all das, was er rauben kann,
trinkt nur Blut am Abend und in der Nacht,
frisst die Kinder, wenn sie werden acht.«

»Unsinn!«, kreischte Isa, aber auch sie lachte, und dann sang sie den Unsinn selbst aus vollem Hals, bis sie die Hecke erreichten. Das Lied von der Kaisertochter war vergessen.

Die Hecke stand verlassen da, auf den ersten Blick war ihr keine Veränderung anzusehen. Ukalion zog sein Messer und versuchte, einen dünnen, mit krummen Dornen bewehrten Ast in Bodennähe zu durchtrennen. Er konnte ihn kaum ritzen.

»Nichts«, stieß er enttäuscht aus. Nichts hatte sich getan.

»Vielleicht dauert es nur«, sagte Isa.

»Vielleicht«, brummte Ukalion zweifelnd. Dann bemerkte er, dass der Schnitt sich nicht wieder schloss, und sein Herz schlug schneller.

Auch Telamon sah es und lächelte.

Isa deutete weiter links in die Hecke und flüsterte: »Da hinten sind zwei trockene Blätter.«

Im Überschwang gab Ukalion ihr einen Kuss auf den Kopf. »Es hat geklappt! Es hat wirklich geklappt!« Jetzt mussten sie ihren Erfolg nur geheim halten, bis sie einen hinreichenden Vorsprung hatten.

Sie gingen weiter in Richtung *Zehn Kerzen*. Dort würden sie herausfinden, ob schon jemand die Veränderung an der Hecke bemerkt hatte. Eine Zeit lang folgten sie ihr, immer in der Erwartung, auf einen Sucher zu treffen, aber die Gruben waren alle verlassen.

»Seltsam«, murmelte Telamon, und Isa griff das auf.

»Seltsam«, sang sie. »Seltsam, seltsam, seltsam, seltsam, seltsam ...« Dabei drehte sie sich weiter tanzend um sich selbst.

Ukalion drängte sie zur Eile.

Als sie endlich in die Straße zu den *Zehn Kerzen* einbogen, nicht weit von der Gastwirtschaft entfernt, erstarrte Ukalion. Von einem Moment auf den nächsten war ihm übel, und er schluckte, während Isa neben ihm aufhörte zu tanzen.

Vor den *Zehn Kerzen* stand ein ganzer Tross Pferde, ein Dutzend vielleicht. Sie waren nebeneinander an einer Stange festgebunden, die am Vortag noch nicht da gewesen war, und ein Stück weiter die Straße entlang entdeckte Ukalion weitere Pferde an einer weiteren Stange.

Die Tiere trugen alle die gleiche Satteldecke, und auch wenn die Entfernung zu groß war, als dass er das Wappen darauf hätte erkennen können, wusste Ukalion doch anhand der Farbe, um welches Wappen es sich handelte. Es war ihm nur zu vertraut, dafür brauchte er nicht einmal die beiden Männer in Augenschein zu nehmen, die die Pferde bewachten.

»Nein!«, keuchte er und zog sich sofort wieder hinter die Ecke zurück. Die Erinnerung an den Tag, an dem Prinz Aurel Ckarya verhört hatte, kam mit Macht; damals waren die Tiere in Fünfsäulen vor dem Gasthof angebunden gewesen. Insgesamt weniger als hier.

»Was ist denn?«, fragte Isa, sichtlich verstört. »Ein paar Neulinge halten uns nicht auf.«

Aber auch Telamon wirkte beunruhigt. Er fragte: »Weißt du, wer das ist?«

»Wahrscheinlich.«

»Und wer?«

Ukalion zögerte, dann sagte er: »Das sind Männer des Königs. Ordensmänner.«

»Bist du dir sicher?«

»Ja.«

Telamon schien erleichtert.

Isa bekam große Augen. »Ist der König auch hier? Oder der Prinz, wie in dem Lied?«

»Ich glaube nicht«, erwiderte Ukalion überzeugt.

»Lasst es uns rausfinden«, sagte Telamon.

Ukalion schüttelte den Kopf. Er wollte nicht riskieren, dass einer der Männer ihn erkannte. Zwar war er freigelassen worden, doch hatte er ein ungutes Gefühl. Der Prinz hatte mit Lügen sein Heimatdorf auf ihn gehetzt, was mochte er erst seinen Soldaten erzählt haben? Es gefiel Ukalion nicht, dass niemand auf der Straße war.

»Warum willst du das nicht?«, fragte Isa.

»Ich …«, setzte er an, brach dann aber ab. Die wenigsten Männer des Königs kannten ihn, eigentlich nur die des Vogts, und von dessen Einflussbereich waren sie hier weit entfernt. Dies waren gewiss Männer aus Freybruck, vielleicht auf der Suche nach Fratzen für einen neuen Galgen – oder Räubern und Hexen, die sie hängen konnten. Von ihnen hatte er nichts zu befürchten. Er war nicht vogelfrei, sondern der Bastard des Königs. Er fragte: »Willst du es wirklich herausfinden?«

Sie nickte.

»Gut. Dann los.«

Als sie sich den *Zehn Kerzen* näherten, drangen fröhliche Schreie und Gelächter nach draußen, beinahe wie stets, und doch klang es anders. Unauffällig vergewisserte sich Ukalion, ob er die beiden Wachen bei den Pferden kannte und sie somit ihn, aber das war nicht der Fall. Dann stutzte er, denn das eine Pferd kannte er sehr wohl.

»Aurel«, murmelte er. Das konnte einfach nicht sein! Was tat der Prinz hier in den hexereiverseuchten Ruinen? Doch dort stand der Schimmel mit dem einen grauen Ohr, auf dem der Prinz gesessen hatte, als er Ckaryas Gefangennahme verkündete, der Schimmel, dem Ukalion vergebens nachgerannt war. Auch an den reich verzierten Sattel erinnerte er sich.

»Was hast du gesagt?«, fragte Isa.

Ukalion antwortete nicht, zu sehr war er in seinen Gedanken gefangen.

Aurel!

Hass wallte in ihm auf, die Erinnerung an die gequälte Ckarya. Er wollte hineinstürmen und seinem verfluchten Halbbruder das Beil tief in den Schädel hacken, aber er riss sich zusammen. Aurel hatte zu viele Männer bei sich, sie würden ihn niederringen, noch bevor er den Prinzen überhaupt erreichte.

Aurel!

Schwer atmend dachte er an den Bogen in seinem Haus. Damit musste er ihn erschießen! Ihn erlegen wie Wild, das wäre ausgleichende Gerechtigkeit dafür, dass Aurel Ckarya wegen nichts als Wilderei hatte hinrichten lassen. Unwillkürlich fletschte er die Zähne zu einem Grinsen. Ein wildes Hochgefühl erfasste ihn. Aurel war hier, in Ycena, wo er weniger Schutz genoss als überall sonst in Lathien. Er, Ukalion, konnte sich rächen, ohne die Kaisertochter zu küssen.

Aurel!

Aurel, das war alles, was er denken konnte.

Isa zupfte an seinem Ärmel. »Ukalion? Was hast du?«

Noch immer grinsend wandte er sich ihr zu, und sie zuckte zurück vor seinem Gesichtsausdruck. Ihre erschrockene Miene brachte ihn wieder zu sich.

»Nichts«, sagte er und bemühte sich um ein freundlicheres Lächeln. Für einen Moment schloss er die Augen, damit sie den Hass darin nicht sah. »Nichts«, wiederholte er und strich ihr übers Haar. Seine Hand zitterte.

Sie musterte ihn weiter misstrauisch.

Auch die beiden Wachen sahen inzwischen zu ihnen herüber. Abschätzend und aufmerksam, doch schienen sie nicht zu wissen, wer er war, zumindest zeigten sie keinerlei Erkennen.

Ukalion ging vor Isa in die Knie. »Kannst du mir etwas versprechen?«

»Was?«

»Dein Vater muss es mir auch versprechen.« Er blickte zu Telamon auf, und der blickte stumm zurück.

»Ihr dürfte den Ordensmännern nicht sagen, dass wir Freunde sind. Könnt ihr das tun?«

Isa war enttäuscht. »Warum willst du nicht unser Freund sein?«

»Oh, das bin ich, und ich will es sein«, versicherte er schnell. »Ich will nur nicht, dass sie wissen, dass ihr meine Freunde seid. Dann würden sie vielleicht ...« Er brach ab und sah wieder zu Telamon. Der nickte. »Es ist eine lange, traurige Geschichte, die verrate ich euch morgen.«

»Gut.« Isa nickte ernst. »Wenn du unser Freund bist, verspreche ich es.«

»Danke.«

»Vielleicht essen wir doch lieber daheim«, sagte Telamon.

»Aber Papa ...«

»Komm«, sagte er. »Die meisten dort drin wissen, dass wir Ukalions Freunde sind.«

Schließlich gab sie nach und folgte ihrem Vater nach Hause.

Ukalion wusste, dass auch er besser weitergehen sollte, in sein Haus, aber er musste es einfach wissen, er musste. Er atmete tief durch und schritt zu den beiden Wächtern hinüber. Höflich fragte er, wer denn mit all den Pferden angekommen sei.

»Prinz Aurel«, antwortete der eine und sah ihn geringschätzig an, verdreckt und abgerissen, wie er war. »Hast du seine Ankunft heute Mittag nicht mitbekommen?«

Ukalion schüttelte den Kopf. Sagen konnte er nichts; der Hals war ihm zugeschnürt.

»Dann lass dir gesagt sein, Bursche, er ist der neue Herr der Hecke. Niemand von euch gräbt mehr dort, niemand versucht, durch sie hindurchzukommen. Ycena gehört zum Königreich, und der Prinz ist hier, um das deutlich zu machen.«

Im Stillen fluchte Ukalion, aber er bemühte sich, das Gesicht nicht zu verziehen.

»Hast du das verstanden, Sucher? Die Fahnen an der Hecke gelten nicht mehr. Anderswo kannst du gern weitergraben, aber der Palast gehört dem Prinzen.«

»Ja«, rang Ukalion sich ab, dann ging er davon. War Aurel wegen der Schätze gekommen, oder glaubte er an das Märchen? Wollte er Kaiser werden? In Ukalion zog sich alles zusammen. Ausgerechnet jetzt, da er die Wurzel zerstört hatte! Hatte er ungewollt Aurel den Weg zu Dornenthron und Kaisertitel geebnet, indem er die Hecke geschwächt hatte? Innerlich fluchend eilte er davon, er wollte etwas zerstören. Er wollte seinen Bogen.

Er war so benommen von den Ereignissen, dass er die drei Ordensmänner, die schräg gegenüber von seinem Haus standen und zu seiner Tür hinüberblickten, fast nicht bemerkt hätte. Die ihn abschätzend musterten, als er sich näherte. Einer tastete nach dem Schwertgriff.

Sie warten auf mich, schoss es Ukalion durch den Kopf. *Aurel weiß, dass ich hier bin.*

Ohne auch nur zu zögern, ging er an seinem Haus vorbei und bog in die nächste Straße ein. Nur immer fort von den Männern. Ukalion war kein allzu häufiger Name. Hatte Aurel ihn hier zufällig aufgeschnappt, war er hinter ihm her. Dass er niemandem verraten hatte, wer er war, spielte keine Rolle. Aurel würde ihn erkennen.

Zügig entfernte er sich von dem Bereich um die Hecke und machte sich auf, eine neue Bleibe für die Nacht zu suchen. Irgendwo weit weg, wo niemand ihn vermutete.

DER HERR DER HECKE

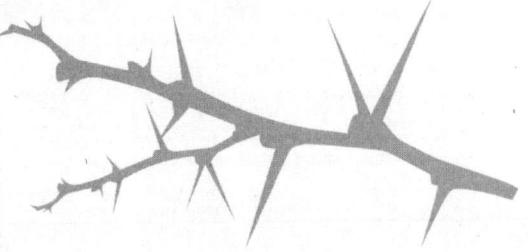

1

»Au!« Der Schrei gellte durch den Tunnel.

»Was ist?« Perle ließ den Eimer mit Steinen fallen und wirbelte herum.

»Ah!« Vergebens versuchte Ion, seine rechte Hand aus dem Geröll zu ziehen, er hatte sie zwischen zwei Steinen eingeklemmt.

Perle sprang zu ihm, und gemeinsam konnten sie die Hand befreien. Alle Finger außer dem Daumen waren böse gequetscht, die Haut war abgeschürft, ein wenig Blut quoll aus kleinen Rissen.

»Versuch, sie zu bewegen«, verlangte Perle.

Er zog die Luft durch die Zähne, schaffte es jedoch nicht, die Hand zur Faust zu ballen. Dann streckte er die Finger aus, und das ging.

»Nicht gebrochen«, erklärte Perle, auch wenn sie nicht ganz sicher war. Sie wickelte ihm einen feuchten Stofffetzen um die Hand.

»Es brennt«, sagte Ion.

»Das hört auf, wenn das Blut getrocknet ist.«

»Ich weiß. Danke.« Er presste die Lippen aufeinander und wandte sich wieder dem Geröll zu. »Mit der Linken kann ich noch.«

»Die klemm dir mal nicht auch noch ein«, erwiderte sie, aber sie war stolz auf ihren kleinen Bruder. Er war groß und zäh geworden – wie sie selbst auch.

Sie sah nach oben, von wo der Stein, der Ion erwischt hatte, herabgerollt war, und entdeckte plötzlich ganz oben links, im Knick zwischen Decke und Wand, eine kleine Lücke im Geröll. Sie zog die Fackel aus ihrer Verankerung und kletterte über die unteren Gesteinsbrocken hinauf. Es war wacklig und knirschte unter ihren Füßen. Oben angekommen, leuchtete sie in die Lücke und erkannte, dass sie sich bald erweiterte.

»Ich seh den Gang!«, rief sie und wäre vor Aufregung beinahe das Geröll hinabgeschlittert. »Wir haben es fast geschafft!«

Ion jubelte trotz aller Schmerzen, und sie gruben mit doppelter

Kraft, angespornt von der Aussicht, den Palast zu erreichen. Immer wieder rollte loses Gestein herab, doch sie wichen ihm lachend aus. Der Haufen verlor seine Stabilität, und Perle konnte nur immer denken: *Wir sind die Ersten! Ich werde frei sein! Wir werden reich!*

Wie besessen arbeiteten sie weiter, selbst als sie vor Müdigkeit kaum noch stehen konnten, und Perle malte sich wieder und wieder aus, was für ein Gesicht Großbauer Hernoth machen würde. Und Ophilia. Und Er.

2

Anthia fand keine Ruhe. Sie lauschte auf das Heulen der Kreaturen draußen und hoffte, sie würden den Prinzen fressen, auch wenn sie es nicht glaubte. Aber er durfte nicht Kaiser werden, nicht ausgerechnet Tibans Sohn! Warum nur war er hergekommen, bevor sie die Hecke hatte überwinden können?

»Es tut mir leid, Grigo«, murmelte sie. Sie hatte das Gefühl, ein Versprechen gebrochen zu haben, obwohl Grigo nicht gehört haben konnte, was sie unter dem Richtturm gemurmelt hatte. *Vielleicht doch,* dachte sie, *die Toten hören so manches.* Immer wieder warf sie sich vor, versagt zu haben, bis sie sich irgendwann fragte, ob nicht Grigo derjenige gewesen war, der versagt hatte. *Hättest du ihm nicht mit einem Kaiser gedroht, wäre sein Sohn vielleicht gar nicht hier! Du hast es mir verbaut, dass ich Kaiserin werde!*

Natürlich wusste sie, dass sie ohne Grigos Worte überhaupt nicht hier gewesen wäre. Er hatte sie hergebracht – und vielleicht auch den Prinzen.

Da, wo die Dornen sie aufgerissen hatten, juckte es noch immer. Wenigstens war die Schwellung dank einer Salbe von Inrico zurückgegangen, und der Schorf blätterte bereits ab. Neben ihr drehte sich Inrico im Schlaf und begann zu schnarchen. Sie fragte sich, ob Grigos

Geist noch immer ruhelos umging, weil er nicht bestattet war, und wenn er umging, dann wo. Ob beim Galgen, wo Tiban ihn gehängt hatte, oder da, wo sie seinen Leichnam irgendwann hingeworfen hatten, vermutlich am Galgenberg.

Ich hoffe, du findest irgendwann Ruhe, dachte sie, auch wenn sie nicht wusste, wie das gehen sollte.

Spät in der Nacht schlief sie ein und träumte von dem Narren, der lachend mit Knochen auf den Schädeln der Gehenkten trommelte, während Totenhörnchen dazu tanzten. Am Ende warf er die Knochen durcheinander, sodass keiner der Toten beisammen war. Wie sollten sie so zur Ruhe kommen? Kichernd schlug der Narr ein Rad.

3

Ukalion saß im Schatten auf der Rückseite des Tempels, durch den sie tagelang in die Tiefe gestiegen waren. Er lehnte an einer Säule, hatte die Beine an den Körper gezogen und eben seinen dritten Pfirsich gegessen. Das war alles, was er hier gefunden hatte. Er schleuderte den Kern in die nächste Ruine. Fliegen krabbelten über ihn hinweg, aber er scheuchte sie nicht fort. Als sich Schritte näherten, drehte er sich langsam um und wartete. Kurz darauf erschienen Telamon und Isa in seinem Sichtfeld.

Isa deutete auf ihn, lachte und sagte zu ihrem Vater: »Ich wusste, dass er hier ist.«

Sie begrüßten sich, und Ukalion fragte: »Was ist mit Wolf?«

»Ich wusste nicht, wie weit du ihm vertraust«, antwortete Telamon.

»Ich weiß es auch nicht. Wahrscheinlich mehr, als ich selbst glaube.«

»Und uns vertraust du noch mehr?«, fragte Isa und setzte sich neben ihn. Es war ebenso eine Aufforderung wie Frage.

»Natürlich.«

Auch Telamon setzte sich neben Ukalion. Er schwieg, aber Isa drängte: »Du hast uns eine Geschichte versprochen.«

Weil er ihnen tatsächlich vertraute, erzählte er, wer er war und wo er gelebt hatte. Er erzählte, was Tiban seiner Mutter und was Aurel Ckarya und ihrem Großvater angetan hatte. Wie Aurel ihn verhöhnt und dafür gesorgt hatte, dass er aus Fünfsäulen fliehen musste, weil Ckaryas Mutter ihn nun abgrundtief hasste. Dass seine Mutter und sein wirklicher Vater unter Aurels Lügen litten und dass er selbst hergekommen war, um Kaiser zu werden und Vergeltung zu üben. Und auch, dass am Vortag drei Männer vor seinem Haus gewartet hatten, dass Aurel es also weiter auf ihn abgesehen hatte.

»Du bist ein echter Prinz?« Voller Ehrfurcht sah Isa ihn an.

»Nein.« Ukalion schmunzelte. »Ein Prinz wäre ich nur, wenn Tiban mich anerkannt hätte. So bin ich nur ein Bastard und Wilderer.«

»Aber du bist der Sohn des Königs?«

»Ja.«

»Und trotzdem unser Freund? Obwohl wir nur Sucher sind?«

»Ich bin auch nur ein Sucher.«

Fast scheu berührte sie ihn, so als müsse sie überprüfen, ob er wirklich da war. »Der König ist ziemlich dumm, wenn er dich nicht anerkennt. Wenn ich König wäre, ich würde es tun.«

»Danke.«

Telamon schickte Isa zum Spielen, und nach anfänglichen Protesten ging sie auch. Dann sah er Ukalion eindringlich an. »Was hast du jetzt vor? Willst du ihn töten?«

Ukalion schnaubte. »Er hat Ckarya getötet, was würdest du da tun?«

»Um mich geht es nicht«, erwiderte Telamon. Seine Stimme war rau.

»Mein Bogen liegt noch in meinem Haus, und für alle anderen Waffen komme ich nicht nahe genug an ihn heran.«

»Du solltest erst einmal Kaiser werden.«

Ukalion lachte auf. »Und wie, wenn ich mich der Hecke nicht nähern darf?«

»Ich weiß es nicht. Aber wenn du den Prinzen einfach so ermordest, sind alle hinter dir her. Dann warten sie nicht nur vor deiner Tür, dann suchen sie dich überall. Und nicht nur dich. Sie holen sich deine Mutter und den Mann, der dich als Sohn angenommen hat, und werfen sie in den nächsten Kerker, foltern sie oder hängen sie gleich auf. Vielleicht jagen sie auch Isa und mich, vielleicht sogar Belizar, und was weiß ich, wen noch. Vielleicht jeden, den sie irgendwie mit dir in Verbindung bringen, Tiban braucht jede Woche Gefangene für seinen Galgen. Sie werden dich finden und zu Tode foltern, und Tiban wird weiterhin herrschen. Fast alle werden dich verachten, denn für sie bist und bleibst du der Prinzenmörder.«

»Ich habe es Ckarya versprochen«, hielt Ukalion ihm entgegen.

»Was denn? Zu sterben?« In Telamons Blick lag eher Traurigkeit als ein Vorwurf. »Deine eigene Familie dem Tod zu weihen?«

Ukalion schwieg. Er hatte Ckarya so vieles versprochen, in dem Moment wusste er nicht einmal, was alles. Er wollte aufbrausen, dass er selbstverständlich sein Leben geben würde für sie, aber er wusste, dass es nicht für sie sein würde, wenn er starb. Schon gar nicht, wenn all die anderen auch starben.

»Wenn du dagegen Kaiser wärst, hättest du das größte Märchen der dreizehn Königreiche erfüllt«, fuhr Telamon fort. »Dann hättest du da Erfolg gehabt, wo Aurel versagt hat. Viele würden dich bewundern, und weder Aurel noch Tiban könnte dich einfach jagen wie einen Müllerburschen. Wenn du Aurel als Kaiser entgegentrittst, dann muss er entscheiden, ob er deinen Rang akzeptiert und sich dir unterordnet oder nicht. Tut er es nicht, ist sein Tod etwas anderes als Mord.«

»Ich dachte, du glaubst nicht an die schlafende Kaisertochter?«

»Das tu ich auch nicht. Aber du tust es.«

»Für einen, der nicht daran glaubt, hast du recht viel darüber nachgedacht, scheint mir.«

»Jeder, der länger in Ycena lebt, tut das, egal, was alle behaupten.« Telamon wirkte müde. Er fuhr sich übers Gesicht und brummte: »Nach deinen Bemerkungen gestern konnte ich mir zusammenreimen, dass uns Ärger droht. Nicht genauer und nicht, dass du Tibans

Bastard bist, aber dass auch Isa in Gefahr ist. Und das kann ich nicht einfach hinnehmen.«

Sie schwiegen einen Moment und sahen hinüber zu ihr, wie sie aus Steinen, Stöckchen und einem toten Vogel eine Falle für Nachtsalamander baute. Sie schien völlig vertieft in ihr Tun, aber Ukalion vermutete, dass sie ihnen mit einem Ohr lauschte. Ob sie etwas verstanden hatte, konnte er nicht erraten, doch auch er wollte sie auf keinen Fall in Gefahr bringen. Er wollte nicht daran denken, was Aurel ihr alles antun könnte.

Er nickte. »Das verstehe ich. Was wirst du also tun?« Er glaubte nicht, dass Telamon beschlossen hatte, ihn an Aurel zu verraten, aber für ihre Familie taten Menschen alles Mögliche.

»Ich helfe dir, Kaiser zu werden. Aurel darf das nicht gelingen. Nur wie ich Isa schützen soll, das weiß ich nicht.«

»Wir passen beide auf sie auf.« Ukalion zog einen bröckelnden Stein aus der Wand und schleuderte ihn davon. Laut klatschte er gegen das Gebäude gegenüber. Isa zuckte zusammen und sah nach dem Geräusch.

»Spiel weiter!«, rief Telamon. »Das war nur Ukalion.«

Sie nickte und fuhr fort, Salamander mit einem Stock über den Boden zu treiben.

»Und wie willst du aufpassen?«, fragte Telamon.

»Indem wir Aurel nicht unter die Augen kommen.« Er eröffnete Telamon, dass er sein Glück durch die Wurzeln versuchen wolle. »Bestimmt glauben sie, ich bin aus Ycena geflohen. Und selbst wenn sie nach mir suchen – den Raum in der Kanalisation kennt niemand, nur Wolf und Belizar. Und die verraten uns nicht.«

»Du willst wieder da runter?«

»Zusammen mit Wolf. Oder weißt du was Besseres?«

Telamon schüttelte den Kopf.

»Dann müssen wir einfach schneller durch die Wurzeln hindurchkommen als Aurel durch die Hecke. Solange er nicht herausfindet, dass sie geschwächt ist, kann das klappen.«

4

Levith war auf dem Weg zu den *Zehn Kerzen*. Prinz Aurel hatte am Vortag verkündet, er werde Männer anheuern, die für ihn graben sollten. Parikles hatte gesagt, er solle sich nicht melden, solle sich vom Prinzen fernhalten. »Du hast ihm damals seinen Geburtstag versaut!«

»Das ist Jahre her. Danach ist mir das Gesicht verbrannt worden, er erkennt mich nicht.«

»Er kennt deinen Namen.«

»Es gibt viele Leviths«, hatte er erwidert. »Und nur so komme ich überhaupt in die Nähe der Hecke. Vielleicht finde ich unbemerkt einen Weg hinein. Vielleicht kann ich ihn zum richtigen Zeitpunkt irgendwie austricksen und schneller bei der Kaisertochter sein. Vielleicht ... Ich weiß es nicht, aber wir müssen Kaiser werden! Wir, nicht er!«

»Du bist besessen von der Idee! Und wenn er dich doch erkennt, was dann? Bislang haben wir auch so gut gelebt.«

»Bislang hat sich der König nicht um Ycena gekümmert! Wenn der Prinz jetzt hier ist, gelten bald seine Gesetze und seine Moral auch hier. Dann sind wir wieder nur Abschaum. Das ertrage ich nicht.«

Parikles hatte ihn gepackt und dann aber wieder von sich gestoßen. »Wenn du bei dem Versuch, die Hecke zu durchdringen, erwischt wirst, ist das dein Todesurteil!«

»Dann darf ich mich eben nicht erwischen lassen.«

»Stur wie ein Esel!« Parikles hatte den Kopf geschüttelt, aber keine Einwände mehr vorgebracht, und darum war Levith ohne ein weiteres Wort gegangen, den Dolch am Gürtel, aber ohne Schwert. Soldaten trugen ein Schwert oder Gladiatoren, und einen solchen Eindruck wollte er nicht erwecken.

Was er auch zu Parikles gesagt hatte, er war angespannt. Auf dem Weg, sich dem Prinz zu verpflichten, um ihn zu übervorteilen, dachte er an die Zeit in der Arena zurück, an den Kampf gegen den Brecher, die Drohungen und den Brief des Königs. Er wusste sehr wohl, was er wagte, aber er wollte sich nicht wieder verstecken und verstellen müssen, nur weil er Männer liebte. Oder eben einen Mann.

Parikles.

Im Schatten der *Zehn Kerzen* und ein Stück jenseits der Tür stand ein fleckiger Tisch, hinter dem einer der Männer des Prinzen saß, ein hagerer Glatzkopf. Er hatte ein kaum beschriebenes Pergament vor sich, daneben eine Feder und ein Fässchen mit schwarzer Tinte und auf der anderen Seite einen Trinkbecher, vermutlich mit verdünntem Wein. Zwei Männer mit Schwert und Dolch am Gürtel lehnten neben dem Tisch an der Wand; sie hatten keinen Trinkbecher und schauten gelangweilt drein. Die Helme hatten sie abgenommen, und dennoch stand ihnen Schweiß auf der Stirn. Sie waren groß gewachsen und jung.

»Was willst du hier?«, fragte der Glatzkopf unfreundlich. Er starrte auf Leviths verbrannte Gesichtshälfte.

»Für seine Hoheit graben«, erwiderte er. Trotz seiner Anspannung sprach er ruhig.

Das Gesicht hinter dem Tisch hellte sich auf. »Hast du Erfahrung darin?«

»Jeder hier hat Erfahrung im Graben.«

»Die Frauen im Bordell nicht.«

»Sehe ich aus wie eine Frau?«, brummte Levith.

»Nein. Hast du also Erfahrung?«

»Ich bin Sucher.«

»Und das heißt?«

»Ja. Ich habe Erfahrung.« Er verzog den Mund. »Manche der Frauen im Bordell übrigens auch. Maija hat zunächst gegraben, aber sie hatte kein Glück.«

Der Glatzkopf nickte abwesend und nahm die Feder zur Hand. Bedächtig tunkte er sie in die Tinte, während auf seiner Glatze eine Fliege landete. »Name?«

Einen Moment zögerte er, doch es gab viele mit seinem Namen.

Einen falschen konnte er nicht nennen, jeder hier wusste, wie er hieß, und so sagte er: »Levith.«

»Levith?« Der Mann ließ die Feder sinken und hob den Kopf. Die Fliege flog davon. »Wie weiter?«

Unwillkürlich straffte Levith sich, so wie er es in der Arena getan hatte. »Nur Levith. Ich habe keine Familie.«

»Bist du mit einem Sucher namens Parikles befreundet?«

Levith schwieg. Eine Frage nach seiner Vergangenheit als Gladiator hatte er befürchtet, die hätte er mit einer Lüge beantwortet. Von der Frage nach Parikles wurde er überrascht. *Befreundet,* das konnte dies oder das heißen. Wie kam der Mann darauf?

Der Glatzkopf erhob sich. »Bist du Levith, der widerliche Lenydhe?«

Die Bewaffneten stießen sich von der Wand ab. Einer spuckte in seine Richtung und knurrte: »Und du wagst es, dich hier zu melden?«

»Wieso sollten wir etwas wie dich in die Nähe des Prinzen lassen?«, ergänzte der andere. »Ihr habt Frauen hier, warum tust du das also?«

»Wer behauptet das?«, rief Levith. »Das ist eine verdammte Lüge!«

»Das glaube ich nicht.« Der Erste stieß ihn gegen die Brust, in seinem Blick standen Hass und Abscheu. »Lenydhe!«

»Ich auch nicht.« Der Zweite zog den Dolch, und der Glatzkopf kam hinter dem Tisch hervor. Auch an seinem Gürtel hing ein Dolch.

»Packt ihn!«, befahl er.

Levith schlug zu, ohne lange zu überlegen. Ansatzlos drosch er dem Ersten die Faust auf die Nase; Blut spritzte. Wutgeifernd sprang der Zweite auf ihn zu, den Dolch erhoben, und Levith wich dem Angriff aus und rammte den Angreifer mit der Schulter um. Es war, als sei er wieder in der Arena, er hatte nichts vergessen, und wieder kämpfte er ums Überleben. Der Angreifer drehte sich um sich selbst und stürzte, schlug mit der Schläfe gegen die Tischkante und blieb liegen. Levith griff nach dem Dolch.

»Zu mir! Wir werden angegriffen!«, brüllte der Glatzkopf, als stürme ein ganzer Trupp auf ihn zu. Levith hörte, wie im Gasthaus Stühle zu Boden polterten. Der Mann mit der zerschmetterten Nase rotzte

Blut auf die Straße und zog, wüste Drohungen ausstoßend, sein Schwert, während Levith sich verfluchte, weil er seines zu Hause gelassen hatte. Die Tür flog auf, und Männer stolperten heraus, Sucher ebenso wie weitere Bewaffnete des Prinzen. Schwerter und Messer in der Hand, mit Beilen und Knüppeln standen sie zwischen ihm und seinem Haus, zwischen ihm und Parikles. Da war kein Durchkommen. Die Ordensmänner wirkten wütend, die Sucher sahen sich verwirrt um, als suchten sie noch die Angreifer.

»Levith?«, fragte Lignu.

»Flieh, Parikles!«, brüllte Levith und wirbelte herum. Er stürzte in die andere Richtung und hoffte, sie würden ihm folgen und Parikles werde wertvolle Augenblicke gewinnen. *Spring hinten raus,* dachte er verzweifelt, als könne Parikles den Gedanken wahrnehmen, und dann brüllte er noch einmal: »Flieh!« Er brüllte so laut, dass die Nachtsalamander von der Straße huschten und die Vögel von den Dächern hochschreckten und sich laut schimpfend in die Luft erhoben.

Levith rannte. Er rannte, ohne sich umzusehen. Selbst wenn der Mann, den er gegen den Tisch gestoßen hatte, überlebte, würden sie ihn totprügeln. Und das wäre noch sein Glück. Fingen sie ihn lebend, würde irgendwer sich erinnern, dass ein Gladiator mit demselben Namen aus Freybruck geflohen war, der Gladiator, der Aurels Wünschen getrotzt hatte, und nach allem, was er über Prinz Aurel wusste, würde der seine Rache auskosten bis zum Letzten. Sie würden ihm auch die andere Gesichtshälfte verbrennen und wahrscheinlich mehr. Sie würden ihn foltern und verstümmeln, doch nichts von all dem machte ihm solche Angst wie der Gedanke, dass sie Parikles fangen könnten. Er flehte zu den Göttern, dass Parikles es schaffte, zu entkommen, und dabei drehte er sich kurz um, nur um zu sehen, wie viele ihm folgten. Als er eine große Meute der Ordensmänner sah, jubelte er innerlich. Jeder, der hinter ihm her war, war nicht auf dem Weg zu Parikles. Eine Handvoll Sucher folgte den Ordensmännern, doch andere standen noch immer vor den *Zehn Kerzen.*

Er rannte über das unebene Pflaster, geriet beinahe ins Taumeln, fing sich, rannte weiter, rannte und rannte. Die Verfolger mit den schweren Schwertern fielen Schritt um Schritt zurück, und auch von den Suchern holte keiner auf. Die wenigen, die ihm folgten, taten es wohl ohnehin nur halbherzig – weil sie wollten, dass er entkam, oder weil sie Angst hatten, dass er den Ersten, der ihn einholte, töten würde. Sie wussten, dass er Gladiator gewesen war und lange überlebt hatte. Zwar würde eine ganze Gruppe ihn niederringen können, aber der Erste und der Zweite würden sterben, an einem guten Tag vielleicht auch der Dritte und Vierte, das wussten sie. Und das wollte keiner von ihnen, schon gar nicht für den Prinzen.

Doch einer muss uns verraten haben, schoss es ihm durch den Kopf, *wie hätte der Glatzkopf sonst von Parikles und mir wissen können?*

Er wollte dem Verräter den Schädel brechen, die Ohren und den Schwanz abreißen, aber es fiel ihm niemand ein. Die Angst um Parikles lähmte seine Gedanken, in seinem Kopf war nur tobende Wut. Hatte sie irgendwer verraten, nur um in der Gunst des neuen Herrn von Ycena zu steigen? Oder hatte sie niemand verraten, hatten die Ordensmänner einfach eine Bemerkung aufgeschnappt und sich den Rest zusammengereimt? Das wollte er viel lieber glauben.

Verdammt!

Keuchend stürmte er weiter, nur fort von der Hecke, fort von Parikles, fort von den Verfolgern. Wieder blickte er sich um, wieder war sein Vorsprung gewachsen, aber das bedeutete nichts, solange sie ihn noch sahen. Er musste das halb verfallene Theater erreichen, bevor irgendwer auf die Idee käme, ihn zu Pferd zu verfolgen. Er wusste nicht, wo die Tiere untergebracht waren und wie schnell sie bereit sein würden, aber auf den breiten Straßen war er zu leicht auszumachen.

Hätte ich nur auf dich gehört, Parikles, dachte er kurz und war wütend auf sich selbst, weil er das nicht vorausgesehen hatte, weil er sich von der Sicherheit der letzten Jahre hatte einlullen lassen. Dabei hatte er selbst zu Parikles gesagt, mit der Ankunft des Prinzen werde Ycena sich verändern, er hatte nur nicht wahrhaben wollen, wie schnell. Sie hätten schon am Vortag gehen sollen, aber dann hätten sie die Hecke dem Prinzen überlassen, und das wollte er auch nicht.

Sie haben nicht gewusst, dass ich einmal Gladiator war, schoss es ihm unvermittelt durch den Kopf. Dafür waren sie zu nachlässig gewesen. Sie hatten mit weniger Widerstand gerechnet.

Als er sich dem Theater näherte, ging sein Atem schwer, doch er legte noch einmal an Tempo zu, um seinen Vorsprung zu vergrößern. Jetzt galt es. Er verließ die Straße und stürmte von der Rückseite in das dreistöckige Bühnenhaus, dessen bunte Wandbemalung nur langsam verblasste, und vorn zur Bühne wieder hinaus. Er setzte über dort liegende umgefallene Säulen hinweg und hetzte das weite Halbrund des offenen Zuschauerraums hinauf. Der war in einen Hang eingebettet, auf dessen Kamm sich eine Reihe von Wohnhäusern anschloss. Japsend und schwitzend nahm er immer drei Stufen auf einmal. Das Bühnenhaus schützte ihn vor den Blicken der Verfolger, er musste oben sein, bevor die ersten Verfolger die Bühne erreichten!

Ohne sich umzudrehen, verließ er das Theater durch den Ausgang halb rechts und tauchte hinter die nächste Mauer. Er spuckte aus, obwohl er keinen Speichel hatte, und lauschte. Sein Herz hämmerte, seine Brust wollte bersten. Einen Augenblick später hörte er es unten im Theater fluchen und wusste, seine Verfolger hatten ihn verloren. Irgendwer brüllte: »Sucht ihn, ihr faulen Ochsen!«

Irgendwo noch weiter entfernt klapperten Hufe eilig über Stein.

Weiter, zwang er sich und trabte zwischen die mehrstöckigen Wohnhäuser mit den schmalen Außentreppen, von denen einige durch Innenhöfe voller Schutt miteinander verbunden waren. Wer hier fremd war, auf den wirkte das Viertel wie ein Labyrinth, die schmalen Wege waren verwinkelt und nicht weit einsehbar, hier musste er den Verfolgern endgültig entkommen. Im Moment hörte und sah er sie nicht.

Bei nächster Gelegenheit wandte er sich nach rechts, hier hatte er im ersten Jahr auf den Hinweis eines Streuners hin gegraben. Nach wenigen Schritten glitt er in einen Innenhof, durchquerte ihn und sprang durch ein Fenster in ein Haus, von dem er wusste, dass die

Rückseite eingestürzt war. Weiter und weiter lief er auf der Suche nach einem Versteck, in dem er fürs Erste bleiben konnte. Später würde er zurückschleichen, um herauszufinden, was mit Parikles geschehen war. Mit aller Kraft wünschte und hoffte er, der sei ebenso entkommen.

5

An einem Fenster ganz oben in ihrem Haus stehend beobachtete Anthia, wie der Prinz seine Männer zur Hecke führte. Zumindest diejenigen, die nicht Levith hinterhergelaufen und noch immer nicht zurückgekehrt waren. Sie war sich nicht sicher, um was es gegangen war, wünschte ihm aber, dass er hatte entkommen können. Ebenso Parikles, dessen Namen er so flehentlich gebrüllt hatte.

Irgendwo ertönten Schläge wie von Ästen auf Holz, und sie fragte sich, ob Aurel versuchte, die Hecke zu fällen, und wann er aufgeben würde wie alle anderen vor ihm.

Inrico trat neben sie. »Willst du es dir nicht von der Straße aus ansehen?«

Sie schüttelte den Kopf und blickte weiter hinaus.

»Niemand wird dich als Grigos Schwester erkennen.«

»Ich weiß. Sonst hätten sie es schon getan, sie haben mich gestern lange genug angestarrt.« Gierige Blicke waren es gewesen, trotz der Schrammen, die sie noch im Gesicht trug, und sie war überzeugt, dass einige Männer des Königsordens umstandslos über sie hergefallen wären, hätte sie nicht Inrico an ihrer Seite gehabt. Sie hatten ihn für ihren Mann gehalten. Und weil es ein Bordell gab, hatten sie auch ohne Ärger Frauen bekommen können, Aurel hatte ihnen allen einen Besuch spendiert.

»Oder zwei«, hatte er lachend gesagt. »Es war ein langer Ritt hierher.«

»Oh ja, aber die zwei Ritte hier werden länger«, hatte einer der Männer geantwortet, und alle hatten gelacht, und manche hatten dabei weiter zu ihr herübergestarrt. Das hatte sie gespürt, ohne selbst hinzusehen.

Inrico nickte. »Das ist mir aufgefallen. Aber ich glaube, dass der Prinz, nachdem er den Suchern die Hecke genommen hat, keinen weiteren Ärger will. Er wird seinen Männern befohlen haben, keine Frau außerhalb des Bordells anzurühren.«

»Mag sein.« Sie lächelte bitter. »Die Frage ist nur, ob sie sich daran halten.« Sie war sich sicher, dass sie bedrängt werden würde, sollte sie sich der Hecke auch nur nähern; irgendeiner würde sie lächelnd darauf hinweisen, dass sie hier nicht graben dürfe und dass er sie nach einem versteckten Spaten absuchen müsse. Er würde sie plump begrapschen oder etwas Schwachsinniges sagen wie: *Du stehst also auf Löcher? Ich auch. Soll ich's dir zeigen?* Und wenn er nicht allein war, würden die anderen lachen und mitmachen, weil keiner zurückstehen wollte, und alles würde noch schlimmer werden.

»Das weiß ich natürlich nicht«, gab Inrico zu.

»Ich auch nicht. Und darum will ich mich nicht bei ihnen in Erinnerung bringen.«

Er sah sie an und nickte. Manchmal glaubte sie, auch in seinem Blick Begehren zu lesen, manchmal auch eine verwirrte Traurigkeit, als sei er verliebt, aber nie unternahm er einen Annäherungsversuch, und sie wusste nicht, ob er nur schüchtern war oder ob sie sich das alles einbildete. Und dann wieder fragte sie sich, wie sie auf so etwas kam, er war ein angesehener Schreiber und sie nur eine Ausreißerin. Hübsch genug, dass er sie begehrte, das wusste sie, aber nicht mehr. Außerdem war dieser Eindruck unterwegs stärker gewesen, hier in Ycena galt sein verträumter Blick meist den verlassenen Bauwerken und Wandmalereien. Sie lächelte.

»Was ist?«, fragte er.

»Nichts.« Aber sie lächelte weiter, sie wusste ja selbst nicht, was sie für ihn empfand. Sie wusste nur, dass es keine Rolle spielte. Hatte sie Erfolg, würde sie die Kaisertochter heiraten, und hatte sie keinen –

daran wollte sie nicht denken. Sie war gekommen, um Kaiserin zu werden.

Mehrere Ordensmänner und eine Handvoll Sucher begannen direkt am überwucherten Tor des alten Palasts zu graben, da, wo Parikles und Levith auf etwas gestoßen waren, das sie hatten geheim halten wollen. Hatten Aurels Männer Levith deshalb gehetzt? Sie fragte sich, wie schnell der Prinz unter der Hecke hindurchgelangen würde. Die Axtschläge in der Ferne verstummten.

Noch eine Weile sahen sie schweigend hinab, doch es geschah nichts Außergewöhnliches. Bis vier Sucher einen frisch gefällten Baumstamm brachten, ihn vor der Hecke ablegten und wieder verschwanden.

»Verstehst du das?«, fragte Anthia.

»Nein.«

Nach einer Weile erklangen die Axtschläge wieder, und nun wusste Anthia, dass dort nicht versucht wurde, die Hecke zu fällen.

»Aber du willst noch immer die Kaisertochter küssen?«, fragte Inrico. »Obwohl der Prinz es verboten hat?«

»Ich habe es versprochen.« Sie sah ihn an. »Hilfst du mir weiter?«

Er grinste schief und zuckte mit den Schultern. »Ich habe es versprochen.«

6

Inrico sah Anthia in die Augen und dann wieder weg. Er hielt sie noch immer für schön, und er begehrte sie, aber da war noch mehr. Dass sie Kaiserin werden wollte, hatte ihn von Anfang an beeindruckt, doch mit welchem Willen sie diesen Plan verfolgte, war außergewöhnlich. So oft schon hatte er sie küssen wollen, doch was, wenn sie ihn zurückstieß? Er hatte versprochen, sie zu begleiten und vielleicht sogar an ihrer Stelle die Kaisertochter zu küssen, falls der Kuss einer Frau sie nicht wecken konnte. Dieses Versprechen musste und wollte er halten. Doch wie sollte er das, wenn sein Begehren zwischen ihnen stand?

Beinahe jeder hier begehrte sie, das hatte er in den Blicken der Sucher gesehen, und auch unterwegs, wo genügend andere Frauen da gewesen waren, hatten Männer ihr Glück bei Anthia versucht. Sie hatte alle zurückgewiesen, manche lächelnd, andere grob, und das wollte er sich ersparen.

Anfangs hatte er gedacht, das Begehren würde sich mit der Zeit legen, aber leider geschah das nicht. Nicht einmal hier in Ycena, obwohl die Stadt ihn schon beim ersten Anblick überwältigt hatte. Die Gebäude waren noch prächtiger, als er sie sich vorgestellt hatte, und vor allem waren sie viel besser erhalten, anders als die Ruinen überall sonst im Land. Manche Bauwerke kannte er von Bildern aus Büchern, andere nicht, aber zwischen ihnen zu stehen oder sie zu berühren flößte ihm Ehrfurcht ein. Es war, als wären seine Bücher lebendig geworden – zumindest zum Teil.

Er studierte Wandmalereien und Inschriften, vermaß Gebäude und versuchte bei einigen, herauszufinden, was ihr Zweck gewesen war. Immer wieder fragte er sich, ob da, wo er nun stand, einst ein Kaiser oder Feldherr, ein Dichter oder Redner gegangen war. Inmitten der alten Gebäude versank er tief in der Vergangenheit und stellte Überlegungen zum ycenischen Kaiserreich an, doch sobald er Anthia sah, sobald sein Kopf wieder im Heute war, begehrte er sie. Und inzwischen glaubte er, dass er sie liebte. Doch sie war nur hier, um die schlafende Kaisertochter zu küssen, und wie sollte er mit der konkurrieren? Also unterdrückte er seine Gefühle.

Die Männer des Prinzen brachten einen zweiten Baumstamm, und er begriff noch immer nicht, wozu.

»Ich könnte allein hinabgehen«, schlug er vor.

»Wozu?«

»Um herauszufinden, was sie mit den Bäumen wollen.«

»Und wenn sie es dir nicht verraten?«

Er zuckte lächelnd die Schultern. »Komme ich wieder herauf, ohne es erfahren zu haben.«

Unten angekommen, fragte Inrico einen der Männer, der etwas abseits stand, was sie mit den Baumstämmen wollten.

»Das kann ich dir nicht sagen«, erwiderte der und musterte ihn neugierig. »Du bist der mit der schönen Frau, richtig?«

Noch ehe er über eine Antwort nachdenken konnte, nickte Inrico gewohnheitsgemäß.

»Dann bist du der Schreiber aus der Bibliothek? Das haben ein paar der Sucher gesagt, und mir ist so, als hätte ich dich bei der Hinrichtung von Grigo gesehen.«

Wieder nickte Inrico, überrascht, welche Wendung das Gespräch nahm. Er war gekommen, um selbst Fragen zu stellen, doch jetzt …

»Und ich dachte immer, Bibliothekare und Schreiber dürfen nicht heiraten?« Der Mann sah ihn scharf an.

»Doch«, erwiderte Inrico sofort. Angst um Anthia packte ihn. Wenn sie sie für ungebunden hielten, würden sie ihr nachsteigen. Dann würde der Prinz bestimmt nichts dagegen haben. »Die meisten tun es nicht, aber manche eben doch.«

Der Mann nickte bedächtig, dann grinste er und beugte sich zu ihm vor. »Ich kann dich verstehen, Schreiber. Und gut zu wissen, dass ihr aus der Bibliothek auch echte Menschen seid und nicht nur Bücher im Kopf habt.«

Inrico lachte.

»Mach dem Prinzen doch heute Abend deine Aufwartung. Er freut sich bestimmt, hier auf einen Gelehrten aus der berühmten Bibliothek zu treffen. Vielleicht kannst du ihn mit deinem Wissen unterhalten.«

»Ich werde kommen«, versprach Inrico, weil ihm nichts anderes übrig blieb, und ging. Doch dem Prinzen zur Zerstreuung zu dienen wie ein Gaukler war nicht das, was er sich erhofft hatte.

7

Ukalion stieg hinab in den Schacht unter der Hecke und zog seinen Dolch. Damit schlug er auf die Wurzel ein, die den goldenen Ring durchbohrt hatte, ein Stück neben dem Ring, um ihn nicht zu beschädigen. Und er hatte Erfolg. Die Rinde platzte auf, Holzstückchen splitterten ab, und schließlich gelang es ihm, die Wurzel zu durchtrennen. Als sie zu Boden fiel, ging er neben ihr auf die Knie. Seine Kopfhaut kribbelte. Die Hecke war verwundbar, Wolf hatte recht gehabt.

»Es geht!«, rief er nach oben zu Telamon, Isa und Wolf, und in seiner Stimme lag Triumph.

»Hier auch!«, versicherte Isa. Ihr Kopf erschien kurz im Schacht, dann rief sie: »Ich muss weitermachen!«

Sie hackten sich oben in das Wurzelwerk, um es zu durchdringen. Nicht hier unten, denn je weiter oben sie auf der anderen Seite der Hecke herauskamen, desto weniger weit mussten sie sich drüben hoch an die Oberfläche graben.

Vorsichtig nahm Ukalion das abgetrennte Wurzelstück in die Hand, darauf achtend, dass nichts von dem schwarzen klebrigen Blut an seine Haut kam. Es war weniger, als er erwartet hatte, und es schien schon getrocknet zu sein. Langsam schnitzte er die Rinde oberhalb des Rings ab, und es ging überraschend leicht. Streifen um Streifen fiel zu Boden, und schon bald konnte Ukalion den Ring abziehen.

Langsam drehte er ihn zwischen zwei Fingern und besah ihn genau. Er kannte sich damit nicht aus, hielt ihn jedoch für alt. Das Siegel war noch gut zu erkennen, aber er kannte das Wappen nicht – außer dem des Königs kannte er kaum eines. Dieses zeigte einen Einhornkopf. Die Mähne bestand aus geschwungenen Linien, so als galoppiere das Tier.

Wer mochte den Ring einst getragen haben, und wie viele Zähne und Knochen von ihm waren zu Dornen geworden? Wahrscheinlich würde er das nie erfahren, auch nicht, wie der Ring in den Wurzeln gelandet war. Nachdenklich wollte er ihn schon in die Tasche schieben, doch dann steckte er ihn sich an. Er passte auf den linken Mittelfinger. Es war der Ring eines Toten, doch darauf kam es nicht an, abgebildet war darauf ein lebendes Einhorn. Ukalion war es egal, wessen Wappen er da trug, für ihn zählte nur, dass er jetzt mit einem lebenden Einhorn gegen den Einhornschlächter Aurel antrat, gegen eine Familie von Einhornschlächtern. Dass die Hecke ihm ausgerechnet dieses Wappen überlassen hatte, darin sah er ein Zeichen. Es war der richtige Ring für ihn.

Glücklich stieg er die Leiter zu den anderen hinauf. Sie hackten direkt neben dem Schacht auf die Wurzeln ein, hatten jedoch trotz aller Anstrengung nur wenige Stränge abgetrennt. Aber sie hatten welche abgetrennt, und sie hatten Erde aus der Wand gekratzt, und so waren sie weiter gekommen als in all den Wochen zuvor.

Ukalion schnappte sich einen Eimer und schaffte die Erde und die Wurzeln hinaus in die Kanalisation, wo sie ihnen nicht im Weg waren. Es würde dauern, bis sie im Palast ankamen, aber sie würden es schaffen. Er klammerte sich an die Hoffnung, dass Aurel noch immer grub und nicht versuchte, die Hecke zu fällen.

DER TYRANN UND SEIN SOHN

1

Arlac erwachte im Morgengrauen. Die Sonne färbte den Himmel glutrot, und auf dem breiten Fensterbrett stritten sich krächzend zwei Krähen. Er tastete nach etwas, das er nach ihnen schmeißen konnte, fand jedoch nichts. Er hatte schlecht geträumt, von Heuschrecken und einer Schar Toter, die ihm taumelnd gefolgt war, während der König ihn ermahnte, stark zu sein. Und davon, wie ihn das eingekerkerte Einhorn vor vielen Jahren angesehen hatte, nur war es in seinem Traum schon tot gewesen, blutbesudelt und von Fliegen umkreist.

»Haut ab!«, schnauzte er die Vögel an – und die Träume und Fliegen, die ihm noch immer durch den Kopf schwirrten. »Und seid dankbar, dass ihr hier seid. Im Süden hätte euch schon längst jemand aufgefressen. Da haben sie alle Steine neben dem Bett.«

Die Krähen stritten weiter.

»Ihr merkt wohl, dass ich scherze. Kluge Tiere, das gelingt nicht jedem.« Kichernd stand er auf und schlurfte zum Fenster. Sein Kopf war schwer, er hatte am Vortag zu viel gesoffen. So wie in den Wochen davor auch.

Schimpfend ließen die Krähen, beide dürr und zerzaust, voneinander ab und stürzten davon. Arlac sah ihnen nach, bis sie hinter dem Haupthaus der Königsburg verschwunden waren, dann sah er zum Richtturm vor der Stadt, wie er es seit Wochen an jedem Morgen tat.

Auf die Entfernung konnte er nicht erkennen, wie viele Tote dort baumelten, klein und reglos und von Krähen und Totenhörnchen zerpflückt, aber er wusste es trotzdem. Achtzehn. Acht unten, acht in der Mitte und zwei ganz oben. So viele wie jede verdammte Woche, denn nie blieb ein Strick ungenutzt, wenn am Wochenende die nächsten Opfer aufgeknüpft wurden, vor einer aufgebrachten Menge, die ihre Wut und Hoffnungen und Ängste hinausbrüllte, ohne dass sich je die kleinste Wolke zeigte. Und wie jeden Morgen fragte er sich, ob sie alle nur starben, weil er bei Grigos Hinrichtung diesen Scherz gemacht hatte.

Die Mörder und Schuldigen nicht, sagte er sich, *die hätte man auf jeden Fall gehenkt.* Er verzog das Gesicht zu einer grinsenden Fratze, doch innerlich lachte er nicht. Tief verbeugte er sich vor einem eingebildeten Publikum, das ebenso aus der johlende Meute wie aus Göttern bestand, und fragte sich, ob wenigstens die Götter lachten.

Eine Zeit lang hatte er überlegt, ob einer der Götter ihm damals den Scherz eingegeben hatte – Suula vielleicht, weil sie nicht mehr verehrt wurde, oder Stacchos, weil er verehrt wurde – und ob es gar nicht seine Worte gewesen waren. Aber warum hätte ein Gott durch ihn, den Narren, sprechen sollen?

Nein, er wusste, dass Worte und Lachen mächtig sein konnten, aber eigentlich nicht, wenn sie aus dem Mund eines Narren kamen. Wer hörte schon auf einen Narren? Tiban hatte die Worte aufgegriffen, ein König, und weil er als König Macht besaß, konnte er auch den Worten welche verleihen. Die Macht kam von ihm, nicht von den Worten.

Mehr als genug Könige waren Narren, das kannst du nicht so einfach trennen, sagte eine Stimme in Arlacs Kopf, doch er schüttelte ihn, bis die Stimme schwieg. Sie störte seine Überlegungen.

Wenn erst Tiban den Worten Macht verliehen hatte, weshalb hatten die Leute dann vorher schon ihm zugejubelt, ihm, Arlac? Nein, die Worte hatten schon in seinem Mund Macht besessen, und die hatte Tiban an sich gerissen, indem er die Worte wiederholte. Er hatte sie an sich gerissen, weil er alle Macht auf sich vereinen wollte.

Stärke zeigen.

Die Stärke, sogar ein Einhorn zu töten. Oder den Sohn dazu zu bringen, dass er es tat.

Eine Familie von Einhornschlächtern.

Arlac zwang seine Gedanken zurück zu dem, was er damals gesagt hatte. Wenn er es verstehen wollte, durfte er nicht sprunghaft denken wie ein Narr. Auch die jubelnden Menschen hatten den Worten Macht gegeben, indem sie sie ein ums andere Mal wiederholt hatten, indem sie dazu getanzt und getobt hatten. Sie hatten unbedingt an die Worte glauben wollen, weil sie Hoffnung daraus schöpften. Und weil sie jemanden hängen sehen wollten.

Und die Götter hatten den Worten Macht verliehen, indem sie den Regen tatsächlich geschickt hatten, und das machte Arlac am meisten zu schaffen, weil er es nicht verstand. Hätten sie damit nicht eine Stunde warten können, eine halbe nur oder noch kürzer?

Du findest noch hundert andere, die den Worten Macht verliehen haben, aber das ändert nichts daran, dass du sie ausgesprochen hast. Ohne dich hätten sie nicht existiert, sagte er sich, und zugleich wusste er, dass das nicht stimmte. Er war der Narr, alles, was er tat, war ein Scherz, und jeder wusste das. Es war seine Aufgabe, den wildesten Irrsinn auszusprechen, das Leben lächerlich zu machen und das Lächerliche im Leben zu finden. Er war dazu da, die Worte von König und Adel infrage zu stellen, die Worte eines jeden, indem er sie verdrehte. Ein Narr sollte die Herrschenden mit unsinniger Rede vor Selbstherrlichkeit bewahren und das aussprechen, was niemand sonst auszusprechen wagte, doch immer im Scherz. Ein Narr piesackte und stach in Wunden, aber er nahm auch Abgründen und Schmerzen die Schwere, indem er darüber lachte, wie es sonst niemand durfte. Dafür wurde er bejubelt oder beschimpft, vielleicht sogar geliebt oder gehasst. Und auch wenn er Grigos Sterben auf Tibans Wunsch hin lächerlich gemacht hatte, waren es doch seine, des Narren, Worte gewesen, und die Wahrheit eines Narren war stets im Unsinn versteckt, mal mehr oder weniger, und das wusste jeder. Manchmal mochte sie offensichtlich sein, doch nie fand man sie, indem man den Narren wortwörtlich nahm. Nie war es so gemeint wie gesagt – *nur manchmal,* sagte die Stimme in seinem Kopf und fragte sogleich: *War das jetzt so gemeint, oder sollte es nur verwirren?*

Und Arlac zwang sie ruhig und dachte weiter: Wer nun beschloss, das, was ein Narr gesagt hatte, wortwörtlich ernst zu nehmen, der musste wissen, dass er sich damit selbst zum Narren machte. Warum also hatten die Menschen es getan?

»Weil sie dumm sind, schwachsinnige Tiere, laufende und läufige

Fleischsäcke mit Beinen und Armen und einer haarigen Ausbeulung, die sie für einen Kopf halten«, murmelte er und spuckte einen dicken Batzen Speichel aus dem Fenster. Vielleicht traf er ja jemanden auf die haarige Ausbeulung, aber auch das würde nichts daran ändern, dass ihn Schuldgefühle plagten wie noch nach keinem anderen Scherz, so gemein er auch gewesen war.

Unten im Hof fluchte niemand, irgendwo schrien wieder die Krähen.

Verdammt.

Das Himmelsrot wurde blasser, die Sonne kletterte über den Horizont. Arlac starrte weiter zum Richtturm, und plötzlich musste er an das Einhorn denken, das Aurel vor sieben Jahren abgeschlachtet hatte und von dem er geträumt hatte wie manchmal in schlechten Nächten. Er erinnerte sich an den Schmerz, den er empfunden hatte, als das Tier starb, an die Wut und die Trauer, und das alles war noch immer da, lebendig und frisch. Warum musste er gerade heute davon träumen, warum daran denken, wenn er auf den Galgen starrte?

Dort drüben baumelten Räuber, die nur schmutzige, hungrige Kinder waren, und Hexen, die vermutlich nie hatten hexen können, aber sie waren keine Einhörner. Er kannte sie nicht, ihr Tod berührte ihn nicht so, wie der des Einhorns es getan hatte, niemand hatte es sterben sehen wollen, es war unfassbar schön gewesen und …

… *du hast es auch nicht gekannt,* sagte die Stimme in seinem Kopf.

»Aber ich empfinde nichts für die da drüben! Das Einhorn dagegen habe ich … geliebt«, brach es aus ihm hervor, obwohl er wusste, wie albern das war, und die Stimme in seinem Kopf lachte gehässig und so laut, dass sein schmerzender Kopf dröhnte. Der hässliche Narr und das schöne Tier, das war eine Zote, mit der man den Hof ein halbes Jahr lang unterhalten konnte, samt Eifersuchtsanfällen des treuen Trottels und einem König, der sagte: *Nur wer ein Einhorn richtig rammeln kann, beweist wahre Standhaftigkeit. Also los, spieß es auf.* Aber dennoch stimmte es, und zugleich stimmte es auch nicht, denn würde er für die elenden Gehenkten nichts empfinden, würde er nicht jeden Morgen zu ihnen hinüberstarren.

»Es war nur ein Scherz!«, brüllte er in den Morgen hinaus, und das tote Einhorn in seinem Kopf lachte, und er lachte mit ihm, denn was sollte er auch sonst tun?

Lachend trat er vom Fenster zurück und zog sich an. Er setzte die Narrenkappe und ein breites Grinsen auf und hopste die Treppe hinunter und hinüber in die Burg, um einen Adligen zu verspotten, egal wen. Aurel wäre ihm am liebsten gewesen, aber der stand nicht zur Verfügung, seit er nach Ycena aufgebrochen war, um ein im Schlaf verhungertes Mädchen zu vögeln. Arlac erschlug zwei Fliegen am Eingang und trat ein, bereit, über alles zu lachen, weil alles ein böser Scherz der Götter war, es einfach sein musste.

Im Speisesaal fand er ein Dutzend Höflinge beim Frühstück und einen rotwangigen Burschen, dessen Namen er vergessen hatte, fast noch ein Kind. Es handelte sich um den fünftgeborenen Sohn des ehrgeizigen Barons Ferro Ygnis, der als Fünftgeborener keinen Titel und kaum Geld erben würde. Damit er der Familie dennoch nützte, hatte sein Vater ihn mit Tibans Unterstützung zum jüngsten Priester Freybrucks weihen lassen. Der Junge sollte möglichst bald das Amt des Hohepriesters anstreben, um seiner Familie im Tempel Einfluss zu verschaffen, nur wusste Arlac nicht mehr, in welchem.

»Verzeih, Priester«, sprach er ihn an und verbeugte sich tief, »dienst du zufällig dem hohläugigen Aidines?«

Der Junge verneinte mit vollem Mund. Er versuchte, würdevoll zu erscheinen, doch es regneten Brösel von seinen Lippen zu Boden.

»Schade, schade!« Arlac seufzte. »Aber vielleicht kannst du mir weiterhelfen, auch wenn du dich nicht dem Herrn der Unterwelt verschrieben hast. Alle Priester sind schließlich gebildet.«

Der Junge nickte, noch immer um Würde bemüht, und schluckte das restliche Essen in seinem Mund hastig hinunter.

»In den letzten Tagen habe ich mit einigen Menschen auf der Straße gesprochen, und sie alle wohnen mit Hingabe den Hinrichtungen bei, einige jedoch auch mit wachsender Sorge, denn schließlich gehen unbestattete Tote an jenem Ort, an dem sie gestorben sind, ruhelos um.«

Unwillkürlich nickten der junge Priester wie auch die Höflinge, denn das wusste jeder. Obwohl man Geister nicht sah, konnte man sie des Nachts spüren, die kriechende Kälte im Nacken, das Kribbeln auf der Kopfhaut, das Wispern im Wind.

»Auf dem Richtturm sterben nun jede Woche so viele Menschen, dass die gar nicht alle auf der Plattform unter den Galgen Platz finden, meinte gestern ein alter Gerber besorgt und wollte von mir wissen, was sie dann tun. Verdrängen die Toten sich gegenseitig immer weiter, sodass sie bald bis zum Königstor stehen oder gar über die Mauern in die Stadt schwappen? Oder stellen sie sich wie Gaukler übereinander, Füße auf Schultern, bis sie einen gewaltigen Turm bilden, vielleicht bis hinauf zum Mond? Den Umstehenden stand die Angst deutlich im Gesicht, aber eine Bäuerin hat dem Alten bissig widersprochen, Geister könnten wohl schlecht aufeinanderstehen, sie seien ja so wenig fest wie Luft. Jeder mit ein bisschen Hirn wisse, dass sie sich natürlich ineinanderstellen und miteinander verschmelzen und dass so aus vielen Geistern ein einziger wird, geformt aus den ruhelosen Seelen von hundert Mördern, aus ihrem Hass und ihrer Reue, und dass das viel schlimmer ist als ein Geisterturm bis zum Mond. Der Gerber fuhr sie an, sie solle ihr dummes Maul halten, sie habe kein Hirn, ein Geist könne sehr wohl auf einem Geist stehen, weil Geister nichts wiegen. Und was geschehe, wenn der Turm aus Geistern irgendwann von einem Sturm um Mitternacht umgeweht würde und auf die Stadt fiele, fragte der Gerber. Er wolle nicht, dass der Tod auf ihn im Schlaf niederstürze, aber in Myrthago sei so etwas schon einmal geschehen.« Arlac schauderte und setzte eine besorgte Miene auf. »Die Bäuerin erklärte, wenn es nach ihr ginge, könne er sehr gern vom Tod begraben werden, er rede ja völligen Unsinn. Sie haben sich weiter angeschrien, und die Umstehenden haben sich eingemischt, aber ich bin meiner Wege gegangen und habe mich gefragt, ob einer von beiden recht hatte, und wenn ja, wer. Ich bin nur ein dummer Narr, aber was, wenn aus hundert irgendwann tausend Tote werden und wenn das dann so viele ineinander sind, dass sie doch wieder fest und sichtbar werden, oder wenn ihre gemeinsame Kälte dann so eisig ist, dass sie Herzen gefrieren lassen kann, statt einem nur ein Kribbeln über den Körper zu jagen? Was, wenn ein Turm aus Toten für immer einen unsichtbaren Schatten auf unser schönes Freybruck wirft – er muss ja nicht einmal einstürzen? Was geschieht dann mit unserer Stadt und den Hinrichtungen? Kannst du mir da helfen?«

Die Höflinge wussten nicht, ob sie lachen sollten oder nicht, und auch der Blick des jungen Priesters huschte unruhig hin und her.

»Du solltest besser einen erfahrenen Aidinespriester befragen«, wich er aus, und Arlac begriff, warum seine vier älteren Brüder ihn so leicht hatten hänseln können, wie es hieß.

»Dann könnte das alles möglich sein?« Mit gespieltem Entsetzen riss er die Augen auf. »Du kannst mir nicht versichern, dass es Unsinn ist? Die Toten werden auf uns niedergehen? Die Götter stehen uns bei!«

»Nein.«

»Nein? Das tun sie nicht? Bist du sicher?«

»Ja. Nein. Ich glaube, nicht.«

»Du, ein Priester, glaubst nicht, dass die Götter uns beistehen? Oh, nein!« Er schlug sich gegen die Brust.

»Was?« Verwirrt starrte der Junge ihn an. »Nein, ich ...«

»Das muss der König erfahren! Sofort!« Arlac machte kehrt, als wollte er gehen.

Die Höflinge lachten. Sie hatten sich entschieden, es nicht ernst zu nehmen.

»Halt!«, rief der Junge. »Warte! Das habe ich nie gesagt!«

»Was dann?« Arlac kratzte sich verzweifelt am Kopf.

»Ich ... Ich frage selbst einen Aidinespriester«, rief der Junge, sprang auf und eilte davon.

Einer der Höflinge sagte prustend: »Der arme Kleine. Der Priester wird ihn rauswerfen und als Frevler beschimpfen.«

»Vielleicht.« Der Narr setzte sich an den Tisch, goss sich Wasser und einen Schluck Wein ein und sagte ernst: »Aber das ändert nichts daran, dass wir zahllose Geister vor unserer Stadtmauer sammeln. Irgendwann werden sie den ganzen Richtturm mit ihrer Kälte im Griff haben.«

Diesmal lachten die Höflinge nicht. Arlac nahm sich etwas zu essen und schwieg.

2

Am frühen Abend ging Inrico in die *Zehn Kerzen* und wartete darauf, dass Prinz Aurel eintraf. Er war allein gekommen und sah sich um, ohne groß auf die trinkenden Sucher zu achten. Das hier waren einst Thermen gewesen, und obwohl sie deutlich größer waren als die in seinem Dorf, die einst seine Liebe zu Ycena geweckt hatten, erinnerte er sich in den *Zehn Kerzen* jedes Mal an das Gute in seiner Kindheit, an das ehrfürchtige Staunen, das er empfunden hatte, und daran, wie sein Vater ihm dort das Steinmetzhandwerk erklärt hatte. Mit mehr Geduld als in der Werkstatt, denn auch er war in den Ruinen stets glücklich gewesen, obwohl er sie nie für Thermen gehalten hatte.

Zu unruhig, um sich zu setzen, wanderte Inrico durch den gewaltigen Saal und sah sich zum wiederholten Mal die Wandmalereien an, die sich in der oberen Hälfte wie ein Band um den gesamten Raum zogen. Die Bilder zeigten Männer und Frauen, Kaiser und Bauern, Diener und Götter. Manche Szenen stammten aus Geschichten, die Inrico kannte, andere nicht. Er betrachtete gerade drei springende Delphine und ein seltsames Tier, dem acht lange, schlangengleiche Arme aus dem Kopf wuchsen wie ein Bart, als Labuz, der Wirt, ihn ansprach: »He! Willst du nur rumstehen und glotzen, oder willst du auch was trinken?«

»Einen verdünnten Wein«, antwortete Inrico.

»Und was essen?«

»Wenn ich getrunken habe.«

Labuz brummte etwas Unverständliches und brachte ihm einen Becher.

»Ist dir das eigentlich schon mal aufgefallen?« Inrico deutete grob in Richtung eines Schiffs mit drei Ruderreihen und einem Rammsporn, gewunden wie ein Einhornhorn, das auf eines mit einem hoch aufgerichteten Drachenkopf am Bug zusteuerte. Sie glitten über rollende Wellen aus verblassten und angeschlagenen blauen Steinchen, die in die Malerei eingearbeitet waren, und über die Wellen lief der wellentürmende Naidhon, während im Meer drei Nixen schwammen. Diese Geschichte kannte Inrico nicht, aber darum ging es ihm auch nicht.

»Was? Die Schiffe oder die Steine?«

»Nein.« Inrico schüttelte den Kopf. »Obwohl die Vermischung von Mosaik und Malerei faszinierend ist. Zwei unterschiedliche Kunstformen in einem Bild, das ist ungewöhnlich, und die Kunstfertigkeit der Ausführung auch. Nein, ich meine das ganze Gemälde.« Er zeigte von einer Ecke zur anderen. »Wie anders es ist als alles, was wir heutzutage malen.«

»Es ist schöner, klar.«

»Es ist horizontal«, erwiderte Inrico.

Mit einer Mischung aus Misstrauen, Verwirrung und Neugier sah Labuz ihn an.

»Alle, Götter wie Menschen, Tiere wie Nixen, sind nebeneinander dargestellt. Sie bewegen sich auf einer Höhe, so als gehörten sie zusammen. Wir dagegen haben vertikale Bilder, Verzierungen am Rand von Büchern, Göttersagen auf Tempelsäulen oder in Fensterlaibungen. Oft zeigen wir die Götter oben, dann Könige, dann Priester und Adlige und ganz unten die einfachen Menschen. Oder aber wir setzen die wichtigste Person möglichst ins Zentrum, unsere Bilder enthalten schon im Aufbau eine Hierarchie, während die Bilder von Ycena immer zuerst eine Geschichte oder Szenerie darstellen. Die Geschichte verrät uns, wer der Held ist, wer Gott und wer Kaiser, wer Diener und wer Besiegter, aber niemand steht allein schon in der Komposition über allen anderen. Ich weiß nicht, ob das etwas bedeutet, aber es ist zumindest interessant.«

Labuz runzelte die Stirn und betrachtete das Bild, als hätte er es noch nie gesehen.

»Die hatten einen Kaiser, wir haben nur einen König!«, rief Armyn, der an einem Tisch in der Nähe saß, und Inrico wurde bewusst, dass mehr zugehört hatten als nur der Wirt. Armyn lachte. »Einen Kaiser, der über Königen steht, und das bedeutet auch etwas.«

Seine Trinkkumpane fielen in das Lachen ein.

Inrico lächelte und wandte sich ihm zu. »Das stimmt. Aber davor hatten sie eine Republik, die sie nie vergaßen und auf die sie sich oft beriefen, während wir Könige haben, die den Kaisertitel idealisieren, also weiter nach oben streben. In Bildern finden wir nicht immer die Wirklichkeit wieder, sondern Ideale, Vorstellungen und Denkweisen, und unsere wird eben von oben und unten bestimmt.«

Die Sucher am Tisch starrten ihn an, teils verwirrt, teils grimmig, Sylenos beinahe feindselig, und Inrico ärgerte sich über seine Ausführungen. Was hatte ihn nur dazu getrieben, das vorherrschende Hierarchiedenken vor Fremden infrage zu stellen? Und das, nachdem er zum Prinzen bestellt worden war. Das hier war keine Bibliothek, in der man täglich über alle möglichen Gedanken diskutierte.

»Vielleicht waren aber auch nur ihre Wände breiter, oder es hat ihnen so besser gefallen, und es hat nichts weiter zu bedeuten.« Er zwinkerte, grinste und prostete den Suchern zu. »Auf Ycena.«

Lachend und kopfschüttelnd hoben sie ihre Becher. »Auf Ycena.«

»Reden eigentlich alle Schreiber so komisches Zeug?«, fragte Sylenos.

»Nur manche«, erwiderte er mit zur Schau gestellter Fröhlichkeit. »Die meisten sind schlimmer.«

Wieder lachten sie, und er lachte mit ihnen, trank mit ihnen und hoffte, dass nichts von dem, was er gesagt hatte, Prinz Aurel hinterbracht wurde, denn er wusste nicht, wie der darauf reagieren würde.

»Ich nehm dann jetzt einen Eintopf«, sagte er zum Wirt und setzte sich an einen freien Tisch, von dem aus er weiter das Wandgemälde betrachtete. Er war hungrig, und er aß allein, und als er einmal kurz zum Tresen blickte, sah er den Wirt gedankenverloren auf die Gemälde starren.

Später, als der Prinz mit Gefolge eingetroffen war, wartete Inrico, bis Aurel gegessen hatte und bereit war, Leute zu empfangen. Dann stand er auf und ging hinüber.

»Eure Hoheit!« Er verbeugte sich und stellte sich als Schreiber aus der Schwebenden Bibliothek vor.

»Was führt einen gebildeten Mann wie dich hierher?«, fragte der Prinz freundlich.

»Die Inschriften. Ich fürchte, sie werden in der Sonne und den Unwettern immer weiter verblassen, daher wollte ich die wichtigsten abschreiben, bevor sie für immer verloren sind. Ich will sie für unsere Bibliothek bewahren.«

»Ein guter Gedanke«, lobte Aurel, ging aber nicht weiter darauf ein. »Doch ich hörte, du schreibst auch an der Chronik von Freybruck mit?«

»Zu viel der Ehre.« Inrico winkte ab. »Lediglich einen einzigen Eintrag durfte ich verfassen.«

»Den zu Grigos Hinrichtung«, sagte Aurel. Er war gut informiert.

Inrico nickte.

»Nun, das war schon ein großes Ereignis, aber hier wirst du nun Zeuge noch größerer Dinge werden, und ich denke, aus genau diesem Grund haben die Götter dich hergeführt. Hiermit ernenne ich dich zum Schreiber meiner Chronik. Du wirst für die Nachwelt festhalten, wie ich die Hecke bezwinge und zum neuen Kaiser werde. Das ist mehr, als sich ein kleiner unbedeutender Schreiber erhoffen konnte.«

Aurel lächelte.

»Ihr erweist mir zu große Ehre«, sagte Inrico, weil es das Einzige war, das er sagen konnte. Dabei senkte er den Kopf, damit der Prinz das Entsetzen in seinem Gesicht nicht sah. Das war schlimmer, als den Prinzen nur zu unterhalten. Er hatte die Schwebende Bibliothek zwar in erster Linie verlassen, um Ycena zu sehen, aber auch, weil er als Chronist nicht das willenlose Werkzeug eines Königs hatte sein wollen, der Menschen opferte. Und nun war er dazu auserkoren worden, ein Loblied auf die Taten des Königssohns zu singen, während er genau diese Taten eigentlich verhindern wollte.

»Erweise dich der Ehre als würdig, und schon war sie nicht zu groß«, sagte der Prinz gestelzt und beinahe freundlich. Dann entließ er ihn mit einer ungeduldigen Handbewegung. »Sei morgen früh an der Hecke. Dann werde ich dir sagen, was du wissen und schreiben musst.«

Innerlich fluchend zog Inrico sich zurück. Er hatte in der Nähe des Prinzen sein wollen, um alles auszukundschaften, aber so nah hatte er ihm nie kommen wollen.

3

»Ich habe Durst«, keuchte Ion, die Hände auf die Knie gestützt. Der Verband um seine Hand war fleckig, ob vor Schmutz oder Blut, oder beidem, war im Fackellicht nicht zu erkennen. Er zitterte und hechelte wie ein Hund. »Und Hunger.«

»Ich auch«, gestand Perle. Ohne Pause hatten sie Stein um Stein weggeräumt, bis das Loch im Geröll groß genug war, um weiter in den Gang vordringen zu können. Sie starrte hindurch und sah einen freien Weg vor sich, aber sie konnte nicht mehr. Sie kauerte sich hin. Ihr Wasserschlauch war leer, und so fragte sie Ion: »Kann ich von dir Wasser haben?«

»Ich habe nichts mehr. Ich wollte gerade dich fragen.«

»Verdammt.« Sie hustete Staub aus, den sie über Stunden und Tage eingeatmet hatte. Die Luft schmeckte nach dem Rauch der Fackeln. »Was zu essen?«

Er schüttelte den Kopf. »Ich dachte, du hast noch was?«

»Nein.« Über dem Graben hatten sie alles andere vergessen, und das ärgerte sie. Sie hatte versagt, doch woher hätte sie es auch wissen sollen? Sie kannte sich nur im Wald aus, was man unter der Erde beachten musste, wusste sie nicht. Gewissenhaft hatte sie darauf geachtet, dass stets zwei Fackeln brannten und nicht nur eine, damit sie, falls eine erlosch, nicht plötzlich im Dunkeln standen; Fackeln hatten sie ausreichend. Die hatten, anders als Essbares, die Jahrhunderte im Lagerraum überdauert. Wie nur hatten ihnen Essen und Trinken gleichzeitig ausgehen können? Oder war ihnen das Essen schon vor einem halben Tag ausgegangen? Hier unten hatte sie jedes Zeitgefühl verloren.

»Ich hab Hunger!«, jammerte Ion. Dabei verfiel er in jenen kindlichen Ton, den er schon lange nicht mehr angeschlagen hatte.

»Dann hol uns doch was!«, fauchte Perle. Sie war erschöpft und wollte das Jammern nicht hören.

In dem Moment flackerte die eine Fackel und erlosch. Das Licht im Gang wurde schwächer.

»Tu ich auch!« Trotzig schnappte er sich die andere und stapfte davon, taumelnd vor Müdigkeit, wie es ihr schien.

»Warte!« Sie griff sich eine frische Fackel und folgte ihm, müde bis ins Mark. Es rauschte in ihren Ohren.

Sie holte ihn ein und entzündete ihre Fackel an seiner. Keiner sagte ein Wort.

Es dauerte länger als sonst, bis sie die Treppe zum Ausgang erreichten. Perles Gedanken waren allein von Hunger und Durst beherrscht. Sie hoffte, sie würden rasch Vorräte finden, ohne dass jemand sie entdeckte. Wasser gab es unbegrenzt im Fluss, doch sie hatten nur zwei Schläuche dabei, keinen Eimer und auch sonst kein Gefäß. *Das nächste Mal,* dachte sie und rief Ion, der wild an der Kurbel der geheimen Tür drehte, zu: »Pass auf, dass dich keiner sieht!«

»Ich bin nicht dumm«, brummte er und gähnte, und sie gähnte auch, und dann öffnete sich der Eingang, langsam und unter leisem Knirschen. Kein Licht schwappte herein.

Draußen herrschte Dunkelheit. Sie erschien Perle ebenso tief wie die unter der Erde, tiefer als die im Wilden Wald, und für einen winzigen Augenblick dachte sie, das sei gut, niemand würde sie sehen. Dann wurde die Stille von einem Kreischen und Zischen durchbrochen, einem Schmatzen und Gurgeln, einem Heulen und Jaulen, und Perle schrie: »Zu! Mach die Tür zu!«

»Ja«, japste Ion, aber er tat es nicht, er kurbelte falsch oder verhedderte sich im Mechanismus, und dann war der Schatten da, groß und dunkler als die Dunkelheit der Nacht, und er drängte, jaulend und geifernd, herein. Im Fackelschein erkannte Perle keine Form, nur Schwärze und gelb glimmende Augen und einen Strudel spitzer Zähne in einem weit aufgerissenen, endlos erscheinenden Schlund. Der Schlund gierte nach Ion, der noch immer mit dem Türmechanismus rang. Der zurückwich und schrie vor Angst, der die Arme hochriss und die Fackel fallen ließ. Die Flamme zischelte auf dem Boden, Ion schrumpfte, und der Schlund wuchs.

»Nein!« Perle warf auch ihre Fackel zu Boden und riss *Ungehorsam* aus dem Gürtel, das Opfermesser, das sie erschaffen hatte, um Hexen zu töten. Schreiend warf sie sich der dunklen Gestalt entgegen, die sie noch immer nicht erkennen konnte, von der sie nur die Augen sah und den endlosen Schlund. Eine Dunkelheit, die es nicht geben durfte.

»Nein!«

Sie schrie, weil Ion nicht sterben durfte.

»Nein!«

Mit aller Wut und Angst und Kraft rammte sie dem Schemen die Klinge in die Seite, und nun war er es, der schrie, schmerzerfüllt und schrill, und der Schrei drang ihr ins Mark, bohrte sich in ihre Brust, in die Ohren und den Kopf. Es war, als lösten sich die Fingernägel von ihrer Hand. Draußen in der Nacht antwortete vielstimmiges Heulen. Schwärze tropfte wie Blut zu Boden, und der Schemen wirbelte zu ihr herum. Die gelben Augen stierten sie hasserfüllt an, eine Zunge schoss aus dem Schlund und klatschte ihr rau und klebrig ins Gesicht. Zähe Flüssigkeit rann ihr über die Wange, und sie hackte mit dem Messer nach der Zunge, traf sie und drang tief in sie ein. Schwärze spritzte, und es zischte und dampfte, als hätte man Wasser in ein Feuer gegossen. Die Zunge schnellte zurück, der Schemen brüllte, und das Heulen draußen überschlug sich und kam rasch näher.

Und näher.

Und näher.

»Die Tür!«, schrie Perle noch einmal, während sie einem erneuten Angriff auswich und zur Seite sprang. Hunderte Zähne schnappten ins Leere, doch die Schwärze streifte sie, und die war kalt und heiß und nichts zugleich. Perle prallte gegen die Wand und geriet auf der obersten Treppenstufe ins Taumeln. Doch sofort fand sie das Gleichgewicht wieder und stürzte sich erneut auf die tobende Schwärze. Diesmal zielte sie direkt auf das linke Auge, und sie traf. Ein Knacken ertönte, als würde ein Baum vom Blitz gespalten, und das Glimmen erlosch.

Die Kreatur jaulte und schlug wild mit Klauen aus Dunkelheit um sich, mit Krallen, spitz wie Dornen. Zugleich schnappte der Schlund nach Perles Arm mit dem Messer, erwischte ihn aber nicht richtig. Zähne schrappten über ihre Haut und rissen sie auf, ohne sich tiefer ins Fleisch zu graben. Trotzdem durchfuhr sie ein brennender Schmerz, und fast hätte sie das Messer losgelassen. Sie packte es fester und sprang zurück.

Das Heulen draußen wuchs an.

»Die Tür!«, schrie Perle.

Und endlich setzte Ion sie in Bewegung. Langsam schwang sie zu, wurde schneller, doch das Heulen war nah, viel zu nah, so nah, dass es das Knirschen der Mechanik übertönte.

»Stirb endlich, verdammte Hexenbrut!«, schrie Perle und stieß, bevor der Schlund erneut nach ihr schnappen konnte, verzweifelt nach dem zweiten Auge. Wie von allein traf die Klinge, und wieder tat es einen donnernden Schlag, ein Knacken wie von berstendem Holz, und das Glimmen erlosch. Im selben Moment verging die Kreatur, ohne noch den geringsten Laut von sich zu geben. Wie Wasser sickerte die Schwärze in die Ritzen im Stein, und die Zähne und Augen fielen prasselnd zu Boden.

Perle sprang zum Türspalt hinüber, um sich kommenden Angreifern entgegenzustellen. Das Heulen wurde zu einem Kreischen, und sie glaubte, geflügelte Schemen heranflattern zu sehen, breite Schwingen, die die Sterne verschluckten.

»Ihr könnt nicht herein«, erklärte sie mit erhobener Klinge. Sie war so müde, aber sie würde nicht weichen. Und dann schlug die Tür endlich zu, und der Spalt war geschlossen.

Irgendetwas prallte draußen gegen den Stein und jaulte enttäuscht. Es hämmerte dagegen, kratzte am Stein, knurrte und raste, doch es kam gegen die Tür nicht an. Verängstigt hielten Perle und Ion die innere Kurbel mit aller Kraft, doch das war nicht nötig – niemand rüttelte daran. Die Kreaturen versuchten sich nicht an der Mechanik, und doch klammerte sich Perle an die Kurbel, als gebe die ihr Halt. Die Kreaturen schnüffelten und schrien, keiften und kratzten.

»Können sie nicht herein?«, fragte Ion hoffnungsvoll.

»Oder sie dürfen nicht.« Vergebens versuchte Perle, sich zu erinnern, was genau Kataskia gesagt hatte über verschlossene Türen und die hexereigeborenen Albträume, die Ycena verteidigten.

Schließlich ließen sie von der Tür ab und entfernten sich klagend. Langsam verhallte das Heulen, und irgendwann ließen Perle und Ion die Kurbel los.

»Geht es dir gut?«, fragte sie. Ihre Finger waren steif vom Klammergriff.

Ion nickte und deutete auf ihren Arm: »Und dir?«

»Es juckt, aber die Wunde ist nicht tief.«

»Es juckt?« Er sah sie ängstlich an. »Wie Gift?«

Das wusste sie nicht, sie hatte so eine Kreatur noch nie gesehen. Fluchend dachte sie an Schlangen und Skorpione und starrte auf die Wunde, aber welches Gift konnte man schon mit bloßem Auge erkennen? Die Haut an den Rändern schien rot und geschwollen.

»Halt den Arm«, verlangte sie und setzte sich auf die oberste Stufe. Besser, sie riskierte nichts. Ion kniete sich neben sie und packte ihren Arm so fest, dass seine Finger sich in ihr Fleisch bohrten. Gut, dachte sie und griff sich die Fackel. Brüllend drückte sie die Flamme in die Wunde, sie schlug mit den Beinen vor Schmerz, aber Ion ließ sie nicht los. Gleich darauf riss sie die Fackel zurück. Sie schimpfte und schlug mit der Faust auf den Stein. Sie fluchte, dass sie kein Wasser zum Kühlen hatten, wischte die Klinge von *Ungehorsam* an ihrem Hemd sauber und presste sie auf die Wunde. Es half. Perle fragte sich, ob das daran lag, dass *Ungehorsam* erschaffen worden war, um Hexen zu töten, und eine Hexenschöpfung ihr die Wunde beigebracht hatte, aber letztlich war es ihr egal. Es half, nur das war wichtig. Die Klinge kühlte und heilte. Langsam ließ der Schmerz nach. Seufzend legte sie den Kopf auf die Schulter von Ion, der neben ihr saß und nicht wusste, was er tun sollte. Unsicher streichelte er ihr übers Haar.

»Es tut mir leid«, sagte er nach einer Weile.

»Was? Du hast die Tür doch rechtzeitig geschlossen.«

»Ich habe mein Schwert beim Graben abgelegt, weil es da stört, aber als wir rauswollten, hätte ich es mitnehmen sollen.«

»Wir wussten nicht, dass es Nacht ist«, sagte sie, fragte sich aber doch, ob sie nicht zuvor im Gang kurz das gedämpfte Heulen vernommen hatte. Oder hatte sie sich schon so daran gewöhnt, dass es ihr nicht mehr auffiel?

»Am Tag hätte es einer der Männer sein können, die da draußen graben«, sagte Ion.

»Keine Angst, ich hatte *Ungehorsam*.«

»Aber ich hatte nichts!« Er klang gequält. »Ich hätte auch kämpfen sollen.«

»Das wirst du noch dürfen, wenn das so weitergeht.« Sie drückte ihn an sich, und einen Moment verharrten sie so.

Dann standen sie beide auf, und Ion drehte sich nach seiner Fackel um. Auf dem Boden lagen mehrere Dutzend vertrocknete Dornen, alle lang und gekrümmt wie Reißzähne, und zwischen ihnen zwei aprikosengroße Kugeln aus gelbem Glas. Beide Kugeln waren von Sprüngen überzogen, die an Blitze erinnerten.

»Willst du sie?«, fragte Ion.

Perle schüttelte erst den Kopf, steckte die Kugeln dann aber doch ein. Die Dornen ließ sie liegen. Schwach drang ein fernes Heulen herein. Als es verklang, herrschte wieder Stille. Und Perle und Ion stiegen die Treppe hinab, um unten das Ende der Nacht abzuwarten. Vorher konnten sie sich kein Wasser besorgen.

4

Bei Sonnenaufgang kam Levith aus seinem Versteck und schlich sich in Richtung Hecke. Aus Angst um Parikles hatte er kaum geschlafen, aber nachts, wenn die Kreaturen Ycena im Griff hatten, konnte er nichts tun. Als am Vortag seine Verfolger endlich aufgegeben hatten, war er zu ihren gemeinsamen alten Grabungsorten gegangen und zu dem Haus mit der verkeilten Tür, in dem Parikles und er zum ersten Mal miteinander geschlafen hatten. Zu der schmalen Brücke mit den Lindwurmfiguren, von der Parikles früher geangelt hatte, wenn er allein sein wollte, und in den unübersichtlichen Park, in dem sie oft Obst gepflückt und schon Tauben erlegt hatten. Jeden denkbaren Ort, der ihn mit Parikles verband und fern der Hecke lag, hatte er aufgesucht, aber nirgendwo hatte er ihn getroffen. Das hatte ihm Angst eingejagt, und er wusste einfach nicht mehr, wo er noch suchen konnte. Er musste es anders angehen.

Den halben Vormittag lang beobachtete er von verlassenen Häusern aus das Geschehen an der Hecke und rund um die Gebäude, in denen sich der Prinz und sein Gefolge einquartiert hatten. Irgendwann sah er, wie zwei aus dem Gefolge mit Lignu sprachen, darunter der hagere Glatzkopf, der am Vortag hinter dem Anmeldetisch gesessen hatte. Lignu deutete – vermutlich reimend – in Richtung Fluss. Sie nickten und entfernten sich mit jeweils zwei Eimern dorthin, wohl um frisches Wasser zu holen. Warum sie damit nicht Streuner beauftragten, wie die meisten hier es taten, wusste er nicht, vielleicht mussten sie es zur Strafe erledigen. Ihm war es nur recht.

In sicherem Abstand folgte er den beiden. Da sie sich nie umdrehten, schloss er nach und nach auf. Sie gingen die befestigte Rampe zu der Stelle am Ufer hinunter, wo auch die Streuner das Wasser holten. Links ragte ein weißer, wie ein springender Delphin geformter Fels ins Wasser hinaus. Levith huschte von Versteck zu Versteck und kam ihnen näher und näher. Geräuschlos zog er den Dolch.

Als die Männer das Flussufer erreichten, laut redend einen Schritt ins Wasser taten und in die Hocke gingen, steckte er ihn wieder weg. Sie hielten jeder einen Eimer in die träge Strömung, um Wasser zu schöpfen.

»Was meinst du, beißen hier Fische?«, fragte der Glatzkopf.

Der andere, ein kräftiger bärtiger Mann mit Lockenschopf, erhob sich und sah auf den Fluss hinaus. »Ich kann keine erkennen. Aber wer weiß schon, was hier alles herumschwimmt?«

Levith nutzte den kurzen Wortwechsel, um sich ihnen, während sie sich mit vollen Eimern wieder erhoben, von hinten zu nähern. Er packte das Schwert des Lockenkopfs am Griff, stieß ihn im selben Moment mit dem Fuß in den Tivere hinaus und wich zurück. Bevor der Mann begriff, wie ihm geschah, klatschte er ins Wasser und tauchte unter. Die Klinge glitt aus der Scheide und war nun in Leviths Hand. Der Eimer, den der Mann losgelassen hatte, wurde von den trägen Wellen erfasst und schwamm schaukelnd davon.

Der Glatzkopf sprang schneller zu ihm an Land, als Levith ihm zugetraut hatte. Nur einen Augenblick später griff auch er zum Schwert, und sein Eimer trudelte den Fluss hinab wie der andere.

»Du!«, stieß er aus, als er Levith erkannte. Abscheu zeigte sich auf seinen Zügen.

»Ja, ich.« Levith grinste. Die erbeutete Waffe lag gut in der Hand, und in ihm brodelte die Wut. Ohne dem anderen Zeit zum Nachdenken zu lassen, fragte er: »Wo ist Parikles?«

»Wer? Was?«

»Parikles. Wer sonst?«

Im Fluss tauchte prustend der Lockenkopf auf, er war bereits jenseits der ruhigen Stelle und in der Strömung. Nur mühsam fand er Halt. Das Wasser ging ihm bis über den Gürtel, und er bewegte sich unsicher wie jemand, der nicht schwimmen konnte. Die Rüstung musste schwer an ihm ziehen.

»Woher soll ich das wissen?«, knurrte der Glatzkopf.

»Dann habt ihr ihn nicht?«

»Was? Nein, wir ...« Er verstummte, als er begriff, dass er zu viel verraten hatte. Dann drang er fluchend auf Levith ein. »Egal, gleich haben wir dich! Und wenn wir dich haben, kriegen wir auch ihn. Und dann werde ich ihm ...«

»Quatsch nicht lang rum, schlag ihn tot!«, keuchte sein Kamerad im Fluss und zog seinen Dolch, eine andere Waffe besaß er nicht mehr. Triefend und ungeschickt kämpfte er gegen die Strömung an, nur langsam näherte er sich dem Ufer.

Levith wehrte den Angriff ab und ging seinerseits mit harten Hieben auf den Glatzkopf los. Der konnte nur mit Mühe parieren und wich zurück.

»Verreck, Lenydhe!« Der Lockenkopf schleuderte den Dolch, und hätte er nicht so hasserfüllt geschrien, hätte Levith das wohl zu spät bemerkt – falls überhaupt. So konnte er den Kopf im letzten Augenblick zur Seite zu reißen, und die Klinge verfehlte ihn haarscharf, die Parierstange schlug ihm gegen die Schläfe und streifte sein Ohr.

Er keuchte, kam kurz aus dem Tritt und drang nicht weiter auf den Glatzkopf ein. Plötzlich waren drei Schritt Raum zwischen ihnen, und der Glatzkopf witterte seine Gelegenheit. Mit erhobener Klinge sprang er auf ihn zu, wohl in der Erwartung, Levith werde weiter zurückweichen, doch das tat Levith nicht. Vielmehr riss er das Schwert hoch, reckte es ihm entgegen und trat sogar auf ihn zu. Überrumpelt lief der Glatzkopf in die Klinge, sie drang ihm tief in den ungeschützten Hals, bis sie auf Wirbel stieß. Blut spritzte, gurgelnd stürzte der Mann zu Boden, unfähig, zu schreien oder sonst etwas zu tun. Sein Schwert schlug scheppernd neben ihm auf. Er zuckte und verdrehte die Augen, als wollte er nach der Waffe greifen, aber er würde nie wieder nach etwas greifen, würde weder Parikles noch sonst wen noch einmal bedrohen.

Levith, das blutige Schwert noch in der Hand, ließ ihn sterben und trat dem Lockenkopf entgegen, der dem Ufer inzwischen näher gekommen war.

»Dafür lässt Prinz Aurel dich jagen! Von Pferden in Stücke reißen und deine Leiche in der Sonne vermodern!«, drohte er, wich aber einen Schritt zurück. »Und dein Liebchen auch.«

»Dann ist es wohl besser, Aurel erfährt nichts davon«, sagte Levith kalt.

»Komm doch rein, wenn du dich traust!« Trotz seiner großspurigen Reden wich der Mann weiter ins Wasser zurück. Sein Blick irrte von hier nach da, so als suche er nach einem Ausweg, einer Stelle am Ufer, die für Levith unerreichbar war, oder einem Stück Holz, an das er sich klammern konnte. Aber da war nur der glitzernde Tivere, breit und tief und mächtig. Die Oberfläche kräuselte sich, winzige Wellen schwappten gegen die nasse Rüstung des Lockenkopfs.

Langsam ging Levith in die Knie, hob einen faustgroßen Stein auf und wog ihn in der Hand.

»Nein«, sagte er und maß den Lockenkopf mit einem Blick. »Das muss ich gar nicht.«

Angst trat auf die Züge des Lockenkopfs, und er zog sich noch weiter vom Ufer zurück, bis er plötzlich fast brusttief im Wasser stand. Dabei wurde er flussabwärts gedrückt. Levith starrte ihn einfach nur an und ging, den Stein in der einen Hand, das Schwert in der anderen, langsam am Ufer hinter ihm her. Noch einen Schritt entfernte sich der Lockenkopf von ihm, und plötzlich sackte er nach unten, das Flussbett musste auf einen Schlag tiefer geworden sein. Nur noch der Kopf sah aus dem Wasser heraus, selbst der Hals war verschwunden.

»Hilfe!« Er ruderte mit den Armen und versuchte zu rufen, aber die Wellen schwappten ihm in den Mund, und alles ging in einem Gurgeln unter.

»Halt dich daran fest«, rief Levith und warf ihm den Stein zu. »Dann geht es schneller.«

Der Lockenkopf wich aus, aber es war egal. Die Rüstung war zu schwer, er konnte sich nicht länger gegen die Strömung stemmen und wurde fortgeschwemmt. Hilflos um sich schlagend, versuchte er über

Wasser zu bleiben. Hinter ihm plätscherte es, als sei da ein großer Fisch, und für einen Moment glaubte Levith unter der Oberfläche etwas Silbernes glitzern zu sehen. Der Kopf versank und blieb verschwunden. Noch zweimal tauchten kurz die Hände auf, dann war nichts mehr zu sehen. Der Fluss glitzerte in der Sonne wie eh und je.

Levith wandte sich ab und kehrte zum Glatzkopf zurück. Der war inzwischen tot. Er nahm sich von ihm, was er brauchte, den Dolch, die Gürteltaschen samt Inhalt und das Schwert, um es irgendwo als Reserve zu verstecken. Dann schleifte er die Leiche in den Fluss, damit sie nicht gefunden wurde. Sollte der Prinz doch glauben, dass die Hexerei von Ycena die beiden geholt hatte. Levith hoffte, das würde ihm und seinen Männern Angst einjagen, abgrundtiefe Angst. Er stapfte so weit in den Fluss, wie er es wagte, dann stieß er den Toten weiter hinaus. Die Rüstung war so schwer, dass sie ihn in die Tiefe zog.

Schließlich kehrte Levith ans Ufer zurück, verwischte notdürftig die Spuren des Kampfs, streute Staub über die Blutflecken und machte sich auf die Suche nach Parikles. Er musste ihn finden, bevor Aurels Männer es taten.

5

Ukalion und Telamon standen nebeneinander vor den Wurzeln und hackten auf sie ein. Anfangs hatten sie es im gleichen Rhythmus getan, aber längst schlug jeder für sich.

Für Ckarya.
Für Mutter.
Für Mart.
Für Ckarya
Für Gajus.
Für Ckarya.

Ukalion schlug und schlug und schlug, und bei den meisten Schlägen dachte er an Ckarya, die nicht mehr lebte. Erde und Wurzelstückchen rieselten zu Boden, und Isa und Wolf kratzten alles zusammen und schafften es fort. Doch sie kamen nur langsam voran, viel zu langsam. Es würde Wochen dauern, bis sie in den Palast gelangten.

Wir bräuchten Tyras Glücksmünze, dachte er, aber die hatten sie nicht. Die Schneide des Beils glitt an einer dicken Wurzel ab, und plötzlich löste sich der Beilkopf vom Schaft und polterte zu Boden. Nein, sie hatten kein Glück.

»Verdammt!« Ukalion warf den nutzlosen Schaft gegen die Wand aus Wurzeln.

Telamon wandte sich ihm zu.

»Ich mach eine Pause!« Ukalion trat noch einmal gegen die Wurzeln, dann setzte er sich völlig erschöpft an die nächste Wand. Telamon hob sein Beil und schlug weiter. Ukalion trank und senkte den Kopf. Er starrte auf den Boden zwischen seinen Füßen und nahm das, was um ihn war, nur dumpf wahr, die Schläge und den Geruch von frischer Erde. Sie hatten etwas geschafft, woran über die Jahrhunderte Tausende gescheitert waren, sie hatten die Hecke geschwächt. Irgendwas in ihr hatten sie gebrochen, auch wenn er nicht begriff, was. Und genau in diesem Moment kam Aurel und nahm ihnen den Traum.

Aurel, der auch Ckarya das Leben genommen hatte und ihm seine Liebe.

Aurel, der legitime Sohn, nicht der Bastard.

Aurel, der Prinz.

Wie immer im Märchen, dachte Ukalion verbittert. Es würde heißen, Aurel habe die Hecke überwunden, dabei waren sie es, ebenso wie die Männer, die jetzt für den Prinzen gruben – und sich bestimmt auch bald für ihn durch die Hecke hacken würden.

Aurel, der stark genug war, ein Einhorn zu töten – so wie sein Vater und Großvater vor ihm. Ukalion hatte nie begriffen, wie man sich dessen rühmen konnte.

Und darum bist du nur der schwache Bastard.

Derjenige, der die Kaisertochter nicht küssen wird.
Der Sohn der Müllerin.
Der, der keine Schar Männer befehligt und darum langsamer ist.
Der, der ...

... der dem Prinzen trotzdem zuvorkommen wird, dachte er und atmete tief durch. Die Pause war vorbei. Er hob den Blick, um nach den Einzelteilen seines Beils zu sehen. Vor ihm saß Isa, die ihm das vollständige Beil entgegenstreckte. Der Kopf war wieder auf den Schaft gesteckt.

»Wenn du wieder ausgeruht bist.« Sie lächelte vorsichtig. »Ich habe es neu verkeilt.«

Er konnte nichts sagen, für einen Moment versagte ihm seine Stimme den Dienst, aber er nahm das Beil und begutachtete die Arbeit. Sie war sauber ausgeführt. Vermutlich reparierte Isa seit Jahren das Werkzeug für Telamon. Dann erkannte er, was sie als kleine Keile verwendet hatte. Mit kratziger Stimme fragte er: »Sind das Wurzelsplitter?«

Sie nickte. »Ich dachte, die sind besonders hart. Dann fällt es nicht mehr auseinander.«

»Du bist schlau.« Er stand auf und strich ihr übers Haar. »Und viel mehr als das.«

Sie strahlte und rief: »Hast du das gehört, Papa? Ich bin schlau.«

»Ja. Ich weiß.« Telamon grinste. »Manchmal sogar zu schlau.«

Ukalion stellte sich neben ihn, und sie schlugen wieder gemeinsam auf die Wurzeln ein. Er würde nicht zulassen, dass Aurel die Kaisertochter als Erster küsste. Bei dem Gedanken schlug er mit voller Wucht zu, und die Wurzel vor ihm splitterte.

6

Perle und Ion kletterten über das Geröll im Gang hinweg und drangen weiter unter den Palast vor. Sie hatten ausgeschlafen und sich draußen Wasser und Essen besorgt, ohne dass jemand sie bemerkt hätte. Die Sonne hatte gebrannt, doch sie hatten das Licht ebenso genossen wie die klare Luft, auch wenn die stillstand und über den Straßen flirrte. Perle hatte den Fluss gerochen, die Bäume und überhaupt so viel mehr als im stickigen Gang unter der Erde. In den waren sie dann zurückgekehrt und hatten rasch gegessen, und nun waren sie auf dem Weg in den Palast. Ion hatte die Schwertscheide umgegürtet, die Klinge trug er offen in der Rechten, die Fackel in der Linken. Perle ging mit der anderen Fackel und *Ungehorsam* voraus.

Die Wände bestanden aus hellem Stein, der Boden aus gleichmäßigen Platten, überall lagen kleine Steinchen und Staub. Die Decke war von Rissen durchzogen aber an keiner Stelle eingestürzt. *Gleich müssten wir unter der Hecke sein,* schätzte Perle, vielleicht waren sie auch schon darunter hindurch. Jeden Augenblick erwartete sie ein Hindernis oder einen Angriff, doch stießen sie auf niemanden, nicht einmal auf einen der draußen allgegenwärtigen Salamander, auf Fliegen oder andere Insekten. Wo waren die Kreaturen, die Aisia und die Kaisertochter zum Schutz beschworen hatten?

Schweigend und angespannt schritten sie voran, doch nichts geschah, bis der Gang einen Knick machte. Vorsichtig spähten sie um die Ecke. Der Gang endete am Fuß einer weißen Marmortreppe, die gewunden nach oben führte.

»Geht's da in den Palast?«, murmelte Ion und sah Perle ungläubig an. »Haben wir es geschafft?«

»Es scheint so.« Auch sie war überrascht, dass es jetzt doch so einfach gewesen war.

Sie lauschten, konnten jedoch nichts hören. Langsam stiegen sie die steilen Stufen hinauf, weiter und weiter. Die Wände waren glatt, über ihnen wölbte sich eine hohe Decke. Auf der Treppe lagen weniger Steinchen als im Gang, und sie endete vor einer massiven Tür aus dunklem Holz. Perle drückte die Klinke herunter, doch sie ließ sich nicht bewegen. »Abgeschlossen.«

»Das hätten wir uns denken können, oder?«

»Ja.« Sie schmunzelte und sah ihn an, und er sah sie an, und dann prusteten sie los. Sie waren hier, tatsächlich hier, am Eingang in den kaiserlichen Palast! Perle zitterte vor Erleichterung und Freude und lachte so ausgelassen, dass sie beinahe die Treppe hinuntergefallen wäre, und darüber lachten sie noch mehr.

Als sie sich endlich beruhigt hatten, holten sie von unten aus dem Lagerraum eine große Axt und zwei handliche Beile. Ion griff sich die Axt und schlug damit auf die Tür ein. Das Holz war hart, die Scharniere waren aus Eisen, aber darüber hinaus schien sie nicht geschützt zu sein, auch nicht durch Hexerei. Mit wuchtigen Schlägen brach Ion das Schloss heraus, dann zogen sie die beschädigte Tür gemeinsam auf – und erstarrten. Hinter der Tür wuchs die Hecke. Dicht und drohend und voller langer spitzer Dornen.

»Verflucht!«, stöhnte Ion.

Perle starrte kopfschüttelnd auf die Dornen. Sie hatten wohl zu früh gelacht.

»Nein, das ist unser Palast!« Ion hob die Axt, die er noch in Händen hielt, und drosch auf die Hecke ein. Kleine Stückchen splitterten von den Ranken, Rinde und Fetzen von Blättern und Dornen, doch für die wuchtigen Hiebe war das viel zu wenig. Trotzdem schlug er noch einmal zu.

»Weg da!«, schrie er und hieb erneut auf die Hecke ein, noch mal und noch mal.

»Lass mich«, verlangte Perle, nachdem sie seinem Toben eine Weile zugesehen hatte.

Ein letztes Mal schlug er zu, dann hielt er keuchend inne und streckte ihr die Axt hin.

»Nicht damit.« Sie schob ihn zur Seite und hackte mit *Ungehorsam* auf die Gabelung einer Ranke ein. Die Klinge fuhr glatt hindurch, der Ast fiel ab, und die Blätter neben dem Schnitt verdorrten. Auch die Hecke war Hexerei.

Ion jubelte.

Wieder und wieder schlug Perle auf die Hecke ein und grub, langsam, aber stetig, einen Weg in die Hecke hinein. Ion schaffte die abgeschlagenen Ranken fort.

DER HENKER VON YCENA

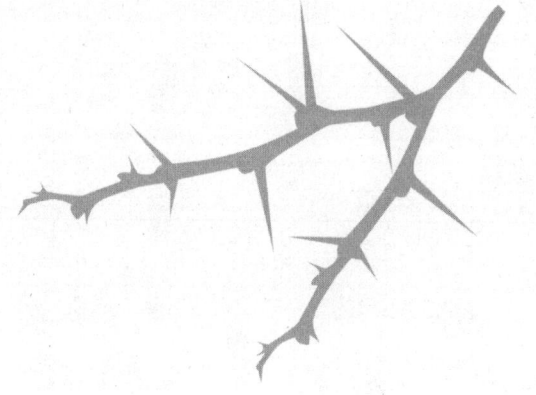

1

Direkt an der Hecke errichteten Ordensmänner einen weißen Baldachin mit roten und goldenen Quasten, getragen von vier Holzstangen. Ein Tisch und drei Stühle, einer mit verzierter höherer Lehne, wurden herbeigeschafft und darunter platziert. Dort im Schatten nahm Prinz Aurel sein Mittagsmahl ein, zusammen mit Inrico und dem ranghöchsten Ordensmann, Ritter Ythar. Aurel betrieb lächelnd Konversation, machte aber den Eindruck, als brodele es in ihm. Zahlreiche Fliegen, angezogen von der hellen Farbe, krabbelten über den Baldachin und summten immer wieder herab auf Tisch und Teller, wo Aurel sie mit stiller Freude erschlug. Ein Ordensmann kam und flüsterte ihm etwas ins Ohr, und der Prinz nickte. Zähneknirschend schob er den Teller von sich, und das war das Zeichen für alle, mit dem Essen aufzuhören, auch für die Sucher draußen in der Sonne.

»Bringt diesen Lignu her«, verlangte Aurel, und dann wandte er sich an Inrico: »Vergiss deine Aufgabe nicht, Schreiber. Du bist der Chronist.«

»Ich werde es nicht vergessen, Hoheit«, versprach er. Seit dem Morgen hatte er sich an der Seite des Prinzen aufgehalten, wie es ihm befohlen war; hatte zugesehen, wie Männer gruben, wie Sand in ihre Grube rann, wie sie weitergruben und wie weiterer Sand hereinrann. Zu helfen war ihm nicht befohlen worden, auch nicht, es aufzuschreiben, und so hatte er weder das eine noch das andere getan. Jetzt fragte er sich, was Aurel von Lignu wollte, das es so ausdrücklich wert sein sollte, festgehalten zu werden. Vielleicht gehörte der Prinz aber auch nur zu jenen, die glaubten, alles, was sie taten, sei bedeutsam.

»Es wird dir gefallen, Chronist«, versprach Aurel und erschlug eine weitere Fliege.

Bald wurde Lignu gebracht, und er verbeugte sich gerade so tief wie nötig. »Eure Hoheit«, sagte er schlicht – ohne zu reimen wie sonst.

»Meine Männer sind vom Wasserholen nicht zurückgekehrt«, verkündete der Prinz und erhob sich. »Ich habe nach ihnen suchen lassen, doch sie sind und bleiben spurlos verschwunden, wurde mir mitgeteilt. Da die alte Hexerei hier nur nachts ihr Unwesen treibt, muss ich davon ausgehen, dass sie von Menschen in einen Hinterhalt gelockt wurden. Und du warst es, der ihnen den Weg gewiesen hat. Du, Bursche! Wo also sind sie?«

Noch während der Rede des Prinzen war Lignu erbleicht. Jetzt, so direkt angeklagt, stammelte er: »Ich weiß es nicht, was da geschah, doch schwöre ich, dass ich's nicht war.«

Gereimt, dachte Inrico verblüfft, *selbst in der Situation reimt er. Nicht gut, aber er tut es.*

»Hoheit«, knurrte ein Ordensmann und stieß Lignu grob in die Seite. »Rede seine Hoheit ordentlich an, du hässlicher Wurm.«

»Hoheit«, wiederholte Lignu. »Verzeiht, Hoheit.«

»Du lügst, Bursche!«

»Nein, Hoheit, bitte, ich …«

»Wo sind sie?«, donnerte der Prinz. »Antworte, oder du wirst hängen!«

Die anwesenden Sucher zuckten zusammen, auch Inrico, während die Ordensmänner es mit grimmigem Nicken zur Kenntnis nahmen.

»Bitte, Hoheit.« Lignu fiel auf die Knie.

»Wo sind meine Männer?« Aurel würdigte den Flehenden keines Blickes. Er drehte sich in alle Richtungen, wandte sich an alle, die zugegen waren, und rief noch einmal: »Wo sind meine Männer? Es ist mir egal, wer sie herbeischafft! Sind sie bis heute Abend zurück, werde ich mir anhören, was ihnen zugestoßen ist, und fälle ein Urteil. Bleiben sie verschwunden, wird dieser Sucher dafür hängen.« Er deutete auf Lignu. »Ich bin es leid, von euch Suchern zum Narren gehalten zu werden! Erst tötet der Lenydhe fast einen meiner Männer, und jetzt ein Hinterhalt? Ich bin euer Prinz! Ihr seid mir treu – oder Verbrecher! Habt ihr verstanden?«

»Ja, Hoheit«, sagte Sylenos und ging auf die Knie. Auch die anderen Sucher, die für Aurel gruben, murmelten: »Ja, Hoheit.« Viele beugten das Haupt.

»Lasst das auch die anderen wissen«, verlangte Aurel und befahl seinen Getreuen, Lignu fortzuschaffen und einzusperren. »Und errichtet einen Galgen! Das Recht ist nach Ycena gekommen.«

Während die einen zu den gefällten Baumstämmen hinübergingen, um daraus Balken zu machen, zwei andere Lignu fortschleiften und der Rest, einschließlich der Sucher, sich wieder dem Graben widmete, wandte Aurel sich an Inrico.

»Das ist Stärke«, sagte er, und in seinen Augen funkelte es. Mit dem Zeigefinger hackte er mehrmals auf den Tisch. »Schreib das so auf. Wahre Stärke. Niemand vergreift sich ungestraft an meinen Männern.«

Inrico nickte. Er glaubte nicht, dass Lignu den Männern eine Falle gestellt hatte, er war viel zu überrascht gewesen. Aber danach fragte wahre Stärke wahrscheinlich nicht. Gern hätte er Lignu geholfen, doch wusste er nicht, wie.

»Hoheit?«, erkundigte er sich stattdessen. »Darf ich fragen, ob das Holz von Anfang an für einen Galgen bestimmt war?«

»Darfst du. Du bist Chronist.« Aurel lächelte, setzte sich wieder und zog den Teller zu sich heran. Das war jedoch keine Aufforderung an die grabenden Männer, ebenfalls zum Essen zurückzukehren. »Nein, daraus soll eine Art Belagerungsturm mit einer langen Planke ganz oben werden. Als ein Weg über die Hecke hinweg. Aber ich habe zu wenige Männer, um alle Vorhaben umzusetzen – und jetzt noch zwei weniger.« Kurz sah er in die Richtung, in der Lignu verschwunden war, dann nickte er, als habe er einen Entschluss gefasst. »Morgen werde ich ein Dutzend Sucher zwangsrekrutieren lassen, die den Turm bauen sollen. Wenn sie nicht freiwillig kommen, muss ich sie eben holen.«

Die Verschollenen tauchten bis zum Abend nicht wieder auf. Vor den *Zehn Kerzen* war ein schlichter Galgen errichtet worden, darunter, auf Aurels Befehl hin, ein steinernes Podest. Es bestand aus verschiedenen Bruchstücken eines Reliefs mit Fratzen und sollte, wie Aurel Inrico stolz erklärte, an den Richtturm von Freybruck erinnern. Aus jedem seiner Worte sprach Bewunderung für Tiban und seinen Richtturm.

»Erkennst du die Ähnlichkeit, Schreiber?«, fragte er.

»Ja, Hoheit. Sie ist nicht zu übersehen«, antwortete Inrico, obwohl er vor allem sah, wie verzweifelt Aurel versuchte, seinem Vater, der Menschen opferte, nachzueifern, und das ließ ihn schaudern.

Er musterte die Fratzen und dachte daran, dass die Sucher solche an Richtstätten in ganz Lathien verkauft hatten. Zum ersten Mal stand nun ein Galgen in ihrer Stadt, und zum ersten Mal hatten sie für die alten Plastiken nichts bekommen.

Ein großer Teil der Sucher war gekommen, um sich die Hinrichtung anzusehen. In manchen Gesichtern las Inrico Neugier, in anderen Ablehnung und in wieder anderen gar nichts. Die Stimmung war anders als bei der Hinrichtung von Grigo Blutmond, und das nicht nur, weil der Narr fehlte. Hier ging es ruhiger zu und abwartender. Inrico stand zwischen den Suchern und hörte ein leises Gespräch.

»Das ist nicht richtig, ihn zu hängen. Einfach so.«

»Nicht einfach so. Was, wenn er es getan hat?«

»Allein?«

»Nein. Aber Lignu verrät die, die ihm helfen, nicht.«

»Falls er es war.«

»Falls, ja.«

»Aber warum hätte er das tun sollen?«

»Er mag den Prinzen nicht.«

»Wer mag den schon? Aber er ist der Prinz. Tibans Sohn, und Tiban ist nun mal der König.«

»Lignu hat gesagt, dass er ihn am liebsten loswerden würde. Und die Männer sind weg.«

»Das stimmt. Ich hätte es ihm nicht zugetraut, aber wer weiß.«

»Wer weiß, ja.«

Wer weiß, darum ging es. Niemand wusste, wo die Männer abgeblieben waren, und niemand würde sich gegen Aurel stellen, ohne etwas zu wissen. Und selbst wenn jemand etwas wusste, vielleicht würde er sich trotzdem nicht gegen Aurel stellen, denn Aurel war der Prinz, und jetzt stand ein Galgen in Ycena.

Ein anderer raunte: »Ich habe gehört, Lignu hat Parikles beschuldigt.«

»Parikles? Warum ihn?«

»Wahrscheinlich, weil er nicht da ist. Er kann nicht gehängt werden. Und wenn er gefangen wird, ist er sowieso verloren. Aber der Prinz hat ihm nicht geglaubt.«

»Er hat einen anderen beschuldigt?« Es klang angewidert. »Einfach so?«

»Habe ich gehört.«

»Von wem?«

»Einem Soldaten, mit dem ich heute gegraben habe.«

»Und das glaubst du?«

»Er war dabei.«

»Das ist feige.«

»Parikles ist eh verloren.«

»Nein, er ist entkommen. Aber wenn der Prinz ihn für den Mörder seiner Männer hält, lässt er ihn suchen.«

Das Wort machte die Runde, und während Inrico das beobachtete, fragte er sich, ob Anthia aus einem der Fenster zusah. War sie noch in ihrem Haus, oder hatte sie sich einen anderen Ort gesucht, nun, da alle wussten, dass er nicht bei ihr war, sondern stets an Aurels Seite? Nein, dachte er, niemand würde es wagen, bei ihr, der angeblichen Frau des Chronisten, einzudringen.

Sanfter Wind kam auf, was tagsüber in Ycena so gut wie nie geschah. Manche Sucher sahen sich verwundert um. Nachtsalamander huschten um den Galgen herum, als wollten sie das neue Ding erkunden.

Lignu wurde von zwei Männern gebracht, die Hände waren ihm auf den Rücken gefesselt. Er wirkte gefasst, trotzig beinahe und entschlossen. Das Getuschel verstummte.

Irgendwer rief: »Habt doch Erbarmen!«

»Ja!«, fiel ein anderer ein, doch sonst schloss sich niemand dem Ruf an.

»Wer war das?«, verlangte Aurel zu wissen. Er trat auf ein kleines Podest ohne Fratzen, das neben dem Galgen errichtet war. Für alle sichtbar trug er seine Krone und verwies damit auf seine Berechtigung, über Leben und Tod zu entscheiden.

Niemand gab sich zu erkennen, niemand wollte die Worte gerufen haben.

»Was soll das für ein Erbarmen sein?«, rief Aurel und hob theatralisch einen Arm. »Hatte er Erbarmen mit Yasar und Harius? Guten, aufrechten Männern, die mir jahrelang treu gedient haben? Nein! Wie kann er also solches von mir erwarten? Yasar und Harius, ihnen bin ich verpflichtet, ihrer Treue, sie dürfen Stärke und Unnachgiebigkeit von mir erwarten! Ein Herrscher steht für Stärke, nicht für Erbarmen, das hat mich mein Vater von klein auf gelehrt. Und er hat es mich gründlich gelehrt, ich habe nicht vor, es zu vergessen!«

Die Soldaten jubelten. Ob auch unter den Suchern jemand jubelte, konnte Inrico nicht erkennen. Der Wind frischte auf und trug eine Handvoll trockener, rot-brauner Blätter mit sich. Inrico trat auf eines, das vor ihm vorbeitrieb, und erkannte, dass es aus der Hecke stammte. Auch andere Sucher schienen das zu begreifen, denn Unruhe erfasste die Gruppe. Was geschah mit der Hecke? Einer links von Inrico versuchte, sich davonzuschleichen, wurde aber von einem Ordensmann entdeckt.

»Wo willst du hin?«, fragte der. »Stimmst du den Worten deines Prinzen nicht zu?«

»Doch. Aber ich muss mal.«

»Dann verkneif's dir«, sagte der Ordensmann ungerührt. »Und hör zu.«

Der Sucher blieb, und auch sonst bewegte sich niemand fort. Die Ordensmänner hatten alle im Blick.

Aurel reckte sich und intonierte laut: »Lignu, ich verurteile dich als

Verräter und Mörder zum Tode. Vollstreckt werden wird das Urteil von Marius, den ich mit dem heutigen Tag zum Henker von Ycena ernenne. Deiner Strafe kannst du nicht mehr entkommen, doch willst du gestehen, wo Yasar und Harius sind, damit sie eine ordentliche Beerdigung erhalten können?«

»Wer sagte denn, sie seien tot?«, erwiderte Lignu. Seine Stimme zitterte, aber er sprach laut. »Vielleicht floh'n sie nur aus Liebesnot, ins nächste Dorf mit jungen Frau'n, um sich nach einer umzuschau'n?«

»Halt dein Maul!«, brüllte ein junger bärtiger Ordensmann neben ihm und stieß ihn zu Boden. Hart schlug Lignus Gesicht auf den Stein, und er schrie vor Schmerz. Der Ordensmann beugte sich zu ihm, packte ihn im Haar und riss seinen Kopf in die Höhe. »Verfluchter Mörder! Beschmutz ihr Andenken nicht! Nie hätten sie uns im Stich gelassen!« Und wieder knallte er Lignus Gesicht auf den Boden.

Unruhe erfasste die Menge, Gemurmel erhob sich, Fäuste wurden geballt, aber die Wut brach nicht aus. Zu viele hielten es für möglich, das Lignu schuldig war; zu viele hatten gehört, er habe Parikles verraten, zu viele fürchteten den Prinzen.

Lignu spuckte Zähne und Blut, Mund und Nase waren rot verschmiert. Der tobende Ordensmann wurde von seinem Kameraden gepackt und davon abgehalten, weiter auf Lignu einzuschlagen. Zwei andere hoben Lignu hoch und wuchteten ihn die improvisierten Stufen auf den Steinblock hinauf. Der Block war vielleicht anderthalb Schritt hoch und doppelt so breit. Marius, der Henker, folgte ihnen nach oben. Er war groß und kräftig und trug seine übliche Rüstung, nur über den Kopf hatte er sich eine schwarze Kapuze gestülpt. Sie saß schief und beulte auf der linken Seite aus, so als sei sie nur notdürftig zusammengenäht worden. Er stellte sich hinter den Verurteilten und legte ihm die Schlinge um den Hals. Längst war Lignus Hemd von Blut durchtränkt.

Lignu sah zu den Suchern hinunter und rief: »Ich war es nicht, ihr habt mein Wort, und Ycena, das ist unser Ort!« Ohne vordere Zähne und mit geschwollenen Lippen konnte er nur undeutlich sprechen, aber die Worte waren zu erahnen. »Wir brauchen keinen Galgen nicht, und …«

»Halt endlich dein verlogenes Maul!«, brüllte der bärtige Ordensmann, und die Menge sah einfach zu.

»Nein, verdammt. Helft mir!«, flehte Lignu, nun ohne jeden Reim. Er sah erbarmungswürdig aus. Einige Sucher senkten den Blick, andere bissen sich auf die Lippe, aber niemand sprang ihm zur Seite.

»Du hättest Parikles nicht verraten dürfen«, murmelte einer neben Inrico, aber er sagte es mehr zu sich selbst. Welche Gründe auch immer ein jeder für sich anbringen mochte, indem niemand aufbegehrte, hatten sie Aurel endgültig als ihren Prinzen und Ycena als seine Stadt akzeptiert – schneller, als Inrico es für möglich gehalten hatte. Murrend vielleicht und manche sicher aus Angst, denn niemand hier wollte selbst am Galgen enden. Andere mochten hin- und hergerissen sein oder vielleicht sogar hoffen, Aurel werde die Hecke überwinden, könne aber nicht alle Schätze im Palast an sich reißen, sodass, wenn man es nur geschickt anstellte, für jeden etwas abfiele. Natürlich war Ycena dem Recht nach seine Stadt, oder die seines Vaters, denn sie lag innerhalb der Grenzen Lathiens, doch faktisch hatten die Könige sich nie um die Stadt geschert, und so war sie die Stadt der Sucher gewesen. Vom ersten Tag an hatten die Sucher Inrico das versichert, Ycena sei unabhängig von Königen und deren Gesetzen, frei. Die alte Hexerei habe sie herausgeschnitten aus allen Ländern, wer hier sei, gehöre nirgendwo dazu und sei niemandem Rechenschaft schuldig. Herkunft und Vergangenheit zählten nichts, hier sei jeder einfach nur ein Sucher. Jeder suche für sich, doch alle hielten zusammen. Stolz hatten sie das verkündet, und trotzdem waren sie eben Lignus verzweifeltem Aufruf nicht gefolgt. Weshalb nicht? Hatte Tiban recht, wenn er sagte, dass es immer um Stärke ging, und strahlte Lignu unter dem Galgen diese Stärke nicht aus? Oder hatte es gar nichts mit ihm zu tun, sondern nur mit Aurel? Und akzeptierten sie ihn als Herrscher, weil er der Prinz war oder weil er sich die Stadt einfach genommen hatte? Also aufgrund der Macht, die er draußen besaß, oder angesichts derer, die er hier drinnen an sich gerissen hatte? Machte das überhaupt einen Unterschied?

Weitere Blätter taumelten herbei, und Inrico hoffte, Aurel möge noch lange brauchen, um zu begreifen, dass sie von der Hecke stammten. Er war froh, dass der Narr Arlac nicht hier war. Der hätte sicher eine Verbindung zwischen der Hinrichtung und den fallenden Blättern hergestellt, so, wie er bei Grigos Hinrichtung einen Zusammenhang mit den fallenden Tropfen behauptet hatte. Am Ende würde Aurel seinem Vater blind nacheifern und auch hier mit dem Opfern von Menschen beginnen. Und der eine oder andere Sucher würde, besessen von der Vorstellung, die Hecke zu durchbrechen, die Hinrichtungen bejubeln.

»Lignu ist des Verrats und zweifachen Mordes überführt, seine Schuld wird nicht angezweifelt, und dafür wird er am Galgen sterben«, verkündete der Henker. Es waren nicht ganz die richtigen Worte, wie Inrico wusste, aber sie waren nahe dran. Grob stieß der Henker Lignu vom Podest. Lignu fiel ein kurzes Stück, dann fing das Seil ihn auf. Röchelnd und zappelnd hing er in der Schlinge, bis er schließlich starb. Aurel warnte jeden, ihn abzunehmen, bevor seine beiden Männer wieder auftauchten. So lange solle er verrotten.

Die Sonne verschwand hinter den Häusern, die Straße lag im Schatten, und die meisten gingen in die *Zehn Kerzen,* um zu trinken. Auch der Prinz, und so musste Inrico ihn begleiten.

Erst später, als es bereits dämmerte, konnte Inrico aufbrechen – zu spät, um noch zur Hecke zu schauen. Der Wind hatte sich gelegt, noch immer fanden sich vereinzelt Blätter am Straßenrand. Ein schwacher Geruch von Verfall lag in der Luft.

Inrico eilte heim, und Anthia war noch da. Sie wartete bei brennender Kerze in einem Raum zur Rückseite hin, wo das Licht von der Straße aus nicht gesehen wurde. Den ganzen Tag war sie nicht draußen gewesen, entsprechend unruhig war sie. Sie war es nicht gewohnt, einfach nur herumzusitzen und nichts zu tun. Schnell erzählte er von der Hinrichtung und allem, was geschehen war.

»Und das schreibst du für ihn auf?«, fragte sie mit Groll in der

Stimme. »Du schreibst, dass er gut daran getan hat, einen Mörder zur Strecke zu bringen? Wie bei Grigo damals?«

»Was soll ich machen? Mich weigern? Dann hänge ich selbst. Er ist nun mal der Prinz.«

Einen Moment lang sagte sie nichts, sondern presste stumm die Lippen aufeinander. Dann atmete sie tief ein und aus. »Nein.« Sie schüttelte den Kopf. »Ich weiß, dass du es nicht ändern kannst.«

Er nickte. »Aber vielleicht ist es sogar gut, dass ich Chronist bin.«

»Das habe ich mir heute auch gedacht«, sagte sie. Die Vorwürfe von eben schienen vergessen, auch dass sie am Vortag über sein neues Amt ebenso wütend wie belustigt gewesen war.

»Keiner seiner Männer wird dich anrühren, jetzt, da du die Frau seines Chronisten bist. Du kannst ohne Bedenken wieder raus.«

»Das stimmt, ja.« Sie nickte, und ein Lächeln huschte über ihr Gesicht. Dann sagte sie: »Eigentlich habe ich an etwas anderes gedacht. Du bist jetzt immer bei ihm, bei allen wichtigen Ereignissen. Das ist deine Aufgabe. Vielleicht kannst du dich ja, wenn er bei der Kaisertochter ist, an ihm vorbeidrängen und sie zuerst küssen.«

»Ich kann was …?« Fassungslos starrte Inrico sie an. »Aber eigentlich wolltest doch du sie küssen, nicht ich …«

»Ja. Ich fürchte nur, der Prinz wird vor mir in den Palast gelangen. Und bevor er der neue Kaiser wird, musst du es versuchen. Du hast es mir versprochen!« Sie legte ihm die Hand auf den Arm.

Inrico schüttelte den Kopf. »Nur, dass ich es versuche, wenn es dir als Frau nicht gelingt, sie wach zu küssen.«

»Wenn Aurel vor mir da ist, gelingt es mir nicht«, sagte sie trocken.

»Ich …« Inrico fuhr sich durchs Haar und begann, auf und ab zu laufen. Die Kerze flackerte. »Verdammt!«

Draußen war es nun vollständig dunkel, sie hatten nicht darauf geachtet. Heulend und jaulend erhoben sich die nächtlichen Kreaturen, um die Stadt in Besitz zu nehmen. Hastig pustete Anthia die Kerze aus, und sie tasteten sich zusammen ins Schlafzimmer hinüber.

»Ich fürchte, wenn ich das tue, schlägt er mich auf der Stelle tot«, sagte Inrico unterwegs. »Und dann erzählt er der Kaisertochter, er sei es gewesen, der sie geküsst habe. Nach so viel Schlaf wird sie nur langsam aufwachen und ziemlich verwirrt sein.«

»Sie wird es nicht glauben«, sagte Anthia und klang vollkommen überzeugt. »Sie wird wissen, wer sie geküsst hat. Es ist Hexerei.«

»Ich bin dann trotzdem tot«, murrte Inrico.

»Mhm.«

»Und alle seine Männer werden bestätigen, was er behauptet, bis sie es ihr eingeredet haben«, fügte Inrico hinzu und stieß gegen den Türstock. »Ah!«

»Pst!«

Irgendetwas prasselte aufs Dach und klatschte gegen die Fenster. Es klang härter und größer als Regentropfen. Anthia hielt Inrico am Arm gepackt, aber er hätte sich auch so nicht bewegt. Leise atmend standen sie da und warteten darauf, dass es aufhörte – was auch immer es war. Sie hatten es schon in früheren Nächten gehört, doch es war immer noch unheimlich.

»Das bleibt es jahrelang«, hatte Estor ihnen versichert. Auch jetzt schlug Inricos Herz schneller vor Angst; nie war er sicher, ob das, was da draußen im Dunkel war, nicht doch hereinkonnte. Schließlich verstummte das Prasseln.

»Sie wird es trotzdem merken«, nahm Anthia das Gespräch wieder auf.

»Das ändert nichts daran, dass ich tot bin. Tot! Dafür wird Aurel sorgen, ohne nachzudenken.«

»Tot bist du nur, wenn er dich erwischt. Und Kaiser ist er dann auf keinen Fall.«

»Nur bald König. Und er wird mich erwischen!« Wollte sie das nicht begreifen, oder war es ihr egal?

Sie seufzte und strich über seinen Arm. »Ich will nicht, dass du stirbst, das weißt du, oder? Aber wenn du es schaffst, gibt es wieder eine Kaiserin. Eine, die nicht Aurel heiraten muss, weil ihr Vater sie ja nur dem versprochen hat, der sie wach küsst. Und eine Kaiserin, die frei ist, ist doch das, was wir wollen?«

Inrico musste schmunzeln. »Du fängst an, zu argumentieren wie eine Bibliothekarin«, sagte er. Und sie hatte recht. Vielleicht waren ein solcher Kuss und eine sofortige Flucht die einzig verbliebene Hoffnung, dass Aurel nicht Kaiser wurde. Überraschte man Aurel und seine Männer, konnte es klappen. Sofern es den passenden Fluchtweg gab. Darauf bauen, dass Anthia Kaiserin wurde oder er Kaiser, konnten sie wohl nicht mehr. Trotzdem versprach er ihr nichts. Er sagte: »Wenn sich eine Möglichkeit ergibt, versuche ich es. Aber vielleicht finden wir ja noch einen Weg, wie wir dich vor ihm durch die Hecke bringen.«

Draußen hob ein Sturm an, und Inrico war sich sicher, dass die Hecke nun noch mehr Blätter verlor. Sie tasteten sich zu den Betten, legten sich hin und versuchten zu schlafen. Wieder klatschte etwas, das im Dunkeln nicht zu erkennen war, gegen die Fenster.

Blätter, dachte Inrico, *es sind nur Blätter.* Und an dem Gedanken hielt er fest, bis er eingeschlafen war.

2

Eine Stunde vor Sonnenuntergang kam Ukalion mit Telamon, Wolf und Isa aus der Kanalisation nach oben. Ein sanfter Wind wehte, und Isa lachte und drehte sich mit ausgestreckten Armen um sich selbst. Auch Wolf reckte dem Wind lachend die Nase entgegen. Am Straßenrand fanden sie ein vertrocknetes Blatt aus der Hecke, und dann fanden sie noch eines zwischen zwei Häusern taumelnd, und Ukalion dachte traurig: *Jetzt dauert es nicht mehr lange, bis Aurel es durch die Hecke versucht.*

Gemeinsam suchten sie sich ein neues Haus, in dem sie die Nacht verbringen konnten. Ukalion wollte um keinen Preis gesehen werden. Er fürchtete, längst an Aurel verraten worden zu sein, und sei es aus Versehen, weil irgendwer seinen Namen erwähnt hatte.

Wolf schlug ein Haus vor, in dem er schon geschlafen hatte. »Das, in dem ich mich nach meiner Rückkehr versteckt gehalten habe.«

»Gut«, sagten sie, und er führte sie hin. Es war schmal, verfügte aber über drei Stockwerke und lag etwas von der Straße zurückgesetzt und zwischen hohen Bäumen. Die Außenwände waren mit allen möglichen Zeichen und Skizzen vollgeschmiert, und doch fiel das Haus nicht sonderlich auf. Die Tür war massiv und unversehrt.

»Ich habe über die Jahre schon ein paarmal hier geschlafen«, versicherte Wolf erneut. »Hier wohnt niemand. Viele glauben, dass hier vor hundert Jahren sieben Sucher von den Kreaturen erwischt und ausgesaugt worden sind. Kein Tropfen Blut sei am nächsten Morgen in ihnen gewesen, hieß es, und auch die Augen hätten ihnen gefehlt. Jetzt sollen ihre Geister im Haus umgehen, aber das stimmt nicht.«

»Ich kenn das auch, ich hab hier schon mal gespielt«, bekannte Isa und fügte mit Blick auf Telamon schnell hinzu: »Tagsüber.«

»Allein?«, fragte der. »Ich hab dir die Geschichte von dem verfluchten Haus doch erzählt.«

»Ich glaube, mit Maec«, sagte sie leise, ohne ihn anzusehen. »Und ich wusste nicht, dass es dieses Haus ist.«

»Mhm«, brummte Telamon und musterte sie und Wolf abwechselnd.

»Und du bist sicher, dass hier keine Toten umgehen?«, wandte Ukalion sich an Wolf. »Wenn wir nachts feststellen, dass doch welche da sind, ist es zu spät.«

»Ich bin mir sicher.« Wolf schmunzelte. »Gestorben sind die sieben Sucher in einem Haus drei Straßen weiter. Mehrere, die dort über die Jahre Unterschlupf suchten, haben sich erhängt oder sind auf die Straße gestürmt, also in ihr Ende. Aber das Haus haben ein paar Sucher noch vor meiner Geburt niedergerissen, ich kann euch die Ruinen gern zeigen. Maec und ich haben die Geschichte dann wieder und wieder über dieses Haus erzählt, weil wir sie so sehr mochten. Und weil wir dadurch ein Haus hatten, das viele gemieden haben.«

Telamon schnaubte und trat kopfschüttelnd ein. »Es ist ein gutes Versteck.«

Ukalion folgte ihm. Gleich zur Rechten lag ein großer Raum mit mehreren Betten.

»Nebenan sind noch mehr Betten«, sagte Wolf.

»Und oben?«

»Auch. Aber ich bin immer unten geblieben.«

Ukalion nickte. »Schauermärchen oder nicht, ich seh mich lieber um. Euch beide haben die Geschichten ja auch nicht ferngehalten.«

»Vergiss nicht, in jeden Schrank zu schauen. Da verstecken sich Monster und Kinder gern«, spottete Telamon, bevor er sich aufmachte, frisches Wasser aus dem Fluss zu holen. Er musste sich beeilen, wollte er es vor Sonnenuntergang schaffen.

»Und guck auch darunter.« Isa kicherte.

»Und in alle Truhen«, ergänzte Wolf, angesteckt von der Fröhlichkeit.

»Jaja, lacht ihr nur«, brummte Ukalion, aber er grinste selbst. »Holt lieber Obst von den nächsten Bäumen. Wir haben keine großen Vorräte mehr.«

Gehorsam gingen sie los, und Ukalion stapfte trotz seiner Erschöpfung einmal durch das ganze Haus. Er war seit Wochen in Ycena, doch noch immer hatte er sich nicht daran gewöhnt, dass die meisten Gebäude tatsächlich verlassen waren. Entfernte man sich ein Stück von der Hecke, waren es eigentlich alle.

Im ersten Raum blickte er tatsächlich noch in den Schrank, doch dann ließ er es sein. Wieso sollte ihnen ausgerechnet in einem verfluchten Haus ein Ordensmann auflauern? Noch dazu im Schrank? Wie erwartet, fand er bis unter das Dach hinauf keinen Menschen, aber er fühlte sich besser, weil er nachgesehen hatte. Er öffnete ein Fenster, doch keiner der Bäume davor trug Früchte. Der Wind ließ nach, in der Luft lag ein schwacher Geruch von moderndem Holz. Ukalion sah in Richtung Hecke, konnte auf die Entfernung aber nichts erkennen. Von den ehemaligen Thermen war nur das Dach auszumachen, alles andere, auch der Eingang der *Zehn Kerzen,* wurde von Bauwerken verdeckt. Der Wind wehte Stimmen herüber, aber einzelne Worte waren nicht zu verstehen, geschweige denn ganze Sätze. Er schloss das Fenster und stieg wieder nach unten, wo er auf die anderen wartete.

Nachdem sie gegessen und getrunken hatten, setzte sich jeder auf das Bett, das er sich für die Nacht ausgesucht hatte. Telamon und Isa teilten sich eines, und Wolf rückte seines näher an die der anderen heran. Der Wind war abgeflaut, und die Dämmerung brach herein. Sie entzündeten keine Kerzen und berieten sich nur leise.

»Durch das Wurzelwerk hindurch schaffen wir es nicht schnell genug. Die Erde hinauszuschleppen und alles abzustützen kostet viel zu viel Zeit«, sagte Ukalion. »Und in der Höhle mit der großen Wurzel ging es gar nicht weiter. Trotzdem hatte ich eine Idee. Sie ist verzweifelt und wahrscheinlich verrückt, aber wir müssen unbedingt vor Aurel bei der Kaisertochter sein. Er darf nicht Kaiser werden! Was meint ihr, wenn wir es durch den Schacht versuchen, in dem du gefangen warst?« Er sah Telamon an, und der starrte zurück. Im Dämmerlicht war sein Ausdruck nicht klar zu erkennen, aber Ukalion vermutete Verblüffung, vielleicht auch Entsetzen. »Er war tief, und vielleicht gibt es an seinem Grund eine Verbindung zum Palast, immerhin wurdest du …«

»Nein.« Telamon schüttelte den Kopf. »Da unten lauert etwas.«

»Aber …«

»Nein!«, brach es aus ihm heraus, in seiner Stimme lag Angst. Isa zuckte zusammen, und er nahm ihre Hand. Leiser fuhr er fort: »Du hast nicht gehört, gerochen und gespürt, was da zu mir heraufgekrochen kam. Auch die Schreie hast du nicht gehört. Ich glaube, da unten sind die Kreaturen auch tagsüber wach. Selbst wenn es dort eine Verbindung zum Palast gäbe, kämen wir nicht einmal in die Nähe davon, ohne gefressen zu werden.«

»Was dann?«

Sie überlegten, ob es über die Kanalisation einen Weg geben konnte, aber Wolf erinnerte sich nur an verschüttete Tunnel, und auch sonst wusste niemand etwas. Sie dachten über besseres Werkzeug nach, und die Nacht senkte sich auf Ycena herab, und die Kreaturen erwachten und schwärmten aus. Die vier beugten sich vor und rückten noch näher aneinander.

»Vielleicht gibt es einen Geheimgang«, sagte Isa. »In Geschichten haben Burgen oft so etwas.«

»Ja, in Geschichten«, sagte Ukalion.

»Das Märchen vom letzten Kaiser ist auch eine Geschichte«, hielt Wolf ihm entgegen.

»Das stimmt«, räumte Ukalion ein und lächelte.

»Geheimgänge gibt es nicht nur in Geschichten«, sagte Telamon.

»Dann meinst du, es gibt hier einen?« Für einen Moment verspürte Ukalion Hoffnung.

»Nein, aber in manchen Burgen. Hier ist nie einer gefunden worden.«

Plötzlich herrschte draußen Stille. Alles Heulen war verstummt, der Wind hatte sich gelegt, wie es immer wieder einmal geschah.

»Und wenn wir irgendwie von oben über die Hecke …«, fing Wolf an.

Ukalion fiel ihm ins Wort: »Nein. Auch dazu müssten wir in die Nähe der Hecke, und da erwischen uns Aurels Leute.«

Grübelnd schwiegen sie, und in dieses Schweigen hinein erklang plötzlich ein Geräusch wie ein unterdrücktes Bellen, gefolgt von einem Japsen und einem weiteren Laut, der auch ein Niesen hätte sein können.

»War das draußen?«, fragte Isa.

»Ich weiß es nicht«, erwiderte Telamon, und Ukalion griff nach seinem Dolch. Er hätte die Geräusche drinnen verortet, und als sie wieder erklangen, war er sich sicher.

Wolf sagte leise: »Nein. Es kam von oben.«

»Von oben?« Isa flüsterte nur, doch ihre Angst war deutlich zu hören. »Was, wenn das doch die Toten sind?«

»Die sind nicht hier«, versicherte Wolf mit dünner Stimme.

»Und wenn doch?«

»Und wenn es ein Lebender ist?«, gab er zurück. »Oder eine der Kreaturen? Ist das besser?«

»Wir schauen nach«, bestimmte Telamon.

»Aber wir sehen doch gar nichts«, protestierte Isa.

»Trotzdem. Hinaus können wir nicht, und wir können auch nicht darauf warten, dass irgendwer uns irgendwann in der Nacht überfällt. Du und Wolf, ihr bleibt hier, Ukalion und ich gehen.«

»Ich will nicht allein hierbleiben.«

»Mit Wolf.«

»Und wenn es die Toten sind?«

»Sie sind es nicht.«

»Und wenn der Eindringling an euch vorbeikommt? Ich will bei dir sein.«

Seufzend gab Telamon nach, verlangte aber, dass sie hinter ihm blieb. Schweigend schlichen sie zur Treppe hinüber und dann, die Waffen gezückt, nach oben. Fackeln entzündeten sie nicht. Ukalion übernahm die Führung, weil er zuvor schon oben gewesen war und die Räume kannte. Telamon hielt sich an seiner Seite, damit sie die gesamte Breite der Stufen abdeckten und niemand zwischen ihnen hindurchschlüpfen konnte. Über ihnen herrschte wieder Stille.

Ukalion fragte sich, ob er bei seinem Rundgang etwas übersehen hatte. Hätte er doch in alle Schränke schauen sollen? Oder war ein Fenster offen geblieben, sodass die Kreaturen das Haus betreten konnten? Er war sich sicher, dass er das Fenster, das er geöffnet hatte, wieder geschlossen hatte.

Sie erreichten gerade den ersten Stock, als Ukalion ein Knarzen hörte. Er blieb stehen, und Wolf wäre mit seinem Messer beinahe in ihn hineingelaufen. Ukalion berührte Telamon am Arm, sodass auch der verharrte. Nun erklang ein Schleifen, als schöbe sich etwas Schweres über den Boden, und Ukalion war sich nicht sicher, aus welcher Richtung das Geräusch kam.

»Oben«, hauchte Wolf, der über gute Ohren zu verfügen schien, und so stiegen sie in vollkommener Dunkelheit weiter hinauf. Ukalion lauschte angespannt, um nicht überrascht zu werden, er sog die

Luft ein, um vielleicht etwas zu riechen, aber da war nichts. Wenn dort oben nur ein Salamander oder eine Ratte oder sonst ein kleines Tier lebte, konnten sie noch die ganze Nacht durch das Haus schleichen, ohne etwas zu finden; das Tier würde ihnen immer davonhuschen. Aber er hatte auf seinem Rundgang keins gesehen, auch keinen Kot oder andere Spuren. Allerdings glaubte er auch nicht, dass Nachtkreaturen hereingekommen waren, die hätten nicht so vorsichtig agiert. Dort oben versteckte sich jemand – oder lag auf der Lauer.

Endlich erreichten sie die oberste Stufe, und Ukalion tastete nach den anderen und zog sie mit sich nach rechts. Dort befand sich der Raum, den er für einen Hinterhalt nutzen würde. Es standen zwei Truhen darin und ein großer Schrank, hinter denen man sich verstecken konnte. Langsam tastete er nach der Klinke. Als er sie heruntergedrückte, quietschte es unüberhörbar laut.

»Los«, zischte Telamon, weil sie jetzt sowieso entdeckt waren.

Ukalion warf sich mit der Schulter gegen die Tür, um sie mit Schwung zu öffnen, doch sie stieß sofort polternd gegen ein Hindernis. Ukalions Kopf prallte auf Holz, und die Luft wurde ihm aus den Lungen gepresst. Er japste, ihm dröhnte der Kopf, und um ein Haar wäre ihm der Dolch aus der Hand geglitten. Er packte zu und ließ sich gleichzeitig fallen, weil er einen Angriff befürchtete. Und tatsächlich schrappte über ihm etwas über das Türblatt, während er mit der Schläfe gegen Telamons Knie stürzte und auch ihn fast noch zu Fall brachte.

»Ah«, zischte er.

»Verdammt, was ist?«, rief Telamon.

Irgendwer packte ihn, Wolf vermutlich, und zog ihn fort. Ein anderer, bestimmt Telamon, trat gegen die Tür. Holz knirschte, etwas polterte, irgendwer schrie und fluchte, und Ukalion fragte sich, ob das Telamon war. Isa anscheinend auch, denn sie rief: »Papa!«

»Bleib zurück!«

»Isa?«, keuchte irgendwer. Es kam aus dem Raum, gefolgt von: »Verdammt, Telamon! Was hab ich euch je getan?«

Die Stimme war Ukalion vertraut, aber er konnte sie nicht zuordnen, sie klang zu gepresst, so als strenge ihr Besitzer sich sehr an.

»Du bist es doch, der uns auflauert«, knurrte Telamon.

»Ihr verfolgt mich.«

»Wir dich?« Ukalion lachte. »Wer bist du überhaupt?«

»Was?«

»Wer du bist«, wiederholte Telamon, der die Stimme anscheinend auch nicht erkannte.

Einen Augenblick herrschte Stille, dann erhob sich draußen wieder ein Heulen, und aus dem Raum hinter der Tür kam es leiser: »Parikles. Und du bei den beiden bist Ukalion, oder? Ist noch wer bei euch?«

»Nein«, sagte Ukalion schnell, von Wolf musste niemand erfahren. Der schwieg, und zum Glück widersprach niemand.

»Bist du tot?«, fragte Isa leise.

»Was? Nein!«

»Was tust du dann hier?« In Isas Stimme lag keine Angst mehr.

»Was soll ich schon tun? Ich versteck mich.«

»Warum nicht zu Hause?«

»Wie soll ich denn …« Er unterbrach sich selbst. »Ihr wisst es tatsächlich nicht?«

»Nein«, versicherte Isa. »Sonst hätte ich doch nicht gefragt.«

Und Ukalion hakte nach: »Wenn du dich nicht vor der Nacht versteckst, vor wem dann?«

»Was tut ihr denn hier?«, entgegnete Parikles. »Ihr seid auch nicht zu Hause.«

»Nein, sind wir nicht.« Mehr sagte Telamon nicht.

Ukalion lachte leise. »Du versteckst dich vor dem Prinzen.« Es war keine Frage, er war sich sicher. Aurel war jemand, der andere jagen ließ.

»Und ihr?«, fragte Parikles und gab damit zu, dass Ukalion recht hatte.

»Wir auch!«, rief Isa. »Und nun hätten wir uns fast gegenseitig erschlagen!« Sie lachte so laut, dass ihre Stimme sich überschlug. Dann weinte sie und lachte und weinte zugleich.

»Aber das haben wir nicht«, brummte Telamon. »Komm her.«
»Nein.« Sie schniefte.
»Bist du allein?«, wandte Ukalion sich an Parikles.
»Ja.«
»Wo ist Levith?«
»Ich weiß es nicht.«

Wieder schwiegen sie einen Moment, das Heulen draußen wurde lauter, und etwas Großes kroch schnaufend und keuchend vorn die Straße entlang. Die Bäume vor dem Fenster knarzten im auffrischenden Wind.

»Was machen wir jetzt?«, fragte Isa leise. »Vertrauen wir ihm?«
»Wenn er uns verrät, weshalb er sich versteckt«, sagte Ukalion.

Parikles erzählte ihnen, Levith sei am Morgen vor zwei Tagen aufgebrochen, um bei Aurel etwas über die Hecke zu erfahren, doch nach einer Weile habe er ihn laut und voller Angst rufen hören: *Flieh! Parikles!* Da sei er, ohne nachzudenken, gerannt. Zur Rückseite ihres Hauses hinaus und fort, nur fort. »Hinter mir hörte ich irgendwen rufen: *Schnappt euch den dreckigen Lenydhen!,* und ich hörte Rüstungen scheppern. Ich bin einfach nur fort. Als ich nicht mehr konnte, habe ich mich versteckt. Später bin ich noch einmal zurückgeschlichen, um herauszufinden, was mit Levith geschehen war, aber ich habe ihn nirgends gefunden. Ich wusste nicht sicher, wen ich gefahrlos fragen konnte und wer mich an Aurel verraten würde, und so habe ich mich weiter in der Nähe verborgen gehalten und alles beobachtet. Heute habe ich dann gesehen, wie sie einen Galgen gebaut haben, und ich hatte solche Angst, dass mir schlecht geworden ist. Aber der Galgen war nicht für Levith, sondern für Lignu, und das hat mich erst erleichtert und dann wütend gemacht. Ich habe mich zurückgezogen und hier versteckt. Hier war ich schon mal mit Levith, weil sich hier kaum jemand hertraut, und … Nun, ich hatte gehofft, er würde sich auch daran erinnern und deshalb kommen, aber wir haben uns anfangs an so vielen Orten getroffen, weil wir nicht wussten, wie … Und wer weiß, ob er frei ist oder verwundet oder …« Er atmete schwer und klang erschöpft. »Und dann ist nicht er gekommen, sondern ihr.

Ich habe nur gehört, dass ihr da seid, aber nicht, was ihr gesprochen habt. Da ich euch nicht erkannt habe, dachte ich, ihr seid jemand, der mich sucht, und so habe ich mich im Schrank versteckt.«

»Im Schrank?«, fragte Isa. »Und Ukalion hat dich nicht gefunden?«

»Nein«, murrte Ukalion. »Da habe ich nicht nachgesehen.«

»Zum Glück«, sagte Parikles, »ich hätte dich wohl erstochen, bevor ich dich erkannt hätte. Das Messer hatte ich schon in der Hand.«

»Ich hätte mich gewehrt«, versicherte Ukalion, aber er wusste selbst, dass er derart überrumpelt wahrscheinlich zu spät reagiert hätte.

»Ich bin auch da«, sagte plötzlich Wolf.

»Wer?«, fragte Parikles überrascht.

»Wolf.«

»Welcher Wolf? Der Streuner? Ich dachte, du bist tot!«

»Das dachten alle. Aber ich habe es geschafft.«

»Gut«, sagte Parikles. »Und ist sonst noch wer da?«

»Nein«, versicherten Isa und Wolf zugleich.

»Ganz bestimmt?«

»Niemand«, bestätigte Ukalion. »Wolf habe ich nur verschwiegen, weil er vielleicht gesucht wird.«

»Nun, das verstehe ich.« Parikles schnaubte, und es klang beinahe wie ein Lachen. »Dann komme ich jetzt raus.«

Als er die Truhe, mit der er die Tür verbarrikadiert hatte, zur Seite schob, hörten sie ein schweres Schleifen. Dann öffnete sich die Tür, und er trat zu ihnen auf den Gang. Gemeinsam gingen sie im Dunkeln nach unten. Während der ersten Schritte war Ukalion auf der Hut, weil die Dunkelheit einen vorsichtig werden ließ, aber natürlich zog Parikles keinen Dolch oder tat etwas ähnlich Unsinniges. Ihm war anzuhören, wie erleichtert er war, nicht mehr allein zu sein.

Unten setzten sie sich wieder auf die Betten, Parikles wählte eines, das ein Stück entfernt stand, näher an der Tür. Isa wollte eine Fackel anzünden, um Parikles einmal anzusehen. Als müsste sie sich mit eigenen Augen vergewissern, dass er es wirklich war, aber letztlich wagte sie es nicht.

»Warum versteckt ihr euch?«, fragte Parikles.

»Ukalion ist …«, fing Isa an, aber Telamon unterbrach sie sofort.

»Pst!«, zischte er.

»Ich denke, wir vertrauen uns?«

»Das ist trotzdem Ukalions Sache.«

»Schon gut«, sagte Ukalion. Vielleicht war es auch besser so. »Wenn du magst, erzähl es.«

Und das tat Isa. Sie erzählte, dass er Tibans Bastard war, und Ukalion hörte, wie Parikles überrascht die Luft einsog, auch wenn er nichts dazu sagte. Isa nannte ihn einen echten Königssohn, der zugleich der Gehilfe eines einfachen Müllers gewesen sei, und aus ihrem Mund klang es fast wie ein Märchen. Sie erzählte, der Müller – sie hatte Gajus' Namen vergessen – habe erst nicht Ukalions Vater sein wollen, dann aber doch, und Ukalion sei von Prinz Aurel, der ihn verfolgt habe, gehasst worden. »Bestimmt ist er neidisch, weil Ukalion der bessere König wäre, obwohl er nur ein Bastard ist. Und jetzt ist Ukalion hier, um Kaiser zu werden.«

Verflucht, dachte Ukalion, *das hätte sie eigentlich nicht verraten sollen.* Und für eine Weile blieb es still.

»Kaiser!«, wiederholte Isa mit Nachdruck. »Und er muss es werden.«

»Nicht dein Vater?«, fragte Parikles.

»Ich will nicht«, brummte der. »Warum muss ich das immer wieder betonen?«

»Papa ist auch kein Königssohn«, sagte Isa belehrend.

Ukalion schnaubte amüsiert.

»Natürlich, ich verstehe«, antwortete Parikles, und es klang, als würde er lächeln. Nach einer Weile, in der er wohl nachgedacht hatte, fügte er hinzu: »Levith und ich wollten … Also … Wenn ich helfe, bekommen wir dann einen Platz an deinem Hof, Ukalion? Irgendeine Aufgabe oder einen unbedeutenden Titel, der uns aber die Freiheit gibt, wir selbst zu sein, ohne dass wir verfolgt werden?«

Das Angebot überraschte Ukalion. Trotzdem überlegte er nicht, sondern sagte sofort: »Ja.«

»Schwörst du es?«

»Ja. Ich ...«

»Nicht hier im Dunkeln«, unterbrach ihn Parikles. »Morgen, wenn es hell ist.«

Und so war es abgemacht. Sie erzählten ihm von der gewaltigen Wurzel, dass sie die Hecke geschwächt hatten, ausgerechnet kurz bevor Aurel eingetroffen war, und dass sie nun einen anderen Weg hinein brauchten, bevor Aurel sich die Schwäche der Hecke zunutze machen konnte.

»Keinen anderen Weg«, sagte Parikles überzeugt, »wenn die Hecke schwach wird, müssen wir durch sie hindurch.«

»Sie wird bewacht. Und wir werden gesucht. Genau wie du.«

»Für die ganze Hecke hat er zu wenige Männer. Wenn wir uns eine wenig beobachtete Stelle nehmen und eine Art Tarnschirm aus Zweigen bauen, den wir vor das Loch und uns stellen, werden wir vielleicht nicht bemerkt.«

»Ja«, jubelte Isa, und auch Wolf rief begeistert: »Das klappt!«

Telamon murmelte etwas Zustimmendes, und Ukalion grinste. »Ich denke, wenn ich Kaiser bin, gebe ich dir nicht einfach irgendeine Aufgabe«, sagte er, »sondern eine richtige, so gut wie dein Verstand funktioniert.«

Noch eine Weile überlegten sie, welche Stelle geeignet sein mochte, und Ukalion war froh, dass sie auf Parikles getroffen waren – einen der wenigen, die bestimmt selbst keine Frau küssen wollten. Trotzdem hatte er sich ihnen angeschlossen, anstatt Levith zu suchen, um mit ihm Ycena zu verlassen. Er musste tatsächlich glauben, dass sie es schaffen konnten, und das gab ihm weiter Mut.

Isa hat ihn überzeugt, dachte er lächelnd, *schon wieder.* Und dann dachte er, dass er, wenn er wirklich Kaiser werden wollte, den Nächsten, den sie trafen, selbst überzeugen sollte.

DURCH DIE DORNEN

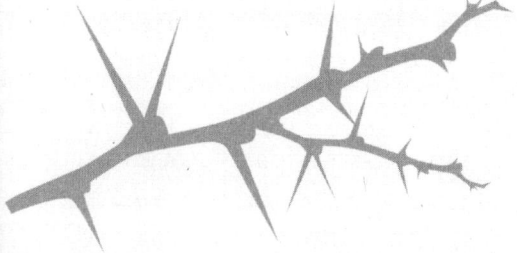

1

Perle und Ion hatten sich tief in die Hecke gegraben. Trotz ihrer Karte des Palasts waren sie sich nicht sicher, wo sie sich befanden, zu ungenau war der Geheimgang eingezeichnet. Die Beschriftung konnten sie nicht lesen, und sie hatten nicht damit gerechnet, dass auch innerhalb der Palastmauern überall die Hecke wucherte.

»Was meinst du, wie es in den Gebäuden aussieht?«, fragte Ion. »Wachsen dort auch die Dornen?«

»Ich weiß es nicht«, bekannte Perle, aber der Gedanke machte ihr Sorgen. Ungeduldig hackte sie mit *Ungehorsam* auf die Ranken ein, und eine nach der anderen fiel zu Boden. Dort wirkten sie viel kleiner und geringer an der Zahl. Perle schlug einen breiten Tunnel in das dunkle Grün, Schritt um Schritt, und Ion schob die abgeschlagenen Äste an den Rand oder stopfte sie irgendwo seitlich in die Hecke. Sie wussten nicht, wohin sonst damit, auf keinen Fall durften sie sich den Rückweg verbauen.

In der Hecke herrschte trübes Dämmerlicht, ähnlich dem im Wilden Wald, doch beklemmender. Überall um sie herum waren Blätter und Dornen, so nah, dass sie sie immer wieder berührten. Manchmal war Perle, als rückten die Ranken langsam an sie heran, um den Tunnel wieder zu schließen, und dann schlug sie härter und schneller zu und konnte wieder freier atmen.

Sie hatten in der Hecke keine Tiere gesehen, und kein Geräusch drang durch sie hindurch. Sie hörten weder die Vögel, die über sie hinwegfliegen mussten, noch die Rufe der Grabenden oder das Knirschen der Schaufeln, die irgendwo draußen in den Boden gerammt wurden. Es war, als seien sie hier drinnen vollkommen von der Stadt abgeschnitten.

Perle war erleichtert, dass sie nicht auf menschliche Überreste stießen, nicht auf Knochen oder Zähne, die zu Dornen geworden waren, weder auf die Splitter einer Klinge noch auf Gewandnadeln, denn das bedeutete wohl, dass noch nie ein Mensch so weit vorgedrungen war.

Die Fackeln hatten sie vorsichtshalber nicht angezündet. Würde die Hecke Feuer fangen, würden sie im schlimmsten Fall selbst darin verbrennen, und selbst wenn sie davonkämen, wären zumindest zu viele Reichtümer in den Flammen verloren, und nichts hielte die anderen mehr davon ab, hereinzukommen, und auch das wollten sie nicht riskieren.

»Autsch«, murmelte Ion.

»Was ist?«

»Nichts. Hab mich nur gestochen.«

Wieder und wieder war ihm das passiert, wenn er die Ranken anfasste, um sie fortzuschaffen, und Perle hin und wieder auch. Sie hatten sich gestochen und gekratzt, und beim ersten Mal hatten sie noch Angst gehabt, nun selbst in einen magischen Schlaf zu fallen. Doch das war nicht geschehen, sie waren nicht einmal müde geworden, es war lediglich so, dass die kleine Wunde ein wenig mehr brannte als üblich. Das war nicht schlimm, doch nach ein, zwei Stunden waren ihre Hände vollständig von roten Rissen, Striemen und Ritzern überzogen gewesen.

Plötzlich erahnte Perle im wilden Dickicht vor sich einen eckigen Schatten, klare, gerade Linien, und sie rief: »Da!«

Ion sah hin und jubelte: »Ein Haus! Das muss der Palast sein!«

Aber dafür war es viel zu klein. Und als sie sich so weit durchgekämpft hatten, standen sie vor einem großen, zugewachsenen Käfig, um dessen Gitter sich Ranken wanden. In ihm lagen zwei gewaltige Bären, denen man Halsketten aus Silber umgelegt hatte. Sie schienen zu schlafen, und stumm starrten Perle und Ion sie an. Doch sosehr Perle sich auch mühte, sie sah nicht, dass sich die Brust eines der Tiere gehoben oder gesenkt hätte, und kein Laut drang von ihnen herüber. Reglos wie aus Stein waren sie, und doch waren sie nicht aus Stein, und auch tot wirkten sie nicht. Sie lagen zu weit entfernt, als dass sie sie hätte berühren können, aber Perle wusste auch nicht, ob sie es überhaupt gewagt hätte.

»Sie sehen echt aus«, flüsterte Ion schließlich.

Perle nickte. Und dann fiel es ihr auf. »Aber sie riechen nicht wie Bären.« Sie rochen überhaupt nicht, auch nicht nach Verwesung. Der einzige Geruch, der in der Luft lag, war der der Hecke.

»Siehst du die Ketten?«, fragte Ion. »Meinst du, das ist Silber?«

»Ja. Aber siehst du, was noch im Käfig ist?«

»Außer den Bären?« Ion runzelte die Stirn und blickte angestrengt hinein. Er sah sogar nach oben an die Käfigdecke. »Nichts.«

»So ist es.« Perle lächelte. »Nichts. Keine Dornen. Und wenn sie dort nicht eindringen, bedeutet das, dass wohl auch im Palast keine sind. Dafür Schätze aus Gold, nicht nur Silber. Niemand hängt das Wertvollste, das er besitzt, um einen Bärenhals.«

Und mit den Gedanken bei Gold und Edelsteinen, Münzen und Kronen kämpften sie sich weiter voran, bis das Licht in der Hecke immer schwächer wurde und sie vor sich ein Gebäude ahnten.

»Der Palast«, stieß Ion aus. Seine Augen leuchteten.

»Die Dämmerung«, sagte Perle. Ihr Arm schmerzte von all dem Hacken. »Wir gehen zurück.«

»Warum? Nein! Wir schaffen es noch!«

»Und wenn nicht? Was dann? Wir wissen nicht, ob die Kreaturen auch in die Hecke eindringen. Wenn es Nacht wird, möchte ich nicht hier feststecken.«

Und so begaben sie sich schweren Herzens in den Gang zurück und zogen die Tür hinter sich zu. Erst jetzt fiel ihnen wieder ein, dass sie das Schloss herausgebrochen hatten.

»Heißt das, sie können jetzt hier herein?«, fragte Ion.

»Vermutlich.« Perle fluchte, auch wenn sie es nicht genau wusste. »Wir müssen es reparieren!« Anders konnten sie nicht sicher sein.

Mit brennenden Fackeln rannten sie hinunter in den Lagerraum, wo sie einen Hammer wussten, rissen alle Schränke auf und fanden ihn rasch. Perle zerlegte mit gezielten Schlägen eine Bank und klopfte die Nägel aus dem Holz, Ion sammelte die Nägel auf, klemmte sich ein Brett unter den Arm und stürmte zurück. Perle folgte ihm mit weiteren Brettern und dem Hammer.

Notdürftig nagelten sie das Schloss wieder in der Tür fest, und als die Dunkelheit endgültig hereinbrach, hielt es gerade so. Was geschehen würde, wenn jemand mit Gewalt daran rüttelte, wussten sie jedoch nicht. Bang lauschten sie dem Heulen, das die Nacht ankündigte, doch es klang schwach und fern, so als schlucke die Hecke sogar das. Trotzdem starrten sie ängstlich auf die Tür. Perle war bereit, sie zuzuhalten, so lange es ging, doch die Augenblicke verstrichen, und es rüttelte niemand an der Tür, niemand fauchte, schrie, schnüffelte oder schmatzte davor, niemand schlug dagegen. Niemand war auf ihrem freigeschnittenen Weg durch die Hecke gelangt. Sicherheitshalber presste Perle ihr Ohr an das Holz und pikste sich an einem Splitter, doch im Inneren des Palasts schien alles still zu sein. Die Kreaturen waren hinaus in die Stadt gegangen.

Erleichtert stiegen Perle und Ion die Treppe hinab zu ihren Schlafplätzen, aßen erschöpft etwas von den Vorräten und legten sich hin. Bald hörte Perle Ion gleichmäßig atmen, und dann war auch sie weg.

2

Perle lief durch ein Labyrinth. Die Wände waren übersät mit beißenden Mündern und Mäulern, die nach ihr schnappten. Die spitzen Zähne bestanden aus grauem Gold, lang und krumm. Vor ihr lief Ion, schreiend vor Angst, und auch nach ihm schnappten die Mäuler. Eine riesige Wildsau aus Dornen war ihr auf den Fersen, und auf ihr ritt die Kaisertochter, von oben bis unten in Edelsteine gehüllt. Sie trug eine Krone mit dornigen Zacken, und ihr Gesicht war das von Kataskia.

Perle rannte und rannte, aber sie konnte nicht entkommen. Die Wildsau trampelte sie nieder und über sie hinweg, und Perle konnte sich nicht rühren und wusste, dass sie nun starb.

Sie sah, wie auch Ion niedergeritten wurde, und nun war die Wildsau ein Bär, und dann griffen große Hände nach ihr und zogen sie aus dem Gang hinauf und durch die Decke ins Freie. Es waren ihr Vater und der Großbauer Hernoth, und sie sagten: »Da bist du ja endlich.«

Sie schrie: »Nein! Du bist nicht mehr mein Vater!«

Darüber erwachte sie. Ihr Herz schlug wild, und sie starrte angstvoll um sich, doch es herrschte tiefe Dunkelheit. Ion lag neben ihr und schlief.

Langsam beruhigte sie sich und schloss die Augen wieder.

3

Kurz nach Sonnenaufgang waren Perle und Ion mit Rucksäcken zurück in der Hecke, und im herausgeschlagenen Tunnel lagen vertrocknete Blätter auf dem Boden, blutrot und faulig braun. Sie mussten über Nacht herabgeregnet sein. Die Blätter knirschten laut, wenn sie darauf traten, und Perle dachte: *Die Hecke stirbt.*

Aber sie tat es langsam, und Perle erweiterte den Tunnel mit immer neuen Hieben, bis sie, wie erwartet, ein Gebäude erreichten. Sie trafen auf eine massive Mauer aus weißem Marmor, an der sie sich entlangbewegten, und bald fanden sie ein Fenster.

»Lass mich«, sagte Ion und schlug es mit dem Schwert ein. Klirrend fielen die Scherben zu Boden. Ein paar letzte Splitter ragten aus dem Rahmen wie Zähne oder Dornen, aber Ion hackte sie ab. Dann kletterten sie hinein und erstarrten.

Sie standen in einem hohen Raum, dessen Boden aus einem detaillierten Mosaik bestand. Nicht alles konnten sie erkennen, da durch die zugewachsenen Fenster nur wenig Licht hereindrang. Die Wände waren im oberen Drittel mit Malereien bedeckt, und auf einem verzierten Tisch gleich vor ihnen stand eine goldene Schale mit Äpfeln. Auf übermannshohen Säulen an den Wänden thronten große bemalte Vasen. Perle hatte noch nie etwas so Schönes gesehen.

»Schau, die Äpfel«, sagte Ion staunend. »Die sind ganz frisch.«

Doch als er hinging und einen aus der Schale nehmen wollte, zerfiel der unter seinem Griff zu lockerer schwarzer Erde. Ion schrie, warf die Erde von sich und wischte sich die Hand hektisch an der Hose ab.

»Zeig deine Hand«, verlangte Perle, weil sie dachte, es sei etwas passiert, aber sie konnte nichts sehen.

»Ich bin nur erschrocken«, sagte Ion.

»Ich auch«, erwiderte sie.

Sie gingen durch eine Tür, ohne sich weiter umzusehen, und landeten in einem langen Flur. Dort herrschte die gleiche Stille wie in der Hecke, und auf dem Boden lagen mehrere Menschen. Es sah aus, als seien sie einfach irgendwo niedergesunken und sofort eingeschlafen. Perle und Ion verharrten und starrten sie an. Wie die Bären im Käfig rührten auch die Menschen sich nicht, nicht eine Brust hob und senkte sich. Vorsichtig näherte Perle sich dem Ersten, einem bartlosen jungen Mann in Rüstung. Neben ihm lag ein Helm auf dem Boden, der einen Kamm aus Pferdehaar trug.

»Pass auf«, raunte Ion ihr zu. »Meinst du, er zerfällt wie der Apfel?«

Darauf wusste Perle nichts zu erwidern. Hatte Kataskia nicht gesagt, alle würden schlafen? Hatte sie nicht unter ihren Albträumen gelitten? Von schwarzer Erde hatte sie nicht gesprochen.

»Äpfel sind keine Menschen«, sagte Perle und streckte langsam die Hand aus. Ganz sanft berührte sie den nackten Unterarm des Mannes und hielt den Atem an. Er zerfiel nicht. Mit den Fingerspitzen fuhr sie über die Haut, sie spürte die Härchen ebenso wie eine kleine Narbe und einen rauen Leberfleck. Die Haut war ebenso warm wie ihre. Dann drückte sie fester zu, und das Fleisch gab nach, es war nicht versteinert. Unter dem Druck verrutschte der Arm etwas, und sie erschrak, doch sonst geschah nichts. Sie ergriff das Handgelenk und tastete nach einem Puls, fand jedoch keinen. Schließlich hielt sie die Hand unter die Nase des Mannes und spürte keinen Atem.

»Was tust du da?«, flüsterte Ion entsetzt.

»Ich prüfe, ob er noch lebt.«

»Und?«

»Ich weiß es nicht. Er atmet nicht, sein Puls schlägt nicht, aber er fasst sich nicht an wie eine Leiche. Er ...« Sie zog eines der geschlossenen Augen auf, und Ion keuchte. Der Blick ging ins Leere, und doch glaubte Perle in ihm schreckliche Angst und Schmerz zu lesen. Rasch drückte sie das Lid wieder zu. Der Mann ließ das alles mit sich geschehen, und doch war er nicht tot. Nachdenklich stand Perle auf und ging zu einer Frau in einem grünen Kleid, die eine goldene Kette trug und Ohrringe, die wie Reiher geformt waren. Ihre Haut war dunkler als Perles.

»Komm«, sagte sie zu Ion, aber der wollte nicht.

»Das ist mir nicht geheuer. Zu viel Hexerei.« Er hielt Abstand.

Perle untersuchte auch die Frau, und auch sie schien zu schlafen, ohne zu atmen. Sie trug keine Rüstung, und so konnte Perle nach einem Herzschlag tasten, fand jedoch keinen. Wie konnten sie nur so schlafen, ohne zu leben und ohne zu sterben? Ihr war, als begreife sie erst jetzt die Macht von Kataskia und den anderen, und sie schauderte. Unwillkürlich griff sie nach dem Dolch an ihrer Seite und fragte sich, was mit der Frau und den anderen wohl geschah, sollte der Zauber irgendwann aufgehoben werden. Würden sie zerfallen wie der Apfel – oder erwachen, wie es im Märchen für die Kaisertochter vorhergesagt wurde? Perle löste sich von der Frau und ging weiter.

Alle, die hier schliefen, waren herausgeputzt für die Feier, genau wie Kataskia es erzählt hatte. So, wie das Märchen es sagte. Sie trugen Schmuck, die Frauen hatten ihre Haare zu aufwendigen Frisuren hochgesteckt, und in ihren Haaren glänzten Gold und Edelsteine. Obwohl sie wegen der Schätze hergekommen waren, schreckte Perle davor zurück, einfach Spangen und Nadeln aus Frisuren zu ziehen, die Ketten von den Hälsen zu stehlen oder Ringe und Armreifen von Fingern und Händen zu streifen.

Langsam folgten sie dem Gang. Die Schlafenden waren Perle unheimlich, und Ion schien zu fürchten, dass sie jeden Moment aufwachten und sich auf sie stürzten.

»Weißt du«, sagte er nach einer Weile, »ich habe mir immer vorgestellt, dass sie einfach erstarrt sind, wie Statuen, aber nicht, dass sie so herumliegen. Obwohl es natürlich heißt, sie schlafen.«

»Ich weiß nicht«, sagte Perle, »ich habe mir gar nichts vorgestellt. Ich habe einfach so hingenommen, dass sie schlafen. Aber ich weiß noch, dass ich als Kind das Bild vor Augen hatte, wie ein Prinz die Kaisertochter in ihrem Bett küsst, weil sie doch schläft. Ich habe mich nie gefragt, wer sie hätte dorthin schaffen sollen, nachdem sie in den Schlaf gefallen war, oder weshalb sie ihre eigene Feier hätte im Bett verbringen sollen.«

Ion lächelte.

Staunend wanderten sie durch den Gang und sahen durch jede Tür in jeden angrenzenden Raum. War Ycena schon außerhalb der Hecke von überwältigender Pracht, so wurde das alles vom Palast noch weit überboten. Und er war noch viel besser erhalten als die anderen Gebäude, es sah aus, als hätte hier noch gestern das Leben getobt, eine ausgelassene Feier, deren Gäste nun alle schlafend herumlagen.

Wie vergiftet, schoss es Perle durch den Kopf.

Nein, widersprach sie sich selbst, *sie sind nicht tot.*

Irgendwann erreichten sie einen gewaltigen Raum mit mehreren Säulen, in dem ein in den Boden eingelassenes Wasserbassin dominierte. Es war bestimmt zehn Schritt lang und halb so breit, an seinem Rand standen Liegen und dicke, bunt bemalte Keramiktöpfe mit übermannshohen Pflanzen, die Perle nicht kannte.

Langsam schlenderte sie durch den Raum, und dann entdeckte sie, dass mitten in dem Bassin zwei Frauen lagen, nackt bis auf den schweren Schmuck. Reglos lagen sie auf dem Grund, sie mussten im Wasser eingeschlafen sein. Ohne nachzudenken, riss Perle sich das Hemd über den Kopf und sprang zu ihnen hinein. Das Wasser, wärmer als erwartet, schlug über ihr zusammen. Perle tauchte hinab und zog die erste der beiden Frauen nach oben und an den Beckenrand.

»Was tust du da?« Ion starrte sie an.

»Hilf mir«, antwortete sie.

»Nein! Ich hab dir gesagt, ich fass die nicht an!«

»Wenn der Zauber irgendwann doch gebrochen wird, liegen sie im Wasser und ertrinken vielleicht, bevor sie begreifen, dass sie wieder wach sind.«

»Hat dir das Kataskia gesagt?«

»Nein. Mein Verstand.«

Motzend und mit angewiderter Miene kam er zu ihr und packte die Frau unter den Achseln, wobei er sehr darauf bedacht war, weder ihr Gesicht noch die Brüste zu berühren.

»Sie fasst sich seltsam an«, sagte er, aber er wirkte nicht mehr angewidert.

Perle holte auch die zweite Frau aus dem Wasser, und diesmal half Ion ohne weiteren Protest. Er hatte die erste Frau auf einer Liege abgelegt, so, wie es bequem sein musste, und das tat er auch mit der zweiten.

Perle sah lächelnd zu. »Danke.«

»Du hattest recht«, erwiderte er. »Es war gut, sie herauszuholen.«

Sie nickte. Mit einem Mal war sie die Bedrückung, die sie bislang im Palast empfunden hatte, los. Es war, als könnte sie nun freier atmen, als sei der Palast keine Bedrohung mehr, und alles würde gut werden. Kurz tauchte sie den Kopf unter Wasser, dann wischte sie sich die Haare nach hinten, schrubbte ihr Gesicht und spürte, wie der Staub und der Schweiß der letzten Tage sich lösten. Schließlich schlüpfte sie aus ihrer Hose und warf sie aus dem Wasser. »Es ist schön hier drinnen.«

Ion schüttelte den Kopf, dann lachte er und zog sich ebenfalls aus. Mit Anlauf sprang er zu ihr herein. Wasser spritzte ihr ins Gesicht und auf die Liegen ringsum. Sie lachten und tobten durch das Bassin, wuschen sich und hängten sich an den Rand und ließen die Beine schweben.

Später kletterten sie aus dem Becken und trockneten sich mit den Tüchern ab, die zusammengelegt am Rand warteten. Ion sah zu den Frauen hinüber. »Meinst du, sie wachen tatsächlich irgendwann wieder auf?«

»Ich weiß es nicht«, erwiderte Perle – wie so oft. Es gab einfach zu vieles, das sie nicht wusste.

»Es war trotzdem gut, sie zu retten.«

Bald streiften sie weiter durch den Palast, und nun waren ihnen die Schlafenden nicht mehr unheimlich, auch wenn sie noch Scheu vor ihnen empfanden. Dunkelhäutig und heller als Perle, Männer, Frauen und Kinder, sie lagen überall. In den festlich geschmückten Sälen, in den Räumen der Diener, in den Gemächern der Reichen, in der Küche und in den Fluren. Selbst in der Vorratskammer fanden sie einen Mann und eine Frau; sie waren nackt und hielten einander umklammert. Ion lachte, und Perle fragte sich, was die beiden träumen mochten.

Doch eigentlich achteten sie bei ihrer Wanderung durch den Palast nur halb auf die Schlafenden. Vor allem suchten sie nach dem, dessentwegen sie hergekommen waren: nach Reichtümern. Und die gab es im Überfluss. Von einem Tisch nahm Ion zwei goldene Becher an sich, die mit einem Lindwurm verziert waren. In den Räumen der Männer und Frauen von Rang fanden sie Schatullen voller Schmuck und steckten die schönsten Stücke ein, bis ihre Rucksäcke so schwer wurden, dass sie sie kaum noch tragen konnten.

Auch eine große Truhe mit zahlreichen Säckchen voller Münzen entdeckten sie. Lachend öffnete Perle jedes einzelne und nahm nur die Goldmünzen heraus. Die stopfte sie in den Rucksack und ihre Hosentaschen, das würde sie schon noch tragen können. Das Silber warf sie achtlos zurück in die Truhe, und darüber mussten sie beide laut lachen. Noch einige Wochen zuvor wäre das, was sie nun achtlos wegwarfen, für sie ein unerreichbares Vermögen gewesen.

»Wir sind reich!«, schrie Ion, »unfassbar reich!« Er nahm Perle in den Arm, tanzte mit ihr durch den Palast und ließ sie wieder los. Hüpfend verteilte er Silbermünzen an allen möglichen Orten, in Bechern und Schüsseln, in Händen und im Bassin.

Perle rannte ihm lachend hinterher und rief: »So reich, dass wir uns endlich mich leisten können! Mich und das ganze Dorf – und vielleicht auch noch den Vogt. Was meinst du, sollen wir für den ein Angebot abgeben?«

»Nein, nein«, wehrte Ion prustend ab. »Wir kaufen gleich den König!«

Sie tobten und lachten, sie bewunderten Wandmalereien und Mosaiken, Kleider und Frisuren, Waffen und Rüstungen, das Geschirr und Besteck und alles andere an diesem Ort. Sie fassten alles an und machten sich gegenseitig auf Außergewöhnliches aufmerksam. Sie ließen die schweren Rucksäcke beim Bassin zurück und erkundeten den ganzen Palast, der viel weitläufiger war, als sie es sich vorgestellt hatten.

Mittags entdeckten sie eine Gebäudebrücke in den Nachbartrakt, und auch der gehörte zum Palast. Hier fanden sie weiteres goldenes Geschirr und noch mehr Münzen und Schmuck. Sie nahmen nur noch, was sie unbedingt haben wollten, und den Schmuck hängten sie sich gleich um. Sie stolperten in einen riesigen Raum voller Regale, in dem Bücher und zusammengerollte Pergamente lagerten, Karten wie ihre möglicherweise. Perle wusste, dass Bücher selten waren und kostbar sein konnten, doch da sie des Lesens nicht mächtig war, wusste sie nicht, welche der Bücher hier wertvoll waren. Lieber vertraute sie auf Gold, und deshalb gingen sie weiter.

Später stießen sie auf einen Saal, dessen Boden von Schlafenden übersät war. Hier musste ein wichtiger Teil der Feier stattgefunden haben. Weil sie ihn nicht betreten konnten, ohne auf Schlafende zu steigen, wären sie beinahe weitergegangen, doch dann begriff Perle, um welchen Ort es sich handelte. Sie deutete ans andere Ende. Dort erhoben sich im Dämmerlicht drei Throne aus dem Meer aus ineinander verkeilten Leibern, und auf den Thronen saßen drei Menschen, die nur vage zu erkennen waren. Die Kronen auf ihren Köpfen glänzten.

»Das ist sie.« Perle deutete hinüber. Nach Kataskias Erzählung hatte sie sich die Situation anders vorgestellt, und auch im Märchen war sie nicht so beschrieben, doch die Szenerie war eindeutig. »Die Kaisertochter. Pola.«

Ion verharrte und blinzelte. Er wirkte überrumpelt, und Ehrfurcht trat auf seine Züge. Es war, als hätte er das Märchen vom letzten Kaiser über all den Reichtümern vollkommen vergessen. Erst jetzt, in diesem Moment, schien ihm wieder bewusst zu werden, wo sie sich befanden. Mit offenem Mund starrte er zu den Thronen hinüber. Dann wandte er sich zu Perle um und flüsterte: »Wir sind reich, aber wenn ich jetzt zu ihr gehe und sie küsse, dann ...«

»Nein!«, fuhr sie ihm sofort ins Wort. »Wir wollen sie nicht wecken!«

»Warum nicht? Ich könnte Kaiser werden. Kaiser!« Es war, als hätte er alles, was sie je besprochen hatten, vergessen. Sein Blick war starr auf die Throne gerichtet.

»Wir wissen von Kataskia, dass Pola nur im Märchen gut und nett ist«, erklärte sie ihm noch einmal. »Sie wird ihre Macht nicht teilen. Sie heiratet dich höchstens, weil ihr Vater es versprochen hat, aber dann reißt sie alles an sich. Und du bist noch ein Junge, dich verspeist sie mit einem Happs.«

»Tut sie nicht!«, entgegnete er trotzig. »Ich ...«

»Nein!«, unterbrach sie ihn wieder. »Vergiss das Märchen! Sie ist gefährlich! Ihre Gier hat das Kaiserreich zerstört!«

»Sagt Kataskia!«

»Sie war dabei.«

»Und wer sagt dir, dass Kataskia dich nicht angelogen hat?«

»Das hat sie nicht. Sie wollte mich als Schülerin, sie wollte, dass ich verstehe, was sie getan hat. Dass ich so werde wie sie. Nie wollte sie ihre Wahrheit vor mir verstecken, im Gegenteil. Sie wollte mich, damit sie sie erzählen konnte.«

»Trotzdem verspeist sie mich nicht mit einem Happs«, murmelte Ion. Aber er löste den Blick von den Thronen und sah zu Boden.

»Versprich mir, dass du sie nicht küsst«, verlangte Perle. »Schau mich an und versprich es.«

Und nach einem letzten kurzen Zögern versprach er es.

Sie wollten schon weitergehen, da kam Perle ein unangenehmer Gedanke. Vor der Hecke lauerten Dutzende Männer darauf, hier einzudringen. Und selbst wenn sie ursprünglich alle nur wegen des Golds gekommen waren – was sie nicht einmal glaubte –, würde einer von ihnen Pola küssen. Sie würden von der Erinnerung an das Märchen und vom Anblick der Throne gepackt werden, von der Gier nach Macht, so wie Ion eben, nur heftiger. Sie kannten Kataskias Wahrheit nicht, keiner von ihnen würde widerstehen können. Wenn sie nicht sogar von Anfang an danach gestrebt hatten, Kaiser zu werden. Und die Hecke wurde schwach, sie hatte die vertrockneten Blätter gesehen. Sei es, weil sie Kataskia getötet hatten, sei es, weil sie der Hecke mit *Ungehorsam* Wunden geschlagen hatte, oder sei es auch nur wegen der herrschenden Dürre. So wie sie in den Palast eingedrungen waren, würden es auch andere schaffen – durch die Dornen oder vielleicht auch durch ihren Geheimgang.

»Irgendwer wird sie aber küssen«, sagte Ion, der Ähnliches gedacht haben musste. »Das können wir nicht verhindern. Ich kann ihnen nur zuvorkommen. Und wir wissen, was uns erwartet.«

Kurz überlegte Perle, ob es nicht doch besser war, wenn Ion es tat und sie gemeinsam versuchten, Pola zu beherrschen, aber er war noch immer ein Junge, schmächtig, klein und unerfahren. Stärker, mutiger und zäher zwar als noch wenige Wochen zuvor, aber trotz allem noch ein Junge. Und aus ihr selbst war keine Hexe geworden, sie hatte – anders als Pola – auf ihre Macht verzichtet. Pola dagegen würde auf nichts verzichten.

»Nein«, sagte sie noch einmal, wenn auch leiser. »Soll sie einen anderen ins Unglück stürzen, nicht uns.«

»Aber wenn sie so ist, wie du sagst, wird sie dann nicht das ganze Königreich ins Unglück stoßen? Alle dreizehn Königreiche?«

»Vielleicht, ja.« Wie sollte sie das wissen? Sie wusste nicht, was Pola tun würde und was die verbliebenen zwölf Hexen. Würden sie aus ihrem Versteck kommen, um die erwachte Kaisertochter noch einmal zu besiegen? Daran konnte sie, wenn sie an Kataskia dachte, niedergedrückt und gezeichnet von jahrhundertelangen Albträumen, nicht glauben. Wahrscheinlich würden sie jede nur ihre eigene Provinz schützen, wenn überhaupt. Und Lathiens Hexe war tot. Lathien würde sich allein gegen die Kaisertochter behaupten müssen, wenn die ihren Anspruch auf den Thron erhob. Und das würde sie tun, sobald sie erwachte. *Lathien wäre verloren,* dachte Perle, doch im selben Moment kam ihr ein anderer Gedanke. Ein wilder, verrückter Gedanke, der alles ändern konnte. »Nein, warte, wir können in der Tat verhindern, dass sie geküsst wird!«

»Wie willst du das anstellen? Die Hecke ...«

Perle grinste und sah ihn an. Einen langen Moment ließ sie ihn zappeln, dann sagte sie: »Ganz einfach: Wir tauschen sie aus.«

»Was? Wen?«

»Pola! Niemand weiß, wie sie aussieht! Das Märchen behauptet nur, dass sie schön und klug war, und Klugheit sieht man einem schlafenden Gesicht nicht an. Also suchen wir uns hier eine schöne junge Frau und ziehen ihr Polas Kleider an und setzen ihr die Krone auf und ...«

»Das ist verrückt!«

»Ja!« Sie strahlte. »Trotzdem werden sie alle die Falsche küssen, und nichts geschieht.«

»Das ist ... das ist ...« Ion schüttelte den Kopf. Dann, ganz plötzlich, hellte sich seine Miene auf, und er sagte: »... schlau. Das ist verdammt schlau.«

Gemeinsam suchten sie sich einen Weg zu den Thronen, ohne auf Schlafende zu treten. Manche mussten sie ein Stück zur Seite rollen, über andere konnten sie mit einem weiten Schritt hinwegsteigen. Perle sagte: »Du bist der Mann. Such du eine Frau, die du gern küssen würdest.«

»Ich suche sie am Thron, dann müssen wir sie nicht so weit schleppen.«

Vor den Thronen angelangt, betrachtete Perle den Kaiser und seine Tochter neugierig. Cletian wirkte auch sitzend groß, und er wirkte mächtiger als selbst der Vogt, er wirkte wie ein Herrscher und dennoch erschöpft. Nicht weil er schlief, das taten alle anderen hier auch, sondern wegen der Augenringe und der tiefen Falten auf der Stirn. Pola hingegen war einfach nur schön. Ihre dunklen Locken unter der goldenen Krone waren hochgesteckt wie die Haare aller Feiernden im Palast, und dennoch konnte man die ungeheure Fülle des Haars erahnen. Sie lächelte selbst im Schlaf, die Lippen leicht geöffnet. Sie waren so voll und rot, Perle konnte nicht anders, als sie anzustarren. Unwillkürlich dachte sie daran, diese Lippen zu küssen, und ihr Mund wurde trocken. Polas Lippen würden weich sein und nachgeben, und dann würde Leben in sie zurückkehren, und sie würden den Kuss erwidern, zögernd zunächst, weil sie nur langsam erwachten, dankbar, und dann hungrig nach Leben, gierig, und vielleicht wäre Pola wirklich dankbar, und alles hätte sich geändert und sie würde Perle ...

»Die da!«, rief Ion und riss Perle aus ihren Gedanken. Was war nur in sie gefahren?

Sie schüttelte den Kopf, um jeden Gedanken an einen Kuss zu vertreiben, und fragte: »Welche?«

»Die.« Ion deutete auf eine junge Frau links neben dem Kaiserthron. Sie war blond und hatte ein schönes, ebenmäßiges Gesicht mit kleiner Nase und vollen Lippen. Ihre Brüste waren größer als die der Kaisertochter, doch ansonsten stimmten Statur und Größe. Perle verspürte nicht das Verlangen, sie zu küssen, aber das hatte sie bis eben noch bei keiner Frau verspürt. Trotzdem sah sie, wie schön sie war.

»Gute Wahl«, sagte sie und meinte es auch so. Verstohlen schaute sie noch einmal zu Pola, und wieder fiel ihr Blick zunächst auf die Lippen. *Hexerei*, dachte sie, und zu Ion sagte sie: »Zieh sie aus.«

»Aber ... Ich?«

»Ja. Ich kümmere mich um Pola.« Sie wollte ihn nicht in ihre Nähe lassen, damit diese Anziehung nicht auch ihn packte. Sie dagegen wusste nun, was auf sie zukam. »Und pass auf, dass du ihre Frisur nicht durcheinanderbringst, auf dem Thron muss sie besonders herausgeputzt aussehen.«

Ion seufzte, sagte aber nichts.

Perle nahm sich ein Tuch von der nächstbesten Schlafenden und band es über Polas Lippen, um sie nicht mehr sehen zu müssen. Doch bevor sie Pola ausziehen konnte, bat Ion: »Hilfst du mir?«

Sie wandte sich um. Er hatte die junge Frau im Arm und wirkte hilflos, schien nicht zu wissen, wohin mit seinen Händen, wollte ihre Brüste nicht berühren, wusste nicht, wo er das Kleid öffnen oder wie er die herabhängenden Arme der Frau halten sollte, damit sie ihm nicht im Weg waren.

»Natürlich.« Lachend trat sie zu ihm, und für sie beide gemeinsam war es ein Leichtes, die Frau aus ihrem Wickelkleid zu holen. Die Gewandnadeln steckte Perle ein, den Stoff ließen sie einfach zu Boden gleiten. Penibel achteten sie darauf, dass keine Spange aus dem Haar rutschte.

Dann hoben sie die Kaisertochter vom Thron und legten sie, das Gesicht nach unten, neben dem Thron auf den Bauch. Auch sie zogen sie gemeinsam aus, und Perle merkte sich genau, wo welche Nadel saß. Dann steckten sie die blonde Schönheit in das kaiserliche Gewand und befestigten es mit den Nadeln. Es saß gut, und trotzdem zog Perle es noch einmal zurecht. Anschließend setzten sie sie auf den Thron und drückten ihr vorsichtig die Krone auf den Kopf. Auch sie lächelte und war schön, es würde klappen. Perle war erleichtert.

»Was machen wir mit ihr?« Ion deutete auf Pola.

»Wir schaffen sie von hier weg. Nimm du ihre Beine.« Sie wollte selbst auf der Kopfseite gehen, damit Ion nicht doch in Versuchung geriet. Als ihr Blick auf Polas Gesicht fiel, stellte sie erleichtert fest, dass sie, obwohl nackt, mit dem Tuch über den Lippen und ohne Krone viel weniger verführerisch wirkte.

Sie trugen sie über die Schlafenden hinweg und aus dem Saal. Auch wenn Pola schlank war, machte Perle unter ihrem Gewicht nur kleine Schritte und trat hin und wieder auf eine Hand oder ein Bein und hätte sich jedes Mal beinahe entschuldigt.

»Legen wir sie in den Flur?«, fragte Ion gepresst.

»Nein. An einen Ort, wo niemand von Rang ist.«

Und so brachten sie die schlafende Kaisertochter langsam und mit mehreren Pausen über die Gebäudebrücke in den anderen Teil des Palasts und dort in die hinterste Ecke der Küche, wo sie sie auf den Boden legten. Sie zogen ihr die schmutzigen Kleider einer Bediensteten an, brachten ihr Haar durcheinander und schmierten ihr Asche ins Gesicht und auf die Arme, als schliefe sie täglich im Schmutz vor dem Ofen. Dann stellten sie zwei Schalen mit Linsen neben sie, damit es aussah, als sei sie über dem Sortieren eingeschlafen.

»Was soll das für eine Aufgabe sein?«, fragte Ion.

»Eine, die nie von einer Adligen ausgeführt würde«, erwiderte Perle. Einen tieferen Sinn musste es nicht ergeben, denn niemand, der nach einer Kaisertochter suchte, würde sich über eine schmutzverschmierte Dienerin den Kopf zerbrechen.

Die nackte Küchenbedienstete schafften sie in den Raum mit dem Bassin. Sie wuschen sie und betteten sie auf eine freie Liege. Anschließend holten sie das Kleid der jungen Frau, die nun als Kaisertochter auf dem Thron saß, und platzierten es, sorgfältig zusammengefaltet, neben der Liege. Damit war der Austausch der schlafenden Kaisertochter vollzogen. Perle war, als habe sie etwas Entscheidendes geschafft. Sie drückte Ion an sich, und er gab ihr einen Kuss auf die Wange; etwas, das er lange nicht mehr getan hatte.

»Gehen wir?«, fragte er, und sie nickte. Sie hatten nun so lange daran gedacht, was geschehen würde, wenn ein anderer den Palast betrat, dass sie nicht mehr unbeschwert hier sein konnten, sondern jederzeit mit einem Eindringling rechneten.

Also holten sie ihre Rucksäcke und taten auch den Schmuck hinein, den sie am Körper trugen. Sie prüften, ob nicht doch noch mehr hinein konnte, aber viel schwerer durften die Rucksäcke nicht werden, und sie mussten noch den Proviant und das Wasser für unterwegs unterbringen.

»Ich denke, wir sind reich genug«, entschied Perle, und dann begaben sie sich zurück in den Geheimgang, um den Palast zu verlassen.

DER KUSS

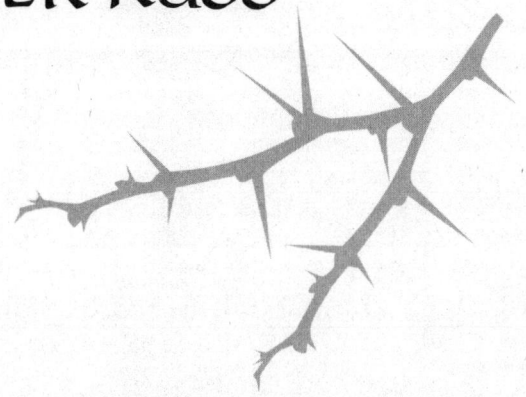

1

Zehn Sucher, die in Aurels Diensten standen, bauten an einem Belagerungsturm, der bis über die Hecke reichen sollte.

»Zehn Tage«, hatte ihnen der Prinz für die Arbeit zugestanden, »sonst ...«

Was sonst geschehen würde, hatte er nicht ausgesprochen, denn unausgesprochene Drohungen wirkten oft stärker, wie er Inrico versichert hatte. »Sie sind ein Zeichen von Stärke. Sie legen mich nicht auf eine bestimmte Strafe fest, sie geben mir die Freiheit, später alles zu tun. Schreib auch das auf, Chronist.«

Und so schufteten die Männer von früh bis spät. Ihr Lohn war gut, doch dabei würde es nicht bleiben. Sie würden es nicht schaffen, und so baten sie aus Angst Freunde um Hilfe und teilten sich den Lohn mit ihnen, und so erhielt jeder Einzelne nur noch wenig.

Inzwischen arbeitete ein Drittel der Sucher für Aurel, freiwillig oder weil sie gezwungen worden waren, und manche waren sich nicht ganz sicher, weshalb. Drei hatte er einsperren lassen, weil sie zu laut gemurrt hatten, und die, die nicht für ihn arbeiteten, hielten sich meist von der Hecke fern, um nicht auch rekrutiert zu werden. Nur am Abend kamen noch immer die meisten in die *Zehn Kerzen*.

Kurz vor der Mittagszeit stand Aurel mit Inrico am Rand der Grube, in der seine Männer damit beschäftigt waren, den stetig nachrinnenden Sand herauszubuddeln. Die Sonne verbrannte ihnen die Haut, und sie schwitzten und keuchten vor Anstrengung. Ein plötzlicher Windstoß blies weitere trockene Blätter aus der Hecke, und eines landete vor Aurels Füßen. Missmutig starrte er darauf hinab, dann zog er sein Schwert und schlug auf die Dornenranken ein.

»Verfluchte Hexerei!«, schrie er, und Inrico sprang zur Seite. »Dämliches Gewächs!« In seiner Wut fetzte Aurel eine Handvoll Zweigchen und Blätter heraus. Es dauerte einen Moment, bis er begriff, was da geschehen war, doch dann warf er sich in die Brust und verkündete stolz: »Seht her! Ich habe die Hexerei bezwungen!«

Die Männer hörten auf zu arbeiten und hoben den Kopf. Auch die Sucher vom Belagerungsturm sahen herüber. Noch einmal schlug Aurel zu, und wieder spritzten kleine Stücke aus der Hecke.

Die Männer jubelten.

»Das Schwert eines Königssohns«, deklamierte der Prinz und sah Inrico durchdringend an. »Vergiss das nicht, Schreiber.«

»Das werde ich nicht«, versicherte Inrico zum wiederholten Mal und dachte an Anthias Idee, dass er die Kaisertochter vor Aurel küssen solle. Je länger er sich in Aurels Nähe aufhielt, desto sicherer war er, dass er ihn nicht als Kaiser wollte. Natürlich wollte er nicht sterben, aber einen Kaiser Aurel musste er verhindern.

Wenn sie schnell erwacht, kann es vielleicht doch glücken, durchfuhr es ihn. Wenn es ihm nur gelang, Aurel abzulenken und mehr als ein paar Augenblicke mit der Kaisertochter zu haben. Wenn nicht nur sie, sondern der ganze Hof erwachte, wie manche Gelehrte glaubten, weil ja der Hexenspruch alle in den Schlaf geschickt habe und ein Aufheben der Magie folglich auch alle betreffen müsse. Inrico war nicht davon überzeugt, dass Hexerei zwingend einer Logik folgen musste, aber wenn … Wenn nicht nur die Kaisertochter erwachte, würde er nicht allein mit ihr gegen Aurels Männer stehen. Dann bestand vielleicht wirklich die Möglichkeit, dass … Er unterbrach den Gedanken.

Wenn, ja, wenn …

Er atmete schwer ein und wieder aus.

Die Kaisertochter heiraten.

Das war selbst hier, vor der Dornenhecke, ein so fremder Gedanke, dass er ihn nicht ganz fassen konnte. Die Vorstellung machte ihm Angst. Er hatte über Ycena gelesen, was er nur in die Finger bekommen hatte, und wie oft hatte er davon geträumt, hier gewesen zu sein, damals, als Ycena noch lebendig war, und davon, die Kaisertochter zu wecken und Cletians Nachfolger zu werden. Der Held, der die Dornenhecke überwand. Doch das waren Träume gewesen, in der Wirklichkeit würde er kein Wort herausbringen, sollte er vor Cletian und seiner Tochter stehen. Nicht einen Tag würde er als Herrscher überdauern. Schreiber, das wollte er sein, am Hof, ein Beobachter und Chronist. Er wollte sein, wozu Aurel ihn gemacht hatte, nur dass er es nicht unter einem Kaiser Aurel sein wollte. Was also sollte er tun? Wie viel würde er riskieren, wenn sich die Gelegenheit bot?

Er wusste es nicht, wusste nur, dass er nicht sterben wollte, schon gar nicht in dem Augenblick, da Ycena wiedererstand. Er sehnte sich so danach, es zu sehen, den Palast erkunden, die Kaisertochter reden zu hören, dass er sich das nicht selbst nehmen wollte. Woher wusste er denn, dass ein anderer Kaiser als Aurel besser wäre?

»In die Hecke, Männer!«, befahl Aurel und riss ihn aus seinen Gedanken. »Kämpft euch hindurch!«

Gehorsam sprangen seine Gefolgsleute wie auch die angeheuerten Sucher aus den Löchern, in denen sie gegraben hatten, und droschen mit Schwertern, Äxten und Beilen auf die Hecke ein. Sie taten es schweißüberströmt, und sie wechselten sich ab, sodass nur manche hackten, andere die Ranken fortschafften und wiederum andere sich ausruhten, um dann noch härter und schneller hacken zu können. Es war heißer als am Vortag, und auch der Wind flaute bald ab.

Stunde um Stunde verrann. Nur noch wenige Männer wurden von Aurel ausgesandt, die Hecke zu kontrollieren, er brauchte sie alle hier, damit sie halfen, die Hecke zu durchdringen. Irgendwann stießen sie auf das alte Tor in der Palastmauer, und Jubel brach aus.

»Hört mich an, Männer!«, rief Aurel, und für einen Moment ruhten die Arbeiten. »Wir werden dort hineingehen, und ich werde die Kaisertochter küssen. Ich werde Kaiser werden, und wir werden die dreizehn Königreiche unter Lathiens Führung wieder vereinen. Wer sich uns nicht anschließt, wird überrannt werden!«

Die Männer jubelten, der Prinz riss die Arme in die Höhe.

»Ihr habt mir treu gedient«, fuhr er fort, »und das werdet ihr weiterhin tun. Alle Reichtümer, die sich im Palast befinden, sind mein. Ich bin der zukünftige Kaiser, denkt daran. Wer etwas für sich behält, beraubt mich, und wer mich beraubt, endet am Galgen! Doch natürlich werdet ihr aus meinen Truhen einen Anteil erhalten, ihr werdet reich entlohnt werden!«

Wieder erklang Jubel, und dann legten sie das Tor frei und brachen es, Gier und Siegestaumel im Blick, auf. Doch dahinter erwarteten sie weitere Dornen, und sie fluchten und schleuderten das Werkzeug zu Boden.

»Weiter!«, brüllte Aurel. »Weiter, immer weiter! Aufgeben ist Schwäche!«

Und so hackten und schlugen sie sich tiefer und tiefer in die Hecke.

Währenddessen untersuchte Inrico die Verarbeitung des Tores und konnte nicht anders, als über die Hecke und alles zu staunen. Bei aller Abneigung gegen Aurel packte ihn eine unbändige Freude, eine Lust am Entdecken, die alles andere überstrahlte, auch jede Überlegung, wie Aurel aufzuhalten sei. Im Moment konnte er sowieso nichts tun, und ihm wurde bewusst, dass er tatsächlich im Begriff war, den Kaiserpalast von Ycena zu betreten. Etwas, das seit vierhundert Jahren kein Mensch mehr getan hatte. Keiner der hohen Bibliothekare aus der Schwebenden Bibliothek. Er zitterte, es war, als hätte ihn ein Fieber erfasst. Und das Fieber veränderte ihn. Er wartete nicht mehr auf Anweisungen von Aurel, sondern nahm sich ein Pergament und zeichnete, was er sah. Er begann mit einer Skizze von Aurel, der herrisch im Tor stand und mit hochtrabenden Worten das Besondere seines Tuns hervorhob. Dann brachte er das Tor selbst zu Papier, die beiden steinernen Drachenköpfe, die die Wand oberhalb des Tors zierten, und alle hexereigeborenen Dornen, die er finden konnte. Hier hatten die meisten versucht, in den Palast einzudringen, und so gab es hier reichlich Zähne, Knochen und Splitter, die zu Dornen geworden waren.

»Was zeichnest du da, Schreiber?«, fragte Aurel, als er es bemerkte.

»Euch, Hoheit, beim Überwinden der Hecke«, erwiderte Inrico. »Aber auch die Dornen, das Tor, einfach alles. Die Menschen werden beeindruckt sein, wenn sie sehen, was Ihr alles überwunden habt.«

»Gut, Chronist, ich sehe, du hast deine Aufgabe verstanden.« Aurel lächelte.

Inrico fuhr fort, die Größe Ycenas zu skizzieren, und ließ den Prinzen in dem Glauben, es ginge um seine. Er zeichnete ebenso besessen, wie die Männer auf die Hecke einschlugen, während die Sonne über den blauen Himmel wanderte und sich stetig dem Horizont näherte. Auch Nachtsalamander zeichnete Inrico, nur Fliegen nicht. Die Fliegen waren hier wie überall sonst in Lathien: schwarz und schillernd und lästig.

2

Auf der anderen Seite des Palasts, ganz in der Nähe des Flusses und neben drei gestürzten Säulen, hatte Wolf einen unauffälligen Platz für Ukalion gefunden. Zu fünft hatten sie rasch in die äußere Schicht der Hecke ein kleines Loch geschlagen, kaum kniehoch, durch das sie hatten hineinkriechen können. Die Dornen hatten sich in ihre Kleidung gekrallt, in Haare und Haut, doch sie waren zu schwach gewesen, um die Eindringlinge festzuhalten. Und niemand war gekommen, die Hecke für Aurel zu überwachen.

Tiefer in der Hecke erweiterten Telamon und Parikles ihren Weg auf Mannshöhe, während Ukalion mit Isa und Wolf aus den abgeschlagenen Ranken ein großflächiges Dickicht flocht. Das stellten sie in ihren Eingang, und wer nicht näher herantrat, um die Stelle zu untersuchen, musste die Hecke für intakt halten. Doch es kam noch immer niemand, und Ukalion fragte sich, was Aurels Männer nur taten.

Überwiegend schweigend verrichteten sie ihre Arbeit, schnitten und sägten die gewundenen Äste ab, statt sie zu schlagen, um möglichst wenig Lärm zu machen. Die Äste stopften sie, um sie unauffällig loszuwerden, tief in die Hecke. So kamen sie nur langsam voran, aber sie kamen voran. Bis sie kurz vor der Abenddämmerung auf eine Mauer stießen. Sie war massiv, und es war weder ein Tor noch ein Fenster in Sichtweite. Sie fluchten.

»Und jetzt?«, fragte Wolf.

»Rechts oder links?«, fragte Telamon und sah Ukalion an. Er wollte Kaiser werden, also war es seine Entscheidung.

Ukalion zuckte mit den Schultern. »Es ist vermutlich Glückssache, nach welcher Seite wir näher dran sind, aber auf Glück allein will ich nicht setzen. Wir teilen uns auf. Du, Isa und Wolf, ihr haltet euch rechts, Parikles und ich gehen nach links.«

Es gab keinen Widerspruch. Doch für diesmal zogen sie sich aus der Hecke zurück und schlichen in ihr nächtliches Versteck.

3

Kaum ging die Sonne auf, verließ Levith das Haus, in dem er die Nacht verbracht hatte, und machte sich wieder auf den Weg. Auf der Suche nach Parikles streifte er kreuz und quer durch Ycena, aber dieses Meer aus verlassenem Stein war einfach zu groß. Den Vortag hatte er in den östlichen Außenbezirken verbracht, dort war er zuvor noch nie gewesen. Nun näherte er sich wieder dem Palast, getrieben von der bangen Frage, ob Parikles vielleicht doch gefasst worden war.

So früh waren die Straßen verlassen. Hier und da lagen brüchige Blätter auf dem Weg. Es waren nicht viele und doch genug, um anzuzeigen, dass die Hecke starb. Jetzt war die Gelegenheit, sie zu überwinden, und ausgerechnet jetzt musste der Prinz hier sein. Ein Nachtsalamander huschte zu einem Blatt, schnappte es mit dem Maul und schleppte es in eine Mauerritze.

Plötzlich hörte Levith vor sich ein Geräusch und ging hinter einer Säule in Deckung. Als er vorsichtig dahinter hervorlugte, nahm er eine Bewegung wahr. Aus dem Schatten eines Baums an einem verlassenen Podest traten eine junge Frau und ein Junge, die er nicht kannte. Sie sahen sich aufmerksam um, als wollten sie nicht entdeckt werden. Als hätten sie etwas Verbotenes getan oder als sollte das Versteck geheim bleiben. Sie trugen schwer an ihren Rucksäcken.

Neulinge, dachte er und tauchte hinter die Säule. Gleich darauf spähte er wieder hinüber. Sollte er sie nach Parikles fragen? Nein, er glaubte nicht, dass der sich Fremden zeigen würde. Besser, er tat es auch nicht, die beiden Neulinge wussten sicher nichts.

Eine Fliege landete auf seinem Gesicht, dann noch eine. Sie krabbelten auf seine Nase, und eine versuchte sogar, hineinzukommen. Wieder duckte er sich hinter die Säule und scheuchte die Fliegen fort, um nicht niesen zu müssen. Die beiden durften ihn weder sehen noch hören. Wer wusste schon, ob sie nicht vielleicht zu Aurel gehörten – der war auch neu in der Stadt. Das Kribbeln in der Nase hielt sich noch eine Weile, und so blieb er in dem Versteck. Vielleicht sollte er die beiden doch befragen? Falls sie zu Aurel gehörten. Sie waren jung und leicht zu überwältigen. Aber als er das nächste Mal hinübersah, waren sie verschwunden. Eine Fliege kehrte zu ihm zurück, und er schlug sie tot.

Kurz überlegte er, nachzusehen, was sich hinter dem Baum befand, aber dann wollte er damit keine Zeit verschwenden. Was sollte dort schon sein? Er hatte Wichtigeres zu tun. Er musste Parikles finden und mit ihm zusammen dann einen Weg, die Hecke zu überwinden.

4

Perle und Ion sahen niemanden, als sie den Geheimgang verließen. Sorgfältig schlossen sie die Tür hinter sich und traten zwischen der Schleierweide und der kurzen Mauer heraus. Schnaufend unter der Last der Rucksäcke gingen sie davon, ohne sich noch einmal umzublicken. Perle trug *Ungehorsam* am Gürtel und Ion das alte Schwert, dem er noch immer keinen Namen gegeben hatte, weil er sich nicht entscheiden konnte.

Auf dem vertrauten Weg an den Fluss sahen sie niemanden, und ebenso wenig, als sie dem Fluss folgten, um Ycena zu verlassen. Angespannt und schweigsam schritten sie am Ufer entlang. Fielen sie jetzt Räubern in die Hände, wäre alles umsonst gewesen.

Doch sie entfernten sich immer weiter vom Palast, ohne auf jemanden zu treffen. Nach zwei Stunden fühlten sie sich sicher genug, um eine Pause zu machen. Die Tragegurte drückten schwer auf ihre Schultern und schnürten das Blut ab. Perle war froh, den Rucksack kurz absetzen zu können, und Ion genauso.

Sie tranken ausgiebig und füllten ihre Wasserschläuche neu. Noch einmal sammelten sie in einem verwilderten Park Früchte und taten sie in Leinenbeutel, die an den Rucksäcken befestigt wurden. Das machte ihr Gepäck noch schwerer. Scherzend gingen sie weiter; inzwischen fühlten sie sich sicher und weit genug vom Palast entfernt, um wieder miteinander zu sprechen.

Als sie am Nachmittag die letzten Gebäude von Ycena hinter sich gelassen hatten, strich ein sanfter Wind über das Land, und sie sogen die Luft tief in ihre Brust. Perle wusste, nun würde endgültig alles gut werden.

5

Im Stall roch es nach Heu, und Arlac scherzte: »Wenigstens davon werden wir noch eine Weile genug haben, wenn weiter alles so vertrocknet.«

Trottel wieherte, und der junge Ritter Ianus schnaubte. Er war der einzige Ritter, der regelmäßig im Stall war, um sich selbst um sein Pferd zu kümmern, und so hatten Arlac und er sich kennengelernt.

»Magst du Tiere so gern oder Menschen so wenig, dass du so häufig hier bist?«, hatte Arlac irgendwann gefragt.

»Wie ist es bei dir?«, hatte der junge Mann erwidert.

»Ich bin der dumme Narr. Ich habe mich nur wieder verlaufen.«

Ianus hatte gelächelt. »Vielleicht mag ich ja auch nur den Geruch von Pferdeäpfeln.«

»Dann magst du bestimmt auch den Anblick meiner Schönheit?«

»Das nicht. Die blendet mich zu sehr. Die eine Sonne am Himmel reicht mir völlig«, hatte Ianus grinsend erwidert, und seitdem mochte Arlac den Jungen. Und der Junge schien ihn zu mögen – zumindest mehr als die anderen Ritter. Oft blieb er, wenn sie einander dort begegneten, noch einen Moment länger im Stall und zeigte keine Eile, seinen Kameraden in die Burg zu folgen, selbst wenn er tagelang unterwegs gewesen war und hungrig und erschöpft sein musste. So wie jetzt.

»Wo wart ihr?«, fragte Arlac, während er Trottel den Hals tätschelte.

»Im Süden. In den Dörfern östlich von Cumolis, aber nicht in den Bergen.«

»Und?« Arlac ließ Trottel allein und trat hinüber zu Ianus, wo er sich auf das Tor der Box schwang. Die Knechte und Mägde hatten die Pferde der anderen Ritter versorgt und waren gegangen, um selbst zu Abend zu essen, solange die Küche noch etwas hergab, und so waren sie beide allein mit den Tieren.

»Wir haben ausgehungerte Räuber und Wilderer gefangen. Und drei Hexen, die auf dem gesamten Weg nicht ein einziges Mal versucht haben, uns zu verzaubern, um ihre Freiheit zu erlangen. Alle drei haben mir verzweifelt angeboten, mich zu vögeln, wenn ich sie laufen ließe. Das haben sie jedem von uns angeboten, bis Malleu eine anfuhr, sie solle das Maul halten, sonst würde er sie auf der Stelle vögeln und trotzdem nicht laufen lassen. Von da an waren sie still, aber keine hat gehext.«

»Sehr hinterlistig, diese Hexen von heute«, seufzte Arlac. »Versuchen einen ständig über ihre schreckliche Hexenkraft zu täuschen.«

»Das hat Malleu auch gesagt, nur hat er es ernst gemeint.« Ianus striegelte sein Pferd und schwieg eine Weile. Dann fuhr er fort: »Er spricht ununterbrochen von der Ehre, dem König zu dienen, und dass wir den Befehl haben, Wilderer, Räuber und Hexen zu finden. Und er findet mehr als jeder andere Ritter, und darauf ist er stolz. So stolz, dass er gar nicht merkt, wie wenig dankbar die Leute sind, wenn wir sie von den Hexen und Räubern befreien. Und von Wilderern. Manche, ja, manche jubeln, aber andere starren uns wütend nach, und einige weinen. Sie fragen uns, was der König gegen ihren Hunger tut, und ich sehe, dass viele nicht mehr an die Opfer glauben. Die Eltern und Kinder, die Brüder und Schwestern derjenigen, die wir gefangen nehmen, tun das sowieso nicht. Und es werden immer mehr, mehr Opfer, mehr trauernde Verwandte.« Er schüttelte den Kopf. »Ich habe zwei benachbarte Dörfer gesehen, die haben sich wegen eines Ackers bekriegt, der kaum noch etwas hergab. Darum ginge es nicht, haben die Leute gesagt und von einem Streit um das Land erzählt, der vor über hundert Jahren ausgefochten wurde. Jetzt haben sie ihn wieder ausgegraben.« Sein Pferd wieherte, und er beruhigte es. »Schon gut, Mädchen, schon gut.« Dann wandte er sich wieder Arlac zu. »Als ich vor drei Jahren in den Königsorden aufgenommen wurde, war ich stolz. Jetzt bringe ich ausgehungerte Jungen an den Galgen, weil sie mit schlecht gearbeiteten Speeren wildern, und dann wird ihnen auch noch eine Bestattung verwehrt.«

Arlac, dem gleich eine Reihe von derben Späße einfiel, verkniff sich alle. Ihm machten die Hingerichteten ja selbst zu schaffen. Er setzte sein Narrengesicht auf und sagte: »Gleich geht die Sonne unter. Wir könnten zusammen rausreiten und sie bestatten.«

»Was?« Ianus trat hinter seinem Pferd hervor und starrte ihn an.

»Nicht die, die ihr heute gebracht habt.« Er grinste und sprang auf den Boden. »Das wäre ein ewiges Ärgernis. Wir werfen Erde auf sie, sie schütteln sie ab, wir werfen sie wieder drauf, und sie schütteln sie wieder ab ... Nein, die von letzter Woche, die am Galgenberg herumliegen. Die schütteln nichts mehr ab.«

»Aber es wird dunkel! Da gehen die Toten um!«

»Und im Hellen die Lebenden. Ganz ehrlich, mit denen hatte ich bislang immer den größeren Ärger.« Wieder grinste er.

»Bei dir weiß ich nie, wann du scherzt.«

»Das weiß ich zum Glück«, erwiderte Arlac. »Ich weiß nur nie, wann ich es ernst meine.«

Ianus verharrte verwirrt, dann schüttelte er lachend den Kopf.

In dem Moment wurde die Tür aufgerissen, und irgendwer schrie: »Narr! Bist du hier? Der König verlangt nach dir!«

»Ich komme, ich eile, ich fliege«, rief Arlac und zwinkerte Ianus zu. »Fürchte die Lebenden immer mehr als die Toten«, raunte er. »Aber liebe sie auch mehr. Das hat mir mal eine Frau gesagt, die viele für weise hielten. Damals war sie freilich noch am Leben, und jetzt ist sie tot. Ob sie es als Tote immer noch so sieht oder andersherum, kann ich dir nicht sagen. Ich habe seitdem nicht mehr mit ihr gesprochen.«

»Narr!«, kam es vom Tor.

Und Arlac lief. Es war nicht gut, Tiban warten zu lassen, schon gar nicht dieser Tage.

Sobald Arlac im Thronsaal eintraf, eilte er zum König, tat, als würde er stolpern, und rollte ihm vor die Füße. Die Höflinge lachten, Malleu jedoch blickte geringschätzig auf ihn herab. Er stand nah beim Thron, wahrscheinlich hatte er eben von seinen Heldentaten berichtet, davon, wie viele Gefangene er gemacht hatte.

»Zu krumme Beine zum Laufen, Narr?«, spottete er.

»Zu steif zum Rollen, Herr Ritter?«

Malleu öffnete den Mund, um wie stets seine Ehre zu verteidigen, schien dann jedoch zu überlegen, wo genau hier die Beleidigung versteckt war, und konnte sie nicht entdecken. Verdutzt schloss er den Mund, öffnete ihn wieder und schloss ihn letztlich ganz. An der Wand hinter ihm hing der Kopf von Tibans Einhorn und schien auf ihn herabzusehen.

Inzwischen sprang Arlac auf die Beine und verbeugte sich tief vor Tiban: »Eure siebenstufige Opferfreudigkeit! Ihr wolltet meine Schönheit sehen? Verzeiht, falls sie von meinem Geruch beeinträchtigt wird, aber ich habe das Bett mit Trottel getauscht und lag im Stall. Leider lag da noch mehr in der Streu.«

»Und Trottel liegt in deinem Bett?«, krähte irgendwer, weil irgendwer immer das Offensichtliche aussprechen musste, statt einfach auch über Ungesagtes zu lachen.

»Ich hoffe es«, trötete Arlac. »Aber falls er die Treppenstufen nicht hinaufkommt, nimmt er sich wohl ein anderes Bett, eines zu ebener Erde.«

Viele lachten, nur nicht die, deren Raum im Erdgeschoss lag. Alle trauten ihm zu, dass er Trottel tatsächlich hereingebracht hatte.

Tiban schmunzelte, dann schickte er die Höflinge raus. »Lasst uns allein!«

Malleu starrte Arlac wuterfüllt an. Eben noch musste er sich gut und überlegen gefühlt haben, und nun bekam der Narr ein Gespräch allein mit dem Herrscher. Der hässliche Krüppel ohne jedes Ehrgefühl, einer, der dem König keinen einzigen Gefangenen gebracht hatte.

»Alle, Hoheit?«, fragte er. »Soll nicht eine Wache an der Tür bleiben?«

»Draußen. Vor der Tür«, bestimmte Tiban. »Oder fürchtest du, der Narr will mir etwas antun?«

Malleu errötete, die Höflinge lachten.

Arlac riss die Augen auf und schüttelte in gespieltem Entsetzen den Kopf. »Ein solch großer Narr bin nicht mal ich.«

Das Lachen schwoll an, und der König rief: »Schön, schön. Und jetzt alle hinaus.«

Noch immer lachend gehorchten die Höflinge. Malleu ging als Letzter.

Als der Narr und der König allein waren, kam Tiban von seinem Thron herab und schlenderte zum Fenster, von wo aus man den Galgen sah. »Wir sind unter uns, Arlac, also lass deine Späße.«

»Sehr wohl, Hoheit.«

Tiban schaute hinaus. Der Himmel färbte sich leuchtend rot. Manche behaupteten, ein solches Rot verheiße für den nächsten Tag Sonnenschein, aber in diesen Zeiten brauchte es keine Anzeichen, die Sonne verhießen, man wusste sowieso, sie würde kommen.

»Seit Wochen frage ich mich, was bei der Hinrichtung von Grigo

Blutmond anders war«, sagte Tiban, den Blick noch immer nach draußen gerichtet. »Haben wir andere Götter angefleht als davor, hingen die Verurteilten anders, oder was war es sonst? Das Opfer damals war nicht geplant, doch Planung und klare Rituale sind gut, sagen die Priester, also kann das nicht der Grund sein, weshalb die Götter unsere Opfer nicht annehmen. Aber du kennst den entscheidenden Unterschied, nicht wahr? Du bist ein Narr, aber du bist nicht dumm.«

»Ich hoffe, dass ich das nicht bin«, erwiderte Arlac, aber eine Antwort gab er nicht, denn er wollte keine falsche geben. Weder wollte er Tiban verärgern, noch wollte er ihn auf einen neuen Gedanken bringen und das später bereuen müssen.

»Du«, sagte Tiban und drehte sich zu ihm um. »Du warst der Unterschied. Deine Narrheiten. Auf sie haben die Götter geantwortet, auf deine Späße vor der Hinrichtung.«

»Das ist zu viel der Ehre, Hoheit.«

»Das war keine Ehrbezeugung! Schließlich war es von Anfang an meine Idee. Ich war es, der dich da hinausgeschickt hat, oder nicht?« Tiban betonte das *ich* besonders.

»Ja, Hoheit.« Arlac deutete eine Verbeugung an, um keinen Zweifel an seiner Zustimmung aufkommen zu lassen.

»Und das tu ich hiermit wieder. Zur nächsten Hinrichtung will ich dich schon morgens am Richtturm sehen. Verhöhne die Verurteilten, verspotte sie, erniedrige sie, denn das war es, was anders war. Der Spott für Grigo!« In Tibans Augen glomm Wut. »Das hätte mir viel früher auffallen müssen! Die Götter wollen die Halunken nicht nur aufgeknüpft, sondern auch erniedrigt sehen. Auch Götter wollen lachen, und worüber sollen sie lachen, wenn nicht über das Elend von uns Menschen? Sie haben die Wolken geschickt, als du mit deinem Spottgesang auf Grigo begonnen hast. Ab jetzt nimmst du ihnen allen die Würde, allen, die da baumeln, und wir werden Regen bekommen.«

Arlac schwieg.

»Hast du mich verstanden, Narr?«

»Ja, Hoheit.« Er holte tief Luft und deutete eine weitere Verbeugung an. »Darf ich offen reden? Es ist niemand hier, der es hören könnte.«

»Nun, ich bin hier, und ich höre es«, sagte der König mit einem drohenden Unterton. »Aber sprich.«

»Es gab auch später noch einmal Regen, da waren schon andere Hinrichtungen gewesen. So gesehen war es vielleicht nicht der Spott ...«

»Genug, Narr!«, unterbrach ihn Tiban. »Ich bin dein König, und du bist mein hässlicher Spaßmacher. Wenn ich sage, es war der Spott, dann war er es. Und wenn ich befehle, du springst, dann springst du!«

»Ja, Hoheit.«

»Und nun lass mich ebenfalls offen reden«, sagte Tiban beinahe freundlich, und Arlac verbiss sich die Bemerkung, dass er selbst noch nicht lange habe offen reden dürfen. »Ich erinnere mich noch an den Tag, an dem ich dich auf dem Dach gefunden habe. Du warst mutig und amüsant, aber ein Nichts. Erst ich habe dich erschaffen. Du bist, was du bist, weil ich dich dazu gemacht habe. Damals dachte ich noch, du könntest stark sein, aber an dem Tag, an dem mein Sohn das Einhorn getötet hat, habe ich dir angesehen, dass du das nicht fertiggebracht hättest. Unter Feiglingen und Schwächlingen bist du stark, aber zur wahren Stärke fehlt dir königliches Blut. Das belegt auch dein Versuch, dich vor deiner Aufgabe zu drücken. Deine Stärke sind lustige Bosheiten, Grimassen und Verrenkungen, und darin bist du besser als dein Vorgänger, viel besser manchmal. Doch einst war auch er gut, und dann wurde er schwach, vergiss das nicht, wenn du am Wochenende auf den Galgen kletterst.«

»Ja, Hoheit«, wiederholte Arlac. Er würde es nicht vergessen; auch nicht die angedeutete Drohung, dass es auch für ihn irgendwann einen Nachfolger geben könnte.

Mit einer Verbeugung und einem letzten Blick auf den Einhornkopf verließ er den Thronsaal. Der Einhornkopf hing genau im Licht der sinkenden Sonne und warf einen langen Schatten.

Arlac ging in die Küche, um nach etwas zu essen zu fragen. Er dachte an Tibans Worte, und in der Tat mochte es stimmen, dass der ihn, den Narren des Hofs, erschaffen hatte. Tiban hatte ihm Geld und zu essen gegeben, Trottel und ein Zimmer in der Burg. Ruhm und Ansehen verdankte er Tiban. Doch auch davor war er kein Nichts gewesen. Nein, er war ein Narr der Straße gewesen und hatte seine Verfolger verhöhnt, auch ohne dass ein König ihm Schutz gewährt hatte.

Du hast mich nicht erschaffen, dachte er, *du hast mich nur zu deinem Besitz gemacht.*

6

Ukalion, Parikles und Telamon übernahmen im Wechsel die Führung, während sie sich durch die Hecke fraßen. Sie hatten in der Mauer eine Nebentür gefunden und freigelegt, hatten sie aufgebrochen und waren dahinter auf weitere Dornenranken gestoßen. Weiter und weiter waren sie in die Hecke vorgedrungen, ohne Pause, ohne langsamer zu werden, denn die Zeit drängte, und deshalb drängte Ukalion. Unnachgiebig trieb er sie voran, auch dann, wenn sie nicht wussten, welche Richtung sie einschlagen mussten.

»Wolf?«, hatten sie gefragt, aber der hatte nur mit den Schultern gezuckt, das hatte er damals nicht von der Hecke erfahren. Von außen konnte man ahnen, wo größere Gebäude gestanden hatten, doch nicht, welches der Palast gewesen war, und schon gar nicht, wo die Kaisertochter sich aufgehalten hatte, als der Schlaf gekommen war. Es war ein Hügel, und weil Burgen meist ganz oben thronten, wie Telamon sagte, strebten sie in die Höhe.

Warum nur war alles überwuchert?

Sie hatten gehofft, irgendwann einen Weg ausmachen zu können, die Konturen eines Palasts, aber sie fanden nichts. Nichts als stetiges Dämmerlicht und unheimliche Stille. Kein Tier huschte durch das Gestrüpp, kein Käfer kroch über das Blattwerk, nicht einmal Nachtsalamander oder die sonst allgegenwärtigen Fliegen ließen sich blicken. Es war, als hätten sie die Welt der Lebenden verlassen. Nur die Geräusche, die sie selbst verursachten, waren zu vernehmen, nicht einmal Aurels Männer hörten sie, obwohl die doch irgendwo in der Hecke sein mussten. Nur wo?

Aurels Trupp war so viel größer als ihrer, und dennoch klammerte Ukalion sich an die Hoffnung, sie könnten schneller sein. Anderthalb Tage lang tat er das, dann hörten sie doch leise Geräusche vor sich und ahnten Bewegungen in der Hecke. Langsam und leise drangen sie weiter vor, bis sie erkannten, dass ein Tunnel in der Hecke ihren Weg kreuzte, ein Tunnel, den Aurels Männer gegraben hatten und benutzten. Gedämpfte Gespräche drangen zu ihnen herüber und die stampfenden Schritte derjenigen, die da hin und her liefen. Vermutlich schafften sie abgeschlagene Ranken hinaus und Wasser und Essen herein. Ukalion winkte die anderen ein paar Schritte zurück. Dann arbeiteten sie sich parallel zu Aurels Weg weiter durch die Hecke und versuchten, auch so den Hügel zu erklimmen.

»Schneller«, drängte Ukalion, als könnten sie Aurel noch überholen. Die Hecke hatte ihm den Ring überlassen, das musste irgendetwas bedeuten.

»Sie sind uns voraus«, sagte Parikles.

»Aber sie können falsch sein«, erwiderte Ukalion kämpferisch. »Wenn der Palast doch auf halber Höhe ist, auf unserer Seite, dann gewinnen wir. Wir geben nicht auf!«

Sie ließen sich von seiner Hoffnung mitziehen und arbeiteten wie besessen, zerkratzten sich Hände und Arme und scherten sich nicht darum. Sie kamen voran, nur das zählte, und Ukalion verzichtete auf jede Pause und auch auf Wasser, als das knapp wurde.

Wolf lief immer wieder mit Isa in die Sackgasse, in der man Aurels Leute hören konnte. Sie wollten die Ritter belauschen und hofften auf Flüche und Schimpftiraden, doch als drüben wilder Jubel ertönte, wussten sie, dass sie das Rennen um den Palast verloren hatten.

7

Inrico war an seiner Seite, als der Prinz den Palast betrat. Er tat es als Erster und durch ein Fenster, auf das zwei in seinen Diensten stehende Sucher gestoßen waren.

»Jeder von euch erhält ein Dutzend Drachmen zusätzlich«, hatte er ihnen versprochen, und sie hatten ihm gedankt, müde, verschwitzt und zerkratzt, aber mit glänzenden Augen.

Auf Aurel folgte Inrico, und sein Herz schlug laut und schnell. Der Palast war, anders als die Gebäude draußen, vollständig erhalten. Er wirkte, als sei er noch in Benutzung, und das war ebenso unheimlich wie beeindruckend. Ziellos irrte Inricos Blick umher im vergeblichen Versuch, alles auf einmal wahrzunehmen: die detailgenauen Wandmalereien, die auch hier horizontal angelegt waren, die Mosaiken aus geschliffenem Marmor und Halbedelsteinen, die verzierten Möbel, die hohen Türen aus beschlagenem Holz und … die Schlafenden, die er durch die offene Tür im nächsten Raum erahnte.

Aurel neben ihm sagte eine Weile nichts. Selbst ihm, der Inrico bislang jede seiner Heldentaten erklärt hatte, fehlten vor Staunen die Worte. Erst nach einem langen Moment des Schweigens räusperte er sich und verkündete mit krächzender Stimme: »Und jetzt hole ich mir die Kaiserkrone.«

Inrico dachte: *Er bemerkt die Schönheit nicht, er kann sie nicht begreifen.*

»Seht Ihr die Malereien, Hoheit?«, fragte er.

»Natürlich«, sagte der Prinz, ohne länger hinzusehen. »Hübsch. Aber ich bin nicht gekommen, um mir irgendwelche Bilder anzusehen.«

Und damit ging er weiter in das Gebäude hinein, während seine Männer, die Schwerter zu seinem und ihrem Schutz gezogen, von außen nachkamen.

Hinter der Tür erstreckte sich ein langer Flur, und dort lagen mehrere Menschen, scheinbar willkürlich verteilt, reglos und stumm.

»Schlafen sie, Schreiber?«, fragte Aurel.

Inrico kniete sich neben einen älteren Mann mit dünnem weißem Haar und dicker goldener Halskette und dachte ehrfürchtig: *Der Mann hat zu Cletians Zeiten gelebt. Er hat Ycenas Pracht gesehen, und er war Bürger des großen Kaiserreichs.* Mit vor Aufregung zitternden Fingern tastete er nach einem Puls. Er fand keinen, doch auch ohne Puls fühlte der Mann sich nicht an wie ein Toter; die Haut war warm und nicht ausgetrocknet, das Fleisch darunter weich wie das eines Lebenden.

»Ich weiß es nicht sicher, Hoheit«, sagte er.

»Du bist der Gelehrte hier, und ich will eine Antwort. Wer soll sie mir sonst geben?«

»Sie sind nicht tot, aber auch nicht richtig am Leben«, wich Inrico aus. »Ich kann nur vermuten, dass es sich um ebenjenen Zauberschlaf handelt, von dem das Märchen und andere Schriften berichten. Selbst gesehen habe ich eine solche Hexerei noch nicht.«

»Das hat niemand, Chronist. Aber ich dachte, du hast darüber gelesen. Was nutzen deine Bücher denn?«, spottete er. Doch es war ein milder Spott, Aurel war erkennbar glücklich, dass alles so war wie im Märchen. Seinen Männern befahl er, jedem bewaffneten Schlafenden die Waffen abzunehmen.

Bevor Inrico auch nur eine Kleinigkeit in Ruhe betrachtet hatte, drängte Aurel zum Aufbruch und verlangte: »Bleib bei mir, Chronist.«

Sie eilten von Tür zu Tür, ignorierten zahlreiche Privatgemächer, die Küche, einen Saal mit Badebassin, einen Raum für Übungskämpfe, Vorratsräume und mehr. Inrico wollte überall stehen bleiben und sich umblicken, und zugleich wollte er weiterstürzen, um als Erster bei Cletians Tochter zu sein, auch wenn er nicht wusste, was er dann tun würde. Es war auch egal, denn Aurel ließ ihn nicht fort. Mitsamt dem Gefolge eilten sie durch Flure und Treppenhäuser, an zahlreichen Schlafenden vorbei, und Inrico hoffte inständig, er würde später noch Zeit haben, sich das alles anzusehen. Viel Zeit. Doch für den Moment hoffte er, er werde einen Weg finden, die Kaisertochter vor Aurel zu küssen. Am besten unauffällig, ohne dass irgendwer etwas bemerkte. Nur wie sollte das gehen?

Rastlos zogen sie weiter und immer weiter, bis sie schließlich einen Saal erreichten, an dessen hinterem Ende drei Throne standen. Der Boden war mit Schlafenden übersät, und auch auf jedem Thron lag jemand, wenn auch im Dämmerlicht des Palasts nur undeutlich zu erkennen.

»Endlich«, stieß Aurel hervor und legte Inrico die Hand schwer auf die Schulter. »Niemand betritt den Saal vor mir. Verstanden?«

»Ja, Hoheit«, erwiderten die Ritter und Sucher, und auch Inrico bejahte. Er konnte nichts versuchen, und obwohl er damit gerechnet hatte, war er enttäuscht. Zugleich wurde er von Aufregung gepackt, dagegen konnte er nichts tun. Sein Mund war trocken, und er konnte kaum stillhalten, so heftig schlug sein Herz. Er war wieder der kleine Junge in den Thermen und zugleich so viel älter, war Teil des berühmtesten Märchens der dreizehn Königreiche, ja, er war sogar der, der es fortschreiben würde, weil er dabei war, wenn es fortgelebt wurde. Kurz wallte Eitelkeit in ihm auf, dann ein Gefühl des Triumphs über die Bibliothekare, die ihm nichts zugetraut hatten, die ihn nur zu Grigos Hinrichtung geschickt hatten, weil der Weg ihnen selbst zu beschwerlich gewesen war. Im nächsten Augenblick waren all diese Regungen verflogen, denn hier ging es nicht um ihn. Hier ging es um die Rückkehr des Kaisers, um einen Augenblick, der alles für immer verändern würde. Dass Aurel diese Veränderung bewirkte, machte ihm Angst, und er schämte sich für das Hochgefühl von eben. Und doch war es nicht ganz verschwunden.

Gemessenen Schritts ging der Prinz zu den Thronen hinüber und trat dabei hier und da auf einen Schlafenden. Keiner sprach ein Wort, viele hielten die Luft an, und Inrico glaubte Knochen knacken zu hören, aber vielleicht bildete er sich das auch nur ein. Auf halbem Weg rief Aurel plötzlich: »Chronist! Zu mir.«

Eilends begab Inrico sich zu ihm. Er bemühte sich, nicht auf

Schlafende zu steigen, und es ging erstaunlich einfach. Es war, als hätten sie sich so hingelegt, dass man seine Füße gut zwischen sie setzen konnte, wenn man auf dem Weg zum Thron keine allzu großen Schritte machte. *Als hätte die Hexerei dem Retter einen Weg bereitet,* dachte Inrico. Im selben Moment trat Aurel auf die nächste Hand.

Am Thron angekommen, wartete der Prinz auf Inrico, der den Blick kaum von der Kaisertochter wenden konnte. Sie war wunderschön, und plötzlich hatte er wieder Anthias Stimme im Kopf. *Küss sie zuerst.* Aurel würde überrumpelt sein, wenn er ihn jetzt umstieß und die Kaisertochter küsste. Schnell und leidenschaftlich, bis sie die Augen aufschlug. Die Ordensmänner waren vorn an der Tür, auch sie rechneten nicht mit einem solchen Streich. Ganz hinten bemerkte er eine weitere Tür, die aus dem Saal hinausführte, dort würde er fliehen können. Unwillkürlich spitzte er die Lippen, doch mehr tat er nicht.

Und wenn sie verschlossen ist? Was dann?

Es machte keinen Unterschied, denn einholen würden sie ihn auf jeden Fall. Wo auch immer er sich im Palast versteckte, letztlich würde er sich durch die Hecke nach draußen durchschlagen müssen, und es führte nur ein Tunnel hindurch.

Aurel würde ihn töten. Aurel war stärker als er, schneller und erprobter im Kampf. Vermutlich würde er, Inrico, ihn nicht einmal richtig umstoßen können.

Jetzt!, dachte er trotzdem, *jetzt oder nie.*

Und er stieß Aurel nicht und küsste sie nicht. Er stand einfach an der Seite des Prinzen und sah ihr als unbeteiligter Chronist in die Augen. Nur so würde er lange genug überleben, um davon zu berichten.

»Schreib das auf«, sagte Aurel und beugte sich mit großer Geste über die schlafende Kaisertochter, die zusammengesunken auf dem Thron lag.

Unverwandt blickte Inrico ihr ins Gesicht, er wollte sehen, wie das Leben in sie zurückkehrte, und in diesem Moment glaubte er fest daran, dass das Märchen sich gleich erfüllen würde. Schließlich berührten Aurels Lippen ihre und verharrten dort.

Nichts geschah.

Aurel küsste sie fordernder, schob seine Zunge zwischen ihre Lippen, doch sie rührte sich nicht. Langsam ließ er ab von ihr. Mit gerunzelter Stirn fragte er Inrico: »Warum erwacht sie nicht?«

Inrico hob ratlos die Hände. »Ich weiß es nicht, Hoheit.«

»Es heißt doch, dass ich sie nur küssen muss, oder nicht? Einfach küssen!«

»Ja, Hoheit«, versicherte Inrico. »So heißt es in allen Überlieferungen.« Und er war froh, dass er es nicht selbst versucht hatte. Dass er nicht sein Leben fortgeworfen hatte für eine Kaisertochter, die nicht erwachte.

»Nun, dann«, sagte Aurel und küsste sie ein weiteres Mal. Er nahm ihr Gesicht in beide Hände und drückte seine Lippen fest auf ihre, doch wieder geschah nichts.

»Wach auf«, knurrte er, »verdammt noch mal, wach auf, du Störrische!«

Er küsste sie ein drittes Mal, und wieder erreichte er nichts.

Die Männer an der Tür wurden unruhig. Sie gafften, aber da Aurel es ihnen untersagt hatte, kamen sie nicht herein.

»Ich habe sie geküsst, oder nicht, Chronist? Du bist mein Zeuge!«

»Ähm, ja, Hoheit, das bin ich.«

»Und wer sie küsst, der heiratet sie, oder? Das waren die Worte ihres Vaters, oder nicht?«

Inrico schwieg verwirrt.

»Ich werde sie heiraten, verdammt! Ich werde Kaiser, so wie es mir im Märchen versprochen ist!« Aurel packte die Kaisertochter mit der Rechten und zerrte sie vom Thron. Mit der Linken riss er Cletian die Kaiserkrone vom Kopf. »Die brauche ich, wenn ich Kaiser werde.«

Damit schleifte er die Kaisertochter an einem Arm über die Schlafenden hinweg. Ihre Frisur löste sich, das Kleid verrutschte, und die Krone fiel ihr vom Kopf.

»Bring sie mir, Chronist! Ich will, dass sie ihre Krone trägt, wenn wir heiraten. Und ich meine!«

Inrico hob die Krone auf und folgte dem Prinzen langsam. *Er ist verrückt*, dachte er, *er wird alle in den Untergang reißen.* Und doch trug er ihm die Krone hinterher. Im herrschenden Dämmerlicht hatte das Gold kaum Glanz, und die großen Edelsteine wirkten matt.

Die Männer empfingen Aurel mit Jubelrufen, aber auf manchen Gesichtern entdeckte Inrico auch Zweifel. Und das gab ihm ein wenig Hoffnung.

HOCHZEITS-VORBEREITUNGEN

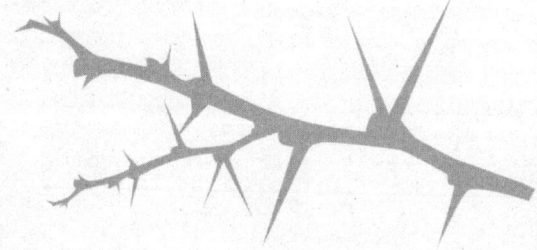

1

Drei Tage lang plünderten die Männer des Prinzen den alten Kaiserpalast. Weitere Sucher hatten sich ihm angeschlossen, um auch ihren Anteil zu erhalten, und Aurel hatte zu Inrico gesagt: »Das ist der Einfluss meiner Stärke. Schreib es auf.«

Die wenigen Frauen unter den Suchern hatten sich ihm nicht angeschlossen, oder er hatte sie nicht aufgenommen. Freudetrunken rafften die Plünderer Berge von Münzen und Gold an sich, Schmuck und Silberbesteck, goldene Kerzenständer und kleine Edelsteinfiguren für ein Spiel, das keiner zu spielen wusste. Selbst den Schlafenden raubten sie den Schmuck, das Geld, und was ihnen sonst noch gefiel. Nur die Kleidung ließen sie ihnen. Am Ende lieferten sie alles gehorsam bei Aurel ab, weil sie wussten, dass ihnen sonst der Galgen drohte. Auf Aurels Befehl hin wurden sogar die Throne herausgebracht.

Bis auf diese luden sie alles auf ein gutes Dutzend Wagen, die sie sich in den umliegenden Dörfern geholt hatten. Inrico hatte noch immer kaum Gelegenheit, sich den Palast anzusehen, denn er musste ständig als Chronist an Aurels Seite sein. Hin und wieder stolzierte Aurel durch den Palast, um sich als künftiger Kaiser zu fühlen und vor Inrico Reden über Triumph und siegreiche Kriegszüge zu halten, doch er blieb selten länger in einem Raum, und so gewann auch Inrico nur kurze Eindrücke und fand keine Ruhe, bestimmte Dinge genauer zu begutachten.

Noch immer herrschte im zugewachsenen Palast Dämmerlicht, und Aurel betrachtete ihn in erster Linie als Goldmine. Er wollte reich werden, und das wurde er, unermesslich reich sogar.

»Der reichste Mann der Welt«, triumphierte er. »Und bald auch der mächtigste.«

Die meiste Zeit verbrachte er außerhalb des Palasts, um das Anwachsen des Reichtums zu überwachen und seine Hochzeit zu planen.

»Ich werde vor den Toren Ycenas heiraten«, erklärte er Inrico mit leuchtenden Augen. »Dort, wo die elende Hexerei nie gewirkt hat. Vielleicht erwacht die Kaisertochter, wenn ich sie von hier wegbringe, doch noch. Und wenn nicht, dann nicht. Sie wird in jedem Fall meine Frau, voll und ganz, sie ist schließlich nicht aus Stein. Und ich werde sie auf eine Weise heimführen, dass jeder sie sieht und ihre Schönheit bewundern kann.«

Er rief die Sucher zu sich, die über das größte handwerkliche Geschick verfügten, und hieß sie aus Streben und den klarsten Fensterscheiben des Palasts einen Glaskasten mit hölzernem Boden bauen, groß genug, dass der Thron samt Kaisertochter darin Platz fand. An diesem Kasten sollten lange Tragestangen befestigt werden, sodass er einer Sänfte gleichkam.

»Sie soll für alle sichtbar an meiner Seite durchs Land reisen«, verkündete Aurel. »Damit sie auch schlafend aufrecht sitzt wie eine Herrscherin, werde ich sie an den Thron binden.«

Zur Schau gestellt wie eine Tote in einem gläsernen Sarg, fuhr es Inrico durch den Kopf, doch er verwarf den Gedanken sofort wieder. Die Kaisertochter war nicht tot, sie schlief lediglich, wenn auch tiefer, als Menschen es gewöhnlich taten. Nur was sollte sie wecken, wenn der Kuss, der die Magie hatte brechen sollen, es nicht vermocht hatte? Würde sie in alle Ewigkeit schlafen, und wäre das nicht dasselbe, wie tot zu sein?

Nein, dachte Inrico, *wer schläft, träumt, und ein Schlaf kann enden, anders als beim Tod weiß beim Schlaf niemand, ob er wirklich in alle Ewigkeit anhält, solange die Ewigkeit nicht abgelaufen ist, und wie soll die Ewigkeit ablaufen?* Ein wehmütiges Lächeln huschte über sein Gesicht, und er dachte an zu Hause, an die Schwebende Bibliothek. Das war eine Frage von der Art, wie sie sie dort mit Genuss und Ausdauer diskutiert hatten, und vielleicht würde er genau diese Frage eines Tages dort mit den anderen diskutieren. Sobald der Prinz ihn aus seinem Chronistendienst entlassen hatte und er heimgekehrt war.

Doch dann begriff er, dass er eigentlich nicht heimkehren wollte. Irgendwann schon, aber nicht jetzt, und auch wenn er wieder frei wäre, nicht sofort. Dann wollte er umkehren und hierher zurückkehren. Er wollte durch Ycenas Straßen schlendern, ohne etwas anderes tun zu müssen, als die Stadt kennenzulernen. Vielleicht sogar in Begleitung von Anthia, wenn sie denn mitkommen mochte. Er wollte den Palast erkunden, ohne auf Gold oder den Kaisertitel aus zu sein. Er wollte einfach in Ycena sein. Sehnsüchtig sah er zum Palasthügel hinüber. Jeden Tag vertrockneten weitere Blätter der Hecke. Sie fielen, als sei der Herbst gekommen, doch es war noch Sommer. Was mochte bis zum Herbst von der Hecke bleiben? Was würde aus der Kaiserstadt werden, wenn die Hecke ganz verdorrte? Würden auch die Gebäude in sich zusammenstürzen?

Sie kehrt nicht in die Unterwelt ein, schoss ihm plötzlich die Antwort auf die vorherige Frage durch den Kopf. *Wer schläft, nimmt weder am Leben noch am Nachleben teil. Er ist in sich selbst gefangen.* Und für den Moment schien ihm das der entscheidende Unterschied zwischen dem Tod und einem ewigen Schlaf zu sein.

Während mit dem Bau des gläsernen Thronkastens begonnen wurde, sandte Aurel einen Boten nach Freybruck, um seinem Vater stolz die bevorstehende Rückkehr anzukündigen. Und die Ankunft der Kaisertochter, seiner Frau und Tibans Schwiegertochter.

»Hoheit?«, wandte Inrico sich an Aurel, als der einen Augenblick ungestört war. »Darf ich fragen, weshalb Ihr nicht mit allem Prunk und zahlreichen Gästen in Freybruck heiratet?«

Aurel antwortete nicht sofort. Er sah ihn scharf an, als wollte er abschätzen, ob sich hinter den Worten eine Unverschämtheit versteckte. Misstrauen lag auf seinen Zügen. »Was interessiert dich das?«

»Ich bin Euer Chronist.«

»Natürlich.« Aurel nickte, und das Misstrauen schwand langsam. »Nun, Ycena ist die alte Kaiserstadt. Es ist nur angemessen, die Kaisertochter hier zu ehelichen. Oder vor den Toren, denn in Ycena muss jede Feier bei Sonnenuntergang enden, und draußen kann sie die ganze Nacht andauern, wie es sich für eine Hochzeit gehört. Außerdem kehre ich gern im Triumph und als Kaiser zurück. Das stopft den ständigen Zweiflern und Narren das Maul!«

»Sehr wohl, Hoheit«, sagte Inrico, doch insgeheim fragte er sich, ob Aurel nicht auch deshalb so überhastet heiratete, weil er nicht wollte, dass andere Männer verlangten, die noch immer schlafende Kaisertochter küssen zu dürfen. Seine Leute hier wagten das nicht, sie tuschelten nicht einmal darüber, doch in Freybruck und in anderen Ländern gab es genügend Adlige, die wohl laut bestreiten würden, dass das Märchen erfüllt sei. Und Inrico sah es bildlich vor sich, wie die Kaisertochter vor der Burg auf dem Thron saß, reglos wie ein Stein, und wie Männer aus allen Teilen Lathiens zu ihr pilgerten, um sie wach zu küssen. So als gebe es nur einen, der dazu auserwählt sei. War sie verheiratet, würde das niemand verlangen können. Und doch war es verrückt.

Das sahen offenbar auch andere so, denn noch immer hatten sich nicht alle Sucher gemeldet, um für Aurel zu arbeiten. Der Jubel über die bevorstehende Hochzeit war verhaltener ausgefallen, als Aurel es gehofft hatte, und die Kaisertochter wurde ebenso misstrauisch wie bewundernd und scheu betrachtet. Manche Sucher, die noch wenige Tage zuvor bereit gewesen waren, für Aurel zu graben, erschienen nicht mehr, um zu helfen – und verzichteten damit auf den versprochenen Anteil. Auch sie fragten sich, ob eine, die ewig schlief, nicht als tot gelten musste. Und wenn es so war, wie konnte ihr Herrscher dann eine Tote heiraten?

Kaiser der Toten wurde an verschiedene Hauswände geschmiert, und Aurel ließ es wutentbrannt abwaschen. Auch wenn nur ein kleiner Teil der Sucher lesen konnte, drohte er jedem, der bei einer solchen Schmiererei erwischt würde, mit Hinrichtung. Im Moment baumelte noch der halb verweste Lignu am Galgen.

Trotz allem arbeiteten noch immer mehr Sucher für Aurel als gegen ihn.

»Er ist wahnsinnig«, sagte auch Anthia, als Inrico kurz vor Anbruch der Dämmerung endlich zurück im Haus und bei ihr war.

»Das ist er«, bestätigte er.

»Und warum hilfst du ihm dann?«

»Weil er der Prinz ist.« Er seufzte. Das waren sie wieder und wieder durchgegangen, und doch fragte Anthia ihn immer wieder aufs Neue. »Und weil es nichts ändert, wenn ich fortlaufe. Er wird sie trotzdem heiraten. Er hat sich auch schon für ein Dorf entschieden, in dem die Feierlichkeiten stattfinden sollen. Aber ich bin dann auf der Flucht, ich gebe alles auf.«

»Wir wollten ihn aufhalten.«

Inrico atmete tief durch. »Ja. Aber fortlaufen ist nicht aufhalten. Ich will leben, was ist daran so verwerflich?«

»Nichts«, sagte Anthia, doch sie sagte es leise und tonlos.

»Ich weiß, dass du ihn noch immer besiegen willst.« Er legte ihr die Hand auf den Arm, während von draußen trunkenes Lachen hereindrang. Jeden Abend versoffen die Ordensmänner das Geld, das ihnen versprochen war, und gingen mit leeren Taschen zum Vögeln ins Bordell. Dort ließen sie anschreiben, und weil es der Prinz war, der ihnen das Geld versprochen hatte, durften sie zu den Frauen, ohne gleich zu bezahlen. Sie gingen alle in der letzten Stunde des Tages, wenn die Arbeit getan war. Über das Lachen der Männer hinweg fuhr Inrico fort: »Ich bin nun mal sein Chronist, das kann ich nicht ändern. Aber vergiss nie, dass ich auf deiner Seite bin. Was immer ich erfahre, verrate ich dir.«

»Was soll das jetzt noch nützen?«

»Noch ist er nicht Kaiser. Und auch Kaiser wurden schon gestürzt.«

»Nicht von einer Bauerntochter.«

»Nein«, gestand er, ein solcher Fall war ihm tatsächlich nicht bekannt. Trotzdem nannte er ihr die Sucher, die nicht mehr zum Dienst für Aurel auftauchten, aber auch jene, die sich neu bei ihm verdingten, obwohl sie nicht dazu gezwungen wurden, und Anthia hörte zu. Er erzählte ihr, in welchem Dorf die Hochzeit stattfinden sollte und auf welchem Wagen welche Dinge untergebracht waren, denn das hatte seine Ordnung. Er erzählte von seinem Verdacht, dass Aurel fürchtete, nicht als Kaiser anerkannt zu werden, wenn er mit der Hochzeit zögerte, und überhaupt erzählte er jede Kleinigkeit, die ihm einfiel, auch vom Hof. Dass Aurel das Einhorn nur mit Tränen in den

Augen getötet hatte und dass der Narr ihn gern verspottete. »Und von einem seiner Leute weiß ich, dass er einen Halbbruder namens Ukalion hat, den er hasst.«

»Ukalion? Wie der Sucher?«

»Ja. Der Name ist nicht so selten.«

»Ich kenne sonst niemanden, der so heißt.«

»Nun, im Stall der Schwebenden Bibliothek arbeitet einer. Und es gab mindestens drei Bibliothekare, die so hießen. Der letzte von ihnen starb vor etwa fünfzig Jahren und hat einige interessante Beobachtungen zum Ackerbau und zur Vermessung von Flächen im Hügelland hinterlassen. Er ...«

»Sie sind alle tot, oder?«

»Wer?«

»Die Bibliothekare.«

»Ja. Ich wollte dir nur aufzeigen, dass der Name gar nicht so selten ist. Und Aurels Halbbruder lebt in der Kornkammer der Kriege. Zumindest tat er das, bis Aurel ihn dieses Frühjahr von dort vertrieben hat, und er ...« Aurel stutzte.

»Aber sie sehen sich ähnlich, oder nicht?«, bemerkte Anthia. »Man kommt nicht sofort darauf, weil man nicht daran denkt, aber wenn man es einmal annimmt, ist es offensichtlich.«

Inrico griff sich an den Kopf. Wieso war ihm das nicht selbst sofort aufgefallen? Er hielt sich doch für einen guten Beobachter.

»Und wenn du auf der Flucht vor dem König bist, ist Ycena ein gutes Versteck«, sagte Anthia aufgeregt. »Wann hast du ihn zuletzt gesehen?«

»Ich weiß es nicht.« Er dachte einen Moment nach, aber es war schon ein paar Tage her. Bei all den Verpflichtungen und Entdeckungen hatte er auf so etwas nicht geachtet. Was spielte da ein einzelner Sucher für eine Rolle? Er hatte weder Ukalion noch Telamon, noch Isa gesehen. »Seit Aurel in der Stadt ist, überhaupt nicht mehr.«

»Ich auch nicht.« Anthia klang überzeugt. »Er ist es. Darum hat er sich versteckt. Ich werde ihn suchen gehen.«

»Vielleicht hat er die Stadt auch verlassen.«

»Das glaube ich nicht. Nicht, wenn er Aurel ebenso hasst wie der ihn.«

Doch das würden sie erst in den nächsten Tagen herausfinden können. Jetzt brach die Nacht herein. Noch immer tobten bei Nacht die Kreaturen durch Ycena, aber ihr Heulen war leiser geworden, und ihre Schreie klangen nicht mehr so furchteinflößend. Es schien, als verdorrten auch sie und fielen wie die Blätter der Hecke. Doch es traute sich noch immer niemand nachts auf die Straße.

Niemand, von dem Inrico wusste.

2

Eine Stunde nachdem die Sonne untergegangen war, und wenige Augenblicke nachdem das Heulen der Nachtkreaturen zum ersten Mal verstummt war, huschte der allysche Sucher Armyn auf die Straße und rannte in Richtung Hecke. Er hatte sich bei Sonnenuntergang nicht in sein Haus zurückgezogen, sondern in eines, das nahe beim alten Palasttor lag. Da, wo er mit Aurels Leuten einen Tunnel in die Hecke geschlagen hatte. Ohne nach rechts und links zu sehen, rannte er immer weiter. Es gab kein Zurück, er hatte sich entschieden. Laut hallten seine Schritte durch die Nacht, aber auch darauf achtete er nicht.

Er rannte.

Er war davon überzeugt, dass die Kreaturen nicht in die Hecke vordrangen, sondern nur die Straßen bevölkerten, und wenn es so war, dann konnte er es schaffen. Seit sieben Jahren war er hier, hatte geschuftet und gehungert, hatte Freunde sterben sehen und erlebt, wie Sucher, die ihm nichts bedeuteten, reich wurden. Er wäre selbst beinahe gestorben, und er hatte nicht so lange ausgehalten, um einfach zuzusehen, wie ein anderer kam und innerhalb einer Woche die größten Schätze wegtrug, ohne etwas übrig zu lassen. Noch dazu, wenn der andere ein Prinz war, der keinen weiteren Reichtum nötig hatte.

Armyn rannte, wie er noch nie gerannt war. Trotz der Dunkelheit geriet er nicht ins Straucheln, denn er hatte sich den ganzen Tag die Unebenheiten des Bodens eingeprägt. Und beinahe hätte er es geschafft.

Beinahe.

Doch als sich schon die Hecke als gewaltige schwarze Wand vor ihm auftürmte, als er sie trotz der Dunkelheit gerade so ausmachen konnte, stürzte ein geflügelter Schatten herab, schmatzend und viel zu schnell. Armyn konnte zur Abwehr nicht die Arme heben, nicht den Langdolch ziehen, er konnte noch nicht einmal daran denken, da kam der Schatten schon über ihn.

Die Flügel legten sich um ihn und quetschten ihn zusammen wie eine gewaltige Schlange. Japsend und röchelnd wand er sich im Griff der Kreatur, biss und spuckte nach ihr wie ein Kind, doch er konnte sich nicht befreien. Knackend brachen seine Rippen, und er stöhnte vor Schmerz. Die gesplitterten Knochen stachen wie Dornen in seine Lunge und in sein Herz, bis es aufhörte zu schlagen.

Erst viel später, erst als er alles Mark aus den Knochen und alle Tränen aus den toten Augen gesaugt hatte, ließ der Schatten Armyns Leiche zu Boden sinken und schrie triumphierend. Und der Schrei gellte so laut, dass er in ganz Ycena zu hören war. Von überallher kam lautes Heulen zurück, und der Schatten erhob sich wieder und verdunkelte mit weit ausgebreiteten Schwingen die Sterne.

Wer immer in Ycena schlief, träumte in diesem Moment von seinem eigenen Tod. Wer noch wach lag, dem lief ein Schauer über den Körper.

Und wer Armyn am nächsten Morgen auf der Straße liegen sah, den packte das Grauen. Seine Augen standen offen und waren vollkommen schwarz. Wie zwei Stück verbranntes Holz.

3

Es war später Nachmittag, als Anthia von Wolf zu Ukalion gebracht wurde. Ukalion und die anderen hatten sich ein Stück von der Hecke zurückgezogen, um nicht entdeckt zu werden, und wechselten den Unterschlupf von Tag zu Tag, manchmal auch mehrmals am Tag. Nur Wolf trieb sich häufig unter den anderen Suchern und in der Nähe von Aurels Leuten herum. Der Prinz achtete nicht auf die Streuner, unbedeutende Kinder, wie er fand, und so war Wolf für die anderen Augen und Ohren. Er lauerte auf eine Gelegenheit, die Kaisertochter zu entführen, denn sie war der einzige Weg zum Kaisertitel, doch sie wurde zu gut bewacht, zu viele von Aurels Männern waren damit betraut, von Sonnenaufgang bis Sonnenuntergang. Sie kamen einfach nicht an sie heran, jeden neuen Plan hatten sie verwerfen müssen.

Doch Wolf hatte auch Ukalions Bogen und die Pfeile besorgt, und das war der letzte Ausweg. Ukalion hatte Telamons warnende Worte über den Mord am Prinzen sehr wohl im Ohr, aber wenn sie die schlafende Kaisertochter bis zur Hochzeit nicht entführen konnten, würde er sich an die Feier heranschleichen und ihn erschießen; den Pfeil hatte er schon ausgewählt. Er würde nicht zulassen, dass Aurel Kaiser wurde.

»Anthia sucht nach dir«, sagte Wolf, als er sie in den Raum ganz oben unter dem Dach brachte.

»Weshalb?«, fragte Ukalion, und Isa sah Anthia grimmig an.

»Du bist Aurels Halbbruder«, antwortete Anthia ruhig und mit völliger Gewissheit. Isa zuckte zusammen, sagte jedoch nichts.

Ukalion zögerte einen Moment, dann fragte er: »Wie kommst du darauf?«

»Weil du so heißt wie er. Weil du Aurel ähnlich siehst. Und weil du verschwunden bist, als er in Ycena ankam. Du wolltest nicht gesehen werden.«

Wieder wartete Ukalion einen Augenblick, bevor er antwortete. Sie hatte sich alles gut überlegt, es zu leugnen wäre sinnlos gewesen. Trotzdem gab er es nicht direkt zu. »Und wenn ich es wäre?«

»Würde ich dir helfen. Er hasst dich, und du musst ihn hassen. Ich tu es auch.« Sie sagte es freiheraus, ohne jedes Versteckspiel, und begab sich damit in seine Hände. Wäre er nicht tatsächlich Aurels verhasster Halbbruder gewesen, hätte er sie an den Prinzen verraten können.

»Wobei helfen?«, fragte Ukalion.

»Wobei du willst.«

Ukalion nickte. Niemand sonst sagte ein Wort, nicht einmal Isa, die sonst kaum still sein konnte. Hier ahnte sie wohl, dass sie besser schwieg.

»Warum willst du das?«

Sie straffte sich. »Tiban hat meinen Bruder gehenkt. Noch am Galgen hat mein Bruder ihm prophezeit, dass bereits zu seinen Lebzeiten ein neuer Kaiser kommen und ihn vom Thron stoßen wird. Das darf nicht Aurel sein, Aurel ist der Thronfolger, den Tiban sich wünscht. Es muss ein Fremder sein – oder der verhasste, verleugnete Bastard.«

»Wer war dein Bruder?«

Sie atmete tief durch und sagte: »Grigo Blutmond.«

Ukalion nickte. Fast hatte er es erwartet. Die Händler hatten Grigos Namen nach Ycena gebracht, seit seinem Tod kannten ihn viele in Lathien. Nun, da Anthia sich ihm offenbart hatte, war es an ihm, das Gleiche zu tun.

»Ja, ich bin Tibans Bastard«, erklärte er. »Doch wie willst du verhindern, dass Aurel Kaiser wird? Wir wollten die Kaisertochter entführen, aber es gibt keine Gelegenheit. Ihm ist es egal, dass er das Märchen nicht erfüllt hat, er erklärt sich trotzdem selbst zum Kaiser, und weil er Tibans Sohn ist, nehmen die Menschen es hin. Einer nach dem anderen schließt sich ihm an.«

»Nein, tun sie nicht!«, fuhr Anthia auf. »Sie stellen sich nur nicht laut gegen ihn, weil sie Angst haben! Weil sie jemanden brauchen, der es zuerst tut!«

Ukalion wusste, worauf das hinauslief, aber er wollte sich nicht einfach auf ihre Einschätzung verlassen, die Menschen würden sich ihm schon anschließen. Hier im Raum sah er eine Handvoll, und draußen bei Aurel waren hundert und mehr. Und so fragte er: »Willst du es ihm ins Gesicht sagen, dass du gegen ihn bist? Willst du es allen anderen sagen?«

»Das würde ich tun, ja. Aber wer bin ich?« Sie schnaubte belustigt. »Weißt du, ich bin tatsächlich hergekommen, um die Kaisertochter zu küssen. Ich habe geglaubt, das sei ich meinem Bruder schuldig. Ich dachte, wenn es mir gelingt, sie zu wecken, dann ist es egal, dass ich eine Frau bin, eine Bauerntochter und die Schwester eines Räubers. Inrico hat mir versichert, dass es im Kaiserreich Liebe zwischen Frauen gab, und das hat mich in meiner Hoffnung bestärkt, Cletian würde auch mir gegenüber Wort halten und mir die Hand seiner Tochter überlassen. Mit seinem Segen schien mir alles möglich. Doch jetzt hat sich das Märchen als Märchen erwiesen. Nur der Schlaf ist wahr, das Erwachen nicht. Und ohne Erwachen gibt es keine neue Zeit, kein neues Kaiserreich. Ich bin immer noch nur eine Frau und Bauerntochter und Räuberschwester. Mir hört niemand zu.« Damit schloss sie, und es hatte den Anschein, als sei das für sie eine lange Rede gewesen.

Ukalion nickte und blickte zu den anderen. Er wollte wissen, wie sie die Lage einschätzten, aber sie deuteten den Blick als Aufforderung.

»Schau nicht mich an«, sagte Telamon. »Du weißt, ich wollte nie Kaiser werden. Ich will niemanden hinter mir versammeln.«

»Und ich bin nur ein Spieler, der einen gesuchten Gladiator liebt«, sagte Parikles. »Mir hören nicht mehr Leute zu als Anthia.«

»Die Sucher mögen dich!«

»Manche, ja. Vielleicht sogar die meisten.« In seiner Stimme lag dennoch Groll. »Aber wie viele haben mir geholfen, als ich fliehen musste? Wer hat Levith geholfen? Sie haben uns machen lassen, bis Aurel gekommen ist. Aber er ist der Prinz, und für uns haben sie sich ihm nicht entgegengestellt. Warum sollte ich das also noch einmal versuchen?« Dann wandte er sich an Anthia. Seine Stimme war plötzlich sanft. »Weißt du, wie es in Ycena mit der Liebe zwischen Männern war?«

»Wie zwischen Frauen. Nicht verbreitet, aber es durfte sein, sagt Inrico.«

»Ist er da sicher?«

»Das ist er. Und ich habe ein Buch gesehen, in dem auch Männer mit Männern ...«

»Ein Buch?« Parikles' Augen leuchteten. »Dann ist es wirklich wahr?«

Sie nickte.

Parikles sah Ukalion an.

»Wir sind ein trauriger Haufen, wenn alles am Bastard hängt«, sagte er, aber er lächelte.

»Königssohn«, sagte Isa leise, aber trotzig.

»Legitimität haben wir sowieso nicht auf unserer Seite«, fügte Parikles hinzu.

»Doch«, sagte Anthia. »Wer eine Schlafende heiraten will, hat jedenfalls keine.«

»Da hast du recht.« Ukalion fuhr sich mit beiden Händen durchs Haar. Er erzählte nicht, dass er auch darauf gehofft hatte, die Kaisertochter zu retten, vermutlich ahnte sie das. Er hatte den Kaisertitel gewollt, um Aurel und Tiban nicht als Bastard und Müllersgehilfe, sondern als Höherrangiger entgegentreten zu können – und mit Ycena im Rücken. Doch wenn er das nicht konnte, würde er es eben anders tun. Dann würde er sich die Legitimität nicht von Tiban holen, sondern von den Menschen, die bereit waren, ihm zu folgen. *Ihm folgen*, diese Vorstellung war fremd, und doch hatte es längst begonnen. Isa, Telamon, Wolf, dann Parikles und jetzt Anthia.

»Gut«, sagte er. »Reden wir mit einigen, finden wir heraus, ob du recht hast. Ob sie tatsächlich bereit sind, sich für einen Bastard vom legitimen Prinzen abzuwenden, nur weil der verrückt ist.«

»Das werden nicht alle sein.« Anthia lächelte. »Aber genug. Und ich weiß, wen wir ansprechen können.«

Während Aurel die letzten Wagen beladen ließ und die Glaswände für die Sänfte mit dem Thron fertiggestellt wurden, spürten Wolf und Anthia unzufriedene, wütende und vom Prinzen enttäuschte Sucher auf; all jene, die von seinem Wahn, eine Schlafende zu ehelichen, abgestoßen waren. Einen nach dem anderen brachten sie zu Ukalion, der ihnen eröffnete, dass er Tibans Bastard sei und sich Aurel vor der Hochzeit entgegenstellen wolle. Hier, wo dessen Gefolge nur aus wenigen Männern bestehe, und vor allem, bevor er sich selbst zum Kaiser kröne.

»Und dann?«, fragten die meisten, auch Maija, die nicht mehr für Yulis arbeitete. »Was geschieht dann? Und was mit dem Gold?«

»Wir teilen es auf«, versprach Ukalion. »Ich weiß noch nicht wie genau, aber es wird gerecht zugehen.«

»Und Tiban? Er wird kommen, um seinen Sohn zu rächen.«

»Wer fliehen mag, der flieht. Ich werde auf ihn warten und heiße jeden willkommen, der an meiner Seite bleibt. Mit dem Gold können wir uns genug Söldner kaufen, um ihm entgegenzutreten. Und jemand muss dem Einhornschlächter entgegentreten, bevor er weiter und weiter Menschen opfert. Er darf nicht länger König bleiben!« Ukalion sprach mit aller Leidenschaft und Überzeugungskraft, die er aufzubringen vermochte, doch innerlich zitterte er. Die Vorstellung, einen Krieg zu beginnen, machte ihm ungeheure Angst, aber er hatte es wieder und wieder durchdacht und keinen anderen Ausweg gefunden.

»Auch viele andere werden sich uns anschließen, nicht nur Söldner«, versicherte Anthia. »Die Wut auf Tiban wächst, und wer die Wahl hat, Räuber zu werden oder sich dem anzuschließen, der die Kaisertochter befreit hat, wird sich bestimmt für das wahr gewordene Märchen entscheiden. Sie werden in Scharen kommen.«

»Eigentlich hat er sie nicht befreit«, widersprach Maija.

»Doch, das hat er!«, entgegnete Anthia entschieden. »Er hat die große Wurzel gekappt und die Macht der Hecke gebrochen. Ohne Ukalion wäre der Prinz nie durch die Hecke gekommen, Ukalion aber wäre leicht zur Kaisertochter gelangt, hätte Aurel ihn nicht – so wie alle – von der Hecke ferngehalten.«

Maija wirkte skeptisch, nahm es jedoch hin. Sie fragte Ukalion: »Was ist mit der Kaisertochter? Willst du sie heiraten, wenn du Aurel besiegt hast?«

»Nicht, solange sie schläft«, antwortete er. »Ich heirate keine, die nicht frei ihre Zustimmung dazu geben kann.«

Maija nickte und schien es zufrieden. Dann fragte sie noch einmal nach der Wurzel, und Wolf bot an, sie ihr zu zeigen. Sie gingen, und als Wolf später zurückkam, grinste er breit. Er erzählte, Maija sei der Mund aufgeklappt und sie habe sie beide verdammte Helden genannt.

»Helden«, wiederholte Wolf mit glänzenden Augen. »Dich – und mich auch.«

Nach Maija kamen weitere, die die Höhle sehen wollten, und während die Hecke mehr und mehr Blätter und Dornen verlor, wurde die Geschichte von der gewaltigen Wurzel flüsternd und staunend weitergetragen, und immer neue Sucher wandten sich von Aurel ab, um heimlich mit Ukalion zu reden, um ihn Bezwinger der Hecke zu nennen.

Der alte Estor dagegen kam erstaunlich nüchtern zu Ukalion, misstrauisch geradezu. »Woher weiß ich, dass du uns nicht verrätst, sobald der Prinz tot ist? Dann bist du der einzige lebende Sohn Tibans. Uns andere wird er für Aurels Tod bestrafen, aber dich wird er plötzlich vor allen anerkennen. Weil nur in dir sein Blut fortbesteht, und er glaubt an sein Blut. Und an Stärke. Und Stärke hast du dann mit dem Sieg über Aurel bewiesen. Warum solltest du dich gegen ihn wenden, wenn du sein legitimer Sohn und Nachfolger wirst?«

»Weil er wahnsinnig ist«, sagte Ukalion vollkommen ruhig. An eine solche Möglichkeit hatte er nie gedacht und wollte es auch gar nicht. Wie konnte Estor ihm so etwas unterstellen? »Weil er meine Mutter gedemütigt hat, weil er Menschen opfert und weil er an das Töten von Einhörnern glaubt. Und weil ich kein Verräter bin! Ich habe einen Vater, und der ist Müller.«

Estor sah ihn scharf an, und Ukalion hielt dem Blick stand.

»Gut«, sagte der Alte schließlich. »Dann glaube ich dir.«

Und weil Estor es tat, taten es noch eine Reihe andere. Als Aurel bald darauf aufbrach, um zu heiraten, hatte Ukalion genug Leute um sich gesammelt, um in den Kampf zu ziehen.

4

Levith beobachtete, wie der Prinz am Morgen mit einem Dutzend überladener Wagen und deutlich mehr Leuten aufbrach, seinen Männern und einer Reihe Suchern, die sich ihm angeschlossen hatten. Aurel ritt an der Spitze des Zugs, an seiner Seite wurde die schlafende Kaisertochter getragen. Sie, die jahrhundertelang durch Dornen von der Welt abgetrennt gewesen war, war es nun durch Glas. Das Gold ihres Throns und ihrer Krone leuchtete hell in der Sonne, die Edelsteine funkelten. Am Schluss des Zuges ging Yulis mit Frauen seines Bordells. Sie hatten sich herausgeputzt, als seien sie auf dem Weg zu einem Fest.

Levith dachte daran, ihnen heimlich zu folgen, doch Parikles hatte er nicht bei ihnen gesehen, überhaupt keine Gefangenen. Also wartete er, bis sie verschwunden waren, und kehrte zu seinem Haus zurück, das erste Mal seit Tagen.

»Parikles?«, rief er an der Tür. Niemand antwortete. Vorsichtig trat er ein und lief durch alle Räume. Nichts hatte sich verändert, seit er gegangen war. Im Schlafzimmer beugte er sich über die Matratze. Früher hatte er Parikles' Duft noch am Abend riechen können. Dass er das jetzt nicht konnte, bedeutete, dass er schon länger fort war.

Langsam trat er wieder auf die Straße. Niemand zeigte sich, es schien, als hätten mit Aurels Trupp auch die anderen Sucher die Stadt verlassen. Levith eilte zu den *Zehn Kerzen,* aber auch da traf er niemanden an; nicht einmal Labuz war da. Was ging hier vor?

Er eilte weiter zur Hecke, und dort kam ihm die Streunerin Maec entgegen, im Arm einen fein gearbeiteten Stuhl aus dunklem Holz. Auf der Sitzfläche balancierte sie einen fein gearbeiteten Helm und eine silberne Schale.

»Weißt du, wo alle sind?«, fragte er sie.

»Wer alle?«

»Parikles«, sagte Levith, weil allein Parikles zählte. Und in dem Moment, als er den Namen aussprach, leise und rau, packte ihn die Angst, sie könnte von Parikles' Tod erzählen. Gehängt, erschlagen, totgeprügelt, gefoltert, zerstückelt, verbrannt – in seinem Kopf hörte er sie das sagen, und ihm wurde innerlich kalt, alles zog sich zusammen, und er wollte die Frage ungeschehen machen, als könnte er damit alles Schlechte ungeschehen machen, das Parikles zugestoßen sein mochte. Er wollte die Antwort nicht hören, aber zugleich musste er.

»Der ist vorhin mit Ukalion aufgebrochen.«

»Aufgebrochen?« Die Kälte wich aus seinem Innern, und Glück durchströmte ihn. Aufgebrochen! Das bedeutete, Parikles war am Leben! Aufgebrochen! *Wer aufbricht, handelt selbst, der wird nicht mitgeschleift, ist kein Gefangener, kein Toter!*

»Sie haben sich Schwerter aus dem Palast geholt«, fuhr Maec fort, »und sind losgeeilt, um dem Prinzen aufzulauern.«

Levith erstarrte, Kälte und Angst waren zurück. So würde Parikles nicht mehr lange am Leben sein. Hastig rief er: »Wo?«

»Ich weiß es nicht. Aber es soll vor der Hochzeit geschehen.«

»Woher weißt du das?«

»Das wissen alle, die noch hier sind. Weil ...«

»Den brauch ich«, unterbrach Levith sie, griff sich den Helm, wirbelte herum und stürmte los. Parikles und Ukalion würde er nicht finden; wenn sie sich irgendwo in einen Hinterhalt legten, hielten sie sich verborgen. Aber dem Prinzen konnte er folgen, dessen Trupp war weithin zu sehen und zu hören. Wie kamen die beiden nur auf die Idee, zu zweit einem ganzen Trupp aufzulauern? Er musste sie finden, bevor sie zuschlugen.

»He!«, rief Maec. »Das ist meiner!«

»Du bekommst ihn wieder!«, versprach Levith, während er weiterrannte, ohne sich noch einmal umzudrehen. *Zumindest, wenn ich überlebe.*

5

Weit entfernt von Ycena und Aurels Hochzeitsplänen saß der Narr Arlac auf dem Gebälk des Richtturms von Freybruck, tat einen langen Zug aus dem Weinschlauch und hob den Blick zum wolkenlosen Himmel. Er verabscheute und hasste sich dafür, dass er hier war, er hasste Tiban, und er hasste die erbarmungslosen Götter, die keinen Regen sandten. Das Gesicht wie bei der Hinrichtung von Grigo so bemalt, dass es nach Totenschädel aussah, bleich und schwarz, saß er da und wartete auf die Verurteilten, um all seinen Hass über ihnen auszuschütten.

Während er die Beine baumeln ließ und zusah, wie die ersten Neugierigen kamen, während die Sonne sich erhob und die Krähen vorfreudig krächzten, wuchsen Arlacs Abscheu und Hass. Er würde rasen und geifern, fluchen und spucken, bis die Menge ihn noch mehr hasste als er sich selbst.

Er trank noch einen Schluck.

Und noch einen.

Dann schleuderte er den halb geleerten Schlauch gegen die Stadtmauer, dass Wein auf die Steine spritzte. Es war weißer Wein, und darüber lachte Arlac, weil er nicht einmal roten genommen hatte. Und dann lachte er noch lauter, weil mehrere Männer hinüberstürzten und sich um den Schlauch und die erbärmlichen Reste darin prügelten.

6

Das Dorf Tiefenbrunn, das sich am Fuß eines Hügels im Südwesten von Ycena erstreckte, erwartete die Ankunft des Prinzen. Es war nach dem Untergang der Kaiserstadt von Bürgern Ycenas gegründet worden, die ihre Heimat nicht hatten verlassen wollen. Andere waren damals weiter davongestürzt, bevor sie sich niedergelassen hatten, waren in andere Städte geflohen oder in den Wirren und Kämpfen des dunklen Jahrhunderts gestorben.

Insbesondere in den ersten Jahren nach dem Fall des Kaiserreichs hatte so mancher aus Tiefenbrunn versucht, die Hecke zu überwinden und das geliebte Ycena zurückzuholen, doch sie waren alle gescheitert und zu Staub und Dornen geworden. Irgendwann war keiner aus dem Dorf mehr aufgebrochen, doch sie hatten sich den Stolz auf ihre Herkunft bewahrt und kleine Statuen, Säulen und Ähnliches aus den Ruinen der Kaiserstadt geholt, um die Erinnerung an sie zu bewahren. Manche gingen so weit zu behaupten, dass die Stadt Ycena in Tiefenbrunn fortlebe, während die Ruinen nur ihre Schatten und Geister beherberge. Über all die Jahrhunderte hatten sie sich an das Märchen, ihren Stolz und ihre Vergangenheit geklammert, hatten so manches Mal von einer Zeit der Rückkehr geträumt. Und jetzt erfüllte sich der Traum.

Drei Tage zuvor waren Aurels Boten gekommen, um zu verkünden, dass der lathische Prinz hier mit der ycenischen Kaisertochter Hochzeit halten werde. Hier, in Tiefenbrunn.

»Sie ist endlich erwacht!«, hatte das Dorf gejubelt, und auf den ausgemergelten Gesichtern hatten sich Freude und Hoffnung gezeigt.

»Noch nicht«, hatten die Männer erwidert. »Aber die Hochzeit steht.«

Und das Dorf hatte sich geschmückt, so gut es in den harten Zeiten ging. Auch die jungen Frauen und Mädchen, angetrieben von ihren Eltern, putzten sich heraus. Der Prinz habe gewiss viele Männer bei sich, hieß es, und eine Hochzeit wecke immer auch in anderen den Wunsch zu heiraten.

»Hier wirst du hungern, aber kehrst du mit einem Gefolgsmann des Prinzen an den Hof zurück, geht es dir gut«, sagte so manche Mutter, und die Väter brummten Unverständliches, widersprachen aber nicht. Sie wussten, wie trunkene Männer waren, aber auch, dass der Winter kommen würde und mit ihm der Tod. Die Speicher waren viel zu leer.

Sie warteten und hofften, dass der Prinz sie für die Tiere, die er für die Feier schlachten ließ, gut entlohnen werde. Dass etwas von dem Reichtum aus Ycena für das Dorf abfiele und dass man fortan, wenn von der Hochzeit des Kaisers die Rede war, in allen dreizehn Königreichen von Tiefenbrunn sprechen werde. Auch fieberten sie der Kaisertochter entgegen, die sie auch schlafend immer als die eigentliche Herrscherin über ihr Dorf betrachtet hatten, und sie fragten sich aufgeregt, ob sie inzwischen endlich erwacht sei.

»Das muss sie doch«, sagte ein kleines Mädchen und lachte über die Fragen der Erwachsenen. »Wie will sie sonst den Prinzen heiraten?«

Froh stimmten ihr alle zu.

7

Ukalion lauerte in einem Hauseingang am Ende der Straße. Fliegen krabbelten über ihn hinweg, doch er scheuchte sie nicht fort; er rührte sich überhaupt nicht. Aus der Ferne war das Rattern zu hören, mit dem hölzerne Räder über Pflastersteine rumpelten, das Schlagen von Pferdehufen auf Stein, das fröhliche Rufen von Männern und Frauen. Aurels Zug, der sich langsam näherte.

Sie hatten ihn, schweigend und im Laufschritt, in einem großen Bogen überholt und die breite Brücke über den Tivere vor ihm überquert. Zuerst hatten sie sich dort auf die Lauer legen wollen, doch dann hatten sie sich für eine Stelle etwas weiter die Straße hinab entschieden, wo Geröll und zwei umgestürzte Säulen quer über die Fahrbahn lagen. Hier war es eng und unübersichtlich, hier konnten sie sich auch in den Häusern verbergen, um dann aus den Fenstern heraus anzugreifen.

Ukalion versuchte, ruhig zu atmen, aber sein Herz schlug schnell. Er hatte Angst, doch war sie mit einem Gefühl gepaart, das er so nicht kannte. Tieren im Wald hatte er schon aufgelauert, aber Menschen noch nie. Mit Menschen hatte er sich nur geprügelt, und das nicht einmal übermäßig. Er dachte an Ckarya und daran, dass er nun endlich Aurel entgegentreten würde. Ihrem Mörder, denn ihre Verurteilung war Mord gewesen, nicht rechtens.

Mörder!

Er verzog das Gesicht zu einem Grinsen, auch wenn er nicht wusste, weshalb. Vorsichtig lugte er um die Ecke und sah Aurel näher kommen. Kurz blickte er zu Telamon und Parikles, die neben ihm im Haus standen, beide mit gezogener Waffe. Anthia wartete dahinter, sie war ganz von Telamons massigem Körper verdeckt.

»Wenn du mehr sein willst als ein Mörder, musst du zuerst mit ihm reden«, hatte Telamon gesagt.

»Aber er ist der Mörder! Er darf nicht entkommen«, hatte Ukalion erwidert.

»Ja. Aber eigentlich sprichst du nicht mit ihm, sondern zu den Suchern in seinem Gefolge. Sie folgen ihm, weil er mächtig ist und das Gold besitzt, aber sie folgen ihm nicht aus Überzeugung, sonst wären sie nicht in Ycena gelandet. Sie sind ihm nicht verpflichtet wie seine Männer. Bring sie dazu, an ihm zu zweifeln. Sie müssen wissen, dass du es warst, der die Hecke besiegt hat. Und alle, die auf unserer Seite sind, müssen es auch noch einmal hören, bevor sie sich in den Kampf stürzen.«

»Ich habe die Hecke nicht allein besiegt.«

»Darauf kommt es nicht an. Du oder er, das ist die Frage, und er war es nicht.«

»Woher weißt du das alles?«

Telamon hatte mit den Achseln gezuckt. »Vor Ycena hatte ich ein anderes Leben. Irgendwann erzähle ich dir davon.« Aber es hatte nicht so geklungen, als sei dieses Irgendwann bald.

Stumm wiederholte Ukalion wieder und wieder, was er Aurel sagen wollte. Vorsichtig sah er erneut um die Ecke, und als Aurel nur noch zehn oder fünfzehn Schritt entfernt war, trat er auf die Straße. Allein. In der Hand ein Schwert aus dem Palast, die Klinge locker gesenkt. Er hatte kaum Übung damit, er würde es schwingen wie eine Axt, mit Wucht und viel Schwung, mit Wut und mit Kraft.

»Halt, Bruder!«, rief er, und eine Krähe auf dem Dach krächzte. Abrupt kam der Zug zum Stehen. Auf die Entfernung konnte Ukalion nicht erkennen, was Aurel für ein Gesicht machte, aber da er schwieg, hatten sie ihn wohl überrascht.

»Du hast die Kaisertochter nicht aus dem Schlaf geholt, du kannst sie nicht heiraten. Cletians Bedingung ist eindeutig!«

»Was bildest du dir ein, Bastard?«, brach es aus Aurel hervor, und damit gestand er auch vor den eigenen Leuten ein, dass Ukalion Tibans Sohn war. »Du sagst mir nicht, was ich zu tun habe!«

»Irgendwer muss es tun!« Ukalion hob die Stimme noch ein wenig mehr, obwohl das kaum möglich war, ohne zu krächzen. Das durfte er nicht, zittern ebenso wenig, er musste stark wirken und selbstsicher. Allein gegen einen ganzen Trupp. »Denn von allein scheinst du es nicht zu wissen. Niemand, der auch nur einen Funken Anstand hat, heiratet eine Schlafende!«

»Ich heirate, wen ich will! Ich bin der Prinz, und ich habe sie gerettet!«

»Du hast sie nur herausgeholt!«, widersprach Ukalion mit dröhnender Stimme. Zu Hause hatte er jahrelang gegen das Mühlrad anschreien müssen, das half ihm jetzt. Seine Stimme trug weit, er musste fast noch beim letzten Wagen zu verstehen sein. »Ich war es, der die Hecke geschwächt hat, indem ich ihre Wurzel gekappt habe. Ich war es, der die alte Hexerei gebrochen hat, indem ich mit Freunden den traumfressenden Wächter der Dornen besiegt habe. Und du? Du hast andere dafür bezahlt, dass sie dir einen bequemen Weg durch die geschwächte Hecke hacken. Nicht einmal das hast du selbst getan! Und dein schwacher Kuss hat nichts bewirkt, gar nichts!« Kurz lachte er auf, weil er wusste, wie wenig Aurel es ertrug, wenn man sich über ihn lustig machte. »Du kannst sie hundertmal auf ihren Thron binden und an deiner Seite zur Schau stellen, aber das ändert nichts daran, dass jeder weiß: Du hast sie nicht wach geküsst.«

»Dafür stirbst du, Bastard! Komm her und kämpf, Lügner!« Er riss das Schwert aus der Scheide, und die Ordensmänner direkt bei ihm taten es ihm gleich; die anderen hinter ihnen konnte Ukalion nicht erkennen, doch er hörte unterdrückte Rufe und das Wiehern von Pferden. Wo eben noch alle stillgehalten hatten, um zu lauschen, breitete sich nun Unruhe aus.

»Nein, das ist er nicht!« Telamon trat neben Ukalion auf die Straße und reckte seine gewaltige Gestalt. Zu ihm gesellten sich Parikles, Anthia und andere. »Ukalion hat die Hecke besiegt, das kann ich bezeugen.«

»Lüge!«, brüllte Aurel.

»Ich war dabei!«, donnerte Telamon. »Ihr habt nur die Schätze an Euch gerissen, alle Schätze! Dabei ist Ycena unsere Stadt. Die Stadt der Sucher!«

Die Unruhe in Aurels Trupp wuchs, und der Prinz konnte seine Wut nicht weiter zügeln. »Sie gehört nicht euch!«, keifte er. »Ihr seid nichts! Sie gehört zum Königreich!«

»Sie gehört uns!«, schmetterten die Sucher, die sich in den Häusern versteckt hatten und jetzt einer nach dem anderen an die Fenster im ersten Stock traten. »Uns!« Neben ihnen lagen hastig aufgeschichtete Steine auf dem Fensterbrett.

Zeitgleich erhoben sich mitten in Aurels Trupp wütende Rufe: »Nichts? Das also sind wir für dich?«

»Nicht ihr!«, rief Aurel. »Die anderen! Ihr habt mir schließlich Treue geschworen!«

»Ich habe nichts geschworen«, erwiderte Oromin, der auf dem Kutschbock des ersten Wagens mit Gold saß. »Ihr habt mir Geld gegeben, damit ich für Euch arbeite, und das habe ich getan.«

Aurel fuhr zu ihm herum. »Dann schwörst du jetzt, Bursche. Jetzt ist die Zeit gekommen, sich zu entscheiden! Der Bastard oder der wahre Prinz.«

»Der, der mit uns gegraben hat, oder der, der Lignu gehenkt hat?«, rief Anthia.

»Ein Bastard wie viele von uns oder der, der auch Levith vertrieben hat?«, rief Parikles. »Einen von uns?«

»Dreckiger Lenydhe!« Ein Ordensmann spuckte aus.

Der Sucher Oromin, der schon immer stur und trotzig gewesen war, antwortete: »Ich schwöre niemandem Treue, keinem von euch. Ich halte sie ...«

Weiter kam er nicht. Der bärtige Ordensmann neben ihm, eingeteilt, um den Wagen zu schützen, rammte ihm das gezogene Schwert in den Bauch und riss es wieder heraus. »Treue dem Prinzen oder Tod!«

Oromin fiel röchelnd vom Kutschbock und starb. Und so begann der Kampf um die schlafende Kaisertochter.

Aurel trat seinem Pferd in die Seiten und preschte voran, um Ukalion niederzureiten, und ein Teil seiner Männer folgte ihm. Im Eifer rammten sie die Trage mit der Kaisertochter, der Thron geriet heftig ins Wanken und krachte gegen die nächste Hauswand. Das Glas brach und regnete in Splittern zu Boden. Die Träger ließen den Kasten los, um sich in den Kampf einzumischen, und so knallte der aufgebahrte Thron auf die Straße.

Andere Ordensmänner sahen sich wütenden Suchern gegenüber, bei vielen Suchern war einen Augenblick lang nicht klar, auf welcher Seite sie standen, und sie wussten es wahrscheinlich selbst nicht. Mancher Stein wurde aus den Häusern geworfen, es traf Ordensmänner und Pferde, die wiehernd stiegen oder ausschlugen, aber die meisten Sucher verließen die Fenster und stürmten mit gezückter Waffe aus den Häusern in den Kampf. Sie wollten im Getümmel sein, und nicht wenige riefen: »Für Lignu.«

»Levith!«

»Ukalion!«

Oder schlicht: »Ycena!«

Inrico wich den losstürmenden Ordensmännern aus und eilte zur Kaisertochter. Die Glasscherben und der Sturz hatten ihr nichts anhaben können, solange sie schlief, schien sie unverwundbar. Trotzdem hatte er Angst um sie. Hastig schnitt er sie vom Thron los und zerrte sie durch die offene Tür ins nächste Haus. Niemand schien auf ihn und die Schlafende zu achten.

Drinnen nahm er sie hoch auf die Arme, damit ihre Füße nicht weiter über den Boden schleiften. Schlafend oder nicht, sie war die Kaisertochter. So schnell er konnte, trug er sie durch den Flur nach hinten, doch da gab es keinen weiteren Ausgang, und die Fenster waren zu schmal, als dass er sicher hätte hindurchklettern können. Erschöpft hob er die Kaisertochter in den nächstbesten Raum und schloss die Tür hinter sich. Würde er fliehen, würde er nicht weit kommen und sich nur Misstrauen und Wut zuziehen. Wurde er hier gefunden, konnte er sagen, er habe die Kaisertochter nur beschützen wollen.

Der Raum war klein und karg möbliert. Er lehnte sich rücklings an die Wand, ließ sich zu Boden sinken und bettete den Kopf der Kaisertochter auf seinem Schoß, während draußen das Schreien und Sterben begann. Sanft strich er ihr das Haar aus der Stirn und hoffte, dass so schnell niemand zu ihm hereinkäme.

Weshalb nur kenne ich deinen Namen nicht?

Ihr Gesicht verriet keine Regung, als sei es aus Stein. Sie atmete nicht. Noch einmal strich Inrico ihr scheu übers Haar. Hier drinnen war sie sicher – wie er selbst auch. Draußen im Kampf würde er vermutlich erschlagen werden. Wartete er den Kampf ab, konnte er überleben. Egal, wer gewann, immer würde er derjenige sein, der die Kaisertochter gerettet hatte. Er war Aurels Chronist und hatte zugleich Anthia mit Wissen versorgt. Natürlich wollte er, dass Aurel fiel, aber er würde so oder so überleben, und das war tröstlich.

Feigling, nannte er sich für diese Gedanken, aber er war kein Kämpfer, er konnte dort draußen nichts ausrichten. Was nützte es, wenn er sich abschlachten ließ? Und wem? Er konnte den Blick nicht von der Kaisertochter wenden. Er hatte so viel über sie gelesen, und auch wenn sie anders aussah, als er sie sich vorgestellt hatte, war sie wunderschön. Und sie war die Wirklichkeit und nicht seine Vorstellung, woher auch immer er die hatte.

Und in dem Augenblick dachte er, wenn er sie jetzt küsste und wenn sie erwachte, dann würde er etwas ausrichten können. Dann würde er Aurel alles streitig machen können, dann wären dessen Ansprüche nichtig. Und ganz langsam beugte er sich zu ihr hinab und berührte ihre Lippen mit seinen. Ganz sanft nur küsste er sie, und dann löste er sich rasch wieder von ihr. Sie schmeckte nach dem Staub, in den sie gefallen war, und sonst nach nichts. Lange sah er ihr ins Gesicht, doch sie erwachte nicht, nicht einmal ein Lid zuckte.

Küss sie noch einmal, befahl er sich und tat es. Länger diesmal, nachdrücklicher, weil das Märchen nicht sagte, was für ein Kuss es sein musste, aber auch jetzt erwachte sie nicht. Eine Fliege landete auf ihrer Stirn, und draußen schrie jemand qualvoll.

Er stirbt, schoss es Inrico durch den Kopf. Er scheuchte die Fliege fort und hielt die Kaisertochter weiter im Arm. *Ihr Götter, lasst Ukalion gewinnen.*

Levith löste sich aus dem Schatten und rannte los. Mit Erleichterung hatte er gesehen, wie hinter Aurels Trupp Sucher aufgetaucht waren, um ihm den Rückweg abzuschneiden. Also waren Parikles und Ukalion nicht so blöde gewesen, den Prinzen allein zu stellen. Doch als der Kampf begann, war die Erleichterung verflogen. Ein Kampf war ein Kampf und Parikles kein besonders guter Kämpfer. Er musste ihn beschützen!

Als er auf das Getümmel zustürmte, kam ihm eine Prostituierte entgegen, dann noch eine und noch eine. Sie waren im letzten Wagen gefahren, herausgeputzt und unbewaffnet, und nun rannten sie davon, um sich vom Kampfgeschehen fernzuhalten; es war nicht ihr Kampf. Die Sucher ließen sie durch.

»Wo ist Parikles?«, rief Levith der Ersten zu, doch sie blickte ihn nur verständnislos an. Auch die Zweite schüttelte den Kopf.

»Verdammt.« Levith packte den nächstbesten Sucher an der Schulter, und der wirbelte kampfbereit herum. Es war Belizar, der eigentlich noch nicht wieder kampfbereit sein konnte, und doch war er hier. *Zäher Bursche*, dachte Levith.

»Sachte!«, rief Levith und ließ ihn los.

»Du?« Überrascht riss Belizar die Augen auf. »Du lebst und bist hier?«

»Wo ist Parikles?«, fragte Levith.

»Ganz vorn.«

»Auf der anderen Seite des Zugs?«, vergewisserte er sich.

Belizar nickte.

Levith fluchte und stürzte weiter.

Ukalion packte das Schwert fester, als Aurel auf ihn zustürmte. Plötzlich schien das Pferd des Prinzen größer und schneller als alle Pferde der Welt; die Wucht, mit der es auf ihn zujagte, machte ihm Angst, und etwas in ihm rief, er solle fliehen, einfach davonrennen, aber das tat er nicht. Er dachte an Ckarya und: *für dich*. Aurels lange Klinge blitzte in der Sonne, und er saß im Sattel, als sei er schon hundertmal einen Sturmangriff geritten, während Ukalion noch nie einem hatte trotzen müssen. Nur einmal, als Kind, hatte er vor einem wütenden Buckelochsen ausreißen müssen, aber das half ihm hier nicht weiter, ausreißen wollte er nicht. Ihm war schlecht, und das Herz schlug ihm bis zum Hals.

Es schlug.

Und schlug.

Und schlug.

Dann war Aurel auf donnernden Hufen da und ein Dutzend Berittener hinter ihm. Erst im letzten Moment wich Ukalion aus. Nach rechts, weil Aurel das Schwert auf der anderen Seite schwang. Im Ausweichen hieb Ukalion mit dem Schwert nach Aurel, doch er verfehlte ihn weit und das Pferd ebenso. Dann stürmten die Ordensmänner heran, und Ukalion warf sich gegen die nächste Wand, nur weg von der Straße, bevor er von einem Huf oder Schwert getroffen wurde. Dumpf krachte die Schulter gegen Stein, aber er ließ seine Waffe nicht fallen, und die Reiter preschten schwertschwingend vorbei.

Andere Sucher brachten sich ebenfalls in Sicherheit, doch einer wurde niedergeritten, ein anderer von einem Hieb getroffen.

Aurel wendete das Pferd auf engstem Raum und brüllte: »Bastard!«

Ukalion, der nie gelernt hatte zu kämpfen, folgte seinem Instinkt, und der sagte ihm, dass er Aurel nicht wieder Geschwindigkeit aufnehmen lassen durfte. Also rannte er ihm schreiend entgegen. Aurel erwartete ihn lachend, und als Ukalion ihn erreichte, drosch er mit dem Schwert auf ihn ein. Nur mit Mühe parierte Ukalion den Hieb. Die Klinge vibrierte, der Arm schmerzte, und gleich darauf sauste Aurels Schwert erneut auf ihn nieder.

»Stirb!«

Keuchend wehrte er auch diesen Angriff ab, dann den eines Ordensmanns an Aurels Seite, der plötzlich auch auf ihn einhieb. Ukalion stieß dem Pferd den Schwertknauf in die Seite, sodass es bockte und davonstürmte, und das nutzte er, um sich mit einem Sprung an die nächste Wand zurückzuziehen. Der Stein im Rücken bedeutete zumindest da Sicherheit. Telamon und Parikles hatte er mit seinem Sturmangriff auf Aurel verloren, den Überblick ebenso. Überall waren Reiter, dazwischen Kämpfende zu Fuß, Fallende, Fluchende, Schreiende. Das Brüllen von Menschen und das Scheppern von Eisen auf Eisen. Ein Pferd schrie in Todesqual. Aurel bedrängte ihn mit wütenden Angriffen. Einen Hieb nach dem anderen wehrte Ukalion, den Rücken gegen die Wand gedrückt, in die Defensive gezwungen, ab. Lange würde er so nicht weitermachen können.

Als Aurel das nächste Mal das Schwert erhob, sprang er brüllend zum Kopf des Pferds und drosch ihm mit aller Wucht die Faust auf die Nüstern. Das Tier stieg vor Schmerz und Angst, und Aurel ging zu Boden.

»Ja!«, jubelte Ukalion, während er selbst den schlagenden Hufen ausweichen musste. Er wollte an dem Tier vorbei, musste zu Aurel gelangen, bevor der wieder auf die Beine kam, doch es war schon zu spät. Ein Ordensmann ohne Pferd griff ihn an, Marius, der Henker von Ycena, und nur mit Mühe konnte Ukalion sich wehren. Aus dem Augenwinkel sah er, wie Aurel sich wieder erhob, allem Anschein nach unverletzt. Unablässig hieb Marius auf Ukalion ein, und er konnte sich kaum verteidigen. All seine Stärke und Wut genügten nicht, er hatte den Umgang mit dem Schwert nicht gelernt. Er wurde an der linken Schulter gestreift, und das Hemd riss auf, die Haut darunter und auch das Fleisch ein wenig. Keuchend schlug er zurück. Marius parierte ohne Schwierigkeit und griff erneut an, und Ukalion dachte, er würde sterben, ohne Aurel noch einmal zu erreichen, niedergestreckt von Aurels Henker, genau wie Ckarya, und voller Hass schlug er wiederum zurück, doch es half nichts, Marius behielt die Oberhand. Und dann war plötzlich Anthia da und drang auf Marius ein und drängte ihn fort. Sie blutete am Kopf, doch ihre Schläge kamen schnell und hart.

»Aurel!«, brüllte Ukalion und schritt auf den Prinzen zu, ohne sich darum zu scheren, dass er ihm unterlegen war. Das Schwert war mit jedem Hieb schwerer geworden, Schweiß rann ihm über die Stirn und in die Augen, Krähen krächzten, die Sonne blendete, und das Geschrei ringsum war zu einem einzigen Brei aus Lärm geworden, der seinen Kopf ausfüllte.

Plötzlich bemerkte er, wie Parikles ein Stück links von ihm entwaffnet wurde, wie ein Ordensmann ihn mit blutendem Kopf zu Boden schickte und noch immer nicht abließ von ihm. Das war Ythar, der Anführer der Ordensmänner, und er senkte die Klinge, um Parikles mit der Spitze den Rest zu geben.

Irgendwo schrie jemand: »Nein!«

Nein, dachte auch Ukalion, und für einen Augenblick vergaß er Aurel, dachte nur daran, Parikles zu helfen, der sonst verloren war. Ohne zu überlegen, schleuderte er sein Schwert hinüber und traf Ythar mit dem Knauf im Kreuz. Ythar geriet ins Straucheln und stieß seine Waffe in die Straße statt in Parikles. Ukalion rannte los und rammte Ythar mit all seinem Gewicht um, bevor der begriff, was ihm da geschah. Keuchend blieb der in seinem Brustpanzer liegen, und Ukalion sprang wieder auf, um sein Schwert zurückzuholen.

Parikles versuchte, auf die Beine zu kommen, aber es gelang ihm nicht. Er konnte sich gerade einmal aufsetzen, dann wirkte er ratlos. Mit hängendem Kopf saß er auf dem Pflaster, Blut im Haar, auf dem Hemd und im Gesicht, ein Auge zugeschwollen.

Ukalion sah sein Schwert nicht. Wo war es gelandet? Hatte irgendwer es fortgestoßen? Hastig riss er den Dolch aus dem Gürtel, eine andere Waffe besaß er nicht.

Ythar kam wieder hoch, und er hatte sein Schwert noch. Und Aurel war heran. Ukalion stellte sich vor Parikles und hob den Dolch.

»Bastard«, keuchte Aurel und griff an. Mit Mühe konnte Ukalion den ersten Hieb parieren, aber ihm wäre fast der Dolch aus der Hand geschlagen worden. Wie nur sollte er im Kampf gegen zwei zugleich bestehen? Grimmig packte er den Dolch fester. Er würde noch zwei Angriffe abwehren und dann einen Ausfall machen. Alles oder nichts. Hastig suchte er nach einem Schwachpunkt in Aurels Rüstung.

Levith hatte sich fast durch die ganze Straße gekämpft, als er Parikles endlich entdeckte. Er entdeckte ihn weit vorn und zu spät, denn eben ging er zu Boden, und der Drecksack, der ihn gefällt hatte, holte aus, um ihn niederzustechen.

»Nein!«

Zu weit. Er war zu weit entfernt, um einzugreifen, viel zu weit. So nah, und doch nur nah genug, um Parikles sterben zu sehen. Ohne Hoffnung rannte er weiter, vorbei an Kämpfenden, die ihn nicht kümmerten.

Und dann wurde der Drecksack von etwas im Rücken getroffen und taumelte zur Seite, stach in die Straße und verfehlte Parikles. Von irgendwoher tauchte Ukalion auf und rannte ihn um, und im Stillen schrie Levith vor Freude. Irgendwer taumelte ihm in den Weg, schwang das Schwert nach ihm, aber Levith wich aus und stürmte weiter, an mehreren Kämpfen vorbei.

Parikles!, war alles, was er dachte.

Er rannte und sah Ukalion einen aussichtslosen Kampf führen, aber er führte ihn, und das allein verschaffte ihm, Levith, Zeit. Weiter stürmte er, hechelnd und voll banger Hoffnung.

Ukalion wehrte den nächsten Hieb ab.

Blutüberströmt und benommen saß Parikles da, aber er hatte den Kopf gehoben und sah ihn, sah ihn kommen. Und Levith bildete sich ein, er würde lächeln.

Dann erreichte er die vier und rammte im Lauf dem verfluchten Ordensmann das Schwert in den ungeschützten Oberschenkel. Brüllend sackte der Ordensmann in die Knie, Blut schoss aus dem aufgerissenen Bein, und Levith wusste, er würde nie wieder aufstehen.

Aurel wich zwei Schritt zurück. Ein weiterer Ordensmann eilte dem Prinzen zu Hilfe, schreiend, mit erhobenem Schwert und übereilt, wahrscheinlich war er jung, verängstigt und trotzdem überzeugt, ein Sucher sei kein gleichwertiger Gegner. Statt in Verteidigungshaltung zu gehen, sprang Levith dem Burschen mit ausgestrecktem Arm entgegen und rammte ihm die Schwertspitze ins Visier. Der heftige Aufprall übertrug sich schmerzhaft auf seinen Arm, den Ellbogen und die Schulter, aber er ließ das Schwert nicht los. Wieder und wieder hatte er diesen Angriff in der Gladiatorenschule geübt und zahlreiche Holzpfähle mit aufgemaltem Gesicht unter einem Helm zersplittert. Der Schrei des jungen Ordensmannes brach ab, tot fiel er zu Boden, und Levith riss die Klinge aus dem Visier. Mit blutigem Schwert stellte er sich dem Prinzen entgegen.

»Hoheit! Jetzt tanzt Ihr mit mir.« Lächelnd deutete Levith eine Verbeugung an. Seine Gedanken waren beherrscht von der Erinnerung an seine Flucht aus Freybruck, daran, wie ihm das Gesicht verbrannt worden war, an Aelius. Er dachte daran, dass er in der Arena hatte absichtlich verlieren sollen, nur weil Aurel nicht auf ihn gewettet hatte. Alles war wieder da, in seinem Kopf. Ukalion stellte sich an seine Seite, doch er fauchte ihn an: »Pass auf Parikles auf!«

Aurel blickte sich nach allen Seiten um. Ob er nach einem Ausweg suchte oder auf Hilfe hoffte, war nicht klar. Was auch immer es war, er fand es nicht. Und so straffte er sich und hob das Schwert.

»Wisst Ihr, wer ich bin?«, fragte Levith. Er sprach ruhig, seine Wut war kalt.

»Ja, der Lenydhe!«

»Richtig! Und wisst Ihr, wer ich war?«

»Warst du je etwas anderes?«, spie Aurel verächtlich aus.

»Nein, das nicht. Und ich werde nie etwas anderes sein, nur weil du es wünschst.« Er lächelte. »Aber das meinte ich nicht. Ich war Gladiator.«

Einen Augenblick lang wirkte Aurel verwirrt, dann begriff er. »Du?«

»Ja, ich.«

»Ich hätte dich gleich töten lassen sollen.«

»Jetzt könnt Ihr es ja zur Abwechslung mal selbst versuchen. Vielleicht wettet auch jemand auf Euch. Aber das glaube ich nicht, denn ich habe den Brecher getötet, und damals war ich schon erschöpft.« Und damit drang er auf Aurel ein.

König Tiban hatte seinen Sohn gut ausbilden lassen, aber Aurel hatte nie wirklich um sein Leben gekämpft, hatte nie einen Gegner gehabt, der ihn ernstlich töten wollte. Auch wenn er aufrecht stand, um Stärke zu zeigen, in seinen Augen lag Angst. Levith hatte ihm die Erinnerung an seinen Kampf gegen den Brecher in den Kopf gesetzt, und diese Erinnerung lähmte ihn.

Hart und schnell schlug Levith auf Aurel ein, bevor weitere Unterstützung für diesen eintraf. Er hatte gesagt, was gesagt werden musste, jetzt ging es nur noch darum, dass der Prinz starb, bevor sich ihm ein Ausweg bot. Wieder und wieder schlug Levith zu, und Aurel wehrte sich verzweifelt. Keuchend wehrte er die ersten Hiebe ab, wich zur Seite und suchte gehetzt nach einer Lücke für den Gegenangriff. Doch Levith bot ihm keine Blöße. Mehrmals setzte Aurel zu einem Schlag an, doch Levith war schneller, und so musste Aurel immer wieder abbrechen, um zu parieren. Wieder und wieder gelang es ihm, doch dann war er zu langsam. Levith traf ihn in den Hals, und Blut spritzte heraus. Ächzend brach der Prinz zusammen und verlor sein Schwert. Gurgelnd und zuckend blieb er auf den staubigen Pflastersteinen liegen, er starb schnell und ohne noch etwas zu sagen. Einen Moment sah Levith ihm ins schmerzverzerrte Gesicht und verspürte Genugtuung, dann wandte er sich ab, um nach Parikles zu sehen.

Die meisten Kämpfe waren vorbei, und die letzten kamen zum Erliegen.

8

Tiefenbrunn wartete auf die Hochzeitsgesellschaft, herausgeputzt und voller Hoffnung. Doch die Sonne stieg höher und höher, und dann sank sie wieder, und niemand kam.

WOLKEN UND GOLD

1

»Wolken!«

Hoffnungsvoll gellte der Schrei durch Freybruck. Zwei Tage waren vergangen, seit Arlac mit bemaltem Gesicht und Narrenkappe über die Balken der Galgen getobt war und die Opfer mit blankem Hintern, herausgespuckten Beleidigungen und wilden Grimassen verhöhnt hatte.

»Wolken!«

Überall wurden Finger in die Höhe gereckt, und der Schrei wanderte von Mund zu Mund durch alle Straßen der Stadt, durch schmale, schmutzige Gassen und über breite Brücken hinweg.

»Wolken!«

Die Leute schrien und jubelten, tanzten und fielen auf die Knie, weinten und lachten.

»Wolken!«

Während über ihnen und im Süden, Osten und Westen der Himmel weiter blau strahlte, zog im Norden dunkles Grau herauf, hing tief über dem Boden wie Gewitterwolken, kurz bevor der Regen fällt. Näher und näher kam das Grau, und die Vögel in der Luft wurden unruhig.

»Wolken!«

Auch in der Burg erklang der Schrei, und Diener wie Adlige kamen in den Hof gelaufen wie neugierige Kinder. Arlac blickte oben aus dem Turm und schüttelte den Kopf.

»Wolken!«

Das kann doch nicht sein, dachte er, und doch wurde er wie alle von tosender Freude erfasst. Endlich würde es Regen geben, beinahe spürte er ihn schon auf seine Haut prasseln. Zwei Tage war die Hinrichtung her, viel zu lange, um eine Verbindung zwischen seinem Toben und den Wolken herzustellen, und doch war er davon überzeugt, dass König Tiban genau das tun würde. *Ich habe es gewusst,* würde er sagen und ihn antreiben, das nächste Mal noch gemeiner zu sein. Und für einen kurzen Moment ließ Arlac den Gedanken, dass er für die Wolken verantwortlich war, dass seine boshaften Scherze den Regen zurückgebracht hatten, zu. Und er fragte sich, ob die Götter wirklich so grausam waren. Oder verstand er sie nur einfach nicht?

Wolken!

Lang ersehnt, hingen sie jetzt am Himmel, wuchsen und ballten sich wieder zusammen. Unaufhaltsam näherten sie sich Freybruck, und Arlac lachte. Unten im Hof rief einer: »Wo ist der Wind, der sie hertreibt?«

»Egal!«, rief ein anderer. »Hauptsache, sie kommen!«

Und sie kamen, doch waren es keine Regenwolken. Als Arlac begriff, was das Grau war, lachte er noch lauter. Er war der Narr, der die Opfer für Tiban verhöhnte, und doch waren sie es, die verhöhnt wurden, sie alle.

Oh, ihr Götter, dachte Arlac, *ihr treibt eure Scherze mit uns.*

Er lachte so laut, er wäre beinahe umgefallen. Lachend setzte er sich auf die gewundene Treppe, und Tränen liefen ihm über die Wangen.

Draußen erklang der Schrei: »Heuschrecken!«

Er setzte sich fort durch alle Straßen und Gassen der Stadt, über alle Brücken und Plätze hinweg.

»Heuschrecken!«

So klang es bis hinaus vor die Tore und zum Richtturm, hinaus auf die Felder und auf die Wege, die in die Ferne führten. Und zum alten Richtberg, wo die Leiber der Toten sich stapelten und ihre Geister umgingen.

»Heuschrecken!«

Die Menschen stürmten in ihre Häuser und verschlossen Türen und Fenster. Fluchen und Weinen drangen aus dem Hof zu Arlac herauf, bevor auch die Türen der Burg zugeschlagen wurden, und er lachte noch immer. Langsam erhob er sich und sah aus dem Fenster. Kichernd wartete er auf die Ankunft der Heuschrecken.

»Frisches Fleisch für alle!«, brüllte er, so laut er konnte. Doch niemand nahm diesen Ruf auf, und niemand außer ihm lachte.

Am Abend bedeckte der Heuschreckenschwarm sämtliche Äcker und Weiden vor Freybruck, und auch in der Stadt saßen Tausende Tiere auf Bäumen, Büschen und Wiesen. Sie krabbelten in die Häuser und hungrig wieder hinaus, und Arlac fing ein gutes Dutzend von ihnen.
    Als die Sonne unterging, wusste er, was er zu tun hatte. Erst unterhielt er die Adligen, bis die sich in ihre Betten zurückzogen, aber sie waren griesgrämig und hatten kaum gelacht. Anschließend hielt er sich noch eine Weile wach und fing währenddessen drei weitere verirrte Heuschrecken. Sorgfältig spießte er sie und das andere Dutzend auf angespitzte dünne Holzstäbe und tunkte sie in Honig.
    Tief in der Nacht schlich er durch die Burg und zwinkerte den Wachen zu.
    »Schlimme Zeiten verlangen schlimme Scherze«, sagte er und brachte dem schlafenden Ritter Malleu die in Honig getunkten Heuschrecken auf einem Teller ans Bett. Vorher hatte er jeder einzelnen den Kopf abgebissen. Natürlich war das kein besonders schlimmer Scherz, aber schlimme Scherze verlangten eine lange Vorbereitung. Und Ablenkung. In den nächsten Nächten würde er noch mit anderen Bewohnern der Burg Schabernack treiben, die Nachtwächter sollten sich daran gewöhnen, dass er nach Sonnenuntergang herumschlich.

2

Es dauerte, bis die Verwundeten versorgt waren oder irgendwer ihnen den Gnadenstoß versetzt hatte. Die meisten Ordensmänner waren tot, zwei waren geflohen. Auch eine Reihe von Suchern war gefallen – auf beiden Seiten, wobei es zum Schluss auf der Seite des Prinzen kaum noch einen gegeben hatte. Viele waren übergelaufen, als Aurel sie vor die Wahl gestellt hatte. Die Prostituierten waren zurückgekehrt und halfen, die Verwundeten zu pflegen. Die Leichen lagen auf der Straße, und niemand wusste, wohin mit ihnen. Ukalion verband seine eigenen Wunden und sah sich um. Dann ging er in den Schatten zwischen zwei Häusern hinüber, wohin Levith den verwundeten Parikles geschafft hatte.

»Danke«, sagte er zu Levith, der neben Parikles kniete und sich um dessen Verwundungen kümmerte. Sie waren zahlreich, aber nicht bedrohlich. »Du hast mir das Leben gerettet. Wenn du Aurel nicht angegriffen hättest, wäre ich tot.«

Levith sah auf und zuckte mit den Schultern. »Ich hatte genug eigene Gründe, gegen den Prinzen zu kämpfen, während du Parikles gerettet hast, ohne ihm verpflichtet zu sein. Ich habe dir zu danken.«

Ukalion lächelte. »Ich war und bin Parikles sehr wohl verpflichtet. Er ist ein Freund.«

Parikles nickte, dann drehte er sich zur Seite und erbrach sich.

»Dann sind auch wir Freunde«, sagte Levith und starrte auf das Erbrochene.

»Das sind wir«, versicherte Ukalion. Er fragte noch, wie es Parikles gehe, und blieb einen Moment, dann ging er zu Aurel hinüber. Irgendwer hatte aus einem der Häuser einen Tisch geholt und ihn darauf aufgebahrt. Als Ukalion hinzutrat, wichen die anderen zurück. Sie wussten, dass er sein Halbbruder war. Ukalion starrte das verzerrte Gesicht lange an und fragte sich, ob das etwas bedeutete, Verwandtschaft.

Wir sind beide Blut von Tibans Blut, und doch bist du für mich vor allem Ckaryas Mörder. Ich hatte nie einen Bruder, und du wolltest mich nie. Ich war für dich nur der Bastard ohne Namen. Was also bedeutet Verwandtschaft? Was bedeutet es, denselben Vater zu haben?

Er wusste es nicht. In ihm brannte kein Hass mehr, er verspürte nur dumpfe Genugtuung und Erleichterung, dass es vorbei war – obwohl es das natürlich nicht war. Doch zumindest vorerst.

Er fragte sich, wie sehr er Aurel wohl ähnelte, wie sehr Tiban, und schüttelte den Kopf. Nein, er hätte Hungernde wildern lassen und sie nicht dafür aufgeknüpft, er hätte kein Einhorn getötet, um Stärke zu beweisen, und das hieß, er war anders als sie, von Grund auf anders.

»Ich bin der Bastard«, murmelte er, und diesmal sagte er *Bastard* mit Stolz. Er wollte nichts anderes sein, er wollte nicht der legitime Sohn des Einhornschlächters sein, zu dessen Familie wollte er *nicht* gehören.

Isa trat zu ihm. Während des Kampfs hatte sie sich mit Wolf oben in einem der Häuser versteckt. Zu jung zum Kämpfen, hatte sie dennoch in der Nähe ihres Vaters sein wollen. Nun kam sie und hielt Ukalion die Kaiserkrone hin – woher auch immer sie sie hatte. »Da. Für dich.«

Lächelnd nahm er sie, setzte sie aber nicht auf. »Wie geht es dir?«, fragte er.

»Gut«, sagte sie und sah zu Boden. Für den aufgebahrten, blutigen Aurel hatte sie keinen Blick übrig.

Dann war Inrico bei ihm, und Anthia stand an seiner Seite, Anthia mit Dreck und Blut beschmiert, Inrico nicht.

»Ich bin froh, dass ihr gewonnen habt und nicht Aurel«, sagte Inrico.

Ukalion nickte, weil er nicht wusste, was sonst darauf erwidern. Zu Anthia sagte er: »Danke.«

Auch sie nickte nur, und dann sagte sie: »Geh mit ihm.«

Inrico führte ihn zur schlafenden Kaisertochter, und sie brachten sie heraus und betteten sie auf einen Kutschbock.

Alle, die die Geschichte noch nicht kannten, wollten hören, wie Ukalion die Wurzel und den Wächter der Hecke besiegt hatte – und Ukalion, Telamon, Isa und Belizar erzählten ihnen, was geschehen war, auch von Tyra erzählten sie. Von deren Beteiligung aber wollten die Sucher kaum etwas wissen, sie wollten hören, dass Ukalion derjenige war, der es vollbracht hatte, der Bastard Tibans, der trotz königlichen Bluts in den Adern einer der ihren geworden war, ein Sucher in Ycena. Sie erzählten auch, dass Wolf ihnen geholfen hatte, und verschwiegen, dass er unter dem Bann der Hecke gestanden hatte, und so wurde nach Wolf gerufen, und der Streuner wurde lautstark gefeiert und strahlte glücklich.

Weil niemand wusste, ob die Nachtkreaturen sich an den Toten vergreifen würden, wurden sie von der Straße und ins nächste Haus geschafft. In den nächsten Tagen sollten sie bestattet werden, wie es Brauch war, auch Aurel und seine Männer. Ihre Geister sollten nicht ewig ruhelos durch Ycena wandern müssen. Es war die Stadt der Sucher, nicht seine.

Ukalion bedauerte den Tod der gefallenen Sucher, aber die Überlebenden waren froh, sich gewehrt zu haben, und dankbar, nun die Reichtümer des Palasts in ihrem Besitz zu wissen. Es war ihre Stadt, ihr Gold.

Wer die Kaisertochter noch nicht gesehen hatte, näherte sich ihr scheu, doch niemand berührte sie.

Sie bemächtigten sich des Weins, den Aurel aus den schwindenden Vorräten der *Zehn Kerzen* entwendet hatte, um Hochzeit zu feiern, und feierten damit ihren Sieg. Sie feierten laut und wild, obwohl jeder jemanden verloren hatte. Aber sie hatten überlebt, hatten das Gold von hinter der Hecke, in deren Schatten sie gelebt hatten, an sich gebracht. Gold, das ihr Leben für immer verändern würde. Sie stießen auf Labuz an, der gefallen war. Sie würden bleiben und bis Sonnenuntergang trinken, feiern, vielleicht vögeln und die Toten beklagen. Anschließend würden sie sich mitsamt den Tieren in den umliegenden Häusern verschanzen. Erst am Morgen wollten sie das Gold aufteilen, sodass jeder seiner Wege gehen konnte. Jeder sollte so viel bekommen, wie er tragen konnte, auch die, die nicht gekämpft hatten, das hatte Ukalion vorgeschlagen.

»Und was geschieht mit dem Rest?«, fragte Estor listig. »Da bleiben doch mehrere Wagenladungen Gold übrig, wenn ich das richtig sehe.«

»Das siehst du richtig.« Ukalion stieg auf einen Kutschbock und hob die Arme. Mittag war lange vorbei und die Sonne im Sinken begriffen. Die Luft flirrte nicht über den Steinen wie sonst, und ein sanfter Wind zog durch die Straßen. Er glaubte, darin den Geruch des Meeres wahrzunehmen.

»Hört mir zu!«, rief er und wusste recht genau, was er sagen wollte. Langsam kamen die Feiernden näher, neugierig und tuschelnd. Manche Arm in Arm, die meisten mit einem Becher Wein in der Hand. »Ich danke euch für alles! Es gibt nicht genug Worte, um meinen Dank auszudrücken, und so muss es bei dem einen bleiben: Danke! Aber es gilt für alle Zeit.«

Viele nickten, manche brummten vor sich hin, und der eine oder andere rief etwas, und so hob er die Hände, um noch einmal Ruhe zu bekommen. »Doch nun sind wir hier. Obwohl wir die Hecke überwunden haben, hat sich das Märchen nicht erfüllt. Die Kaisertochter ist nicht erwacht, und ...«

»Du hast sie noch nicht geküsst!«, rief Isa und unterbrach damit seine Rede, bevor sie begonnen hatte.

»Aurel hat es getan.«

»Ach, der! Du musst es tun. Du! Er hatte es nicht verdient, dass sie erwacht.«

Die Leute lachten und johlten.

»Gut«, lenkte Ukalion ein. »Ich werde es nachher tun.«

»Jetzt!«, rief irgendwer. »Küss sie jetzt!«

»Küss sie!«, nahmen andere den Ruf auf.

»Küss sie! Küss sie! Küss sie!«, riefen plötzlich alle, und Ukalion seufzte. Unter den Rufen stieg er vom Kutschbock herab und ging zu ihr. Die Sucher drängten sich um ihn, Isa ganz vorn, und er nahm das Gesicht der Schlafenden in beide Hände. Die Rufe erstarben, eine erwartungsvolle Stille breitete sich aus. Ukalion begriff, dass sie tatsächlich annahmen, dass sie erwachte – oder es zumindest hofften. Unbeeindruckt davon, dass Aurel nichts erreicht hatte. Und plötzlich hoffte er es auch.

Wach auf, dachte er und küsste sie auf den Mund. Er dachte an Ckarya und drückte seine Lippen auf ihre. Ihr Arm verrutschte, und ganz kurz dachten alle, sie habe sich bewegt, doch es war nur die Berührung durch Ukalion gewesen. Sie regte sich nicht.

»Wie gesagt, sie ist nicht erwacht«, nahm Ukalion seine Rede wieder auf. Obwohl er eigentlich nicht daran geglaubt hatte, war er enttäuscht.

»Sie ist nur müde!«, rief Isa trotzig. »Sie braucht zum Erwachen eben ein bisschen Zeit. Papa braucht jeden Morgen eine Ewigkeit, und sie schläft seit Jahrhunderten!«

Die Sucher grinsten, Telamon wuschelte ihr durchs Haar, und sie zog den Kopf fort.

»Vielleicht«, sagte Ukalion und lächelte.

»Ja, du wirst schon sehen«, bekräftigte sie.

Ukalion stieg wieder auf den Kutschbock. Inzwischen hatte er die sorgfältig überlegten Worte durcheinandergebracht, er bekam sie nicht mehr zusammen.

»Wir haben also die Hecke überwunden, doch wir konnten die Kaisertochter und mit ihr das alte Kaiserreich nicht wecken«, wiederholte er. »Sie schläft noch immer, und das Kaiserreich ist vergangen. Doch wir haben die unermesslichen Reichtümer des alten Reichs geborgen, und damit können wir versuchen, unser Königreich zu retten. Selbstverständlich bekommt jeder von euch seinen versprochenen Anteil, doch mit dem Rest möchte ich nach Freybruck marschieren. Einige von euch wissen das, wir haben darüber gesprochen. Tiban wird uns jagen, weil wir seinen Sohn getötet haben, und natürlich können wir uns verstecken. Ihr zumindest könnt es, mich wird er überall suchen. Und Levith wahrscheinlich auch.« Er grinste, und die, die vor ihm standen, erwiderten das Grinsen. »Aber wisst ihr was? Ich will mich nicht verstecken! Ich will mich nicht länger verkriechen. Gerade eben haben wir bewiesen, dass wir Männer des Ordens besiegen können, wenn wir nur entschlossen genug sind! Wenn wir sie überraschen! Wir, einfache Sucher, Bauernsöhne, ein Müllersgehilfe – und ein Gladiator, zugegeben.« Wieder wurde gelacht. »Aber mit dem Reichtum Ycenas sind wir nicht allein. Wir können Söldner anheuern und einfache Bauern und Handwerker auf unsere Seite ziehen, all jene, die sonst zu Räubern werden müssten, um zu überleben. All jene, die es leid sind, dass ihre Brüder und Schwestern, ihre Eltern und Kinder von ihrem König geopfert werden! Was ist das für ein König, der seine eigenen Untertanen opfert? Immer mehr von ihnen! Er ist ebenso verrückt wie sein Sohn, der eine Schlafende heiraten wollte! Wir brauchen keine weiteren Opfer an die Götter, wir haben Reichtümer genug, um Essen für das ganze Land zu kaufen! Essen für alle! Aurel wollte mit diesem Gold die anderen zwölf Königreiche erobern, statt den Hunger im eigenen zu lindern! Und wer glaubt, dass Tiban anders handelt?« Er machte eine Pause, doch niemand ergriff zu Tibans Verteidigung das Wort. »Ich verstehe, wenn ihr nicht alle mit mir kommt, doch ich bitte euch, lasst mir das übrige Geld, damit ich es versuchen kann. Jeder erhält so viel, wie er tragen kann, und das macht uns alle reich! Mit dem Rest lasst uns Tiban und den Hunger im Land bekämpfen!« Er verstummte und ließ den Blick über die Sucher schweifen. Viele nickten.

»Jawohl!«, rief Telamon, und Anthia stimmte ein, dann Isa und Wolf, Belizar und immer mehr.

»Nieder mit Tiban!«, rief irgendwer, und ein paar fielen mit ein.

»Kaiser Ukalion!«, rief Isa, und viele hoben lachend den Becher.

Ukalion schüttelte den Kopf, aber er genoss es. Dann stieg er vom Kutschbock herab und holte sich selbst zu trinken.

Es wurde Abend, und Ukalion hatte mit vielen gesprochen. Fast alle hatten seine Nähe gesucht, hatten ihm für das Gold gedankt, obwohl es nicht seins war, und dafür, dass er die Hecke geschwächt hatte. Niemand hatte mehr verlangt, als er tragen konnte, auch wenn sich nicht alle seinem Zug gegen Tiban anschließen wollten. Die Prostituierten, die auch ihren Anteil bekamen, hatten ihn ungläubig angesehen, und der Bordellbesitzer Yulis hatte gemotzt: »Du hast mir meine Mädchen genommen. Sie haben jetzt mehr als genug, um nie wieder arbeiten zu müssen.«

»Du auch«, hatte Telamon geantwortet.

Darauf hatte Yulis nur etwas Unverständliches gebrummt und war gegangen.

Jetzt saß Ukalion mit Telamon und Isa beisammen, und Isa schmollte.

»Warum darf ich dich nicht begleiten?«, murrte sie. »Papa sagt, Krieg ist nichts für Kinder, aber wenn du sagst, dass du ihn brauchst, dann geht er bestimmt mit.«

Ukalion schüttelte den Kopf. »Dein Papa hat recht. Krieg ist nichts für Kinder.« *Krieg.* Das Wort kam ihm nur schwer über die Lippen. Krieg hatte er nicht gesucht, als er hergekommen war, aber vielleicht hatte er es sich nur nicht eingestanden. Er war gekommen, um Tiban und Aurel zu stürzen, und dass Tiban den Thron freiwillig räumen würde, hatte er nicht erwarten können. Selbst wenn er Kaiser geworden wäre. Er hoffte, so viele Menschen zusammenbringen zu können, dass Tiban allein angesichts der Übermacht aufgab, aber in seinem tiefsten Innern glaubte er das nicht. Er würde kämpfen müssen.

»Aber Wolf kann dich begleiten! Und er ist auch ein Kind.«

»Er ist älter«, sagte Telamon. »Und ein Junge.«

»Soll das heißen, ich dürfte, wenn ich ein Junge wäre?«, fuhr Isa auf.

»Nein«, sagte Telamon. »Du bist ein Kind.«

»Wolf kommt nicht mit«, warf Ukalion ein.

»Doch! Das hat er mir selbst gesagt.«

»Mir auch. Aber ich habe gesagt, er ist zu jung.«

»Wirklich?« Misstrauisch kniff Isa die Augen zusammen.

Ukalion nickte. »Er wird Inrico helfen, der möglichst viele Bücher aus dem Palast holt, um sie in die Schwebende Bibliothek zu schaffen.«

»Was ist die Schwebende Bibliothek?«

»Frag Inrico. Oder Anthia, sie war schon dort. Ich habe nur gehört, sie steht auf riesigen Felsen, die mit Hängebrücken verbunden sind. Und manchmal hängen die Wolken so tief, dass man von der Bibliothek auf sie herabsehen kann.«

Isa riss die Augen auf. »Oh! Ich möchte auch auf Wolken herabsehen.« Sie sah zu Telamon und rief: »Können wir zu der Schwebenden Bi… Bib… In das Haus über den Wolken? Bitte, Papa!«

»Vielleicht, ja.«

»Inrico kann sicher noch weitere Hilfe brauchen«, sagte Ukalion. »Er meint, in einigen der Bücher gibt es Ideen für ein gerechteres Zusammenleben, die möchte er bergen. Und andere.«

Telamon nickte. »Gut.«

Ukalion wandte sich an Isa. »Die Bibliothek liegt auch nicht weit von Freybruck. Falls ihr dort seid und wir Tiban besiegen, wollt ihr mich dann dort besuchen kommen?«

»Ja!«, rief sie. »Und du musst mich auf dem Thron sitzen lassen.«

»Versprochen.«

»Und noch was musst du versprechen«, sagte sie. »Du musst die Kaisertochter jeden Tag küssen. Ich weiß, dass du sie wecken kannst. Du bist ein Königssohn.«

Er versprach es, obwohl er nicht wusste, ob er diese Versprechen halten würde. Auch Aurel war ein Königssohn gewesen, und dem Märchen zufolge musste es nicht einmal ein Königssohn sein. Isa maß dem so viel Bedeutung bei, während die ersten zwanzig Jahre seines Lebens ihn gelehrt hatten, dass das gar nichts bedeutete. Eine ewig Schlafende wieder und wieder zu küssen, obwohl sie nicht erwachte, erschien ihm in erster Linie unangebracht.

Ihm fiel seine erste Begegnung mit Isa und Telamon ein, und er lächelte. »Es war großes Glück, dass ich euch getroffen habe.«

»Für uns auch«, sagte Isa und lehnte sich an Ukalion, wie sie es sonst nur bei Telamon tat. Und Telamon protestierte nicht.

Schweigend beobachteten sie, wie die Dämmerung sich auf Ycena senkte, hörten das Lachen und Rufen der Feiernden, und manchmal auch ein Stöhnen, und Ukalion drückte Isa an sich, und innerlich verabschiedete er sich von der Stadt. Sie war schrecklich und schön und gewaltig und ewig, verlassen und voller Schatten, sie war wie keine andere Stadt, und vielleicht würde sie, wenn die Hecke irgendwann ganz verschwunden war, neu erstehen. Er hoffte, er würde das noch erleben, aber er wusste nicht, ob er Tiban besiegen konnte. Sicher wusste er nur, dass er es versuchen musste.

3

Die Nacht war gekommen, aber sie war nicht so finster wie alle davor. Die Sterne strahlten hell, und zum ersten Mal seit Menschengedenken erschien der Mond über Ycena. Er war nicht ganz voll und sah trotz des klaren Himmels aus, als hinge ein Dunstschleier vor ihm. Fast wie ein Traum. Aber er stand groß und weiß über den Dächern.

Die Sucher jubelten und lachten, sie feierten ihn und riefen Ukalions Namen, weil sie überzeugt waren, er habe den Mond zurückgebracht. Aber hinaus gingen sie nicht, denn die Nachtkreaturen erschienen trotz allem, und jetzt waren sie nicht nur zu hören, sondern ihre Schemen waren auch deutlicher zu erkennen. Doch nach wie vor kamen sie nicht in die Gebäude herein.

»Wirst du mit ihm gehen?«, fragte Inrico, der irgendwo weit oben allein neben Anthia saß. Den ganzen Tag hatte er sie nicht gefragt, weil es klar war, und trotzdem musste er es jetzt hören, ob er wollte oder nicht.

»Ja«, sagte sie. »Ich will helfen, Tiban zu stürzen. Und wenn ich die Gelegenheit bekomme, töte ich den Narren. Und du?«

»Ich bleibe hier. Ich muss den Palast sehen. Da sind die Bücher, und … es ist Ycena.«

Sie nickte und lächelte, und er konnte es im Mondlicht ahnen. »Bleib aber nicht zu lange. Wenn wir verlieren, wird Tiban kommen, um sich an allen Suchern, die er nur finden kann, zu rächen. Und um Ycena für sich zu beanspruchen.« Er hörte die Angst in ihrer Stimme.

»Dann ist es wohl besser, ihr verliert nicht.«

»Ja.« Mehr sagte sie nicht, und auch er schwieg eine Weile.

»Ich werde dich vermissen«, gestand er schließlich. Wäre es nicht Ycena gewesen, er hätte sie begleitet. Er wollte bei ihr sein, wollte helfen, Tiban zu stürzen, aber er war ein Schreiber, er hatte den Umgang mit Waffen kaum gelernt. Außerdem wollte er nichts so sehr wie Ycena. Nach nichts anderem hatte es ihn je so sehr verlangt, er konnte hier nicht fort, jetzt, da er frei war, alles anzusehen.

»Ich dich auch«, sagte sie und küsste ihn.

4

Ukalions Zug erreichte Tiefenbrunn, und die Bauern staunten, dass es nicht der Prinz war, der die Kaisertochter zu ihnen brachte. Sie lag, für jeden sichtbar, auf einem Wagen und war von Glas umgeben. Ukalion wusste nicht, ob das gut war, aber viele hatten ihn dazu gedrängt, und da hatte er begriffen, dass sie zwar ihm folgten, aber auch ihr und dem Märchen und Traum von vergangener Größe.

Beim Abschied hatte Inrico ihn noch darin bestärkt: »Keiner von denen, die ihr unterwegs trefft, weiß, wer du bist, aber von ihr haben sie gehört. Ihretwegen werden sie sich euch anschließen.« Er hatte gelächelt. »Außerdem hält das Glas Fliegen ab. Auch Krähen und andere Aasfresser, die sie für tot halten.«

Und so präsentierten sie sie offen und stolz, während sie das Gold nur versteckt mit sich führten, um keine Räuber anzulocken.

Staunend versammelte sich das Dorf um den Wagen mit der Kaisertochter.

»Sie schläft noch immer«, stellte der Bürgermeister erstaunt fest.

»So ist es«, sagte Ukalion.

»Aber Aurel wollte sie heiraten.«

»Ja.«

»Und in der Hochzeitsnacht …?« Er wirkte angewidert. »Er ist doch ein Prinz!«

»War ein Prinz«, sagte Ukalion.

Parikles, der mit Telamons Zurückbleiben zu einer Art rechter Hand von Ukalion geworden war, erzählte in groben Zügen, was sich in Ycena ereignet hatte, dass Ukalion Tibans Sohn war und dass sie auf dem Weg waren, den König abzusetzen, weil er Menschen opfere.

»Ihr seid gerade mal sechzig«, sagte der Bürgermeister.

»Wenn ihr euch uns anschließt, sind wir mehr.«

»Trotzdem nicht genug, selbst wenn wir alle mitkämen. Und wir sind keine Soldaten.«

»Ihr seid hungrig und stark. Ihr verteidigt euer Dorf gegen Räuber und Wölfe, ihr könnt kämpfen«, entgegnete Ukalion. »Wir haben Aurels Ordensmänner schließlich auch besiegt.«

»Und bis Freybruck kommen wir noch durch viele Dörfer«, ergänzte Parikles.

»Sie schläft.« Der Bürgermeister sah wieder zur Kaisertochter. »Wäre sie wach, wäre das etwas anderes, aber ... Das Märchen sagt, es wird derjenige Kaiser, der sie wach küsst. Und da Ihr das nicht getan habt, seid Ihr nicht Kaiser, verzeiht.«

Ukalion war nicht darauf gefasst, mit *Ihr* angesprochen und um Verzeihung gebeten zu werden, und so gewährte er die Verzeihung verdattert. Auch verstand er die Bedenken des Bürgermeisters, obwohl er auf eine andere Reaktion gehofft hatte.

»Jeder, der uns folgt, erhält Gold«, lockte Parikles.

»Folgt er euch in den Tod, kann er es nicht mehr ausgeben. Dann trägt er es nur zu Tiban. Verzeiht.«

Und noch einmal verzieh ihm Ukalion, auch wenn er nicht genau wusste, was. Dass der Bürgermeister ihm nicht zustimmte? Dann würde er sich noch daran gewöhnen müssen, als Königssohn behandelt zu werden.

Gerade einmal drei junge Burschen aus dem Dorf schlossen sich ihnen an. Keine Mutter und kein Vater ermutigte die Tochter, einem der Männer schöne Augen zu machen, ihn zu heiraten und zu begleiten. Sosehr sie Tiban auch verabscheuen mochten, sie glaubten, Ukalions Trupp reite in den sicheren Tod, und dahin wollten sie ihre Töchter nicht mitschicken. Die Eltern der drei Burschen wollten das auch nicht, aber die jungen Männer ließen sich nicht aufhalten. Andere machten den Eindruck, als wollten sie ihr Glück in Ycena versuchen, doch Anthia sagte beim Abschied: »Dort treiben noch immer die Kreaturen ihr Unwesen.«

Ukalion war sich nicht sicher, ob sie die Bauern warnen oder eher verhindern wollte, dass zu viele Inricos Suche im Palast störten.

Drei Tage ruckelten sie so durch die Lande, und in jedem Dorf wollte jeder die berühmte Kaisertochter sehen. Scheu näherten sie sich ihr, staunten über ihre Schönheit, bewunderten das prachtvolle Kleid und die Krone. Kinder stellten sich auf Zehenspitzen, um mehr zu sehen, und die Allerkleinsten und Säuglinge wurden hochgehoben. Vereinzelte gingen sogar auf die Knie. Hier und da wurde Ukalion als der Gehilfe des Händlers erkannt, der wenige Monate zuvor durch den Ort gekommen war, doch niemand schlug mehr den vertraulichen Ton von damals an. Jetzt war er für alle der Bastard des Königs, Tibans Sohn.

Schon bald wurden sie sogar erwartet, und die Kinder kamen ihnen entgegengerannt, lange bevor sie eine Siedlung erreichten. Die Nachricht, dass die Kaisertochter durch die Lande zog, eilte ihnen voraus, und ganze Dörfer und Städte hielten neugierig Ausschau.

Doch der Bürgermeister von Tiefenbrunn behielt recht; nur wenige schlossen sich ihnen an. Schlimmer noch: Alle zeigten sich enttäuscht, dass die Kaisertochter noch immer schlief, viele weinten sogar. Statt des Triumphzugs, den Ukalion sich vorgestellt hatte, schienen sie eher eine Art Trauerzug zu sein, denn das Märchen hatte sich nicht erfüllt. Sie brachten keine erwachte Kaisertochter mit, sondern eine, die aufgebahrt war, wie man es mit Toten tat. Die Hoffnung, die manche in das Märchen gesetzt hatten, war zerstört, denn die Dornen waren überwunden, doch die Kaisertochter schlief noch immer, die alte Hexerei war nicht gebrochen.

Viele wünschten ihnen Glück, weil sie auf ein Ende von Tibans Herrschaft hofften, aber daran glauben konnten sie nicht. Und obwohl jenen, die sich ihnen anschlossen, Geld angeboten wurde, wuchs der Zug nur langsam. Ukalion merkte, dass auch manch einer aus Ycena, der ihn gerade noch dafür gefeiert hatte, die Hecke überwunden zu haben, unsicher wurde. Was galt das Überwinden der Hecke, wenn die Kaisertochter nicht erwachte? Sein Blick schweifte über seinen kleinen Trupp, und in ihm wuchs die Sorge. Mit dem Geld, das sie besaßen, hätten sie Tausende Söldner bezahlen können, doch er wusste nicht, wo er die finden sollte. Was nutzte da alles Gold? Er wollte die Seinen nicht in den sicheren Tod führen.

»Meint ihr, Tiban weiß schon, dass wir kommen?«, fragte er die engsten Freunde, weil er sich mit jemandem beraten musste, seine Ängste aber nicht allen zeigen durfte.

Levith und Parikles waren sich einig, dass kein Mensch und somit kein Bote in der kurzen Zeit bis an den Königshof gelangt sein konnte. Anthia jedoch dachte an die Brieftauben, die sie in der Schwebenden Bibliothek gesehen hatte. Und auch wenn sie nicht wusste, ob es in dieser Gegend solche Tauben gab, sagte sie: »Vielleicht weiß er es.«

5

König Tiban wusste Bescheid, und er tobte im Thronsaal. Wütend befahl er, vor Freybruck Soldaten zusammenzuziehen. »Alle, die in drei Tagen hier sein können! Und wenn ich *alle* sage, dann erwarte ich auch alle! Zerquetschen will ich den winzigen Wurm, der sich mein Sohn schimpft! Ich entscheide, wer mein Sohn ist, nicht er! Und ich nehme ihm die Kaiserkrone ab, die er nicht zu tragen wagt, der Feigling. Ich muss kein Märchenmädchen küssen, um mich selbst zu krönen. Ich habe eine Frau, ich teile das Reich nicht mit einer Schlafenden!«

Arlac, der Zeuge des Ausbruchs war, schwieg. Die Höflinge bejubelten die Stärke des Königs, und Kampfeslust stand ihnen im Gesicht. Jeder träumte davon, den Prinzenmörder zur Strecke zu bringen und so die Gunst des Königs zu erlangen.

»Holt mir die Familie des Aufsässigen!«, geiferte Tiban weiter. »Ich will seine elende Mutter am Galgen sehen und alle Bälger, die sie noch geworfen hat. Genauso den Kerl, der sich sein Vater nennt. Sie alle werden dafür büßen, dass er meinen Sohn gemordet hat!«

Zustimmendes Raunen erklang. Dann wurde Arlac von Tiban gepackt und in eine Ecke des Thronsaals geschleift. Tiban brachte sein Gesicht direkt vor seins und knurrte: »Und du, hässlicher Krüppel, verhöhnst die elenden Opfer diese Woche noch mehr. Sie sollen heulen vor Scham, und ihre Angehörigen, falls die da sind, ebenso. Nach der Hinrichtung breche ich auf und reite dem Bastard entgegen, aber zuvor will ich am Himmel Wolken sehen – keine Heuschrecken. Wolken, oder ich finde einen neuen Narren!«

6

Jeden einzelnen Tag verbrachte Inrico im Palast – und die Hälfte der Zeit in der gewaltigen kaiserlichen Bibliothek. Staunend lief er von Regal zu Regal, blätterte wahllos in diesem Buch und in jenem, schaute in das und in dies, und fast überall blieb er hängen. Er bewunderte die Illustrationen ebenso wie manch schnell erfassten Gedanken. Er rollte Schriftrollen und Landkarten auf und sorgfältig wieder zusammen. Wie nur sollte er hier eine Auswahl treffen? Am liebsten hätte er sämtliche Schriften eingepackt und mitgenommen, doch das wäre für die beiden Wagen, die Telamon ihm besorgt hatte, zu viel geworden. Da Isa und Wolf mitkommen würden, konnten sie zwar beide Wagen beladen und zur Schwebenden Bibliothek fahren, aber eben nicht mehr. Was nur sollte er zurücklassen?

Auf keinen Fall die persönlichen Aufzeichnungen der Kaiser, die Chronik Ycenas und die dicken Werke zur Landwirtschaft. Vielleicht fanden sich darin Methoden, aus dürren Böden höhere Erträge zu gewinnen. Außerdem packte Inrico eine Handvoll Bücher ein, in denen Männer ganz selbstverständlich Männer liebten und Frauen Frauen, weil er das für Parikles und Levith unter die Menschen bringen wollte. Bücher, von denen er wusste, dass sie auf den Teorafelsen bereits ein Exemplar besaßen, räumte er seufzend zur Seite, und trotzdem blieben viel zu viele übrig. Er musste wiederkommen und hoffen, dass bis dahin nicht ein anderer die Schriften an sich riss. Nun, solange es Gold, Silber und teure Kleidung gab, Teppiche und Tücher, Glas, Edelsteine und schöne Keramiken, Besteck und Waffen, hatte er die Hoffnung, dass die meisten Sucher sich mit diesen Dingen zufriedengaben.

Noch immer bedeckte die Hecke alle Gebäude, doch die Blätter fielen stetig, und das Gewirr der Ranken war nicht mehr so dicht. Es drang mehr Tageslicht in den Palast. War Inrico nicht mit der Auswahl der Bücher beschäftigt, streifte er neugierig durch andere Räume und Gänge, besah sich die Gemälde und Schlafenden, allen voran Kaiser Cletian und seine Frau. Auf diesen Wanderungen traf er stundenlang niemanden, denn die meisten Sucher hatten Ycena inzwischen verlassen. Selbst jene, die Ukalion nicht begleiteten, waren fort, getrieben von dem Wunsch, nicht mehr an diesem Ort zu sein, wenn der rachgierige Tiban kam. Dass er kommen würde, davon waren sie überzeugt. Sie glaubten, Tiban werde Ukalion besiegen, denn der habe überstürzt gehandelt. Wo wolle er denn in der kurzen Zeit all die Söldner anheuern? Die Kaisertochter sei nicht erwacht, das Märchen habe sich also nicht erfüllt.

Am Mittag des vierten Tags, den er im Palast verbrachte, blieb Inrico vor einem Gemälde stehen, an dem er schon mehrmals achtlos vorbeigelaufen war. Zu viele andere Bilder hatten ihn stärker beeindruckt, zu viele dramatische Szenen und ihm bekannte Ereignisse aus der ycenischen Geschichte, zu viele Drachen, Einhörner und Lindwürmer, die auf die Wände gemalt waren oder sich um Säulen wanden. Hier dagegen war nur ein Herrscher im Kreis der Familie dargestellt. *Cletian,* erkannte Inrico, auch seine Frau. Und dann blieb sein Blick an dem Kind hängen. Das musste die Tochter sein. Sie hatte lange, dichte dunkle Locken. Wie konnte das sein? Er hatte die echte Kaisertochter doch auf dem Thron gesehen, und ihr Haar war blond gewesen und glatt. Blond!

Hastig suchte er das Bild ab, doch er fand kein anderes Kind, kein Mädchen mit blondem Haar. Noch einmal ließ er den Blick von links oben nach rechts unten wandern, langsam und sorgfältig diesmal, Zeile um Zeile, als würde er lesen, aber da war kein anderes Kind. Ihm wurde heiß und kalt.

Er eilte durch den ganzen Palast, von Bild zu Bild, und in der Tat fand er die Dunkelhaarige noch zwei weitere Male mit Cletian abgebildet, und zweimal allein, von Mal zu Mal älter und mit einer Krone im Haar. Lächelnd und beängstigend schön. *Das* musste Cletians Tochter sein! Das!

Oder nicht?

Aber wer war dann die blonde Frau, die auf dem Thron gesessen hatte? Sie hatte er auf keinem der Bilder gefunden, nicht ein einziges Mal an Cletians Seite, obwohl die Tochter sein Ein und Alles gewesen sein sollte. Wie war das möglich?

In der Bibliothek blätterte er die letzten Seiten der Chronik und Cletians Aufzeichnungen durch, aber nirgendwo las er etwas über eine zweite Tochter, über eine Adoption oder gar einen Austausch zweier Mädchen. Wenigstens fand er ihren Namen: Pola.

Zeile um Zeile, Seite um Seite überflog er, blätterte vor und zurück, bis er schließlich auf einen Eintrag Cletians stieß, in dem Polas dunkle Locken erwähnt wurden. Nur nebenbei, aber doch mit Stolz und lobend. Sie seien voll und dicht und erregten überall Aufmerksamkeit, stand da.

Inrico fuhr sich über das müde Gesicht, dann wurde er von einem Lachen gepackt. Laut dröhnte es durch die Bibliothek und überschlug sich, er konnte nicht aufhören zu lachen. Tausende hatten über die Jahrhunderte versucht, zur Kaisertochter zu gelangen, und waren in den Dornen gestorben, dabei hatte die falsche Frau auf dem Thron gesessen, als der Schlaf über den Palast gekommen war.

Die Falsche!

Er dachte an Aurel, der ihm untersagt hatte, die Gemälde zu betrachten, der sie verächtlich als seiner Aufmerksamkeit unwürdig abgetan – und deshalb die Falsche geküsst hatte.

»Die Falsche, du Idiot!«, brüllte Inrico und lachte und lachte. Er lachte, bis ihn der Bauch schmerzte, und weiter, bis ihm einfiel, dass nun Ukalion mit der falschen Kaisertochter an seiner Seite gegen Tiban zog.

Ich muss es ihm sagen, schoss es ihm durch den Kopf. *Nur wie?*

Doch dann ging ihm auf, dass sie alle glaubten, sie hätten die Kaisertochter bei sich, und dass dieser Glaube ihnen Hoffnung und Kraft verlieh. Das durfte er ihnen nicht einfach nehmen. Bis er sie mit der Wahrheit erreichte, würde es für eine Umkehr zu spät sein und er würde sie dazu verdammen, ohne Überzeugung in den Kampf zu gehen. Das würde ihre Niederlage besiegeln. Oder nicht? War es nicht wichtiger, die Wahrheit zu kennen, selbst wenn …?

Halt! Wenn das bei den anderen nicht Pola war, dann musste die wahre Pola noch hier sein. Dann war die echte Kaisertochter noch im Palast. Und wenn sie im Palast war, konnte er sie finden.

Er ließ Cletians Aufzeichnungen aufgeschlagen auf dem Pult liegen und rannte in den Thronsaal. Aufmerksam um sich blickend, watete er durch das Meer der Schlafenden, aber er fand kaum Frauen mit langen schwarzen Locken. Und die wenigen, die er entdeckte, waren erkennbar nicht im richtigen Alter. Wo nur konnte Pola sein?

Kurz war er versucht, Wolf um Hilfe zu bitten, aber was, wenn der Junge sie fand und küsste, ohne sich vorher mit ihm zu besprechen? Er wusste nicht, wie weit er dem Streuner vertrauen konnte. Und Telamon und Isa? Selbst bei ihnen wusste er es nicht, ein Kaisertitel war zu verlockend.

Also suchte er allein. Er suchte in allen Gemächern und auf den Gängen, er suchte im Raum mit dem Bassin und fragte sich, wo sie sich auf einem Fest, das zu ihren Ehren ausgerichtet worden war, aufgehalten haben konnte.

Wo?

Auf ihrem Thron! Wo sonst?

Aber da war sie nicht gewesen. Hatte sie sich noch irgendwo auf dem Hof befunden, als der Schlaf gekommen war, in einer Prozession, die dort von der Hexerei überrascht worden war und noch immer unter der Hecke verborgen lag? Wie sollte er sie da finden? Der Palasthügel war gewaltig, die Hecke auch sterbend noch voller Dornen und dicht verschlungen. Unter der Hecke mussten sich auch die Stallungen befinden, möglicherweise hatte sie dort ihr Lieblingspferd besucht. Dass sie eines besaß, hatte er beim Überfliegen von Cletians Aufzeichnungen entdeckt. Doch wie sollte er allein tiefer unter die Dornen vordringen?

Obwohl seine Hoffnung schwand, lief er noch einmal durch den ganzen Palast. Jede einzelne Tür öffnete er, jeder dunkel gelockten Frau blickte er ins Gesicht. Schließlich stieß er in der Küche noch auf eine. Sie lag ganz hinten auf dem Boden, ärmlich gekleidet und halb hinter dem Herd. Fast hätte er sie übersehen, aber ihre Locken waren zu auffällig. Ohne große Hoffnung ging er zu ihr und kniete sich neben sie. Einen Schuh hatte sie verloren, und ihr Gesicht war mit Asche verschmiert. Sie war im ganzen Palast die Einzige mit einem derart verschmierten Gesicht. Nicht eine andere Bedienstete hatte er gesehen, die so schmutzig gewesen wäre, und das ließ ihn stutzig werden. Ihre Hände wiesen weder Schwielen noch Narben auf. Konnte es sein, dass sie …? Weiter dachte er nicht, aber sein Herz schlug schneller. Vorsichtig wischte er die Asche mit einem feuchten Tuch fort. Sie ließ sich leicht entfernen, so als sei sie gerade erst auf die Wangen gelangt und nicht bereits vor vierhundert Jahren.

»Ihr seid es«, murmelte Inrico, als ihr Gesicht sauber war. Ihre Ähnlichkeit mit der Frau auf den Bildern war nicht mehr zu übersehen, nur war sie in Wirklichkeit noch viel schöner als auf den Bildern, viel schöner als die falsche Kaisertochter, so viel schöner, als er es sich als Kind, wenn er das Märchen hörte, vorgestellt hatte. So schön, dass er den Blick nicht von ihrem Gesicht lösen konnte. Wie verzaubert starrte er sie an, den Mund leicht geöffnet, unfähig, sich abzuwenden. Unwiderstehlich war sie, als ginge von ihr ein Zauber aus, und doch war es nur ihre Schönheit. Die langen Wimpern, die gerade Nase, die schmalen Wangen und die vollen Lippen.

Die Lippen.

Stolz lächelte er, sein Herz schlug noch schneller. Er hatte sie gefunden, er allein. Mit seinem Scharfsinn. Dunkel erinnerte er sich, dass er irgendwas hatte tun wollen, aber der Gedanke war fort. Jetzt wollte er nur noch sie betrachten, ihren Kopf halten und sie küssen. Diese vollen roten Lippen.

So rot.

Hexerei.

Nein, küssen.

Lippen.

So schön.

Ich werde Kaiser.

Polas Mann.

So schön, so wunderschön.

Ycena.

Für immer Ycena.

Rot, so rot.

Lippen …

Gebannt und tief versunken in ihren Anblick, beugte er sich vor und küsste sie auf die weichen, sanften, reglosen Lippen. Und dann schloss er die Augen, um nichts zu sehen, nur der Kuss zählte noch, die Berührung ihrer Lippen. Und für einen Augenblick stand alles still, und Inrico war sicher, dass sein Herzschlag einmal aussetzte, dass alle Geräusche um ihn her verstummten, dass in ganz Ycena kein Vogel mehr rief.

Und sein Kuss wurde erwidert.

Sofort riss er die Augen auf und starrte in die geöffneten Augen von Pola. Sie waren groß und dunkel und weiter aufgerissen als seine. Das Märchen vom letzten Kaiser hatte sich erfüllt, die Kaisertochter war erwacht. Benommen starrte er sie an.

Und überall im Palast erhoben sich Menschen.

7

Noch ein gutes Stück nördlich von Schwanklipp rastete Ukalions Trupp im schmalen Mittagsschatten einiger Bäume an einem kleinen Bach. Das hohe Ufer ließ vermuten, dass er einst mehr Wasser geführt hatte. Sie ruhten, tranken und füllten ihre Schläuche und Fässer. Ukalion saß auf dem Wagen, auf dem die Kaisertochter lag, kaute auf einem Stück Fleisch herum, das sie zwei Tage zuvor beim Wildern erbeutet hatten, und starrte die Frau unter dem Glas an. Sie war schön, genau wie es im Märchen hieß, doch entgegen den Versprechungen schlief sie noch immer. Wie hatte er nur all seine Hoffnung in sie setzen können?

Du schläfst, und du wirst in alle Ewigkeit schlafen, dachte er. Das verzweifelte Versprechen des Kaisers hatte die mächtige Hexerei nie brechen können, Cletian hatte nie Zauberkraft besessen, und nun würde er, Ukalion, Tibans Macht nicht brechen.

In der Ferne riefen Möwen, und ein sanfter Wind wehte vom Meer herüber. Das hatte er in Ycena vermisst. Er freute sich darauf, bei Schwanklipp das Meer zu sehen, den Anblick hatte er nie vergessen. Noch einmal wenigstens wollte er es sehen, bevor er auf Tiban traf. Wenn es denn dazu kam. Vielleicht löste sein Trupp sich auch auf, bevor es ein Aufeinandertreffen gab, und er musste fliehen. *Wahrscheinlich wäre das für alle das Beste,* dachte er, *vielleicht sollte ich von mir aus alles beenden.* Ihn würde Tiban unerbittlich jagen, doch die anderen konnten vielleicht entkommen. Er selbst konnte sich im Wilden Wald verstecken, mit allen, die noch immer bei ihm bleiben wollten. Ein Geächteter mit einer Handvoll Gefährten. Von dort konnten sie den Kampf gegen Tiban weiterführen, konnten ihre Verfolger in einen Hinterhalt locken. Vielleicht konnte er gar Tiban mit dem Bogen erwischen, sollte der sich selbst an der Verfolgung beteiligen. Und wenn nicht, würden sie gegen seine Tyrannei und die Menschenopfer kämpfen, bis sie erwischt wurden.

In diesem Moment schlug sie die Augen auf und kniff sie sofort wieder zu. Der helle Himmel blendete sie, und sie schnappte nach Luft wie jemand, der gerade dem Ertrinken entgangen war. Ukalion begriff nicht gleich, was da vor seinen Augen geschah, doch dann erstarrte er. Zwei, drei Herzschläge lang konnte er sich nicht rühren, dann schlug das Herz schneller, und er riss den Glaskasten von ihr weg. Mit beiden Händen packte er ihr Gesicht. Jede Scheu vor ihr war verschwunden, er fühlte nur noch Glück.

»Du lebst!«, jubelte er und küsste sie auf die Stirn, die Wangen und die Lippen.

Sie atmete heftig und riss die Augen auf. In ihnen stand Angst, große Angst. Schnell schloss sie sie wieder.

»Keine Angst«, sagte Ukalion, »du bist erwacht. Alles wird gut.«

Sie zitterte und schnappte erneut nach Luft.

»Sie ist erwacht!«, rief irgendwer. Ukalion achtete nicht darauf, wer es war. »Sie ist erwacht!«

Rasch sammelten sich die Menschen um den Wagen, reckten den Hals und starrten die Kaisertochter an. Sie zitterte und sah sich gehetzt um, sie suchte Halt und fand ihn in Ukalion. Verzweifelt klammerte sie sich an ihn, und obwohl ihre Haut warm war, hatte Ukalion den Eindruck, dass sie fror und sich an ihm wärmen wollte. Um den Wagen breitete sich Schweigen aus, und plötzlich war die Ehrfurcht fast mit Händen zu greifen.

»Hoheit«, sagte Khufhu und beugte das Knie. Seine Stimme war belegt, beinahe hätte er das Wort nicht herausgebracht.

»Hoheit«, kam es von Maija, Sylenos, Parikles und mehreren Seiten, und einer nach dem anderen sank nieder oder senkte zumindest das Haupt.

Sie barg den Kopf an Ukalions Schulter, und er sagte: »Bitte gebt ihr einen Moment. Sie hat lange geschlafen.«

Die Umstehenden rührten sich nicht.

»Los!«, drängte Anthia. »Verziehen wir uns.«

Langsam erhoben sie sich. Ungläubig sahen sie noch einmal zu

Ukalion und der Kaisertochter hinauf, dann entfernten sie sich, manche tuschelnd, andere schweigsam. Hoffnung stand in vielen Gesichtern, hier und da Verzückung. Einige weinten.

»Wo sind sie?«, stammelte die Kaisertochter, ihre Stimme war leise und kratzig, der gehetzte Blick auf ihn gerichtet. Es waren die ersten Worte, die sie sagte, und er begriff sie nicht.

»Wer?«, fragte er.

»Die Hungrigen. Die Geifernden. Die Schatten, die ... sie!« Sie betonte die Worte ungewohnt, doch er konnte sie verstehen. Sie musste die Nachtkreaturen meinen, die schlimmsten Albträume, die die Hecke den Kindern gestohlen hatte, und er fragte sich, was sie während des Schlafs von Ycenas Nächten mitbekommen hatte. Hatte sie während all der Jahrhunderte geträumt, die Grauen aus Tausenden Nächten? Die Hecke war ein Ort der Träume gewesen, hatte die Kaisertochter also jahrhundertelang nur in schlimmen Träumen gelebt?

»Sie sind nicht hier«, sagte er und versuchte, möglichst beruhigend zu klingen.

»Wo?«

»Fort. Sie sind fort.«

»Aber ...«

»Sie sind fort«, wiederholte er, als spräche er mit einem verwirrten Kind, das in der Nacht hochgeschreckt war. Er wusste einfach nicht, was er sonst sagen sollte.

Langsam löste sie sich von ihm. Noch immer hatte sie die Augen halb zugekniffen, doch sie sah sich um. »Wer seid Ihr?« Ihre Stimme war nun nicht mehr kratzig, aber auch kaum mehr als ein Flüstern.

»Ukalion. Ich bin der Bastard des Königs und habe dich ... Euch wach geküsst.« Zögernd übernahm er die distanziertere Anredeform, die auch sie verwendete. Er wusste nicht genug über die höfischen Sitten, schon gar nicht über die von damals, die ihr geläufig waren.

»Geküsst?«

»Ja. Geküsst. So wie es das Märchen verlangt.«

»Märchen?« Verständnislos starrte sie ihn an. Natürlich, sie konnte das Märchen nicht kennen.

»Hexerei«, erklärte er. »Nur ein Kuss konnte Euch wecken. So hat es der Fluch der dreizehn Hexen gesagt. Eurem Vater Cletian ist es gelungen, ihn abzumildern.«

»Kaiser Cletian?«

»Ja. Euer Vater.«

»Nein, das ist er nicht. Ich bin doch nicht Polas Schwester.« Sie sprach schleppend, so als sei sie noch nicht ganz erwacht.

»Wer ist Pola?«

Sie schien verwirrt. »Seine Tochter.«

»Ihr seid seine Tochter.«

»Nein. Ich ...«

»Doch. Ihr habt auf dem Thron an seiner Seite gesessen.«

»Ich?«

»Ja. Mit der Krone auf dem Haupt.« Ukalion deutete auf ihren Kopf.

»Ich ...« Vorsichtig tastete sie nach der Krone, packte sie und setzte sie ab. Lange starrte sie sie an, das Sonnenlicht glänzte auf Gold und Edelsteinen. Sie schloss die Augen und öffnete sie wieder. Unvermittelt sagte sie: »Das ist nicht mein Kleid.« Sie klang unsicher.

»Doch«, versicherte Ukalion. »Das habt Ihr getragen, als wir Euch fanden.«

»Es gehört Pola.« Sie schüttelte den Kopf. »Sie hat es an ihrem Geburtstag getragen, und ... ich?«

»Ja. Ihr habt es getragen.«

»Ich erinnere mich nicht daran, sie zu sein. Ich ... Es ist so verschwommen. Mein Vater, das war nicht Cletian. Oder doch? Ich war immer im Palast, aber ... Es scheint so ewig her, deutlich erinnere ich mich nur an das Weglaufen, an die Schatten und Ungeheuer. Sie haben ...« Wieder kniff sie die Augen zu und presste die Lippen aufeinander.

»Das habt Ihr geträumt.«

»Geträumt?« Sie schnaubte verächtlich.

»Ja.«

»Es war genauso lebendig wie das hier. Lebendiger. Es ...«

»Ihr habt lange geträumt, deshalb ...«
»Wie lange?«
»Sehr lange. Es war Hexerei.«
»Hexerei«, wiederholte sie schwach, dann weinte sie. Sie umfasste ihre Beine und weinte lange und laut. Ukalion blieb schweigend an ihrer Seite, und auch als sie sich beruhigte, sagte er nichts.

Sie hob den Kopf und fragte: »Das alles habe ich geträumt?«
Ukalion nickte.
»Und ich bin Pola? Die Kaisertochter? Warum weiß ich das nicht mehr?«
»Vermutlich Hexerei, vermutlich sollt Ihr Euch nicht erinnern. Die Dreizehn wollten Euch schaden.«

Sie nickte, aber ihr war deutlich anzusehen, dass sie es nicht verstand. »Und Ihr seid?«
»Ukalion. Der Sohn eines Königs.« Er zögerte. »Eigentlich sein illegitimer Sohn. Ich habe den Hexenfluch gebrochen und Euch geweckt.«

»Danke, Ukalion.« Sie wirkte völlig erschöpft.
»Habt Ihr Hunger?«, fragte er.
»Hunger?«, wiederholte sie. Es war, als falle ihr erst jetzt wieder ein, dass ein Mensch essen musste. Als erwachten die Bedürfnisse erst nach und nach. Ihr Magen knurrte plötzlich so laut, dass selbst Ukalion es hörte. »Oh, ja.«

Er suchte in den Vorräten auf dem Wagen und zog drei große Streifen Dörrfleisch heraus. Gierig schlang sie es hinunter. Dazu leerte sie einen ganzen Schlauch Wasser, dann bat sie um weiteres Fleisch und Obst und nahm auch Pilze und Salat. Sie aß und aß und aß.

Ukalion beobachtete sie, und ihm war, als liege noch immer ein Schatten auf ihr. Sie bewegte sich langsam, wohl weil sie es nach dem langen Schlaf nicht mehr gewohnt war. Plötzlich kam ihm der Gedanke, dass ein Teil von ihr vielleicht immer noch in Träumen gefangen war, immer noch nicht erwacht. Als müsse sie noch zurückfinden ins Leben. Und so gierig wie das Essen nahm sie auch die Welt ringsum auf. Sie hob den Blick nach einem Vogelschrei und roch an der Blume, die ein Sucher ihr brachte. Als sie verzückt die Augen schloss, brachte ihr jeder eine.

Sie stieg vom Wagen herab, kniete sich auf den Boden, drückte die Hände auf die harte Erde, schmeckte das trockene Gras und roch an allem. Still beobachtete sie ein Heupferd, das über ihre Hand krabbelte und dann weitersprang. Fliegen landeten auf ihr, Käfer und Schmetterlinge, und sie scheuchte sie nicht fort. Ukalion meinte zu sehen, dass sie den Berührungen der kleinen Beine nachfühlte. Es war, als entdecke sie das Leben neu, jeden ihrer Sinne, ihren ganzen Körper.

Als sie am frühen Abend das Meer nördlich von Schwanklipp erreichten, starrte sie sehnsüchtig hinaus und schritt dann langsam ins Wasser. Niemand hielt sie auf, sie war die Kaisertochter. Ukalion begleitete sie, damit sie nicht ertrank. Irgendwann tauchte sie kurz unter, und danach lachte sie zum ersten Mal, seit sie erwacht war.

Dass sie sich vor der Nacht fürchtete, war offensichtlich, auch wenn sie es nicht zugab. Ukalion versprach, an ihrer Seite zu wachen, und sie nickte nur. Dann versank die Sonne, und der Mond ging auf, und sie sagte: »Es ist gar nicht so dunkel.«

»Nicht wie in Ycena«, bestätigte Ukalion.

»Erzählt mir davon«, verlangte sie, und Ukalion erzählte, was er dort erlebt hatte. Er erzählte ihr, was mit dem Kaiserreich geschehen war, als Ycena in den Schlaf gefallen war, und dass das vierhundert Jahre her war. Im Stillen bedauerte er, dass Inrico nicht mehr bei ihnen war, der wusste so viel mehr. Doch Pola nahm alles einfach hin, vermutlich hatte sie in den Träumen viel Seltsameres erlebt. Sie selbst wollte nichts erzählen, sie wollte zuhören, und so sprach Ukalion die ganze Nacht, auch von Tiban und Aurel, von seiner Mutter, von der Dürre und dem Aufwachsen in der Mühle. Nur von Ckarya sprach er zunächst nicht. Schließlich, weit nach Mitternacht, erzählte er, ohne sich viel dabei zu denken, von dem Märchen und wie verbreitet es war.

»Dann wollt Ihr mich also heiraten?«, fragte sie. »Nur deshalb habt Ihr mich gerettet?«

»Ähm, das, ich ...«, stammelte er. Sie war nun nicht mehr nur eine Gestalt aus einem Märchen, sie war ein lebender Mensch. Nie hatte er den leisesten Zweifel daran gehabt, dass die Kaisertochter ihn – oder jeden anderen, der sie rettete – würde heiraten wollen. Das war ihm immer selbstverständlich erschienen. Doch jetzt, da sie vor ihm saß, war ihr Vater Cletian weit entfernt und sie war mehr als eine versprochene Belohnung aus einem Märchen.

»Ihr glaubt also, mich verdient zu haben, ohne dass Ihr mich fragt?«, fuhr sie fort.

»Ich ...« Ukalion brach ab. Seine Mutter fiel ihm ein, von der Tiban geglaubt hatte, sie zu verdienen, und ebenso erschrocken wie trotzig dachte er: *Ich bin nicht wie du!* »Euer Vater hat es geglaubt, als er das Versprechen gab, um den Fluch abzuschwächen, und jeder in den dreizehn Königreichen glaubt es, weil das Märchen es so erzählt. Und ja, ich habe das auch immer geglaubt, aber jetzt hoffe ich es nur noch. Entscheiden müsst Ihr es.« Er sah sie an und atmete tief durch. Der Mond schien hell, ihr Gesicht war deutlich zu erkennen. »Und so frage ich Euch: Wollt Ihr mich heiraten?«

Sie schwieg einen langen Moment. Dann fragte sie zurück: »Muss ich gleich antworten?«

»Nein.«

»Danke.« Ein kurzes Lächeln huschte über ihre Züge, aber er wusste es nicht zu deuten. »Erzählt Ihr mir noch mehr davon, wie die Welt nun ist?«

Das tat er, und er erzählte bis zum Morgengrauen.

Am nächsten Tag pilgerten von überallher Menschen herbei, um Pola zu sehen. Sie trug die Krone, worum Ukalion sie gebeten hatte, und viele fielen vor ihr auf die Knie. Sie glaubten, dass mit ihrer Rückkehr auch die Dürre enden werde, dass nun alles gut werde. Mit ihrem Erwachen war die Hoffnung zurückgekehrt. Sie jubelten ihnen beiden zu. Und obwohl Ukalion die Krone nicht trug, sahen sie sie als Paar.

Viele blieben sogar und schlossen sich dem Zug an. Das Märchen hatte sich erfüllt, in Zeiten der höchsten Not war die Kaisertochter zu ihnen gekommen. Räuber krochen aus ihren Verstecken, um ihnen zu folgen, Bauern überantworteten die Felder ihrer Frau oder den greisen Eltern, junge Männer verließen ihre Familie, und auch Frauen folgten ihnen, ausgerüstet mit Messern, Beilen oder Heugabeln. Männer, deren Schwester als Hexe hingerichtet worden war, schlossen sich ihnen ebenso an wie Hungrige und Wütende, enttäuschte Priester, die keine Menschen opfern wollten, und Deserteure, die an das Märchen glaubten und nicht mehr einem wahnsinnigen König folgen wollten, wenn der Kaiser zurückkehrte.

Schwanklipp hieß sie jubelnd willkommen. Die Königstreuen hatten die Stadt verlassen und waren geflohen. Zwei Tage lang blieb Ukalion und sammelte mehr und mehr Leute um sich. Nun war es der Zug, von dem er geträumt hatte, eine stetig wachsende Menge, die Tibans längst überdrüssig war. Eine Menge, die endlich den Mut fand, sich zu erheben.

Dann kam Mart aus Fünfsäulen auf einem Pferd angaloppiert, er war ausgehungert und erschöpft. Ukalion fiel ihm um den Hals und rief lachend nach Wasser und Essen für den Jungen, aber Mart flüsterte: »Er hat deine Eltern geholt. Sie sollen hängen, beide. Reite los.«

Keuchend sackte er zusammen, doch Ukalion hielt ihn und fragte sich, wieso ausgerechnet so ein dünner Bursche immer als Überbringer schlechter Nachrichten herhalten musste. Dann rief er zum Aufbruch, und die Menge folgte ihm. Und immer mehr, die sich anschlossen.

SCHERZE, TROPHÄEN UND EINE HINRICHTUNG

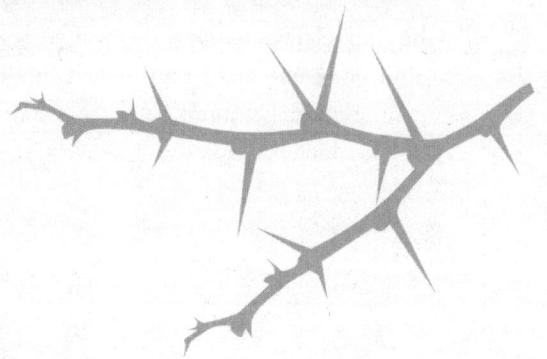

1

In der Nacht vor der Hinrichtung stand Arlac, einen großen Becher Wein in der Hand, am Fenster und sah hinauf in den Himmel. Wieder einmal, wie so oft in letzter Zeit, ohne zu wissen, was er dort suchte. Die Stille, die Ferne, das Licht der Sterne oder die Schwärze der Nacht. Er trank einen Schluck und dachte: *Noch kann ich mich anders entscheiden.* Nur aufschieben konnte er es nicht, jetzt oder nie, am nächsten Tag würde Tiban aufbrechen. Sein Blick wanderte zum Richtturm, der in der Dunkelheit nur zu erahnen war, wenn überhaupt. Aber er hatte so oft hinübergestarrt, dass er ihn auch jetzt zu erkennen glaubte. Selbst mit geschlossenen Augen sah er ihn vor sich.

»Ein Geistergalgen, der keine Ruhe findet«, murmelte er, grinste, prostete dem Galgen zu und trank einen weiteren großen Schluck. Wurde er erwischt, würde er sterben, und das vermutlich erst nach langer Folter.

Er war immer der für mich, der einem Vater am nächsten kam, dachte er, und das festzustellen war traurig. Kein Grund, sich selbst zu bemitleiden, aber ein schönes Detail für den letzten großen Scherz. Andere hatten weniger Glück gehabt im Leben, und wieder andere hätten ihn gern zum Vater gehabt – oder glaubten das wenigstens.

Am Vortag hatte eine Brieftaube die Nachricht gebracht, dass die Kaisertochter erwacht sei und dass sich nun Hunderte dem Bastard anschlössen. Laut und wie trunken, hieß es, würden sie ihm nachlaufen und rufen, das Märchen habe sich endlich erfüllt.

»Keiner von denen ist im Kampf ausgebildet«, hatte Tiban dazu angemerkt. »Die schlachten wir!«

Darauf hatten die Höflinge gejubelt, und Arlac hatte gerufen: »Ich hole nur rasch einen Bratspieß und Feuerholz, Eure königliche Metzgerei, dann komme ich mit!«

Die Höflinge hatten gelacht, und alle hatten den bevorstehenden Kampf, der kein Kampf werden würde, herbeigesehnt. Niemand hatte darauf hingewiesen, dass es Bürger aus Lathien waren, Tibans eigene Untertanen, die geschlachtet werden sollten. Nicht besiegt, nicht zurückgeschlagen, nein, geschlachtet wie Tiere.

Stärke zeigen, immer munter Stärke zeigen.

Arlac sah hinauf zum Mond, und ihm war, als zöge davor ein Schleier vorbei wie ein Fetzen Nebel, dann war der Himmel wieder klar. War das eine Wolke gewesen? Ein Zeichen der Götter oder wieder nur einer ihrer Scherze? Seine Gedanken landeten bei Grigos Hinrichtung, und er hob noch einmal den Becher.

»Auf dich, Grigo. Es tut mir leid.«

Er trank den letzten Schluck Wein, griff sich die drei Säcke aus grobem Stoff, die er vorbereitet hatte, und machte sich auf den Weg die Treppe hinab. Es wurde Zeit für den letzten großen Scherz. Er würde sich nicht anders entscheiden.

2

Auch Ukalion starrte hinauf zum Mond und fand keinen Schlaf. Tausende mussten es inzwischen sein, die sich ihm angeschlossen hatten, Wütende, Hungrige, Träumende, Müde. Sie setzten alle Hoffnung in ihn, den Bastard, und er hatte sie angetrieben, aber so ein gewaltiger Zug kam nur schleppend voran. Zu langsam, denn am Morgen sollte es die nächste große Hinrichtung geben, und Tiban hatte seine Eltern in seiner Gewalt.

Mutter, dachte er, *Gajus, es tut mir leid. So leid.* Unablässig wiederholte er den Satz und fragte sich, weshalb er ihnen nicht die Botschaft gesandt hatte, sie sollten sich verstecken. Schon nach Aurels Tod hätte er einen solchen Boten schicken sollen, aber das hatte er nicht bedacht. Er war kein König, er war es nicht gewohnt, Boten zu schicken.

Ich hätte es wissen müssen, dachte er trotzdem. Er war aufgebrochen, um Ckarya zu rächen, aber auch die beiden, für die Demütigungen, die sie hatten erdulden müssen. Und jetzt erging es ihnen wegen seiner Tat schlimmer als zuvor. Die Mutter war wieder in Tibans Gewalt, Gajus wieder machtlos ihm gegenüber. Mehr noch, Tiban würde sie hinrichten lassen und ausstellen wie eine Trophäe. Und nach allem, was Anthia ihm über den Narren erzählt hatte, brachte der den König vielleicht noch dazu, ihre Köpfe wie die von Tieren an die Wand zu hängen, zwischen das Einhorn und einen alten Keiler.

Wie konnte ich nur so dumm sein und einfach vergessen, sie zu warnen? Er versuchte, nicht zu weinen, denn das sollte niemand sehen, trotzdem liefen ihm stumme Tränen über die Wangen. Dann kam die Wut, und er wollte schreien, doch er schrie so wenig, wie er weinte. Aber er schwor sich, dass Tiban sterben musste.

Neben ihm lag Pola und schlief. Unruhig, als würde sie von Träumen geplagt.

3

Die Wachen waren seit Tagen daran gewöhnt, dass Arlac nachts herumschlich, und ließen ihn gewähren. Die einen freuten sich auf seine Scherze, insbesondere wenn es die Mächtigen traf, andere fürchteten, selbst Opfer seiner wilden Späße zu werden, wenn sie sich ihm in den Weg stellten. Dabei hielt keiner ihn für tatsächlich gefährlich, und das gab ihm die nötigen Freiheiten. Schließlich war er nur der Narr.

»Na, wen nimmst du dir heute vor?«, fragte einer der Wächter, als er während seines Rundgangs vor dem Thronsaal auf ihn traf.

»Die gesamte Priesterschaft«, erwiderte Arlac. »Sie sollten sich mal wieder etwas mehr um die Götter kümmern, nicht nur um ihr eigenes Goldsäckel.«

Das war ein weitverbreitetes Vorurteil, er baute darauf, dass auch der Wächter es teilte. Und in der Tat fragte der erwartungsvoll: »Was hast du vor?«

»Etwas Schlimmes. Schlimme Zeiten verlangen schlimme Scherze.«

»Das sagst du seit Tagen, immer dasselbe, aber ...«

Arlac grinste verschwörerisch. »Und diesmal stimmt es. Sofern du mich in Ruhe arbeiten lässt.«

»Priester, mhm.« Er nickte und ließ Arlac passieren. »Priester und ein schlimmer Scherz. Nur zu.«

Arlac betrat den Thronsaal und schloss die Tür hinter sich. Im Dunkeln schlich er zu dem Tisch, auf dem Tiban das Essen auftragen ließ, und schob ihn zur Wand hinter dem Thron hinüber. Dann stieg er hinauf und nahm die beiden Einhornköpfe ab, die dort hingen. Den des von Tiban getöteten Tiers, der schon immer dort ausgestellt gewesen war, und den von Aurel, den Tiban erst neulich hatte anbringen lassen, als er vom Tod seines Sohnes erfahren hatte. Um ihn und seine Stärke zu ehren. Den Kopf jenes Einhorns, das er, Arlac, vor so vielen Jahren nicht hatte befreien können. Der Schmerz darüber saß noch immer tief in seiner Brust.

Er steckte die Köpfe in die zwei Säcke und band diese zu. Dann holte er die schwarze Schminke hervor, die er mitgebracht hatte, und schmierte zwei Gesichter an die Wand, dahin, wo eben noch die Einhorntrophäen gehangen hatten. Nachlässig zeichnete er beiden eine Priesterkappe, ein paar spärliche Striche standen für das Fell des Opfertiers, aus dem die Kappe gewonnen wurde. Die eine Kappe versah er mit den Hörnern eines Ziegenbocks, die andere mit denen einer Kuh.

»Damit du auch was zum Lachen hast«, murmelte er und dachte an den Wächter auf dem Gang. Dann schob er den Tisch an seinen Platz zurück und lugte vorsichtig zur Tür hinaus. Es war niemand zu sehen, der Wächter war längst weitergegangen. Leise schlüpfte Arlac hinaus, auf dem Rücken die schweren Säcke mit den Einhornköpfen. Die trug er hinaus in den Stall, wo er sie in Trottels Box versteckte; dort, wo unter dem Stroh auch schon ein paar gut verpackte Vorräte lagerten. Trottel schnaubte, und Arlac tätschelte ihm den Hals.

»Ganz ruhig, alter Junge. Es ist nur ein Spaß«, murmelte er. Und dann kraulte er ihn noch einmal zärtlich hinter dem Ohr. »Falls ich nicht zurückkomme, lass dir gesagt sein, du warst mir der liebste Trottel in der ganzen Burg. Und sie ist voll von solchen.«

Trottel schnaubte, und Arlac ging hinüber ins Hauptgebäude, wo Tibans Schlafgemach lag.

4

Anders als der Thronsaal wurde die Tür des königlichen Gemachs die ganze Nacht bewacht. Die Wand unter dem Fenster war zu glatt, als dass man sie ohne Hilfsmittel hätte hinaufklettern können, und mit einer Leiter über den Innenhof zu gehen erregte zu viel Aufmerksamkeit. Das wäre der letzte Ausweg, sollte er den Wächter nicht überlisten können.

Lange hatte er über raffinierte Pläne nachgedacht, doch letztlich führte große Raffinesse leicht zu Komplikationen. Je einfacher ein Plan war, desto besser. Und so hatte Arlac Wein besorgt und mit Schlafmittel versetzt. Jetzt ging es nur noch darum, den Wächter vor der Tür dazu zu bringen, mit ihm zu trinken, und ihm den versetzten Wein unterzujubeln, während er selbst normalen trank. Arlac hatte sich Verschiedenes überlegt, auch Ausreden, weshalb er sich gerade hier herumtrieb, aber als er sich dem Gemach näherte, winkte der Wächter ihn ganz von selbst zu sich. Er sah müde aus, seine Augen waren gerötet.

»He, Narr«, sagte er. »Kannst du in die Küche laufen und mir etwas Wein besorgen?«

»Das nenne ich Glück!«, rief Arlac und warf die Arme in die Höhe. Dabei musste er sich beherrschen, nicht laut loszulachen. »Aus der

Küche, da komme ich gerade her, ich hatte selbst Lust, noch ein wenig zu trinken und zu würfeln. Zum Würfeln habe ich niemanden gefunden, aber Wein durchaus. Ich gebe dir gern etwas ab.« Damit fischte er die beiden Weinschläuche aus seinem Tragebeutel und hielt dem Wächter den mit dem Schlafgift hin.

»Danke.« Arglos griff der Mann nach dem Schlauch und trank gierig. »Du kannst boshafter sein als eine Rotte ausgehungerter Hunde, aber das hier ist sehr anständig von dir.«

»Verrate es nur niemandem.« Arlac zwinkerte verschwörerisch. »Ich habe einen Ruf zu verlieren.«

»Ich schweige«, versprach der Wächter, lachte und trank noch einmal. Dann sah er ihn an, als sei ihm soeben ein Gedanke gekommen. »Willst du mit mir würfeln? Wenn man allein ist, werden die Nächte hier oft lang.«

»Mit Vergnügen.« Arlac setzte sich, weil man im Sitzen leichter einschlief als im Stehen, und der Wächter setzte sich zu ihm.

»Aber leise«, bat er. »Wenn wir den König wecken, bekommen wir Ärger.«

Also breiteten sie ein Tuch auf dem Boden aus, damit die Würfel auf dem Stein nicht so klapperten, und spielten. Arlac ließ ihn möglichst oft gewinnen, und er zog das Geld grinsend zu sich und trank auf jeden kleinen Sieg. Schon bald dämmerte der Wächter weg und sank zu Boden. Arlac rückte ihn zur Seite und setzte ihn aufrecht gegen die Wand. Die Münzen ließ er ihm, weil Spielschulden nun einmal Ehrenschulden waren.

Dann schlüpfte er in das Gemach und schloss die Tür hinter sich. Leise verharrte er im Dunkeln, niemand sprach ihn an. Er schlich sich ans Bett des Königs. Viel Zeit blieb ihm nicht. Zwar würde der Wächter lange schlafen, aber wer wusste schon, wann jemand an der Tür vorbeikam und den Schlafenden fand? Das war nicht sonderlich wahrscheinlich, schon gar nicht nachts, aber dennoch.

Mondlicht fiel durchs Fenster herein und aufs Bett. Im Schlaf wirkte Tiban kleiner und älter als am Tag, sein Gesicht war schlaff und bleich. Er schlief tief und atmete schwer.

Weißt du, dachte Arlac, als er das Messer zog und auf Tiban hinabsah. In Gedanken vermied er die angemessene Anrede, denn da stand Tiban nicht über ihm. Gern hätte er ihm alles ins Gesicht gesagt, laut und deutlich und ohne den kleinsten Scherz, aber da das nicht möglich war, wollte er es ihm wenigstens ins Gesicht denken.

Lange Zeit habe ich deine Stärke bewundert, dachte er also und sah Tiban unverwandt ins Gesicht. *Widerwillig manchmal, aber die Bewunderung war da. Stärke, darüber hast du die ganze Zeit geredet, als gebe es nichts anderes. Stärke hier, Stärke da, als sei Stärke messbar wie eine Entfernung in Schritt oder der Lauf der Zeit in Tagen und Stunden. So manches hast du richtig erkannt, das kann ich dir nicht absprechen, aber in mir hast du dich geirrt, du großer Weiser der Stärke. Ich mag nicht stark genug sein, um ein Einhorn zu töten, und deshalb hältst du mich für schwach. Aber weißt du was? Ich bin stark genug, um einen König zu töten. Einen König, den kein anderer für mich fangen muss, den kein anderer für mich an eine Wand kettet. Einen König, der es – im Unterschied zu einem Einhorn – wert ist, getötet zu werden.*

Tiban rührte sich, fast als habe er die Gedanken gehört. Arlac wartete nicht, ob er erwachte. Ohne zu zögern, rammte er ihm das Messer zwischen die Rippen. Tiban riss die Augen auf und gab ein gurgelndes Geräusch von sich. Arlac presste ihm die Hand auf den Mund und stieß noch einmal zu, noch mal und noch mal, schneller, als Tiban erwachen konnte. Blut tränkte das Nachthemd, Überraschung und Schmerz standen in seinem Gesicht, aber Arlac war nicht sicher, ob Tiban ihn wirklich erkannte. Ob er ihn überhaupt noch hörte oder ob seine Züge schon erstarrt waren.

»Ja, ich«, sagte er trotzdem leise und verzog das Gesicht zu einer lachenden Grimasse. »Und ich werde den Verurteilten verhöhnen, so wie du es dir gewünscht hast.«

Tibans Blick ging ins Leere, der König war tot.

Rasch fischte Arlac aus der nächstbesten Kiste willkürlich Kleidungsstücke und wickelte sie um Tibans Oberkörper, damit sie das Blut aufnahmen. Er band Tibans Beine zusammen und die Arme an den Körper, dann stopfte er den toten König in den Sack, den er mitgebracht hatte. Den schnürte er gründlich zu und schleifte ihn zum Fenster hinüber. Natürlich hätte er ihn einfach hier liegen lassen können, aber er war der Narr, seine Aufgabe war es, Späße zu treiben, und der Spaß war noch nicht vorbei.

Er blickte aus dem Fenster, und als er im Hof niemanden sah, ließ er den Sack aus dem Fenster gleiten. Dumpf schlug er unten auf den Steinplatten auf. Niemand würde sich nachts um Müll kümmern, der dort herumlag. Arlacs Blick ging zum Himmel, und in der Tat zogen dort Wolken auf. Staunend dachte er: *Du kannst tun, was du willst, die Götter treiben stets die größeren Possen.*

Und damit verließ er das königliche Gemach und eilte zurück in den Stall, wo Trottel auf ihn wartete. Hastig legte er ihm den Sattel auf und lud die Vorräte, ein langes Seil und die Säcke mit den Einhornköpfen auf ein Packpferd, das er schon am Nachmittag ausgesucht hatte. Er umwickelte alle acht Hufe mit Stofffetzen, damit sie weniger Lärm machten, und führte die Tiere über den Hof, hinüber zu dem Sack mit dem toten König. Auch den hievte er über das Packpferd, und dann ritt er ans hintere Burgtor, wo in dieser Nacht Ianus wachte, der einzige Ritter, den er vielleicht sogar einen Freund genannt hätte.

»Arlac«, begrüßte Ianus ihn freundlich. »Was verschafft mir das Vergnügen?«

»Das Vergnügen ist es.«

Ianus lächelte verschmitzt. »Ein närrisches?«

»Mehr Narr als heute war ich nie.«

Ianus hob die Augenbrauen. »Dann will ich dich nicht lange aufhalten. Trotzdem muss ich dein Gepäck durchsuchen. Der König vermutet, irgendwer schmuggelt Essen aus der Burg, um es draußen teuer zu verkaufen.«

»Kannst du mir vertrauen?«, bat Arlac und hoffte auf ein Ja. Er war bereit, den Dolch zu ziehen, auch wenn er es nicht wollte. »Ich schwöre dir, es ist kein Essen, was ich da mit mir führe. Du wirst keinen Ärger mit Tiban bekommen, und ich versichere dir, du willst es nicht sehen.«

»So, so, ich will es nicht sehen?«

»Nein.«

Ianus zögerte. Er sah ihn scharf an, dann musterte er das Packpferd und seine Last. Er war klug genug, die Größe des großen Sacks abzuschätzen. »Wie war das?«, fragte er. »Schlimme Zeiten verlangen schlimme Scherze?«

»Ja.« Arlacs Handflächen wurden feucht. Ianus war schlau, und er hatte dem König Treue geschworen. Sah er den Leichnam, würde er kämpfen, mochte er Tibans Tod im Innersten auch gutheißen.

»Dann hoffe ich, dass die schlimmen Zeiten irgendwann ein Ende finden.« Ianus nickte. »Willst du nur aus der Burg oder auch aus der Stadt?«

»Aus der Stadt.«

»Dann nimm das Markttor. Da schiebt heute Nemo Dienst, der lässt dich für einen Drachmon ohne Kontrolle passieren. Jedoch nur hinaus, hinein kommt niemand, solange es dunkel ist.«

»Hinein will ich nicht.«

»Das hatte ich fast vermutet.« Ianus lächelte traurig. »Dann lebe wohl, Narr. Deine Gesellschaft war mir immer eine Freude.«

»Deine mir auch«, sagte Arlac erleichtert. »Lebe du auch wohl und lang.«

Und Ianus öffnete die Tür im Tor und winkte ihn hinaus.

5

Mittlerweile bedeckten die Wolken den gesamten Himmel, sie hatten den Mond und die Sterne geschluckt, und tiefe Dunkelheit breitete sich über das Land. Arlac kletterte ganz nach oben auf den Richtturm und warf das eine Ende des Seils über den höchsten Balken. Flink stieg er wieder hinab, nahm das Seilende mit und verknotete es an Trottels Sattel. Das andere hatte er mit einer Henkersschlinge um Tibans Füße befestigt. Tiban war splitternackt, denn für feinsinnigen

Humor war Arlac nicht bekannt, und hinzu kam der ausdrückliche Wunsch des Königs, die nächsten Opfer zu verhöhnen.

Und diesmal tue ich es mit Vergnügen.

Ganz langsam führte er Trottel vom Richtturm fort, sodass das Seil sich spannte und Tiban Stück für Stück hinaufgezogen wurde. Es war so dunkel, dass Arlac kaum etwas sah, er musste die Augen zusammenkneifen, um den Fortschritt erkennen zu können.

»Halt«, sagte er, als der König oben angekommen war, und befahl Trottel, sich nicht von der Stelle zu rühren.

Trottel schnaubte und stampfte mit dem Huf, blieb jedoch stehen. Hastig kletterte Arlac ein zweites Mal den Galgen hinauf und befestigte das Seil am ersten Haken im obersten Balken. Kopfüber baumelte Tiban dort, und Arlac versicherte ihm fröhlich: »Bald kommen die Krähen und Totenhörnchen.«

Dann kehrte er nach unten zurück, und Wind erhob sich. Arlac löste das Seil von Trottels Sattel und saß selbst auf. Im Schritt ritt er von Freybruck fort, und das Packtier mit den Vorräten und den Einhornköpfen trottete am Zügel hinter ihnen her. Nicht ein einziges Mal drehte Arlac sich um und schaute zurück zu Tiban, der nackt in der Nacht baumelte. Bald brach der Morgen an, da wollte er nicht mehr hier sein.

Erste Regentropfen fielen vom Himmel, und rasch wurden es mehr. Arlac öffnete den Mund und streckte lachend die Zunge heraus, wie er es als Kind getan hatte. Er wusste, dass der Regen nichts mit Tibans Tod zu tun hatte, aber viele würden genau das glauben, und das setzte dem Scherz die Krone auf.

Die Krone des Narren.

Arlac lachte, während es immer heftiger regnete. Er war nicht mehr des Königs Narr. Nun war er wieder der Narr der Straße, und wohin sie ihn führte, würde er sehen. Doch zuerst würde er die Einhörner heim in den Wilden Wald bringen und dort bestatten. Sie sollten Ruhe finden und nie wieder irgendwo als Trophäen hängen.

DIE KRÖNUNG

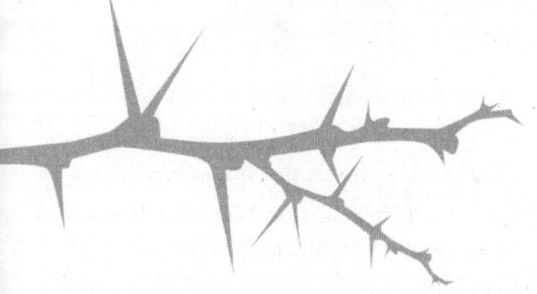

1

Drei Tage nachdem Inrico Pola wach geküsst hatte, bestand sie noch immer darauf, nicht die Kaisertochter zu sein.

»Das habe ich nur geträumt«, sagte sie wieder und wieder. Sie sprach leise und schleppend. »Im Traum habe ich den Untergang von Ycena verursacht, aber in Wirklichkeit zum Glück nicht. Ich bin eine Dienstmagd, das Aschenmädchen.«

»Das war kein Traum. Ihr seid Pola«, entgegnete Inrico wieder und wieder, aber sie wollte ihm nicht glauben.

»Warum seid Ihr so grausam zu mir?«, fragte sie. Und sie konnte ihn kaum ansehen, auch niemanden sonst. Ihr Blick war ängstlich, und sie ließ die Schultern hängen.

»Aber Ihr seid tatsächlich ...«

»Nein!« Sie presste die Hände auf die Ohren und schüttelte den Kopf, bis er schwieg. Dann setzte sie sich auf den Küchenboden und wühlte in der Asche, als sei dort etwas zu finden. Verbrannt«, murmelte sie, »alles ist verbrannt. Tot.«

»Hoheit«, fing Inrico an, aber sie hielt sich erneut die Ohren zu und summte ein Schlaflied. So als wollte sie auf keinen Fall die Kaisertochter und künftige Kaiserin sein. Er wusste nicht, was er tun sollte. Kein einziger Gelehrter hatte je geschrieben, dass sie so erwachen würde. Verstört, verängstigt und fast nur ein Schatten. Es war, als hätte sie noch nicht ins Leben zurückgefunden.

Doch damit war sie nicht allein. Kaiser Cletian hatte sich auf seinen Thron gesetzt und ihn nicht mehr verlassen.

»Meiner«, knurrte er, »das ist meiner!« Mit aller Kraft klammerte er sich an die Lehne, ließ sich Essen und Trinken bringen und verrichtete seine Notdurft kauernd vom Thron herab, sodass ein Diener alles wegschaffen musste. Und der Diener tat es schlurfend und stumm.

Die meiste Zeit starrte Cletian verzweifelt hinauf zur Decke des

Saals. Vermisste er den Himmel, oder fürchtete er den Angriff geflügelter Ungeheuer? Als Inrico Pola zu Cletian brachte, um sie beide aus ihrem Stumpfsinn zu reißen, sagte Cletian: »Nein! Das ist nicht meine Tochter! Ich habe keine Tochter. Nein!«

Die Kaiserin, die den ganzen Tag durch den Saal wanderte, als suche sie etwas, und wirkte, als wolle sie sich jeden Moment in Rauch auflösen, weinte, widersprach ihrem Mann aber nicht.

Das Aschemädchen verbeugte sich tief, lächelte dankbar und vertrieb mit wedelnder Hand Fliegen, die nicht da waren. Unverändert stand ihr die Angst ins Gesicht geschrieben.

Die Hecke hatte nach Polas Erwachen rasch sämtliche Blätter verloren, die Dornen fielen ab, und die Äste wurden trocken und brachen bei der geringsten Berührung.

Im Hof standen Käfige, und die Tiere in ihnen waren ebenfalls erwacht. Bären und ein Wolf mit weißem Fell, zwei Kaiserpfauen, ein Löwe und ein Krokodil, nachtschwarze Kaninchen, bunte Vögel mit krummen Schnäbeln, die laut krächzten, eine weiße Buckelkuh mit vier Hörnern und andere mehr. Unruhig liefen und flatterten sie auf und ab und drückten und schlugen gegen die Gitter, während die Menschen müde durch den Palast schlichen, mit abwesendem oder angsterfülltem Gesichtsausdruck, als wären sie noch immer in Albträumen gefangen. Ihre Blicke wanderten über die verlassenen Gebäude vor dem Palast, Häuser, in denen kein Leben war. Sie suchten Wände und Boden ab, als vermissten sie etwas, und rochen an den gefallenen Blättern. Doch die zerbröselten in ihren Händen. Sie aßen nichts.

»Sie müssen das für einen weiteren Albtraum halten«, sagte Wolf und schauderte. Die Erwachten waren ihm unheimlich, deshalb schlief er auch weiterhin außerhalb des Palasts. Isa und Telamon hatten bei ihm bleiben wollen, und so blieb auch Inrico bei ihm.

Er stimmte Wolf zu. Und die Tiere wirkten so lebendig, weil sie nicht träumten wie Menschen – oder die Träume schneller vergaßen.

»Können wir die Tiere freilassen?«, fragte Isa. »Und wo ist das Einhorn?«

»Welches Einhorn?«, fragte Inrico.

»Das aus dem Märchen.«

»Das ist wohl eine Erfindung. Einhörner lassen sich nur schwer fangen und gar nicht in Häuser sperren. Drachen auch nicht.«

»Schade«, sagte Isa traurig. Dann ergänzte sie: »Aber für das Einhorn ist es gut. Und für den Drachen.«

»Wenn du magst, kannst du die Käfige öffnen«, bot Telamon an, und die Traurigkeit schwand aus ihrem Gesicht. So befreite sie die schwarzen Kaninchen und Kaiserpfaue, zottige Kühe und hirschartige Wesen mit hohen Geweihen, bunte Laufvögel, die fast so groß waren wie sie selbst, und allerlei andere Tiere. Auch die Ställe öffnete sie, da die Menschen im Palast sich nicht um sie kümmerten. Niemand protestierte. Nur die Raubtiere ließen sie nicht frei, um nicht angefallen zu werden.

Nach Sonnenuntergang wanderten weiterhin die Nachtkreaturen durch die Straßen, doch ihr Heulen war nicht mehr so schrecklich.

»Was ist mit den Büchern?«, fragte Telamon. »Willst du sie hierlassen, nun, da Ycena erwacht ist?«

»Nein.« Inrico schüttelte den Kopf. »Sie wissen nichts mehr damit anzufangen.«

Kein Einziger hatte die Bibliothek aufgesucht; wer zufällig hineinstolperte, verließ sie rasch wieder, ohne ein Buch angerührt zu haben. Die Ersten verließen auch den Palast und wanderten scheinbar ziellos durch Ycena, aber dann erkannte er, dass sie wohl versuchten, aus der Stadt hinauszugelangen. Als sehnten sie sich nach einem Leben außerhalb der Ruinen, und er hoffte, sie würden es finden und irgendwann ganz erwachen. Dass das bei Cletian, seiner Frau und Pola eintreten würde, glaubte er nicht.

Nach wie vor krallte der Kaiser sich am Thron fest, wanderte seine Frau ziellos umher, wühlte Pola verzweifelt in der Asche. Wieder und wieder rieb sie sich etwas davon ins Gesicht, nahm eine Handvoll in den Mund und spuckte sie wieder aus.

Auch Tage nach ihrem Erwachen wirkten alle im Palast wie gebrochene Schatten der Menschen, die sie einst gewesen sein mussten.

Verängstigt, gehetzt, unsicher und langsam. Es mochte so scheinen, als seien sie erwacht, doch das alte Kaiserreich war vergangen – und dabei würde es bleiben, das musste Inrico erkennen. Die Ideen und Vorstellungen des alten Reichs, sein Wissen und seine Errungenschaften fanden sich in den Büchern und Bildern, und daraus konnte etwas Neues entstehen. Doch dafür mussten die Ideen hinausgetragen werden, sie durften nicht zwischen Schatten und Ruinen bleiben. Er war ein Narr gewesen, zu glauben, die Vergangenheit lasse sich einfach zurückholen.

Inrico, Telamon, Wolf und Isa beluden die Wagen mit Büchern, ihrem Anteil am Gold und Proviant. Dann machten sie sich auf den Weg aus Ycena hinaus. Isa saß bei Inrico auf dem Kutschbock und wollte wissen, wie es vor der Stadt aussah.

»Du hast dort doch schon gelebt«, sagte er.

»Ja, aber da war ich noch klein. Ich erinnere mich nicht mehr daran.«

Er strahlte sie an. »Oh. Dann hast du viel zu entdecken.«

»Erzähl mir von der Schwebenden Bibliothek«, verlangte sie, und er erzählte. Er begann mit dem Korb, in dem man die hohen Felsen hinaufgezogen wurde, so, wie man es als Besucher wirklich erlebte. Aufgeregt lauschte sie seinen Worten, und dabei entfernten sie sich immer weiter vom alten Kaiserpalast.

2

Perle und Ion saßen in einem lichten Wald auf einem umgestürzten Baum, ein Stück abseits der Straße, wo sie nicht sofort gesehen werden konnten. Bis zum Wilden Wald, an dessen Rand sie bis nach Greiffensturz gelangen würden, war es nicht mehr weit, und die Gegend war nur spärlich besiedelt. Vögel sangen, und ein Fuchs huschte nah vor ihnen vorbei.

»Zu spät«, sagte Ion, als hätte er ihn jagen wollen. Doch er blieb sitzen und rannte ihm nicht nach. Im nächsten Augenblick war das Tier im Unterholz verschwunden.

Frei, dachte Perle unvermittelt, und in dem Moment beschloss sie, dass sie nicht heimkehren würde, um sich freizukaufen. Sie traute weder dem Großbauern Hernoth noch Ihm, noch Vogt Farnoh. »Er wird sagen, das Gold gehört sowieso seinem guten alten Freund Hernoth, weil ich dessen Leibeigene sei. Was wir gefunden haben, ist also seins, wird er behaupten, und ich bleibe sein Besitz.«

»Ich bin nicht sein Leibeigener.«

»Wenn Er dich nicht inzwischen auch verkauft hat. So wie Sie es wollte.« Perle schüttelte den Kopf. »Nein, sollen sie doch glauben, wir seien im Wilden Wald umgekommen oder verhungert oder hätten uns Räubern angeschlossen, das ist mir egal. Jetzt und hier sind wir frei, und diese Freiheit haben wir uns selbst genommen. Wenn wir zurückkehren, um zu bezahlen, bestätigen wir nur, dass Er das Recht hatte, mich zu verspielen. Behalten wir aber die Freiheit, die wir uns selbst gegeben haben, verweigern wir Ihm das.«

Ion sah sie zweifelnd an, aber sie war von ihren Worten überzeugt. Endlich war sie auch innerlich frei. Sie musste es nicht Ihm und Ihr und dem ganzen Dorf beweisen, sie hatte Greiffensturz schon verlassen.

»Und wenn sie uns suchen und finden?«, fragte Ion.

»Das werden sie nicht«, sagte Perle überzeugt.

Ein Regenbogenschwan flog über die Lichtung hinweg, und sie sahen ihm nach, bis er verschwunden war.

»Was machen wir dann jetzt?«, fragte Ion.

»Wir gehen in eine große Stadt und geben uns als Kinder eines fernen Händlers aus. Wir kaufen ein Haus und alles, was dazugehört. Wir wildern und lassen es uns erst mal gut gehen.«

»Und dann?«, fragte Ion. »Was machen wir danach?«

Perle lächelte. Darüber hatte sie schon nachgedacht. »Wir gründen ein Handelsunternehmen, das Verbindungen in alle anderen zwölf Königreiche unterhält. Offen werden wir Handel treiben, und im Geheimen hören wir uns nach den letzten zwölf der Dreizehn um. Wir finden heraus, ob auch sie Kinder fressen wollen, und wenn das der Fall ist, jagen wir sie und bringen sie zur Strecke. Wir haben *Ungehorsam*.«

Und gemeinsam folgten sie dem Weg zurück zur nächsten Kreuzung. Dort bogen sie in die Straße Richtung Süden ein. Sie wussten nicht, wohin sie führte, doch sie war breit und mit Platten ausgelegt, also würde sie wohl in einer Stadt enden. In welcher, da verließen sie sich auf ihr Glück.

3

Als Ukalion mit einem Heer von Tausenden nach Freybruck kam, stand das Königstor offen, und die Seinen jubelten. Das musste bedeuten, dass es keinen Kampf geben würde. Eine ungeheure Last fiel von ihm ab. Sie hatten Gerüchte gehört, der König sei ermordet worden, gehenkt. Aber wer hätte denn einen König gerichtet? Unwillkürlich blickte Ukalion zum Richtturm hinüber, doch dort hing niemand, wenn er das aus der Entfernung richtig ausmachte. Weder Tiban noch eines seiner Opfer für die Götter.

Vereinzelte Wolken zogen über den Himmel. Die Stadtmauern waren bemannt, doch kein Heer erwartete sie. Zwei Gestalten traten aus der Stadt, Unterhändler vielleicht. Doch sie ritten nicht, sondern kamen zu Fuß und schienen zu hinken. *Ist das ein Versuch, Zeit zu schinden?*, fragte er sich belustigt, doch dann erkannte er die beiden und lief ihnen entgegen. Es waren seine Mutter und Gajus, sein verbliebener und wahrer Vater.

»Bleib hier!«, rief Levith ihm hinterher, aber er lief weiter.

Sie leben!

Ein Teil seiner Leute folgte ihm mit Abstand, aus dem Tor kam niemand gestürmt.

Mitten auf offenem Feld umarmte er seine Mutter. Er lachte und weinte und drehte sie herum. Es kümmerte ihn nicht, ob das ein angemessenes Verhalten für einen künftigen Herrscher war. »Du lebst!«, rief er, und er zitterte vor Erleichterung und Glück. Er war nicht schuld an ihrem Tod!

»Ja«, schluchzte sie. »Und du auch.«

Dann standen sie einfach da und hielten einander. Zu Gajus gewandt sagte er: »Es ist auch gut, dich lebend zu sehen.«

Gajus lachte.

Ukalion schob seine Mutter ein Stück von sich, hielt sie an den Schultern und sah sie an. Ihre Augen waren rot vom Weinen und leuchteten vor Freude, ihr Haar war zu einem Knoten gebunden, das Kleid gut und sauber, doch sie hatte Schrammen und blaue Flecken im Gesicht, die Oberlippe war blutverkrustet und geschwollen. »Du bist verletzt.«

Sie schüttelte den Kopf. »Du hast es geschafft. Du hast es wirklich geschafft! Ich hätte nie gedacht, dass ...« Der Rest des Satzes ging in neuerlichem Schluchzen unter.

»Haben sie euch etwas getan?«, fragte Ukalion.

»Nein.« Sie schüttelte den Kopf. »Nicht, seit Tiban tot ist.«

»Und die Schrammen und das Humpeln?«

»Waren noch sein Befehl«, beeilte sie sich zu versichern. Er sah fragend zu Gajus, und auch der nickte. Dabei betrachtete er Ukalion mit ungewohnter Scheu.

»Wie ist er gestorben?«, fragte Ukalion. »Ist er wirklich gehenkt worden?«

»Ja«, sagte seine Mutter.

»Nein«, sagte Gajus.

»Was nun?«

»Er ist erstochen und gehenkt worden«, erklärte Gajus. »Kopfüber und nackt und ganz oben, wo er immer die Schlimmsten hat aufknüpfen lassen.«

»Der Narr war es«, ergänzte seine Mutter.

»Der Narr? Gut.« Ukalion nickte. Er fand, es war ein passender Tod für Tiban, passend, dass er vor allen lächerlich gemacht worden war.

Dann sagte er: »Ich habe die ganze Zeit deinen Namen getragen, Gajus. Zwar bin ich nun gekommen, um sein Erbe anzutreten, aber ich werde es ohne seinen Namen tun. Mein eigentlicher Vater bist du, das werde ich nie vergessen.«

»Ich …« Gajus' Stimme brach.

Stumm standen sie einen Moment da, dann sagte seine Mutter: »Es hat sich niemand von Rang gefunden, der dir entgegengetreten wäre. Jetzt wollen sie dir die Stadt und den Thron ohne Widerstand überlassen, wenn du versprichst, die Stadt nicht zu verheeren.«

»Warum sollte ich die Stadt verheeren?«, fragte er verwirrt. »Für wen halten sie mich?«

»Für Tibans Bastard.« Sie lachte. »Ich habe ihnen gesagt, dass du anders bist als er, aber sie haben gesagt, du hast den Prinzen getötet.« Und sie berichtete, dass keiner der Adligen seine Legitimation anzweifelte, zumindest nicht offiziell. Sie wüssten, dass er der Königslinie entstamme und die Kaisertochter geweckt habe. Und da es am Tage von Tibans Tod geregnet habe, wolle ihn nun fast jeder Bewohner Freybrucks jubelnd willkommen heißen. Sie hätten nur Angst, dass er Rache wolle und die Absicht habe, Stärke zu demonstrieren.

Ukalion sandte einen Boten in die Stadt und versicherte, dass er ihr Angebot annehmen werde und dass es kein Blutvergießen und keine Zerstörung geben werde. Dann stellte er seinen Eltern Pola, die Kaisertochter, vor, und ihr seine Eltern, und zog in die Stadt ein. Er ritt an der Spitze eines kleineren Trupps und an der Seite von Pola, und sie trug ihre Krone. Noch bevor sie das Tor erreichten, beugte sie sich zu ihm herüber und raunte: »Ja.«

»Was ja?«, fragte er verwirrt, er hatte nichts gefragt. Drinnen erklangen bereits Fanfaren und Getöse.

»Ich werde dich heiraten«, sagte sie.

Ihm blieb keine Zeit, etwas zu erwidern, denn sie hatten das Tor erreicht, und die Menschen empfingen sie jubelnd. Sie schrien seinen Namen und verlangten die Kaisertochter zu sehen. Sie schwenkten Tücher und winkten, und manche fielen auf die Knie, aber Ukalion rief ihnen zu: »Erhebt euch!«

4

Die Krönung fand noch am selben Tag statt, ohne viel Aufhebens und Pomp, denn es sollte schnell geschehen. Doch es geschah auf dem größten Platz Freybrucks, und die Menschen drängten sich bis weit in die angrenzenden Straßen hinaus. Adlige und Höflinge gingen vor ihm und Pola, die an seiner Seite saß, auf die Knie und leisteten den Treueeid, und die Männer des Königsordens taten das Gleiche.

»Erhebt euch«, rief Ukalion und verkündete die bevorstehende Hochzeit. »Doch vorher gibt es Wichtigeres zu tun. Wir müssen des Hungers Herr werden.«

Die Menge dankte ihm mit lauten Rufen.

Später rief Ukalion Belizar zu sich und sagte: »An das Herrschen muss ich mich noch gewöhnen. Ich wäre fast losgelaufen und hätte dich selbst gesucht, statt jemanden zu senden.«

Belizar lachte. Sie waren allein und saßen auf der zweituntersten Stufe des Königsthrons. Noch immer hingen die Lindwurmhäute an den Wänden, doch die anderen Trophäen hatte Ukalion entfernen lassen. Er wusste noch nicht, was er mit den Wänden anstellen wollte, aber nach dem, was Inrico ihm – wie wahrscheinlich jedem anderen Sucher auch – über die Bilder von Ycena erzählt hatte, würde er sie wohl bemalen lassen. Horizontal.

»Du wirst dich schon daran gewöhnen«, sagte Belizar.

»Hoffentlich nicht zu sehr.« Ukalion nickte, und dann bat er ihn, Tyra eine Nachricht zu überbringen. »Es ist wichtig, und dir vertraut sie, und ich tu das auch.«

»Was für eine Nachricht?«

»Wir brauchen Getreide. Den Sommer überstehen wir, auch den Herbst, wenn wir die Vorräte der Soldaten auch an andere verteilen, aber der Winter wird zu hart. Wir brauchen eine Handelsflotte, die weit im Norden nach Ländern sucht, die von der Dürre verschont geblieben sind. Länder jenseits der Dreizehn Königreiche, denn dort ist nichts zu bekommen, sie hungern alle selbst. Ich werde auch unsere Flotte aussenden, aber Tyra ist weiter herumgekommen in der Welt und der Händler, für den sie arbeitet, verfügt über einige Schiffe. Versprich ihnen viel Gold, wenn sie für mich aufbrechen. Es muss auch nicht der Norden sein, die Richtung überlasse ich ihr und ihrer Erfahrung. Ich hätte nur gern ihr Glück auf meiner Seite.«

Belizar lächelte. »Das ist eine weise Entscheidung.«

»Und wenn du sie als mein offizieller Vertreter begleiten würdest, würde mich das ebenfalls freuen.«

»Ich bin ein einfacher Seemann. Reich zwar, aber trotzdem nur ein Seemann.«

Auch Ukalion lächelte. »Ich war bis vor Kurzem ein Müllersgehilfe. Es scheint, als würde sich gerade so einiges ändern. Es bleibt bei meinem Angebot.«

»Es wäre mir eine Ehre.« Belizar verbeugte sich knapp und fügte grinsend hinzu: »Hoheit.«

Dann besprachen sie die Einzelheiten. Als Belizar aufbrechen wollte, hielt Ukalion ihn noch einmal zurück.

»Nimm von dem Schatz aus dem Palast noch einmal so viel, wie du tragen kannst, und bring es Tyra. Das ist ihr Anteil aus Ycena. Ohne sie wäre die Hecke nicht gefallen.«

5

Ukalion bot auch Anthia einen Posten in der Burg an, doch sie lehnte dankend ab. »Ich glaube nicht, dass ich mich an einem Hof zurechtfinde.«

»Ich weiß nicht, ob ich es tu.«

»Doch, das wirst du«, sagte sie und berichtigte sich schnell: »Das werdet Ihr.« Dann bat sie um die Erlaubnis, ihren Bruder unter den Toten auf dem Richtberg zu suchen und zu bestatten. Ukalion erteilte sie, ohne zu zögern, und gab ihr zwei seiner Männer mit, damit niemand auf den Gedanken kam, dass sie nur zum Plündern da war. Obwohl die Toten nichts bei sich hatten.

»Ich werde wohl auch die anderen bestatten lassen«, sagte Ukalion. »Selbst wenn wirkliche Räuber unter ihnen sind, sollten wir ihnen die Ruhe nach dem Tod gönnen.«

Sie nickte und sagte: »Ich bin froh, dir geholfen zu haben.« Und diesmal vergaß sie, sich zu verbessern.

Er tat es auch nicht. Stattdessen fragte er: »Was willst du anschließend tun? Noch immer den Narren töten?«

»Nein. Er hat den König gehenkt und ist fort. Das ist mir recht. Ich gehe heim und sehe, was ich mit meinem Geld im Dorf helfen kann. Sie wollten mich nicht mehr, aber ...« Ratlos warf sie die Arme in die Höhe.

»Dann bleibst du in deinem Dorf?«

»Nein. Ich kann sie nur nicht verhungern lassen.« Sie zuckte mit den Achseln und sah an ihm vorbei. »Gut möglich, dass ich noch einmal in die Schwebende Bibliothek gehe und nachsehe, ob Inrico gut heimgekehrt ist.«

Ukalion lächelte. »Ich hoffe es sehr. Solltest du ihn antreffen, sage ihm, er ist hier jederzeit willkommen. Und du auch. Ich würde mich freuen, wenn ihr kämt.«

Sie ging, und Ukalion dachte an Ycena. Noch am Tag seiner Krönung hatte er einen Trupp Sucher dorthin geschickt, um die restlichen Schätze aus dem Palast zu bergen, falls noch nicht alles geplündert war. Was darüber hinaus mit der Stadt geschehen sollte, hatte er noch nicht entschieden. Solange dort nachts die Kreaturen umgingen, konnte sie nicht wiederaufgebaut werden. Erst einmal würde er sie den Suchern überlassen, schließlich war es ihre Stadt. Sollten auch die Schlafenden im Palast erwachen, so wie Pola, würden sie sich mit ihnen einigen müssen. Aber er war überzeugt, dass das gelingen würde.

6

Levith und Parikles blieben am Hof und wurden zu Ukalions Lehrern ernannt. Levith sollte ihn im Kampf unterrichten und Parikles im Spiel. Weil Ukalion in diesen Tagen viel mit Regieren beschäftigt war, blieb ihm kaum Zeit für den Unterricht, und so hatten die beiden wenig zu tun. Manchmal leisteten sie ihm bei einer Mahlzeit Gesellschaft, und er war froh darüber. In der übrigen Zeit gewöhnten sie sich am Hof ein und genossen die Freiheit. Ihre Gemächer lagen ganz am Rand der Burg, wohin sich kaum jemand verirrte, so hatten sie es sich gewünscht. Ihre Räume waren durch eine Tür miteinander verbunden, und auch das kam ihnen zupass.

Nicht lange, und die anderen zwölf Königreiche ließen durch Boten mitteilen, dass sie Ukalion, Tibans Sohn, als Lathiens König akzeptierten und zu seiner außergewöhnlichen Braut beglückwünschten. Doch zugleich gaben sie zu verstehen, dass sie es nicht hinnehmen würden, sollte er einen Anspruch auf ihre Reiche erheben. Das alte Kaiserreich gebe es nicht mehr, darauf beharrten sie alle, ihre Königreiche seien souverän. Selbst wenn er sich nun Kaiser nennen wolle, werde das an den bestehenden Grenzen nichts ändern.

Damit war er voll und ganz einverstanden, denn Lathien allein war ihm groß genug. Die Briefe bewiesen, dass die anderen, solange ihre eigene Macht unangetastet blieb, weder von sich aus angreifen noch den Kaisertitel anzweifeln würden. Auf mehr hatte er nie gehofft. Er ließ einen Diplomaten eine passende Antwort verfassen, um die eigene Position nicht durch ungeschickte Worte zu schwächen.

Pola erholte sich jeden Tag mehr. Es war, als kehre das Leben langsam in sie zurück – wenn auch nicht die klare Erinnerung an die Zeit vor dem Schlaf. Alles, was vor den Träumen lag, war mit ihnen verworren oder verschwunden. Noch immer träumte sie schlecht, doch sie wusste, wie man sich am Hof bewegte, und half Ukalion, so gut sie konnte. Ganz langsam lernten sie sich kennen.

Manchmal regnete es, aber es war nicht genug, um den Hunger ganz abzuwenden. Und weil es noch Monate dauern würde, bis Ukalion die ersten Schiffe aus der Ferne zurückerwarten konnte, musste fürs Erste etwas anderes geschehen. Und so änderte er Tibans Gesetz zur Wilderei, sodass das Hohe Wild nicht mehr dem Adel vorbehalten war. Den Wilden Wald gab er für alle frei. Jeder, der mutig genug war, sich dort hineinzuwagen, sollte auch jagen dürfen, um den eigenen Hunger zu stillen. Und auch dem, der für einen weniger Mutigen jagte, sollte es gestattet werden.

Er ließ die Schlingen vom Richtturm abnehmen, und am nächsten Wochenende versammelten sich die Totenhörnchen und Krähen vergebens auf den Balken. Über sie hinweg zog eine große graue Wolke.

DANKSAGUNG

Mit *Narrenkrone* ist der Zweiteiler abgeschlossen, der mit *Dornenthron* begann und in meinem Kopf immer eine Einheit gebildet hatte, und so sollten sich die Danksagungen der beiden Romane eigentlich ähneln – noch stärker, als sich die unterschiedlichen Danksagungen eines Autors sowieso schon ähneln. Und hatte ich nicht genau das schon in der *Dornenthron*-Danksagung thematisiert?

Aber dann kam 2020 die Pandemie und betraf auch den Zweiteiler: Der *Dornenthron* erschien just, als die meisten Buchhandlungen in den Lockdown gingen, und lag dann gestapelt hinter verschlossenen Türen. Geplante Veranstaltungen mit dem Roman konnten nicht stattfinden – ganz zu schweigen von allen weiteren Unsicherheiten und Konsequenzen, die die Situation mit sich brachte. Doch hier standen auf einmal Freunde von außerhalb der Buchbranche auf der Matte und waren nicht nur als Freunde da, sondern halfen auch, dem *Dornenthron* auf verschiedene Weise Aufmerksamkeit zu verschaffen. Und deshalb gilt der erste Dank diesmal ihnen: Sandra und Sven, Mario, Mia und Julia (und Leo, wenn wir schon dabei sind ...), Christina, Andrea und Markus. Darüber hinaus auch Martin, Thilo, Christoph und all jenen, die ich vergessen habe – oder die halfen, ohne dass ich es mitbekommen habe.

Dank gebührt genau an dieser Stelle auch meinen Eltern, die immer für mich da waren – auch schon vor der Pandemie. Wie auch mein Bruder Alex.

Aber ich konnte mich nicht nur auf Freunde und Familie verlassen, sondern auch auf Patricia Keßler und das gesamte Team von Knaur, die sich mit vollem Engagement für die beiden Bücher eingesetzt haben – und noch weiter einsetzen. Danke dafür!

Und in diesem Zusammenhang auch noch einmal Dank an Jennifer Jäger, die beide Bücher unter Vertrag nahm und mir so viel Vertrauen entgegenbrachte, wie man es sich als Autor nur wünschen kann. (Und ja, das war eine der oben vermuteten Dopplungen zur *Dornenthron*-Danksagung …)

Meine Lektorin Susanne Wallbaum rettete mich vor missverständlichen Formulierungen, grammatikalischen Sonderwegen, stilistischen Holprigkeiten und einer irritierenden Namensverwechslung sowie Anthia vor einem zweiten herabhängenden Augenlid.

Meiner Agentin Roswitha Kern von der Agence Hoffman danke ich für ihre Zeit, ihr Engagement und – natürlich – das Aushandeln des Romanvertrags.

Dank gebührt auch wieder der Berliner Buchhandlung Otherland, in der ich zahllose Welten entdeckt habe und in der *Dornenthron* Premiere feiern durfte – und die *Narrenkrone* es hoffentlich wird. Und für die Freundschaft.

Dank geht auch an Henrik und Sven von City Comics Leipzig unter anderem für die Lesung »Science-Fiction vs. Fantasy« mit Kathleen Weise und mir.

Der größte Dank geht aber wieder an Kathleen – und das nicht nur für den vergnüglichen, inspirierenden »Kampf der Genre«, sondern – wie immer – für die scharfsinnigen Anmerkungen zum Roman und ausführlichen Gespräche über Literatur im Allgemeinen. Und für alles darüber hinaus.

Boris Koch, im Dezember 2020